Fool Me Twice
by Meredith Duran

愛の扉を解き放つ日に

メレディス・デュラン
島原里香[訳]

ライムブックス

FOOL ME TWICE
by Meredith Duran

Published by arrangement with the original publisher,
Pocket Books, a Division of Simon & Schuster, Inc.
through Japan UNI Agency, Inc., Tokyo

愛の扉を解き放つ日に

主要登場人物

オリヴィア・ジョンソン（ホラデー）……ハウスキーパー
アラステア・デ・グレイ……第五代マーウィック公爵
アーチボルド・バートラム……貴族院議員。男爵
トーマス・ムーア……殺し屋
マイケル・デ・グレイ……アラステアの弟
エリザベス・チャダリー……オリヴィアの元雇い主。マイケルの妻
マーガレット・デ・グレイ……アラステアの妻。故人
アマンダ……オリヴィアの友人。リプトン子爵夫人
ジョーンズ……執事
ポリー……メイド
ヴィカーズ……従者
クック……料理人

1

一八八五年　ロンドン

オリヴィアは次なる犯罪の舞台となる屋敷の前に立った。ここだけ妙に不穏な空気が漂っているのは気のせいだろうか？　ほかの町屋敷《タウンハウス》はきれいに刈り込まれた生け垣の向こう側に上品におさまっているのに、この屋敷は目の前に迫ってくるような威圧感がある。軒蛇腹《コーニス》からこちらをにらみつける怪物《ガーゴイル》の彫像を、オリヴィアはまじまじと見つめた。別に驚くことはない。ここの当主がマーウィック公爵なら、当然こういった装飾を好むだろう。

オリヴィアは腕組みをしてガーゴイルをにらみ返した。こっちは泥棒だ。生まれてから二五年、寝る前には必ず祈りを捧《ささ》げ、汚い言葉とも無縁に生きてきたけれど、今ではれっきとした犯罪人。犯罪人なら、この世に恐れるものなど何もないはずだ。たとえ、相手が超のつく暴君、マーウィック公爵であっても。

頭で考えることはじつに勇ましい。けれども現実には、何か悪いものでも食べたかのように胃がむかむかしていた。

オリヴィアは向きを変え、隣家との境を隔てる生け垣まで引き返した。ああ、なんてことだろう。まさか自分がこんな人間になるとは想像もしなかった。ほかにどうしようもなかったと思いたい。でも、それが幻想であることはわかっている。人間、どんなに追いつめられたとしても、解決の道はひとつではない。ここでもう一度逃げるという選択もあるのだ。フランスか、もしくはもっと遠くまで……。

ふいに子どもの笑い声が秋風にのって流れてきた。広場中央の公園で、小さな男の子がスパニエルの子犬と遊んでいる。男の子はうれしそうに叫び声をあげて走りまわり、子犬がその足にじゃれつこうと追いかける。あの子はたったひとりであそこにいるのだろうか？

心配はほどなく消えた。ニレの木陰にひと組の男女が見えたのだ。メイフェアでよく見かける、名家の幼い跡取りを見守る乳母と従僕ではなく、どうやら夫婦らしい。夫は細身の美男子で、上着の襟に上品な金時計の飾りをつけている。ピンク色のふっくらとした頬の妻は、夫の腕につかまってわが子に微笑《ほほえ》みかけている。

見ているうちに、オリヴィアは喉が締めつけられた。今この場を立ち去ってしまったら、いつか幸せな家庭を築ける日はおそらく永遠に来ないだろう。この先、ずっとひとりぼっちで生きていくことになる。世を忍ぶ逃亡者として。

ものを盗んだり、人をだましたりするのが悪いことは、もちろんわかっている。でも、これはあくまでも正義のため。これから被害者となるマーウィック公爵はろくでもない男だ。つまり彼の不幸は自業自得で、わたしが罪悪感を抱く必要はない！

めがねを押しあげると、オリヴィアは覚悟を決めて公爵邸の前に戻った。緊張のあまり、真鍮《しんちゅう》のノッカーに触れた手がすべった。求人広告の日付からすでに一週間が過ぎている。メイドはとっくに決まったかもしれない。だとすると、くよくよ悩んだことはすべて無意味だ。

扉が開いた。中から黒髪の女性が現れ、戸口の側柱に肩を預けてオリヴィアを見あげた。

「あら、男並みの身長ね。メイドの件で来たの？」

友人のアマンダに頼んで推薦状を書いてもらうのに何日も費やしたが、こんなことなら自分で勝手に書いてもよかったかもしれない。こんなぶしつけな応対しかできない屋敷であれば、推薦状が本物かどうか調べようとする者などいないだろう。「ええ」オリヴィアは答えた。「メイドの募集は――」

「ようこそ混乱の館へ。わたしはポリーよ」女性はオリヴィアを寒々とした玄関ホールに招き入れた。床は白黒の大理石で、あたりはがらんとしている。「執事のミスター・ジョーンズに会ってもらうわ。彼は自分の小部屋にこもっているの。そこで何をしているかはきかないで。誰も知らないから」

オリヴィアはポリーのあとに続き、喧嘩《けんか》の痕跡らしきものが残る廊下を通り抜けた。砕け散った花瓶の破片が壁伝いに点々と落ちている。階段の横に置かれた古代ギリシア風の壺《つぼ》には枯れたバラが刺さったままになっていないだけだろうか。いや、もしかして掃除が行き届いていないっているし、誰かが掃除のために酢を撒《ま》いて拭き取るのを忘れたのか、鼻につんとくるにおいが残っている。

たしかにそこは混乱の館だった。最初に歯車が狂い出したのは当主マーウィック公爵自身だ。オリヴィアの元雇い主であり、窃盗の被害者でもあるエリザベス・チャダリーは、公爵を冷血漢と評した。エリザベスは以前、公爵の弟マイケル卿《きょう》との結婚をめぐってひどい妨害を受けたのだ。しかしこの屋敷の状態を見るに、マーウィックは身内より使用人に甘いらしい。なんておかしな話だろう！

冷血漢――オリヴィアはあらためて自分に言い聞かせた。マーウィック公爵は人でなしだ。そういう人間をだますのも犯罪には違いない。けれど、断じて許されないとまでは言えないはずだ。エリザベスから手紙を盗んだときと違って。

「公爵の噂《うわさ》は聞いているわよね」使用人専用の通路まで来たとき、ポリーが言った。一瞬、自分の心を読まれた気がしてオリヴィアはどきっとしたが、なんとか落ち着いて返事をした。「ええ、もちろん。マーウィック公爵は数々のすばらしい功績をおさめていらっしゃって――」

ポリーが鼻を鳴らし、心にもないお世辞を並べる手間を省いてくれた。「それは表向きの話よ」階段をおりながら、ポリーは勝手にしゃべり出した。オリヴィアが屋敷の内情を理解するのにじゅうぶんなほど事細かに。

なんでも、最近公爵がハウスキーパーに向かって靴を投げつけるという事件があり、その女性は九日前に出ていった。それから今日までのあいだに、半数のメイドが逃げ出した。給金は今も悪くない。とはいえ、正気を失ってしまった者の余命はそう長くないだろう。公爵は三五歳とまだ若いが、もうかれこれ一〇カ月も屋敷に閉じこもっている。それこそ頭がどうかしてしまった証拠以外の何物でもない。

「とにかく面白いったらありゃしないの」使用人の休憩室に入っていきながら、ポリーが話を締めくくった。「まるでお金をもらって芝居を見物させてもらってるようなものよ！」

「でしょうね」オリヴィアは少し気分が悪くなった。というのも、エリザベスから手紙を盗んだので、本来なら知るはずのないことまで知っていたからだ。たとえば、マーウィック公爵がそこまでおかしくなってしまった理由について。

数カ月前、エリザベスは公爵の亡くなった妻が記した手紙を何通か手にした。それらの手紙には、公爵夫人が夫以外の男性と密通していた事実が記されていた。その事実を知ったことにより、公爵は悲しみに暮れる寡夫から世捨て人へと変わり果てたのだ。おそらく大酒飲みにもなったのだろう。そうでなければ、ハウスキーパーに靴を投げつけたりするはずがない。ポリーが執事の小部屋の扉をノックしながら呼びかけた。「あたらしい応募者が来ましたよ、ミスター・ジョーンズ」

いきなり扉が開いた。片方の手が突き出され、むっちりした指がオリヴィアの推薦状をすばやく取りあげる。ふたたび扉がぴしゃりと閉まった。

ポリーが腕組みし、足で床を踏み鳴らしながら声を張りあげた。「ミスター・ジョーンズ、今度は見込みがありそうですよ。少なくともブラッドリーが呼んできた人じゃありませんから」そこでオリヴィアに笑いかけた。「ブラッドリーは従僕のひとりよ。冗談のつもりで娼《しょう》婦《ふ》を呼んできたの。気の毒なミスター・ジョーンズにはまったく通じなかったけれどね」

オリヴィアは驚いて体をこわばらせた。ここの執事は腰抜けなの？　そのブラッドリーという従僕を殴りつけてやればよかったのに。

だめよ、余計なことを考えてはと、オリヴィアは自分に言い聞かせた。この屋敷の規律が乱れているのはむしろ都合がいい。こちらの目的は公爵の所持品を調べること。亡くなった公爵夫人の手紙に、夫のマーウィックが同僚議員の犯罪に関する証拠書類を持っていると記されていたのだ。もし事実なら、その書類をなんとしても見つける必要があった。ある男を脅迫するために。

目的を果たすには、厳しい監視の目をかいくぐらなければならないと思っていた。それなのに、この屋敷ときたら！　これなら、銀器を盗んでも誰も気づかないのでは？　もちろん、まだ盗まれずに残っている銀器があるとしてだけれど。

「あなた、運がいいわよ」ポリーの言葉で、オリヴィアは現実に引き戻された。「ミスター・ジョーンズはせっぱ詰まっているから、めがねをかけていることは大目に見てもらえるわ。たいていなら、目の悪いメイドになかなかお呼びはかからないでしょうけど」

「ええ」オリヴィアは目をしばたたきながら、指先でめがねを押しあげた。そこまでは考えていなかった。

「それと、髪を染めることはあきらめるのね」ポリーが小さく舌打ちをしてつけ加えた。「きれいな赤だけど、使用人にしては目立ちすぎるわ」

「染めていないわ」正体を隠すため髪を染めようとしたことはある。けれど、明るい色はうまく染まらなかった。かといって、暗い色では不自然に見える。

ポリーが信じられないという顔をした。「そうなの。神様もずいぶん大胆ね」

「本当に生まれつきよ」オリヴィアは言った。染めるにしても、こんな色は選ばない。

扉が開いた。現れた執事のジョーンズは、黒い燕尾服《えんびふく》姿の立派な紳士だった。顎の肉がブルドッグのようにたるみ、白髪がグロート銀貨さながらに輝いている。手に先ほどの推薦状をしっかり握っていた。溺れている人が流木にしがみつくように。

「たいへん立派な推薦状だ、ミス・ジョンソン」

ポリーが不思議そうにオリヴィアを見た。「ミス・ジョンソン？」

メイドの応募者がこんなにあらたまった呼び方をされることはふつうない。オリヴィアは気が重くなった。どうやらアマンダが余計なことを書いたらしい。教育歴には触れず、貴族の館で主人の身のまわりの世話や掃除をしてきたことだけ強調するようあれほど頼んだのに。間違っても本当のことは……。

「ともかくこちらへ」ジョーンズがせかせかと小部屋を出て階段へ向かった。「あとについてきなさい」

「ここが屋敷でいちばん上等な客間だ」オリヴィアを急《せ》き立てて部屋から出ると、ジョーンズは足早に廊下を進んだ。「きみはレディ・リプトンの屋敷で二年間仕えたそうだね？」

オリヴィアは小走りにあとに続いた。すべての使用人の頂点に立つ執事が、配下に置くべき者の案内役を務めるというこの奇妙な図を、廊下にずらりと並んだ大理石のローマ彫刻が冷ややかに見おろしている。

「はい、部屋付きの侍女として、二年お仕えしました」

もちろん嘘《うそ》だ。実際のオリヴィアは秘書になるための専門的な訓練を受けていた。タイピング学校の同級生だったアマンダがリプトン子爵と結婚したおかげで、彼女の書く推薦状が大いに役立ってくれている。今回もそうだ。オリヴィアが優秀なメイドだとリプトン子爵夫人が保証するのであれば、窮地に立たされているこの気の毒な執事はまず疑わないだろう。

「そういうことなら……」ジョーンズが顎の横を手でこすりながら言った。朝の身支度のときに見落としたらしい、耳の下の顎ひげの一部が気になってしかたがないようだ。銀色のひげがそこだけ二センチほどはみ出している。

そこをオリヴィアにまじまじと見つめられてわれに返ったジョーンズは、手をベストのポケットに入れた。

「つかぬことを尋ねるが、きみは読み書きができるかね？」

その問いには、フランス語でもイタリア語でもドイツ語でも答えることができる。でも、そんなことをしては自分の能力をひけらかすようだし、だいいち、メイドらしくない。

「はい、できます」

「計算は無理だろうか？」

これも通常のメイドには求められない技能だ。けれども、ジョーンズのすがるようなまなざしに、つい心を動かされてしまった。この人はよほど追いつめられているのだろう。「できます。計算は得意です」

その答えを聞いて、ジョーンズは安堵《あんど》の表情を見せたものの、次の瞬間なぜか怯《おび》えた顔をした。「ここは図書室だ」別の部屋の前で足を止めた執事が扉を開こうとしたとき、廊下の曲がり角の向こうで騒々しい笑い声がした。彼は顔をしかめ、早口で言った。「今日はどうも皆、落ち着きがないらしい。しかし、私はこういうことをいつも大目に見るわけではないので覚えておくように」

執事のいたたまれない思いがオリヴィアにはよくわかった。ふたたび甲高い笑い声が響き渡ったとき、オリヴィアもジョーンズに劣らず赤くなりながら言った。「もちろんです」

廊下の先からふたりのメイドがやってきた。ひとりが雑誌を広げ、もうひとりは横からのぞき込んでいる。ジョーンズが体をこわばらせた。「ミュリエル！」

メイドたちはびくっとして、あろうことか、まわれ右をして走って逃げてしまった。険しい顔をしているものの、気の毒なジョーンズは戦意をくじかれたらしい。メイドたちを呼び戻して厳しく叱ることもなく、ため息をついて首を振った。

「ミス・ジョンソン、何か質問はあるかね？」

オリヴィアは少し考えて言った。「では……給金について教えてください」

「年給二五ポンドだ。五年後から三〇ポンドにあがる。ほかには？」

オリヴィアはそれらしい質問を考えた。「閣下はいつ頃タウンハウスを閉められるんです？わたしたちも領地にお供するのですか？　それとも、留守を任されるのですか？」

そう言った直後に後悔した。執事が苦しげな表情になったのだ。「おそらく……」彼は咳《せき》払《ばら》いをした。「閣下は今年、領地には戻られないだろう」

冬のあいだロンドンにとどまる貴族などふつうはいない。オリヴィアは動揺を隠しつつ言った。「そうですか」

「もちろんきみも知っているはずだが……」ジョーンズが言いよどんだ。「公爵閣下は、このうえなくすばらしいお方だ」

なんて気の毒な人だろう。自身の嘘に胸を痛めているのがわかる。オリヴィアは執事の腕に手を置いて慰めたいのをこらえた。「もちろんです」

こちらまでそんな嘘をつくはめになるとは思わなかった。むしろ、床に這《は》いつくばって懇願しなければならないかと思っていた。何しろここは英国の政界で最も恐れられる要人、第五代マーウィック公爵アラステア・デ・グレイの屋敷だ。彼は王子たちの友人であり、歴代首相の擁護者《パトロン》でもある。息のかかっている議員も数知れない。そんな人物に仕える人々なら、大邸宅の奉公人のご多分に漏れず、きっと高慢で鼻持ちならないだろうと想像していた。

しかし、かつては国家を動かしたマーウィック公爵も、今は自分の屋敷さえろくに切りまわせないようだ。使用人たちはすっかりだらけている。オリヴィアには理解できなかった。エリザベスは彼を冷血漢呼ばわりしていたけれど……冷血漢がこんな無秩序を許しておくはずがない。

もし自分が盗みを働けば、気の毒な執事は、この屋敷で今も唯一分別を失っていない人であるにもかかわらず、その責任を取らされるだろう。

そんな目には遭わせられない。この追いつめられた執事を利用するのはひどすぎる。「ミスター・ジョーンズ」オリヴィアが言いかけたとき、相手も話し出した。

「ミス・ジョンソン、きみに破格の提案がある」まるで海に飛び込もうとする人のように、ジョーンズは大きく息を吸った。「じつは今、この屋敷にはハウスキーパーがいないのだ。おそらくきみもメイドに聞いて知っているだろう」

「いいえ、聞いていません」オリヴィアは嘘をついた。いったいこの人はどこまでせっぱ詰まっているのだろう！　執事が使用人のおしゃべりをあてにするなんて間違っている。むしろそれをやめさせるのが務めなのに。

「まあ、よろしい。彼女が辞めたのは……いささか急だった。そこでだ……」ジョーンズは額の汗をハンカチで押さえた。「さっき思いついたのだが……レディ・リプトンはきみをたいそう高く評価している。メイドではもったいないとも述べてある。何しろきみは、必要なときに子爵夫人の口述筆記をし、付添人《シャペロン》や秘書を務めた経験もあるそうじゃないか」

アマンダに大げさに書かないでとあれほど言っておいたのに。「レディ・リプトンにお仕えしたときは、たまにそういうお手伝いをさせていただいたこともありましたが――」

「たしかに判断の難しいところだ」ふたりの言葉が交錯した。ジョーンズは明らかに自分の提案に驚きあきれていて、なるべく早く話をまとめようとしている。「しかし、次のハウスキーパーが見つかるまで、誰かにミセス・ライトの役目を引き受けてもらわなければならない。きみは高い教育を受けているし、上流階級の家庭にも慣れている。引き受けてみようとは思わないかね？　もちろん、正式なハウスキーパーが見つかるまでのあいだだけでいい」

オリヴィアは息をのんだ。実際、願ってもない話だ。自分にはどうしても武器が必要で、それをマーウィック公爵がどこかに持っている。ハウスキーパーの立場にいれば、屋敷のあらゆる場所に自由に出入りできる。

けれど、ふたたび気分が沈んだ。それでも人をだますことに変わりはない。結局はこの執事に職を失わせることになってしまう。「無理です」オリヴィアは惨めな声で言った。「そこまでの経験はありませんから――」

「私が教える」ジョーンズがオリヴィアの手を取った。「考えてもみたまえ、ミス・ジョンソン」握った手に力を込めながら、一段、声を落とした。「この経験が将来どれほどきみの役に立つか。ハウスキーパーとして公爵に奉公したことがあると言えるようになるんだよ。きみと同じ年頃のメイドにはとうてい考えられない話だ」

オリヴィアは静かに執事の手から自分の手を抜き去った。彼の言うことはたしかに正しい。自分が本当にメイドのオリヴィア・ジョンソンなら、一も二もなく飛びつくだろう。ふたつ目の偽名と偽物の推薦状を使って盗みを企《たくら》む、元秘書のオリヴィア・ホラデーでなければ。

オリヴィアは怪しまれないうちに言った。「身に余るお話です。でも、一日か二日、時間をください。本当にわたしに務まるかどうか、よく考えてみたいのです」

慎《つつ》ましい返事が気に入ったとみえ、執事は微笑みながら承知してくれた。


「ああ、あんたなの」大家のミセス・プリムは脇にどき、狭くみすぼらしい玄関口にオリヴィアを入れた。

さも慈善の精神にあふれているような顔をしながら、ミセス・プリムはネズミの巣穴並みに狭い部屋を貸している。暖房用の石炭をけちるせいで、住人たちは夜震えながら眠りに就かなければならない。だが、ミセス・プリムの作る料理は絶品だった。オリヴィアは深く息を吸った。ビーフシチューのおいしそうなにおいがする。「まだ夕食はありますか？」

「あったけど、いない者のためにいちいち残しておいたりするもんか。そのくらいわかってるだろう」

がっかりしながらも、オリヴィアは黙って階段をのぼった。胃がぐうっと鳴る。けれども、少々の空腹で死ぬことはない。

部屋に入ると、まずベッドの下に鍵付きの収納箱がちゃんとあることを確かめた。誰かに盗まれやしないかといつも心配だった。

帰りの乗合馬車では、今後のことに思いをめぐらせた。できれば避けたいとずっと思っていたけれど、そろそろ真剣に考えるべきかもしれない。あのバートラムも考えつかないほど遠く――ヨーロッパ大陸へ逃げることを。

壁に画鋲《がびょう》で留めた二枚の絵に目を向ける。どこにでもある雑誌の切り抜きだ。壁をツタに覆われた、明かりの灯《とも》る小さな家。深い雪に閉ざされた静かな村。自分には手の届かない平和な世界。わかっていても、どうしても憧れてしまう。

一度外国に渡ったら、ずっとよそ者として生きていくことになる。同郷の人々と関わることもできず、今よりさらに孤独になるだろう。

オリヴィアは首を振った。いけない、こんな甘ったるい悲しみに浸っていては。自分を憐《あわ》れんでばかりいる者にろくなことはない。

箱の鍵を開け、手にずっしりと重いポンド札の束を取り出した。エリザベス・チャダリーは報酬をたっぷり弾んでくれた。ここに母が貯《た》めた分を合わせれば、何もドイツやイタリアやフランスで仕事を探さなくても、四、五カ月は不自由なく暮らしていける。

札束を箱に戻すと、オリヴィアは母の日記を手に取った。目にするのは数カ月ぶりだ。革表紙がところどころひび割れ、油を塗らなければならない状態になっている。それでも中に記された母の文字は、以前と変わらず鮮明だ。

母がバートラムを恐れたことは一度もなかった。相手がとことん悪党なら、理解するのもずっと簡単だっただろうに。日記のページをぱらぱらめくる。花や季節の移り変わりについて、ロンドンから届いたあたらしい衣装について、それからもちろんオリヴィアについて書かれた部分を飛ばしていった――〝大切なわたしの天使がいつのまにかこんなすてきな娘に成長したなんて、なんだか奇跡のよう〟と。目を引かれるのはいつも最後のページだった。

そこに書かれていることだけがどうしてもわからない。

〝真実は故郷にある〟

いったい何についての真実だろう？　謎はずっと解けないままになっている。母の故郷アレンズ・エンドを訪れる勇気はなかった。

階段のきしむ音がした。急いで収納箱をベッドの下に突っ込んだとき、扉の外から錠を開けられた。

「ここでは私生活も許されないのかしら？」オリヴィアは開く扉に向かって声をあげた。現れたミセス・プリムはオリヴィアの言葉には取りあわず、つっけんどんに言った。「さっき言い忘れたんだけど」

オリヴィアは立ちあがった。これ以上搾り取られてたまるものですか！「家賃を変更する件なら同意したでしょう。あなたもこれが最後の値上げだと言っていたじゃありませんか。わたしは部屋だってきれいにしているし――」

「今日、男があんたを捜しに来たよ」

身をつかまれるような恐怖が襲ってきた。「なんですって」心の中で落ち着くよう自分に言い聞かせ、オリヴィアは咳払いをした。「まあ、めずらしい。誰なのかまったく想像がつかないわ」

ミセス・プリムの頬は丸く、バラ色だった。そのせいか、この女性は口を開くと辛辣なのに、一見やさしそうに見える。「そういうことにしておきたいだけだろう？　相手は歩いてきたよ。身なりは立派だったけど、話し方はぎこちなかったね」ミセス・プリムが言った。

「名前を言っていましたか？」ああ、どうすれば平気な顔をしていられるだろう？　すでに体じゅうが震えていて、歯を食いしばらなければ、かちかち音をたてそうだ。

「マン、だったかね。いや、そうじゃなくて……ムーアだ」ミセス・プリムは自分の記憶を確かめるように首を振った。そのために幸いにも、その名を聞いたオリヴィアがこらえきれずに小さな悲鳴を漏らしたのに気づかなかった。「住所も教えてくれたよ。あんたが帰ったら連絡してくれって言ってね」

「それで、相手にはもう知らせたんですか？」オリヴィアは無意識のうちに喉に手を当てていた。かつてムーアに首を絞められたときのように。あわてて手をポケットに入れ、中で拳を握る。トーマス・ムーアはバートラムの手下だ。しかもただの手下ではなく、たぶん……殺し屋。

ミセス・プリムが肩をすくめた。「相手は警官でもないし、わたしは縁結びの役なんぞごめんだからね。あんたはどこかよそに移ったと言っておいたよ」

「ああ」オリヴィアは一瞬かたく目を閉じ、気持ちを落ち着けようと努めた。そうでもしなければ、ミセス・プリムに抱きついてしまいそうだった。「ありがとうございます！　その……お世話をおかけしました」いつも不機嫌そうなこの大家のことをいやな人だと思っていたけれど、とんでもない間違いだった！

しかし、ミセス・プリムはオリヴィアの感謝をはねつけるように口を曲げた。

「厄介ごとはごめんだ。悪いけど、あんたにはすぐに出ていってもらうよ」

「それなら……裏口を使わせてもらえますか？」

ミセス・プリムは険しい表情のままうなずいた。「そう言うだろうと思った。いいかい、この先行くあてがなくなっても、二度とここに来るんじゃないよ。わかったね？」

「わかりました。約束します」人生でこれほど簡単な約束もない。

扉が閉まった。オリヴィアは手早く荷物をまとめた。逃げるたびに持ち物が少なくなっていく。今や所持品は小さなスーツケース一個におさまるだけしかなく、その荷物の軽さが人生の敗北を物語っているように思えた。バートラムはどうやってこの場所を突き止めたのだろう？　これまでどこへ行くにも細心の注意を払ってきたのに。

建物の裏手の人目につかない狭い路地はすっかり暗くなっていた。ミセス・プリムの部屋を借りたのは、ほかでもないこの路地があることが決め手だった。とはいえ、今は二度とここを通らずにすむことを願いたかった。

オリヴィアは轍《わだち》のついた路地を足早に歩いた。これからどこへ行こう？　アマンダは夫のリプトン子爵とイタリアに発《た》った。雇い主の家に間借りしているリラに助けてもらうのは難しいだろう。かといって、女ひとりで宿を求めて夜の町をさまようわけにもいかない。ヨーロッパ大陸行きの蒸気船は、朝の満潮とともに船出する。ウォータールー駅から次の汽車に乗ってしまうという手もある。だけど、どことも知れぬ夜更けの駅に降り立ったその先はどうするの？

一歩進むごとに、大通りのにぎわいが近づいてきた。馬具の音や車輪の響きを聞くうちに、あの雑踏にまぎれ込んでしまえば安全な気がしてきた。大丈夫よ——動悸《どうき》を抑えるため、自分に必死に言い聞かせた。実際には少しも大丈夫ではない。ロンドンにいることをバートラムの手下に知られてしまったのだから。

「旦那様は面倒をお望みでない」オリヴィアがロンドンに到着した七年前の夜、ムーアは駅で待っていた。バートラムの箱馬車《ブロアム》では、オリヴィアの向かい側に座った。車輪の動きに合わせて揺れるランプのせいで、彼の顔は明るく照らし出されたり、闇の中に消えたりした。

「おれにとっては、おまえはまさに面倒のもとだ」

ムーアはホテルまで送ると言った。オリヴィアが安全な場所に落ち着くのを見届けるよう旦那様に言われて来たのだと、言葉巧みに彼女を馬車に乗せた。それまでロンドン行きについてバートラムから強硬に反対されていただけに、意外だった。おそらく謝罪の意味が込められているのだろうとオリヴィアは思った。バートラムは母の葬儀に来なかったので、罪滅ぼしをしようとしているのだと。

しかしムーアは、オリヴィアをホテルに連れていかなかった。馬車が途中で大通りをそれてあたりが急に寂しくなったと思うと、彼らは真っ暗なヒースの野原を進んでいた。やがてムーアが例の面倒について話しはじめ、オリヴィアは強い恐怖を覚えた。「わたしは面倒なんか起こしません」彼女は必死に訴えた。「バートラムにも言いました。あの人に何かしてほしいなんて思っていません。わたしには自分で決めた夢があります」

しかし、ムーアの耳には届かないようだった。「旦那様は面倒をお望みでない」彼は繰り返した。「だから、代わりにおれが引き受ける」

そしてムーアは、その言葉を実行に移した。

今でもオリヴィアは、あのとき自分の喉にかけられたムーアの手の感触をありありと覚えている。体じゅうの細胞が死にもの狂いで空気を求めているとき、人は不思議な光景を目にするものだ。ありとあらゆる色、光。楽しかった思い出、愛された日々の記憶。

オリヴィアは必死にあらがった。しかし、相手は数倍も強かった。

目を覚ましたとき、彼女は道路脇の側溝に横たわっていた。すでに夜が明け、太陽がのぼっていた。オリヴィアは目を見開いたまま、わたしは死ぬはずだったのだと理解した。息を吹き返すとわかっていたら、ムーアは決して自分を馬車から放り出さなかっただろう。

その後オリヴィアはタイピング学校を訪れ、オリヴィア・ホラデーではなくオリヴィア・マザーの名前で入学させてほしいと校長に頼んだ。オリヴィアの喉の痣《あざ》を目にした女性校長は、やさしく応じてくれた。

あのトーマス・ムーアにふたたび見つかってしまったなんて。今この瞬間も、あの男はわたしを捜しまわっている。そしてわたしは、どこにも行くあてがない。

路地から大通りに出たところで立ち止まり、呼吸を整えようと胸に手を当てた。大丈夫、今は息ができている。胸いっぱいに空気が吸える。

考えてみれば、行くあてがまったくないわけでもない。オリヴィアは通り過ぎていく一台の貸し馬車に目をやった。別のもう一台に目を移しながら自問する。今夜、自分を迎え入れてくれる屋敷が一軒ある。よもやそこに隠れているとはバートラムも思わないだろう。なんといっても、そこはかつてバートラムが裏切った男の屋敷なのだから。

本当に行く覚悟があるの？　良心を手放してしまえるの？　エリザベスの手紙を盗んだときは、後先のことなどまったく考えなかった。しかし、今は違う。非情な犯罪者のように計画を練っている。

良心か、身の安全か。良心か、人間らしい暮らしか。良心か、自由か。どちらかを選ばなければならないとしたら、なんの迷いもなく良心を捨ててやる！　それもこれもトーマス・ムーアのせいだ。いや、誰より悪いのはムーアを差し向けたバートラムだ。

オリヴィアは次にやってきた貸し馬車を呼び止め、御者に告げた。「メイフェアのグリーン・ストリートへ」

かびくさい馬車に乗り込み、車輪が動き出してセント・ジャイルズ教会が遠ざかっていくのを窓から眺めているうちに、次第に不安がおさまって冷静さが戻ってきた。

こうなったら、ハウスキーパーを演じよう。マーウィック公爵邸のどこかにあるバートラムに関する極秘書類を見つけるのだ。そして、それを利用してやる。

バートラムの手下から逃げまわるのもこれが最後だ。

2

ふたつの手と喉。殺人が起こるのに必要なのはそれだけだ。

アラステアは床に座っていた。背中に当たる壁が、自分を前に押し出そうとしている。それでも彼は動かなかった。ずっとここにいるつもりだった。闇の中で両手に視線を落とす。開いた手のひらは、破壊を求めて激しくうずいていた。

簡単だ。人を殺すことはあまりに簡単だからこそ、男はその一線を越えぬよう警告してもらう必要がある。喉はとても繊細な器官だ。ひとたび舌骨が砕かれれば、空気の通り道が完全にふさがれる。男は紳士として守るべきルールを競技場で教わる。決して相手の喉を絞めてはならない。それはスポーツマンシップに反する行為だ。

しかし結局のところ、礼儀作法はスポーツの試合とも名誉とも関係がない。自分の力の大きさに気づいた男たちが殺しあいをはじめないよう生み出されたものだ。

なぜ？　なぜ殺してはいけない？　この世には誰かに殺されるよりひどい死に方がある。妻はクラリッジズ・ホテルのスイートルームで、ひとり寂しく死んでいた。アヘン吸引器を傍らに残して。「嘘だ」アラステアは警官に言った。「違う、そんなはずはない。きみたちは間違っている。妻は限度をわきまえていた。安全に使う方法をちゃんと心得ていた」

「ご存じだったのですか、閣下？　奥様がアヘンを吸引していたことを？」

警官の口調がにわかに変わったことに気づき、アラステアははっとした。自分に対してそんな口の利き方をする者はそれまでいなかった。飼い犬も同然の政府役人がこれほど急に態度を変えるとは。

「ああ」アラステアは答えた。「知っていた」

そこで嘘をつこうとは考えもしなかったとは、思いあがりもはなはだしい。たしかにあのときはすっかり気が動転し、悲しみと困惑のさなかにあった。だが、それにしてもなんと傲慢だったことか！　傲慢だけでなく、無知でもあった。マーガレットがアヘンに手を出していたことは知っていたのに、安全に使っているものと思い込んでいた。彼女の言葉をそのまま信じたとは、なんと愚かだったのだろう。〝頭痛が楽になるから吸っているのよ。なんの害もないし、アヘンチンキより効くの〟と。まともな分別のある男なら、妻にそういった習慣があるのを知った時点であらたな疑いを抱くのが当然だった。ここまで長く夫に隠し事をしていたからには、ほかにも秘密を持っているのかもしれない、と。

しかし、己の判断力を疑うことはアラステアにとって容易ではなかった。何しろそれまで挫折を経験したことが一度もなかったのだから！　そう、まさに順風満帆の人生だった。公爵としての務めを立派に果たし、亡き父が残した公爵家の悪《あ》しき評判を跳ね返した。結婚相手は申し分なく、両親と違って夫婦仲も悪くなかった。マーガレットは理想的な妻で、アヘンを吸うことなど取るに足りない問題だった。

そのマーガレットが急死したことにより、ロンドン警視庁は途方に暮れた。公爵夫人がロンドン屈指の高級ホテルで死亡しただって？　ロンドン塔や動物園の見物に訪れるアメリカ人旅行者に上と下の階を挟まれた、一泊五〇ポンドもする豪華なスイートルームで？　どうすればこの事件がスキャンダルになるのを防げる？　人々に気づかれることなく速やかに片をつけるにはどうしたらいいのだ？

マーガレットの手紙の存在については、ロンドン警視庁の誰ひとり知らなかった。妻に多くの愛人がいたことも、闇にまぎれてみだらな裏切りが繰り返されていたことも。彼女は男たちと肌を重ね、夫が考えていることを――アラステアが議会でどうやって政敵を負かすつもりでいるかを相手の耳元でささやいた。遺体が見つかった時点では、アラステアはそれらの事実を知らなかった。自分たちは完璧な夫婦だと自らに言い聞かせ、そう思い込んでいた。仮にロンドン警視庁が公爵夫人の秘密を知っていたなら、公爵が妻を殺したと疑ったかもしれない。そしてもしその時点でアラステアが妻の裏切りを知っていたのであれば、おそらく彼らの推理は的中したはずだ。

アラステアはあらためて手のひらを開いた。そうさ、簡単だとも。ふたたび壁が背中を押し出そうとした気がした。足を踏ん張り、抵抗する。

マーウィック公爵夫人マーガレット・デ・グレイの死は、結局自然死として処理された。遺体は好奇心の強いアメリカ人たちが眠っているうちに、夜の闇にまぎれてホテルから運び出された。死亡届にはインフルエンザによる急死と記され、友人たちはそろって悔やみの言葉を述べた。この世はなんと不公正なのだろう、神の御心《みこころ》はじつに不可解だ、と。

実際には、マーガレットの死は不公正でも不可解でもなかった。愚かな悪習が招いた当然の結果だ。同じく、マーガレットの愛人たちが命を落としたとしてもなんら不公正ではなく、もちろん不可解でもない。やつらは殺されて死ぬのだ。自分がこの屋敷を出れば、間違いなく殺人が起きる。

だからこそ、屋敷を出るわけにはいかない。屋敷どころか部屋の外にさえも。

アラステアは両手を凝視した。カーテンを閉めきって作った暗がりにもすっかり目が慣れた。手にはくっきりと鮮やかな生命線が刻まれている。俗に幸運のしるしと言われるが、名誉や理想と同じで、こんなものはまやかしだ。彼は唇をゆがめた。くそったれのまやかしめ。

ああ、すっかり言葉が下品になった。使いものにならない腐った脳からは、腐った言葉しか出てこない。糞《ふん》にハエしか寄ってこないのと同じだ。かつては自分に不可能などないと思っていた。どんなときも運命を切り開けると信じていた。マーガレットとふたりでこの世を思いのままにできる、自分にはその力があり、何事も完璧に、間違いのないように実行できると考えていた。

アラステアは拳を握りしめた。関節が音をたてる。痛みは感じなかった。

「閣下」

さっきから誰かが呼んでいる。これで三度目だと、アラステアはふいに気づいた。小さな声は扉のほうから聞こえてきた。女の声だ。だが、彼は顔をあげなかった。

かすかにガラスのぶつかりあう音がした。女が絨毯《じゅうたん》に転がっている空の酒瓶を片づけているのだ。しかし自分はここ数日、酒を口にしていない。もはやアルコールも意味をなさなくなっていた。飲もうが飲むまいが何も感じないのだ。

「閣下」女が言った。「少し部屋からお出になりませんか？　わたしが片づけているあいだ、外の空気を吸われてはいかがでしょう」

連中はどうせすぐに出ていく。無視するのがいちばんだ。やつらのしつこい呼びかけは、聞けば聞くほど危険で愚かしく思えてくる。使用人も、弟も、世の中すべても、誰も何もわかっていない。そっとしておくのが皆のためになることを、まるで理解していない。ここにいたほうが安全なのだ――こちらではなく、周囲にとって。

殺すことくらい簡単だ。この両手を使えばわけもない。自分はもはや政界の星ではなくなった。社交界でいちばん美しい女性を妻に持つ、期待の首相候補でもない。イングランドの希望でも、両親の汚名を返上した輝かしい跡継ぎでもない。歴史にあらたなページを残す偉人でもない。

外の空気を吸いに出るなどしたら――つまり部屋の外へ行こうものなら、きっと死者が出るだろう。自分は人を殺してしまう。復讐《ふくしゅう》の鬼と化して。

「閣下」ふたたび声をかけてきた若い女は、色白で背が高く、なんとも目につく赤い髪をしていた。鮮やかすぎて、目を突き刺されているかのようだ。「もしよろしければ――」

愚か者には思い知らせてやるしかない。アラステアは近くにあった酒瓶をつかんで投げつけた。

オリヴィアは扉を勢いよく閉め、心臓が激しく打つのを感じながら扉に身を預けた。今朝の時点では、こんなふうに公爵と顔を合わせるつもりはなかった。図書室の一部の棚の本がなかったので尋ねたところ、メイドのひとりがこう答えたのだ。「ああ、旦那様が上の階に持っていかれたんです。部屋はまるで市場ですよ！　本とか書類とか、ほかにもわけのわからないものが山積みになっていて。近頃はわたしたちも入れてもらえません」

書類？

オリヴィアがここへ来てすでに五日が過ぎていた。まだどの場所も捜せていない。予想とは裏腹に、屋敷の規律の乱れが障害になった。メイドや従僕ばかりか、ときには厨房《ちゅうぼう》の下働きまで、いるべきでない場所にひょっこり現れる。彼らがオリヴィアの思いも寄らない場所で仕事をさぼって雑談や居眠りやカード遊びをしているのを、これまで何度となく目にした。いたるところに人の目があるのでは、こっそり探ることなどできるはずがない。

そこでオリヴィアは、使用人たちに自分たちの役割と規律を徹底的に守らせることにした。小部屋から出てきたジョーンズもその考えに賛同し、オリヴィアにはハウスキーパーの素質がある、天賦の才能だと褒めてくれた。彼女の能力を見抜いて雇ったことを明らかに得意に思っているらしい。

オリヴィアとしてはただ単純に、さぼってばかりの目障りな使用人たちに計画を邪魔されたくなかっただけだ。誰がいつどこにいるのかをあらかじめ把握しておく必要があった。

問題が解決されるまで、オリヴィアはとりあえず屋敷を観察し、書類を捜す手順を考えた。書斎を徹底的に調べなければならないことはわかっていた。図書室にもいくつか書類棚がある。でも、公爵の私室は？　そのことは考えていなかった。そこで彼女は自己紹介するという口実で上階に行き――あきれたことに、ジョーンズはまだオリヴィアを公爵に引きあわせていなかった――主人の部屋の様子を探ろうと考えた。

ところが実際に行動に移してみると、自己紹介をするどころか衝撃的な光景を目の当たりにし、あろうことか酒瓶まで投げつけられてしまった。

すぐにでも扉に鍵をかけ、公爵が出てこられないようにしたかった。もちろん不可能だけれど。それではハウスキーパーでなく、看守になってしまう。

それとも、混乱の館のハウスキーパーなら許されるだろうか？

オリヴィアは深く息を吸った。公爵はまさか本気で自分めがけて瓶を投げつけたわけではないだろう。そう考えると、少しだけ気が休まる。

いや、ひょっとして本当に命中させようとして、手元が狂ったのかもしれない。扉の近くからだと暗すぎて、部屋の様子はよくわからなかった。床に本だか書類の山だかが置いてあって、天蓋付きのベッドがあるのもわかった。その右の、閉めきられたカーテンの隙間からわずかに差し込む明かりの中に、公爵らしき人影が見えた。その人影は、座り込んだ状態で身動きひとつせず、祈りの最中のように頭を垂れていた。

いや、祈っているのではなかった。完全に正気を失っていたのだ。刃物のように鋭い狂気が伝わってきた。部屋に不穏な空気が充満していた。

投げつけられた瓶が音をたてて砕けたとき、オリヴィアは手にしていた瓶をすべて放り出して逃げた。つまり、公爵はあと三つ凶器を持っているということだ。甲冑《かっちゅう》でも身につけないかぎり、二度と部屋に入りたくない。

そこまで考え、オリヴィアは小さく微笑んだ。そういえば、図書室の扉の前にひとつ鎧《よろい》が飾ってあった。

「彼女、入っていったわよ」廊下の向こうで声がした。

「まさか！　無理に決まってるわ！」

「本当だってば。しばらく耳を澄ましてたけど、悲鳴は聞こえなかったわよ」

「もうすぐ目に痣をこしらえて出てくるわよ。旦那様は――」

オリヴィアが廊下の角を曲がると、メイドがふたりいた。オリヴィアに見つかって、メイドたちはおしゃべりはやめたが、意味ありげに目配せした。どこか人をばかにした態度だ。オリヴィアは自分がふたりの目にどう映っているか考えずにはいられなかった。このハウスキーパーはすっかり怯えていると思われただろうか？

胸に怒りが込みあげた。怯えてなどいない。バートラムの手下には怯えさせられたが、びくびくさせられる相手のリストをこれ以上増やす気はなかった。オリヴィアは背筋を伸ばし、黒髪のメイドに言った。「ポリー、朝食室を見てくるよう言ったはずよ」

ポリーは横柄にエプロンの裾を払った。「もう見ましたよ、ミス・ジョンソン」

「ミセス・ジョンソンでしょう」それがハウスキーパーに対する正式な呼びかけだ。

もうひとりのメイドのミュリエルがくすくす笑った。この笑い声に魅力を感じるらしく、従僕たちはことあるごとに彼女の気を引こうとする。使用人同士がそんなふうに戯れている光景を、オリヴィアはこの屋敷に来てから頻繁に目にしていた。当初から違和感を抱いていたが、今こうしてミュリエルの笑い声を聞くと一気に不愉快になった。

公爵が暗い部屋で酒浸りになっているというのに、使用人たちがのんきにふざけているなんて。〝とにかく面白いったらありゃしないの〟ポリーは言っていた。〝まるでお金をもらって芝居を見物させてもらってるようなものよ〟

オリヴィアは冷ややかに言った。「ミュリエル、何がそんなにおかしいの?」

ミュリエルがえくぼを見せながら肩をすくめた。小柄で愛らしいブロンドのミュリエルは、自分の魅力がどんな相手にも通用すると思っているらしい。いずれそうではないとわかって驚く日が来るだろう。「なんでもありません。ただ、あなたははじめ、メイドの仕事を探していたと誰かが言っていたし……」

誰かというのはポリーしかいない。当のポリーは肩をそびやかして、オリヴィアをにらみつけている。

「それにはっきり言って、あなたはわたしがこれまで会ったハウスキーパーの中でいちばん若いんですもの」ミュリエルが言った。

　たしかにそのとおりだった。ここの使用人がオリヴィアを軽く見たり、口答えしたりする理由もそこにある。それに、援護してくれると思っていたジョーンズはほとんど小部屋に閉じこもりきりで、助けにならない。

　それでも、屋敷を調べるためにはなんとしても使用人たちを掌握しなくては。

「まあ、驚いた」オリヴィアは言った。「いちばん若いハウスキーパー？　本当に？　まあ、いいわ。あなたみたいに経験のある人の言うことならきっと間違いないわね。これまでさぞかし世界中のいろいろなお屋敷に仕えてきたんでしょう。ヴェルサイユ宮殿でスープを運んだこともあるのね？《ヴ・ザヴェ・メーム・スープ・ア・ヴェルサイユ・ネス・パ》」

　ミュリエルの顔から笑みが消えた。「その言葉は……わかりません」

「そう？　残念ね。絨毯のブラシがけやカーテンの埃《ほこり》払いならわかる？」

　ミュリエルは困った顔になり、助けを求めるようにポリーを見た。ポリーはオリヴィアの流暢《りゅうちょう》なフランス語に肝をつぶし、口をぽかんと開けている。「その言葉もわかりません」ミュリエルが言った。

　ポリーがわれに返ってミュリエルに言った。「ばかね、絨毯のブラシがけの方法を知っているかときかれたのよ」

「慎重に答えてちょうだい」オリヴィアは言った。「ここで働き続けたいなら、今後はその仕事をおもにしてもらうことになるから」

メイドたちが驚きの表情を浮かべたところをみると、ふたりともオリヴィアに解雇されるかもしれないとは思っていなかったらしい。たしかにオリヴィアにも確信はなかった。自分は臨時で雇われている身だし、この屋敷はすでに多くの人手を失っている。

それでも脅しには狙いどおりの効果があったようだ。メイドたちは階段の踊り場に置きっぱなしにしている掃除道具の箱をあわてて取りに行った。ポリーがミュリエルに何か言っている。〝公爵〟とか〝飲んだくれ〟とかいう言葉が聞こえてきた。

使用人たちがここまで勝手に振る舞うのも無理はない。主人のマーウィック公爵がまるで手本にならないのだから。それでも、酒浸りの主人を嘲《あざけ》るのはよくない。彼女たちには奉公する者としての自負心がないのだろうか？　こういった大邸宅では特に、経験の長い使用人はただ主人の命令に従うだけでなく、主人に品格ある行いを求めることも務めなのだ。世間にはそれを誇りにしている屋敷もある。当然だ。自分勝手な貴族ばかり増え続けたら、イングランドは今頃、革命が起きているだろう。

ところが、ここの使用人たちは義務と誇りを両立しないものと思っているらしい。

「もうひとつ」オリヴィアはメイドたちに呼びかけて振り向かせた。「今後は、閣下の部屋にお酒を持っていかないで」公爵も自分の行動に責任を持つ必要がある。またあそこに行く必要が生じたときに備えて、武器を取りあげておかなければ。「これは従僕も含めた全員への通達よ」

メイドたちは目を大きく見開いてオリヴィアを見た。ミュリエルのほうが先に気を取り直した。「でも、旦那様が呼び鈴を鳴らしたら――」

「わたしに知らせて。こちらで対応するから」そうなったときは、なんとかするしかない。

「従僕たちはあなたの指揮下にないはずです」ポリーが言った。

「そうよ、彼らはミスター・ジョーンズの指揮下にあり、ミスター・ジョーンズはわたしと同じ考えなの」正確には、そうなるようこれから執事と話をつけるつもりだ。マーウィック公爵には粗暴な行為の代償を払ってもらおう。そもそも、屋敷の主人が酒で命を落とすようなことになれば、執事も仕事を失うはめになるのだから。

「動いてはなりません」オリヴィアは使用人の休憩室のテーブルの上座についていた。右側にジョーンズ、左側に料理人のクック、その下座に従者のヴィカーズが座っている。四人は先ほどから、壁にずらりと取りつけられている呼び鈴を見つめていた。鈴のひとつが鳴り出したのだ。この一時間ですでに三度目だ。

「だが、旦那様がお呼びだぞ！」ヴィカーズは丸顔で頭を修道士のように剃《そ》りあげており、緊張するとそのつるつるの頭をしきりに触る癖がある。今もまさにごしごしこすっていた。

「夕食は召しあがったわ」オリヴィアは言った。「さっき持っていったばかりじゃないの。閣下が今ほしいものはアルコールしかないわ――もしくはホットミルクか」そこで考えた。ホットミルクは気持ちを落ち着かせるという。「ホットミルクを持っていってさしあげたら？喜ばれるかもしれないわ」

ヴィカーズは頭のてっぺんをかきむしった。「おれに死ねというのか？」

「私はミセス・ジョンソンに賛成だ」ジョーンズが言った。「たしかにウイスキーはよくない。しかし、ポートワインならどうだろう？　そのくらいは紳士の楽しみとして――」

「どんなアルコールだって体に毒です。それに、ここで甘やかしたらだめでしょう」オリヴィアは言いながらうんざりした。また最初からくどくど説明しなければならないのだろうか？「わたしは瓶を投げつけられたんですよ。何が紳士の楽しみですか」決して悪気があるわけではなく、主人の身を案じているところを強調した。「閣下が以前は乱暴な方でなかったというのなら、それこそ今日のできごとはお酒が原因に違いありません。これ以上飲ませないようにするのがわたしたちの務めじゃありませんか」

「閣下は本当に酔いつぶれていらっしゃったのか？」ジョーンズが虚空をにらんだ。「これまでワイン貯蔵室を注意して見てきたが、本数が減っているようには――」

「部屋にどれほどたくさん瓶が転がっていたか、きっと想像もつかないと思います」

「そしてあんたは、いつもの旦那様の様子がどうかは想像もつかないだろう」ヴィカーズが言った。「酒があったほうが旦那様は気分が安らぐんだ！」

「安らぐですって？」オリヴィアは脱力して背もたれに体を預けた。「あなたは酒瓶が空を切って飛んでくるのを――」

「少なくとも食事はとってくださっているわ」クックが疲れた目をして言った。灰色の髪と同じく、顔までくすんでいる。呼び鈴が鳴るたびにびくびくして身を縮めるので、この一時間のうちに二重顎が三重になってしまった。「お酒のせいかどうかわからないけれど、旦那様はこの夏ほとんど食事に手をつけなかったのが、今はだいぶましになったのよ」

ましですって！　オリヴィアはあらためて公爵の部屋の闇と、彼の突然の暴挙を思い返した。あれをましだというの？　膝の上で拳をかためる。「でも、こうするのが閣下のためだということはわかるでしょう？　たとえ順調に回復しているとしても、どのみちお酒は体に悪いし――」

ジョーンズが椅子を鳴らして立ちあがった。「きみはここに来てまだ日が浅い」いっこうにやむ気配のない呼び鈴の音に負けないよう声を張りあげる。「よかれと思って言っているのはわかる。しかしきみは、自分が何もかもわかっているつもりになって――」

オリヴィアは降参とばかりに両手をあげた。「けっこうです！　どうぞ、なんでも持っていけばいいでしょう！」いずれにせよ、自分の知ったことではない。公爵はおそらく大切なものは書斎に保管しているはずだ。寝室に入る必要はもうないだろう。

しかし、指示に従わない使用人の問題が依然として残っていた。

「ただ……」オリヴィアは続けた。「わたしはどうすればみんなに従ってもらえるんでしょうか？　教えてください、ミスター・ジョーンズ。使用人は主人の行動をまねするものです。今、この屋敷が何に似ているおわかりですか？　主人がまともでない振る舞いをしているんですよ」

呼び鈴が鳴りやんだ。静けさの中、三人の怯えたまなざしがオリヴィアに向けられる。

やがて、クックがテーブルにうなだれて泣きはじめた。ジョーンズは小麦袋のように力なく椅子に崩れ落ち、ヴィカーズは両手で頭を抱えた。

オリヴィアは一瞬勝ったと思った。やっと三人ともこちらの言い分が正しいと理解したのだ。

とはいえ、気の毒でもあった。彼らにとってここでの奉公は遊びでも偽装でもない。自分たちの生活がかかっている。

万一公爵が死んでしまったら、あらたな公爵は自分の使用人を引き連れてくるだろう。ということは、オリヴィアの提案は三人の利益にもかなっているはずだった。

クックがハンカチで嗚咽《おえつ》を抑えながら言った。「わたしは旦那様が子どもの頃からお仕えしてきたのよ。あの方がここまでふさぎ込むなんて思ってもみなかったわ。いつも親切な方だった。あなたには想像もできないでしょうよ……」

たしかにまったく想像できない。オリヴィアはため息をついた。

「お医者様が必要かもしれませんね」

ヴィカーズが鼻を鳴らす。

「旦那様の弟君ほど優秀な医者はいない。もうじゅうぶんやることはやったさ！」

「マイケル様は全力を尽くされた」ジョーンズが重々しく同意した。

それはオリヴィアにも理解できた。マイケル卿がエリザベス・チャダリーに求愛しに来たとき、彼は物事を中途半端にすませない人に見えた。

今はマーウィック公爵とマイケル卿が疎遠になっているおかげで、自分は別人になりすましてこの屋敷にいることができる。ふと、今後マイケル卿がふたたび屋敷に呼ばれるのではないかと気になった。「ひょっとしてその方は……」

不安のせいで言葉が続かなかった。マイケル卿がやってきたら、たちどころに気づかれてしまう。しかし、クックが言外の意味を察して首を振った。「マイケル様は旦那様に追い払われたのよ、ミセス・ジョンソン。もうこの屋敷に足を踏み入れることはないでしょう」

オリヴィアはクックを見た。「閣下が子どもの頃から仕えていると言っていたわね」涙に濡《ぬ》れたクックの顔は悲しみに暮れる祖母といった風情で、見るからに痛々しかった。この顔を見ながら知らん顔をするには強い意志が必要だろう。「あなたから閣下に話をしてもらえたら――」

「とんでもない、立場が違うわ。わたしは上の階になんて行きませんから」クックはたくましい腕を組んで椅子にもたれた。情け深い祖母の顔だったのが、急に頑固なロバのような顔つきになっている。「わたしの持ち場はこの厨房。ここを守るのが仕事なのよ」

「都合のいいことを言って」ヴィカーズがつぶやいた。

オリヴィアはヴィカーズに同意したいのをこらえた。クックの自負心はおそらく衛生面にまでは及んでいないに違いない。今朝もカウンターにごみが山になっていたのを見たばかりだ。「それなら閣下をここまでおびき出しましょう。いくら呼んでも従者が来ないとわかれば、きっと自分で飲み物を探しに……」三人がぎょっとした表情を見せたので、オリヴィアは言葉を切った。「どうかしました？」

ジョーンズが用心深そうに言った。「閣下が部屋を出ることはないだろう」

オリヴィアは顔をしかめた。「屋敷じゅうの者たちが仕事を放棄してもですか？」

「閣下は……すでに相当長く引きこもっていらっしゃる」

オリヴィアはしばらく間を置いて尋ねた。「だから、この先も部屋から出ないというんですか？　もう二度と？」

「居間くらいなら、たまには行かれるかもしれない」ジョーンズが期待するように従者を見た。ヴィカーズは肩をすくめるばかりだ。

「ヴィカーズはそれほど頻繁に見まわりをしていないから知りませんよ」クックが言った。「この人がキッチンメイドにちょっかいをかけているのを、日に三度は追い払わなきゃならないんだから！」

「閣下が部屋から出ない？」オリヴィアは念を押すように言った。こんな奇妙な話は聞いたことがない。「いったいなぜです？」

「それが誰にもわからないのだ」ジョーンズが言う。

「しかも、人に会おうともされない」ヴィカーズが深刻な顔で言った。「手紙もお出しにならないし、来客もない。近頃はまったく暇だよ」

オリヴィアは言葉を探しあぐねた。「そんな状態で、いったいどうやって執務をされているの？」公爵はただの紳士ではない。英国貴族であり、イングランドを代表する領主のひとりなのだ。多くの民の暮らしがその肩にかかっている。

「何もしてないでしょうよ」クックが言った。考え込みながら唇を引き結ぶ。「やっぱりあなたの言うことが正しいわ」そこでジョーンズを見た。「旦那様にお酒を持っていくのは間違っているわよ」

ジョーンズはひげの長すぎるところを親指で撫《な》でながら言った。「たしかに」

それに反応するかのように、ふたたび呼び鈴が鳴った。気のせいか、さっきよりけたたましく。

「とにかく、誰かが上の階に行かないと」そう言ったのはもちろん、自分は絶対に行かないと宣言したクックだった。「お酒はいけないと、旦那様にはっきり申しあげるべきだわ」

全員がいっせいにオリヴィアを見た。「無理よ」オリヴィアはあわてて言った。「ミスター・ジョーンズのおっしゃるとおり、わたしはここへ来てまだ日が浅いから」

「だが、これはそもそもあんたが言いはじめたことだろう」ヴィカーズが言った。「われわれが旦那様の呼び鈴を無視しているのもあんたのせいだ」

オリヴィアは顔をしかめた。この三人は公爵を心から案じている。自分はそうではない。それがうしろめたく感じられ、身動きが取れなくなった。三人のすがるようなまなざしに追いつめられてじりじりさがり、荒れ狂う海に落ちかけている気分だった。「わたしはまだ閣下に正式に紹介されてもいないわ。ミスター・ヴィカーズ、その点、あなたなら——」

ジョーンズが立ちあがった。「ついてきたまえ。私が一緒に行って、閣下に紹介しよう」

ヴィカーズが見えない帽子のつばに触れて、別れの挨拶をするふりをした。
「ふたりともお達者で」

公爵の寝室の続き部屋に通じる扉をジョーンズが開けると、ちょうつがいが音をたてた。執事が身を縮めたのがうしろにいるオリヴィアにも伝わった。同じように息をひそめ、あとからそろそろと絨毯を進んでいく。

やはり余計なことに口を出すべきではなかった。使用人たちが公爵家の威厳を損なっているからといって、こちらにはなんの関係もないのに。主人が粗暴な振る舞いをしても誰も何も思わないなら、勝手にすればいい。好きなだけ甘やかせばいいのだ。自分がふたたび公爵の寝室に行く必要ができたら、そのときはあらかじめ従僕に山ほど酒瓶を運ばせればいいだろう。正体不明になるまで酔わせてしまえば、怖くもなんともない。

ああ、これがわたしの最大の欠点だ。関係のないことにまで首を突っ込み、誤りを正そうとしてしまう。

ジョーンズが寝室に通じる扉を静かにノックした。「閣下?」声が震えている。気の毒な執事の腕を叩《たた》いて勇気を分けてあげたかった。といっても、分け与えるほどの勇気が自分にあるかどうかわからない。身を守る甲冑を手に入れないかぎり、二度とここに寄りつかないと誓ったくらいなのだから。

中から返事があったらしく、ジョーンズが扉を開けた。

「入ってもよろしいですか？」

小さな物音がした。壁のガス灯が灯され、部屋の奥に立っている背の高い男性の姿が照らし出された。たくましい首と鋭角的な顎の線が浮かびあがって——。

オリヴィアは頭を蹴られたかのような衝撃を受けた。怠け者のヴィカーズが従者なのだから考えてみれば当然だが、公爵は髪もひげも伸び放題で、今すぐひげ剃りと散髪が必要な有様だった。栄養が足りていないのかひどく痩せて、大きすぎるシャツが肩まではだけ、ズボンはサスペンダーの留め具のおかげでかろうじてずり落ちずにすんでいる。ふつうなら目をそむけたくなる姿だ。

ところが、実際は正反対だった。肉が削《そ》げたことにより、端整な顔の骨格が際立っていた。幅広く鋭角的な頬骨。高くまっすぐな鼻梁《びりょう》。たくましい顎と、男らしい大きく厚みのある唇。オリヴィアは棒立ちになって見つめた。政治の世界に足を踏み入れて以来、マーウィック公爵は世間の注目の的だった。彼に関してありとあらゆる賞賛を耳にしたが、ハンサムだという評判は聞いたことがなかった。なぜだろう？　どうして？　広い肩幅やナイフで削ぎ落とされたような無駄のない肉体は、はるか北方の海を渡ってきた勇猛な海賊《ヴァイキング》を思わせる。違うのは口元だけだ。厚みのあるなまめかしい唇は、まさに快楽主義者のものだった。

公爵が前に出てきた。手足が長く、背も高く、髪はまばゆいばかりのブロンドだ。ジョーンズが気圧《けお》されたようにうしろにさがった。

「ずっと呼んでいたんだぞ」公爵が冷ややかに言った。「かれこれ一時間もだ」

まるで黒ビールの濃厚な泡のように、豊かで深みのある声だった。オリヴィアはにわかに混乱を覚えた。これは正気を失った人の声ではない。部屋を出るのが不安な人の声とも違う。そこには言い知れぬ迫力があった。この場を完全に支配しているような。

部屋は紙に埋もれていた。絨毯のいたるところに書類の山がある。本もたくさん積まれているが……それにしてもなんという紙の多さだろう！

「お許しください、閣下」ジョーンズがしどろもどろに口を開いた。「厨房のほうが少々取り込んでおりまして」

オリヴィアはひそかに絶望した。当初から、書斎は捜すつもりでいた。それから図書室も。けれども、屋敷の書類のほとんどは……この部屋に集中している。何か悪い冗談のように。

視線をあげると、マーウィック公爵がこちらをじっと見つめていた。突き抜けるように鮮やかな青い瞳。その強いまなざしに心がざわついた。なんて鋭い知性をたたえた瞳だろう。これは相当用心しなければならない。

ジョーンズが早口で言った。「閣下、こちらはミセス・ジョンソンです。彼女は……その、二週間前に辞めたミセス・ライトの後任です。恐れながら、少々急ぐ必要がございまして、通常なら事前に相談させていただくのですが、こちらで決めさせていただきました。覚えておいででしょうか？　閣下は使用人の雇い入れについては私に一任してくださっているので

――」

「覚えている」公爵が答えた。鮮やかな青い瞳でオリヴィアを見据えたまま。なぜか彼に挑

発されている気がした。ライオンが絶対服従を求めている。オリヴィアは目を伏せず、まばたきもしなかった。自分が猫なら、きっと全身の毛を逆立てているだろう。

現実には猫ではなく秘書で——少なくともその訓練はされていて、なぜか今ではハウスキーパーだ。なんにせよ、ここでひれ伏す必要はない。

メイドとしては、たぶんわたしは使いものにならないだろう。自分をことさら卑下するのは苦手だし、そうするのが正しいとも思えない。虐げられることが多かっただけに、相手が誰でも卑屈な態度だけは取るまいと誓って生きてきた。

でも、膝を曲げて挨拶するくらいはかまわない。「お目にかかれて光栄です、閣下」オリヴィアはお辞儀をし、体を起こしながら言った。

公爵はしばらくオリヴィアを見ていたが、やがてばかにするように鼻を鳴らしてジョーンズのほうを向いた。「たしかに雇い入れは好きにしていいと言った。ただし」そこで表情が厳しくなった。「次に鈴を鳴らしたとき、また待たされるようなことがあれば——」

「そうさせたのはわたしです」オリヴィアは口を挟んだ。ジョーンズが悲痛な声を漏らしたので、これ以上矢面に立たせるわけにはいかなかった。

公爵がジョーンズに言った。「人の話に割り込まないよう小娘に注意しろ」

小娘ですって！　オリヴィアは身をこわばらせた。自分はハウスキーパーで、主人から敬意を払われるべき立場にいるのに。酒瓶を投げつけるような人にはわからないかもしれないけれど。

「かしこまりました」ジョーンズが焦った顔でオリヴィアを見た。「ミセス・ジョンソン、廊下で待っていてくれるかね？」

喜んで。オリヴィアはすでに向きを変えていた。でも、ひとつ言っておくことがある。彼女は公爵に向き直った。「わたしは小娘ではありません」この人でなし！　弟がすばらしい女性と結婚するのをたいした理由もなくぶち壊そうとし、使用人たちを震えあがらせる暴君。放置された領地はいずれ崩壊するだろう。そんな愚かな人が、よくも人に向かって小娘と言えたものだ。自分のほうこそ、ふてくされた甘ったれ小僧じゃないの？「たしかに若いかもしれませんが、酒瓶を投げつけられたくらいでは動じません」

マーウィック公爵はしばらくオリヴィアを見つめていた。にわかに部屋を横切った臆病者のジョーンズが、あわてて続き部屋の居間に逃げ込んでいく。

オリヴィアも一瞬ひるんだ。だが必死に足を踏ん張り、公爵を目の前にしても動かなかった。ただし心臓は逃げ場所を求め、すさまじい激しさで打っている。

「これは失礼」公爵が静かに言った。「小娘、下におりて荷物をまとめるように。きみはくびだ」

たったそれだけ？　ジョーンズが今の話を聞いたかどうか、オリヴィアは振り返って確かめたいのを必死に我慢した。「それは愚かというものです、閣下」意外にしっかりした声が出たことに勇気を得た。「使用人たちはすっかり野放しになっています。規律を正さなければなりません」

「出ていけ」

追いつめられたとたん、ある考えがひらめき、オリヴィアは低い声で言った。「主人に瓶を投げつけられ、それをやんわりと諭したとたん、屋敷から放り出された――そんなことを新聞社に暴露したくありません」

公爵は一歩さがってオリヴィアをじっくり眺めた。端整な顔にはなんの表情も浮かんでいない。「それは脅しか？」たいして興味もなさそうに尋ねた。

その平板な声は怒鳴り声より恐ろしく、オリヴィアは身の危険を感じた。暴走してくる馬車、蓋のない排水口、錯乱した浮浪者に遭遇したときのように。

逃げなさい。殺されるわ。

オリヴィアは息を吸った。公爵に関してはエリザベス・チャダリーから聞かされて、ある程度知っている。妻の手紙に対する反応からも、悪い評判が立つことを極度に恐れる人だとわかる。それなら、瓶を投げつけたことを言いふらされるのも避けたいだろう。間違いなく世間の評価を落とす結果になるのだから。

「脅すつもりはありません、閣下」何かを盾に取るようなことはしたくないし、自分の性にも合わない。「ただ、わたしを正当に扱ってくださいと申しあげているのです。この屋敷は指導役を必要としています」

公爵がさらに前に出た。オリヴィアは今度こそ、うしろにさがった。背中に壁が当たる。

「面白い」公爵はオリヴィアに覆いかぶさるようにして片方の肘を壁につき、もう片方の手で彼女の顎をつかんで、動物か何かのようにぞんざいに持ちあげた。顔をじっと見据えられ、オリヴィアは全身をこわばらせた。

公爵の手は熱かった。そして、途方もなく大きかった。オリヴィアは食いしばった歯のあいだから声を振り絞った。「放してください」

「〝放してください、閣下〟だ」彼は猫撫で声で言い直した。「主人に対してもう少し敬意を払え」

敬意を払えですって？　相手に敬意を求めておいて、自分はごろつきみたいに振る舞うの？　オリヴィアは鋭くにらみつけた。

顎がさらに高く持ちあげられた。首のうしろが痛くなる。ミスター・ジョーンズはどこにいるの？　なぜ助けてくれないの？「〝閣下〟だ」彼はあいかわらず穏やかに言った。「どうした、ミセス・ジョンソン。言えないのか？」

「これが公爵のすることですか？」オリヴィアは荒い息をつきながら言った。「紳士はこんな振る舞いはしません」

公爵の目はなおも冷ややかなままだ。「するとも。きみは若い。若く、しかも愚かだ。ミセス・ジョンソン、きみには小娘という言葉しか当てはまらない。教えてくれ、これまで夫がいたことはあるのか？」

オリヴィアは唇が震えないよう、口を引き結んだ。手を離してもらうまで、二度と口を開かないつもりだった。これ以上言えば、何をされるかわからない。

公爵が片方の眉をぴくりとあげた。オリヴィアは不思議な衝撃を受けた。彼のこわばった顔にはじめて生じた変化だった。

「ほう、今度はだんまりか？　さっきはあれほどしゃべっていたのに」公爵はオリヴィアの唇に親指を押し当て、強くこすった。彼の指のしょっぱい味がした。

まさかこんなことが。自分の意識が体を離れ、この信じがたい光景を上から眺めているような気がした。あのマーウィック公爵が、使用人に性的な嫌がらせをするなんて。

公爵が指を引っ込め、それを口に含んでゆっくりと味わった。ふたりの目が合った。彼の瞳はどこまでも青かった。はしばみ色や金色といった混じり気がまったくない、突き抜けるように鮮やかな青。オリヴィアの体の奥に奇妙な震えが広がった。

公爵は鼻を鳴らし、手をおろした。「小生意気な娘の味がする。私の好みではないな」もう一歩さがり、意地悪く微笑んだ。「だが、反抗的な奉公人の根性を叩き直すのは、私の得意とするところだ」

この男性の顔立ちや唇の形、鮮やかな瞳の美しさについてなぜ誰も何も言わないのか、ようやくオリヴィアにもわかった。完璧であることは、必ずしも美しいとはかぎらない。ときにそれは恐怖となる。

「閣下――」蚊の鳴くようなオリヴィアの声を、公爵がさえぎった。

「お嬢さん、どうやらきみに夫がいたことはないらしい。乙女のように赤くなっているぞ」

オリヴィアは壁のほうに顔をそむけ、早口に言った。「閣下は使用人を虐げるようなひどい方ではないとみんなが言っていますが――」

拳が壁に叩きつけられた。

オリヴィアはあっけに取られた。驚きで声も出ない。公爵が拳を叩きつけたのは、彼女の耳からわずか数センチのところだった。

「私はまさにそういう男だ」公爵が憎々しげに言った。「今、起きたことが気のせいだとでもいうのか？」

公爵は蔑むような険しい表情を浮かべている。ガス灯に手を伸ばしてダイヤルを絞り、弱まった光の奥にふたたび顔を隠した。

オリヴィアは一目散に逃げ出したかった。しかし、力の抜けてしまった膝で体を支えられるかどうかわからない。心臓が激しく打っている。なんて人なの？　この公爵はまるで怪物だ。まわりが暗すぎて、逃げられるかどうかもわからない。何しろ床一面に書類が――。

ああ、書類が。

オリヴィアは声が震えないよう必死だった。

「このままわたしを雇い続けたほうが楽です。次の女性を震えあがらせる手間も省けます」

「よほどせっぱ詰まっているようだな、ミセス・ジョンソン」

公爵の声には、先ほどの彼の表情と同じく蔑む響きがあった。しかしオリヴィアは、その侮蔑の対象が自分でないことに気づいた。こんな男によく雇われたいものだ、と彼は言っている。侮蔑は公爵自身に向けられているのだ。

予想していた返事と違うのでどうしていいかわからなくなりながらも、オリヴィアは言葉を続けた。「閣下は悪くありません」嘘ばっかり！「お酒は人の性格を変えてしまいますから――」

公爵が耳障りな笑い声をあげた。

「しかし、私はしらふだぞ、お嬢さん。今日はまったく飲んでいない」

オリヴィアはつばをのみ込んだ。酒瓶を投げつけたときも、そして今もしらふなのだとしたら、公爵の衝動的な行動はアルコールのせいではないことになる。つまり、彼は根っからの悪人だ。

オリヴィアは自分が受けた衝撃を悟られまいとした。悟られたら、相手を喜ばせるだけだ。

「それなら、何が必要で呼び鈴を鳴らされたのですか？」

意表を突かれたのか、公爵は少し間を置いてからばかにしたように答えた。「弾丸だ」

もうたくさん。オリヴィアは手探りで壁を伝い、扉のところに戻った。続き部屋の居間を抜けて廊下に出ると、意気地なしのジョーンズが心配そうに待っていた。

「どうだったかね？」

オリヴィアは黙って首を振り、自分の体に両腕をまわしてジョーンズの前を通り過ぎた。公爵の最後の言葉はこちらを脅すためのでたらめだったのか、事実そのものだったのか、見当もつかない。でも、もし事実だったら……。

ジョーンズがすぐうしろからついてきた。「やはり酒を持っていかせようか？」

「ええ、いくらでも」なんなら毒ニンジンでも仕込んでやるといいでしょうね。

さすがにこれはひどい。とはいえ、たとえオリヴィアが実際にそう口に出したとしても、ジョーンズは驚かないだろう。どうやらこの執事は、もう主人が回復する見込みはないとあきらめているらしい。

それでも地階におりていきながら、オリヴィアは公爵の顔を何度も思い返した。壁に拳を叩きつけたあとに見せた、自己嫌悪の表情。端整な顔があのときは醜くゆがんでいた。

気づくと、オリヴィアは自分の唇に触れていた。あわてて手の甲でこする。あの人はすっかり正気を失った暴君だ。彼が何に苦しんでいるのかを考えてはいけない。どんな理由があろうと、あんな振る舞いは許されない。

ただ、オリヴィアは公爵の苦しみのわけを知っていた。亡くなった公爵夫人の手紙を読んだからだ。無関係な自分でさえ強い驚きと不快感を抱いたのだから、公爵がどれほど大きな打撃を受けたかは想像に余りある。

ああ、できれば手紙の内容を知りたくなかった！　あんなひどい公爵に一瞬でも同情するなんてどうかしている……必要なのは同情ではなく、甲冑だ。

3

翌朝目覚めたとき、オリヴィアは何か恐ろしいことが待ち受けている気がした。バートラムではない。頭上の階に巣くう悪魔、マーウィック公爵に関することだ。

朝食は、寝室の横に設けられている小部屋でひとりでとった。使用人たちが休憩室の長いテーブルについて食事をしながら話しているのが、壁越しに伝わってくる。なぜかいつものにぎやかさがない。おそらく誰かが――どうせヴィカーズに決まっているが、昨夜のできごとを言いふらしたのだろう。

メイドたちに仕事の指示を与えるため休憩室に出向いてみると、思ったとおりだった。ポリーとミュリエルとドリスが、いつになく神妙な面持ちで挨拶をしたのだ。三人が一列になって休憩室を出ていくとき、いちばんうしろにいたミュリエルがオリヴィアの耳元でささやいた。「あなたはとても勇気がありますね」そして、小走りに去っていった。

勇気がある？　どうやらヴィカーズが、ジョーンズに聞いた話をことさら大げさに広めたらしい。自分に勇気があるとはとても思えなかった。勇気があるどころか、胸が押しつぶされそうなほど不安だ。あんな公爵のことはもうどうでもいい。死のうが生きようが、本人の好きにさせておけばいいのだ。

そう、わたしが例の書類を捜しているあいだだけ生きていてくれれば文句はない。

最低ね。オリヴィアは顔をしかめた。いくらなんでもわたしはそこまでひどい人間ではなかったはずだ。わたしなりに公爵のことを心配している。たとえ相手が心配してもらうにふさわしい人間でないとしても。

ふと気づくと、階段の踊り場で足を止めていた。いけない、あれこれ悩んで行動できなくなるのは今いちばん避けたいことだ。

今日から書類を捜すことにしよう。日付が変われば、メイドたちがふたたびこちらをばかにするための話の種を仕入れてくるかもしれない。彼女たちは流し目を使い、誰もいない暗い部屋に従僕たちを引っ張り込むかもしれない。そんなときにこちらが公爵の持ち物を漁《あさ》っているところを見つからないよう、じゅうぶんに気をつけなければ。


庭は夏のあいだずっとうるさかった。窓から花々が見おろせる寝室の暗闇の中で、アラステアは外の音を聞いていた。窓にぶつかるハチの羽音。コーニスを駆けまわるリスの足音。朝っぱらから窓の外でにぎやかにさえずる小鳥の歌。

夏には用などない。この屋敷はこのまま自分の墓になるのだ。酒の酔いと怒りに任せ、アラステアは庭にあふれる命の営みを呪い続けた。

しかし一〇月も終わりに近づいた今朝、目を覚ますとあたりは静寂に包まれていた。庭は死んだ。手で触れられそうなほど明確にそう感じられた。カーテンの引かれた窓の向こう側に沈黙が張りついている。今にもガラスを突き破ろうとする拳のような緊張をたたえて。

その張りつめた静けさが、アラステアにあるメッセージを送ってきた。おまえは途方もなく大切な何かを自ら手放したのだ。二度と戻らない何かを。

アラステアは立ちあがった。なぜ立つんだ？　立つことに意味などないのに。鏡台の鏡に、自分のやつれた顔と落ちくぼんだ目が映っていた。飢えたオオカミのようだ。「この間抜けが」鏡に向かって罵声を浴びせる。鏡に映る瞳が鋭さを帯び、唇がゆがんで歯がのぞいた。かつてはこの表情を議会で見せていた。政敵を黙らせるのに抜群の効果を発揮したものだ。今は自分を黙らせることしかできない。

アラステアは抵抗するように鏡の自分に問いかけた。「外に出ないのか？」

外には何がある？　こちらを見つめるいくつもの目。噂を流そうと待ち構える無数の口。〝あの変わりようを見てみろよ。あれでもイングランドの希望とまで言われていた男だ〟人々の視線やささやきが頭の中に渦巻き、胸に石でも詰まったような気がする。外界のことを考えると、呼吸さえうまくできない。

人々が自分に対して抱くイメージは、今も政治家だ。気の毒なお人よしでも、妻を寝取られた男でもない。神をも恐れぬ傲慢のせいで、自分を見失ってしまった愚か者でもない。

世間には過去の自分を記憶させておけばいい。とはいえ、こうして振り返ってみれば、自分の人生そのものが最初からまやかしだったわけだが。

アラステアは床に横になり、いつもの運動をはじめた。一二年前、オックスフォードのパブで一緒に飲んでいた学友たちが、酔った勢いで近くの老兵士に金を握らせ、どれだけ根性があるか見せてみろとからかった。老兵士は軍で日課にしていた腹筋運動をやってみせた。一緒につきあわされたアラステアたちは、終わるまでに全員が胃の中のものを戻してしまった。

あのとき吐いたのはアルコールのせいかもしれない。それにしても過酷な運動だ。床から体を起こすたびに腹の底から苦いものが込みあげる。だが、今はこの不快な刺激が好ましい。あとでもたらされる深い疲労を目当てに、この運動を日課にするようになり、すでに四週間が経《た》つ。肉体を徹底的に消耗させることこそ、今の自分の体を駆けめぐる毒々しい感情や鬱積した怒りを静める唯一の方法だった。

運動を終えたときは、激しい息づかいのせいで喉がひりひりした。立てた膝に額をつけ、汗ばんだ肌のほてりが引くのを待つ。一日一度、体力を使い果たすことによって得られるこの快い疲労のひとときだけが、今のアラステアに許される唯一の憩いだった。

この不気味な静寂は、今にはじまった話ではない。

四年前、それとも五年前だっただろうか。あれからすべてがはじまった。マーガレットは続き部屋で着替えていた。気分がいいとき、妻は宝石を身につけながら鼻歌を口ずさむ。彼女はパーティードレスに着替えていた。当時は毎晩のようにパーティーがあった。政治家には人脈が必要だ。ときに利用し、ときに悪用するために。

あのパーティーはたしか、自分たちが主催していた。マーガレットは女主人としてまさに完璧で、人々から賛辞を受けた。アラステアがその正しい行いと気高い信念、強力な指導力を称《たた》えられていたように。「きみはじつに賢明な選択をしたね」誰かが言った。「彼女はいずれ理想的な首相夫人になるだろう」その言葉をどれほどうれしく感じたか。自分がエスコートをするマーガレットは、たとえようもなく美しかった。周囲の人々と始終、機知に富む会話を交わしていた。

いや、あれが四年前のはずはない。五年前だ。四年前はフェローズがロンドンに戻った年だ。そこからすべてがはじまった。フェローズ、ネルソン、バークリー、バートラム……。

アラステアは顔をあげた。よそう。妻が不貞を働いた相手の名前を数えあげるのはいい加減にやめなければ。手紙を何度も読み返しすぎたばかりに、今ではそれらの内容を安っぽい芝居のせりふのように諳《そら》んじることができる。

〝夫は本当に愚か者よ。妻がどういう人間で何をしているのか、何ひとつわかっていない。あの人は議案が通ると思っているの。でもゆうべ、ドーキンズがまだ心を決めかねていると気を揉《も》んでいたわ。なんとかもうひと押しできないだろうかって。だから、あなたは今すぐドーキンズを訪ねてお金を握らせなさい。それで議案は否決よ。

夜ごと夫の隣に身を横たえながら、わたしはあなたに焦がれている……夫の手をあなたの手だと想像して目を開けると、世にも惨めな気持ちになるわ……〟

アラステアは床に散らばっているガラスの破片を見つめた。なぜあそこにあんなものがあるんだ？　しばらくして記憶がよみがえった。あれは自分が投げつけた酒瓶の破片だ。誰に向かって投げた？　いつ？

ああ、そうか。〝わたしは小娘ではありません〟と言った若い女に投げつけたのだ。あれはいつの話だ？　脳みそが腐りきったこんな頭でも、彼女の声だけは妙にはっきり覚えている。鮮やかすぎる赤い髪や、めったに見ない背の高さも。しかし記憶の中の娘の顔は、ただ白くてぼんやりしている。覚えているのは彼女のめがねに映っていた、獣のように凶暴な自分の顔だけだ。

こんな恐ろしい形相の男を相手に、彼女が怖がらないのが不思議だった。あの娘はなぜあれほど向こう見ずに歯向かってきたのだろう。

アラステアは指の関節の皮がすりむけた部分を撫でた。どうやら自分は落ちるところまで落ちてしまったらしい。あろうことか、女性に手をあげたとは。この手を見るかぎり、そうとしか思えない。

だが、それでも娘は負けじと反抗してきた。きっと頭がどうかしていたに違いない。もちろん、私ほどではないだろうが。

あのとき私は娘に触れ、従順になることの大切さを理解させようとした。だが、思い出すのは彼女の唇の感触だけだ。とてもやわらかな唇だった。一瞬、熱い刺激が全身に走った気がした。決して不快な刺激ではなかった。

なんと陳腐でありきたりなのか。父も使用人に手を出していた。それこそ何人ものメイドに。四年、いや五年前の私は、自分は決して父みたいな男にはならないと思っていた――あんな好色で横暴で残忍な男にはならないと。つい一年前もまだ信じていた。

まったくあきれたものだ。愚か者はじつに多くのことを信じ込む。そこに真実などほとんどないというのに。

それにしても、あの娘はいつここに来た？　昨日？　二日前？　それとも二〇日前？　もはや時間の感覚すら失われている。永久に変わることのない今という瞬間に閉じ込められたようだ。しかし、ここを出ていくつもりはない。出ていけば、すべてが変わってしまう。世間は私に対してあらたな見方をするようになる。自暴自棄になってしまった恐るべき殺人鬼と考えるだろう。

これまで抱いていた野望と理想、大人になっても父のようにはならない、父が犯した過ちを繰り返さないという愚かな信念――床に散らばったガラスの破片は、それらがもろくも崩れた証《あかし》そのものだ。

庭の静寂が、頭の中でこだまし続けていた。

オリヴィアは図書室から書類捜しをはじめた。だが、最も見込みがありそうに思われた書類棚には、大量の古い地図が詰まっていた。おそらく先代が収集していたのだろう。

そこで次に、今日いちばんに掃除しておくようメイドたちに言いつけておいた書斎に向かった。明かりをつけてみると、絨毯の隅に埃がたまっているのが見えた。メイドたちが手を抜いたのが一目瞭然だ。

オリヴィアは唇を噛《か》みしめた。いちいち気にする必要はない。こちらは本物のハウスキーパーではないのだから。

彼女は扉の錠をおろした。屋敷内のほかの書斎の多くは内装が貧弱で、書斎というよりは行商人向けの応接室にするほうが似合っていた。しかしこの部屋には分厚いトルコ絨毯が敷かれ、壁もオーク材の羽目板張りになっている。いかにも一流の男性が事業や政治など高尚な仕事をする場所にふさわしい。それにしてもマーウィック公爵がかつて政界に君臨し、崇《あが》められていたなんて信じられない。古代ローマの名将カトーの生まれ変わり。清廉潔白の士。貧しき民の英雄。いったいどこが！

それでも、静まり返った豪華な空間にぽつんと置かれた書斎机と吸い取り紙の台が目に入ったとき、オリヴィアは胸をつかれる思いがした。そのふたつは、何かとてつもない悲劇がこの屋敷を襲ったことを如実に物語っていた。

彼女はかぶりを振った。そう、たしかに悲劇は起きた。マーウィック公爵は悪女を妻にしてしまったのだ。それがどうしたというの？　どうせ公爵は妻に軽蔑される振る舞いをたくさんしていたのだろう。たとえば物を投げつけるとか。

書斎机のいちばん上の引き出しを引っ張ってみると、鍵がかかっていた。オリヴィアは髪からヘアピンを一本抜いた。わずかな手間で鍵が簡単に開いた。この特技はタイピング学校にいたおかげで身についたものだ。右の席にいたのが未来の子爵夫人アマンダで、左の席にはリラがいた。元スリのリラは〝女は決して鍵に阻まれてはならない〟という信条を持っていた。秘書にはいろいろな人間がいるものだ。

引き出しにはいくつも書類が入っていた。合わないめがねを外してよく見たところ、公爵が所有する領地の収支記録だとわかった。一八八四年八月あたりから字が乱れている。その年の九月で記録は途切れていた。

それが意味することに気づき、オリヴィアははっとした。八月といえば公爵夫人はすでに亡くなっている。公爵はその後まもなく、妻の不貞行為を知ったのだ。

彼女は筆跡に目を凝らした。新聞で犯行現場の写真を見たときのような暗い興奮がかきたてられる。八月の公爵は悲しみでペンを持つ手を震わせていた。九月に記入が止まったとき、彼の悲しみは何か別のどす黒い感情に変わっていたのだろう。

ああ、やはり公爵も人間なのだ。でも、それがなんだというの？　人間とはいえ、恐ろしい人だ。同情などできない。

次の引き出しに移ると、そこには紐《ひも》で束ねられた書類ばさみがあった。中身は演説の原稿や、議会の議事録だった。

それらの中にバートラムの名前がないか順に目を通していくうちに、オリヴィアはいたく興味を引かれた。これが政治の世界というものなのだろうか。ぎりぎりの駆け引き、敵の妨害工作、造反組との攻防。それらはまさに苦闘の記録だった。そこから浮かびあがってくる人物像は、権力をほしいままにする政界の主ではない。苦労しながらも妥協点を見いだし、言葉を尽くして相手を説得しようとする情熱にあふれた政治家の姿だ。公爵の最も有名な演説である、初等教育の重要性を訴える原稿も見つかった。

ここに書かれているような言葉を語れるのは、真の理想主義者だけだ。

まるで熱いものに触れたかのように、オリヴィアは書類から手を離した。

最後の引き出しに入っていたのは、私信ばかりを集めた薄い紙束だった。これは見込みがありそうだ。手紙のひとつにバートラムの署名を見つけて、オリヴィアは胸が高鳴った。だが次の瞬間、顔をしかめた。ただの晩餐《ばんさん》会の礼状だ。その次の書類は、走り書きされた手紙の下書きだった。内容は……。

オリヴィアは大きく息を吐いた。これはラブレターだ！

〝きみと私のあいだにできてしまったこの溝をどうすれば埋められるのか、ずっと頭を悩ませている。マーガレット、私は誓って、きみを大切に想《おも》っていないわけではない。きみはいつも私の人生の中心にいる。きみがいなくては、世界は崩壊したも同じだ。不毛で、不完全で、二度ともとに戻らない……〟

すっかり心を奪われて読みふけっていたことに気づき、オリヴィアははっとした。急いで手紙を置く。こんなものはバートラムとなんの関係もない。わたしは他人の私生活をのぞき見するような卑しい人間ではない。

それとも、ひょっとしてそうなのだろうか？　自分は悪くない、むしろ被害者だ、こんなつらい目に遭わされるのは間違っている——ずっとそう思っていたけれど、最近はその考えがぐらついている。代わりに、今まで知らなかった悪人の自分が表に出てきた。エリザベスにしたことを考えてみれば明らかだ。

エリザベス・チャダリーは、絶えず何かをしている行動的で活発な女性で、使用人にも気さくに接した。敬虔《けいけん》なキリスト教徒としての美徳はあまり持ちあわせていなかった。しかし、少々落ち着きに欠けるおしゃべりではあっても、エリザベスは賢くて寛大で思いやり深い人だった。その気になればマーガレットの手紙を盾にマーウィック公爵を脅迫し、自分とマイケル卿との結婚を認めさせることもできたのに、エリザベスは手紙を公爵に返したのだ。

オリヴィアはその一部を盗んで逃げた。

ほかにどうすればよかったのだろう？　オリヴィアはそれまでずっと、身を隠すことだけを考えて生きてきた。タイピング学校の生徒になり、次にブライトンの年老いた未亡人の秘書になった。それから幸運にも、エリザベスに雇ってもらうことができた。

しかし今年の夏、エリザベスの屋敷を訪れた客のひとりに部屋の隅へと引っ張っていかれ、きみはバートラムの書斎にかかっている肖像画に顔がそっくりだと言われた。また逃亡生活に戻るしかないと悟ったあのとき、オリヴィアははじめて激しい怒りを覚えた。

ふたたび書類を手にする。しかしまったく集中できず、ただ機械的に紙をめくった。一八歳の頃には、四〇代で顔に皺《しわ》があるバートラムはそのうち死ぬだろうと思っていた。しかし七年後の今、そんな考えも変わっていた。バートラムはこの先さらに四〇年生きるかもしれない。しかも、あの男の執念はいつまでも消えそうになかった。オリヴィアがこの世に存在することが明らかに許せないらしい。

あと四〇年も逃亡生活を続けなければならないのだろうか？　自分の人生を生きることさえ許されないの？　彼女はこの夏はじめて、逃げずに戦うという選択について考えた。

敵ははるかに強大だ。バートラムは貴族であり、男爵としての人脈もある。しかし、彼はひとつ過ちを犯した。マーウィック公爵夫人と共謀したことだ。バートラムが書いた手紙を、公爵夫人は他人の手に渡してしまった。オリヴィアが盗み出した手紙の中で、バートラムは公爵夫人に次のように書いていた。

〝その書類とやらの存在をお知らせいただき、なんとも不愉快な驚きを禁じ得ません。友人であるはずのマーウィックが私についてそういった極秘情報を握っているとは——今、彼に対してどれほど深い侮蔑を感じているか、半分も伝えられそうにありません。

マーウィックが私に関してどんな情報を握っているのかは想像もつきませんが、あの男の忌まわしい策略を阻止するため、あなたへのいかなる協力も惜しまぬ所存です〟

〝書類〟がバートラムの評判を損なわないものだとはとても思えなかった。彼は自分の体面を守ることに血道をあげている。何しろ、うら若い一八歳の娘がなんの援助も求めず独力で生きていこうとしているのに、殺し屋を差し向けようとしたのだから。そんな男がよそで善行を積んでいるとはとても思えない。中身がどういうものであるにせよ、その書類はバートラムを社会的に葬り去る決め手となる。それを見つけなければ。

しかし、書類はこの束にはなかった。めがねをかけ直したとき、オリヴィアは胃に痛みを覚えた。トーマス・ムーアは市内を片っ端から捜しているだろう。屋敷の使用人たちもいろいろな場所に出入りしておしゃべりをする。彼らがあたらしいハウスキーパーに関してどんな話をするか、想像するのは簡単だ。男並みに背の高い、真っ赤な髪の女。そんな噂話をどこかでムーアが聞きつけたら……。

右側の本棚には、本ではなく書類ばさみがいくつもあった。こんなにたくさんの書類ばさみを順に調べていたら、それこそ何時間もかかってしまう。

迷っているあいだにも時間は刻々と過ぎていく。

オリヴィアは立ちあがり、スカートの下に隠せるように書類ばさみをふたつだけ取った。向きを変え、扉に向かう。そう、彼女は間違いなく泥棒だ。なんとも惨めなことに。でも何もしなければ、ムーアに見つかって殺されるだけだ。

4

「ここではそんなやり方はしません！」ポリーがはねつけるように言った。

負けじと言い返したくなるのを、オリヴィアは唇を噛んでこらえた。一日のはじまりからすでにくたくたの気分だ。今日にかぎったことではない。ここ二週間というもの、睡眠時間を半分に削り、自分の部屋にこっそり持ち込んだ書類を丹念に読んでいた。今のところ、捜しているものは見つからない。ただオリヴィアはいつのまにか、マーウィック公爵自身が書いた個人的な記録に心を奪われていた。自分でもおかしいと思うほどに。

公爵が書くものは――いや、かつて書いていたものは、常人の域を超えて見事だった。彼は読んだ本すべてについて感想を残し、あらゆる身近な問題について考察していた――外交政策の危機、農地問題、善と悪の本質、偉大なる人間の資質。その筆致は流れるように美しく、豊かな教養をうかがわせる表現が随所にちりばめられていた。オリヴィアはラテン語を一年間学んだだけで、古代ギリシア語はまったく勉強しなかった。自分にも理解できるはずだと思い、図書室で辞書の力を借りて引用文を解読しようとした夜もあった。

自分もオックスフォードやケンブリッジで学んでいれば！　とはいえ、立派な学校で学んでも公爵の言葉が示すような深い洞察は得られなかっただろうが。上階にいるあの怪物がこれほど卓越した文章を書いたとは信じられない。まるで幽霊の手記を読んでいる気がする。生きているうちにぜひ会いたかったと思わせる、すでにこの世にいない人の手記だ。

こんなふうに次第に心を奪われていくのはよくない兆候だとわかっている。しかし、どうしても公爵の書斎をくまなく調べる必要があった。たった一枚の紙を見逃さないためには、すべての書類に目を通すしかない。そのためオリヴィアは、毎晩遅くまで大量の書類を読み、午前二時半をまわった頃にようやくあきらめて床についた。そして夜明け前にふたたび書斎に忍び込んで、あらたな書類ばさみを持ち出した。

今日の時点で、目を通すべき書類ばさみは残りふたつだった。今朝はクックが突然部屋にやってきたので、あわてて書類をマットレスの下に隠してどうにか難を逃れた。クックは厨房での不審なできごとをリストにしていた。二キロものトリュフが忽然《こつぜん》となくなった。いったいどこに消えたのだろう？　また、なぜ食器セットをもう一度修理に出さなければならないのだろうか？　先月、修理に出して戻ってきたばかりなのに。

オリヴィアはふたつの件について朝食のとき執事に尋ねたが、彼にもわからなかった。特にトリュフの一件を重く見たジョーンズは、厨房にいる者全員に聞き込み調査を行った。そのあいだ、オリヴィアはメイドの仕事を見に行った。そして朝食室で惨状を目の当たりにした。ポリーが淡いバラ色の絨毯に紅茶の葉を撒いてブラシでこすっていたのだ。絨毯にはすでにいくつも茶色いしみがついていた。

「今すぐやめて」オリヴィアは言った。「そこは塩を使うのよ」

「塩ですって！」

ことさら掃除に関して詳しくないオリヴィアでも、それくらいは知っていた。

「淡い色の絨毯には塩を使うものよ」

ポリーはいまいましげに肩をすくめると、ブラシを放り出してほうきで掃きはじめた。

「だめよ！　茶葉が毛のあいだに入ってしまうわ。見て、しみになっているでしょう」

ポリーがほうきを投げ出した。「だったら、もう行っていいですか？」

こんなに散らかしたままで？

「だめに決まっているでしょう。紅茶を拾い集めて、塩でこすってきれいにするのよ」

「手で拾うんですか？」

「そう、手で拾うの。そうしないと、汚れが広がってしまうわ」

ポリーが腕組みをしてにらみつけてきた。いつしかオリヴィアも同じ姿勢を取っていた。しばらくにらみあいが続いた。通りすがりの人がこの光景を見たら、どんなに滑稽に思うだろう。メイドとハウスキーパーといっても、ふたりは年がほとんど変わらない。違いと言えば、オリヴィアの腰に鍵束がぶらさがっていることくらいだ。

ポリーが薄い唇を曲げて皮肉な笑みを浮かべた。彼女は美人だった。茶色の大きな瞳、つややかな髪——そういえば、ポリーはなぜキャップをきちんと深くかぶっていないのだろう？　隙間から巻き毛がこぼれ出ている。

「あなたはアイルランド人？」ポリーが口を開いた。

このメイドがそう尋ねるのは、もちろん侮辱する意図があってのことだ。いつもながら、世間の了見の狭さには驚かされる。人々は正式な婚姻関係のもとに生まれなかった者を蔑む。たとえ正式な婚姻関係のもとに生まれても、生まれる場所を間違えばやはり見下す。

幸い、オリヴィアはそういう古い価値観を共有していなかった。なぜなら、それらはたいてい偽善的だからだ。オリヴィアは顎をあげた。もう引きさがれない。

「塩よ」毅然《きぜん》と命じた。「埃も同じように拾っておいて。そうすれば汚れがつかないから」

ポリーが目をぐるりとまわした。

どうやらくびにしなければならないらしい。そう思ったとき、氷でものみ込んだように胸の奥が冷たくなった。かりそめのハウスキーパーの立場を守るために他人の生活手段を奪うなんて間違っている。いくら相手の態度が悪くても。

そのとき上階から大きな物音が聞こえ、ポリーが天井を仰いだ。タイミングよく邪魔が入ったことに、オリヴィアは内心ほっとした。

ふたたび物音がした。さっきより激しい。近くのランプのガラス飾りが細かく震えた。象の群れでも入ってきたの？

急いで廊下に出てみると、メイドたちや従者、それになぜこんなところにいるのかキッチンメイドまでが一堂に会して天井を見あげていた。

「いったいなんの騒ぎ？」オリヴィアは尋ねた。

背後でくぐもった笑い声がした。ポリーだ。「公爵でしょ！」

冗談はやめてとオリヴィアが言おうとしたとき、別のメイドが言った。「たしかに旦那様の部屋の位置だわ」ドリスだ。ウサギのように前歯が大きく、ひょろりとした気のいい娘だ。

ミュリエルが胸の前で十字を切った。「いよいよおしまいかも」

「何がおしまいなの？」オリヴィアは尋ねた。

「ミュリエルは旦那様が天然痘だと思ってるんですよ」ポリーが言った。

「やめなさい！」

「わたしが言ったんじゃありません！」ポリーが腰に手を当てた。「でも、ほかに納得できる説明があるなら聞かせてください。旦那様はこの世の終わりみたいに悲しんでいたかと思ったら、街に出ていってローマ教皇が崩御したかと思うほど立派な葬儀を支度した。そのあとは屋敷じゅうの鏡を割ってまわり、喪章を引きちぎって屋敷から一歩も出なくなってしまった。そのまま夏が過ぎて、今も自分の部屋にこもりっぱなし。たとえ屋敷が火事になってもたぶん出てきやしませんよ。天然痘で脳みそがやられたのでなければ、いったいなんだっていうんです？」

オリヴィアは大きく息を吸った。頭上では公爵が壁に何かを叩きつけている。自分の頭でなければいいけれど。それとも、それも悪くないかしら？　いえ、やはりいけない。あのすばらしい頭脳を傷つけてはだめだ。病気ならいずれ回復するはずだし、かつては明晰《めいせき》そのものだったのだから。

従僕や守衛まで廊下に集まってきて、全員が上階を見た。それにしても情けない。誰も階段をのぼって公爵の様子を見に行こうとしないなんて。キッチンメイドといちゃついていた従者でさえ突っ立ったままだ。

オリヴィアは目を細めて階段を見あげた。これまでのところ、書斎に保管してある書類に極秘情報はなかった。これから調べるふたつの書類ばさみにそれらが見つかる確率はきわめて低い。どこかの部屋のクッションの下にでも隠されているのでないかぎり、残る可能性は公爵の部屋だけだ。

なんてことだろう。どうやらわたしがまた、魔の部屋をのぞかなければならないらしい。

深呼吸をすると、オリヴィアは両手でスカートを握りしめて階段をのぼりはじめた。

「行ってはだめ！」ミュリエルが声を震わせた。「このあいだは酒瓶でも、今度は本物の剣が飛んでくるかもしれませんよ！」

なぜミュリエルが知っているの？　オリヴィアは振り向いた。

「ヴィカーズ、あなたって本当におしゃべりね！」

ヴィカーズは小さく肩をすくめた。

「あんた、男でしょ」ポリーがつっけんどんに言った。「一緒に行ってあげなさいよ」

思いがけない援護射撃だった。ところが、ヴィカーズはキッチンメイドのうしろに隠れてしまった。「おれは……取り込み中だ」

「意気地なし！」オリヴィアは罵った。ほかの使用人たちが忍び笑いを漏らす。なんとも不愉快だ。彼女は階段の上から一同をにらみつけた。

皆が静まり返った。それでいくぶん気持ちがせいせいした。

オリヴィアは肩を緊張させたまま告げた。「もし一五分経ってもわたしが戻ってこなかったら……」

警官を呼んで――ふつうの女性ならそう言うだろう。しかし、オリヴィアには言えなかった。警官とは相性が悪すぎる。

公爵の居間の扉を開けると、騒音が消えた。オリヴィアはおそるおそる部屋に入った。音がやんだなら、様子を見る必要もないだろうか？

だけど、もし彼が怪我《けが》をして倒れていたら？

仮にそうだとして、そのあとどうするか判断するのは自分の仕事だろうか？

おそらくそうではない。でも、この部屋を物色するあいだ公爵に外へ出てもらうために、いつかはなんらかの行動を起こさなければならないのだ。できるかぎり早く、周到に準備しなくては。オリヴィアは奥の部屋に通じる扉へ向かった。

扉へのノックは思ったより弱々しくなった。〝指導者にとって弱腰は致命的だ。人は偉大な存在に頼る口実を常に探している。いくら偉大でも口下手な者より、口先のうまい者のほうがすばやく人気をさらってしまう〟ウェリントンに関する考察で、公爵はそう書いていた。

オリヴィアは唇を噛み、ふたたび大きくノックした。かなり間を置いて、公爵の声がした。

「入れ」

返事があった！　一瞬体が動かなかった。だが彼女はスカートの裾を直し、何かあればすぐに物陰に隠れるつもりで部屋へ入った。

部屋はいつもどおりカーテンが閉めきられ、暗かった。闇に目が慣れるまでに少し時間がかかった。意外にも、部屋は少しも荒らされていなかった。家具はすべて無傷だし、割れた酒瓶が散らばっているわけでもない。先日オリヴィアが投げつけられた瓶の破片だけが、床の片隅で鈍い光を放っているだけだ。

書類の山は別の場所に移されていた。ひとつはベッドの足元の棚の上、もうひとつは窓際の書き物机の上だ。ほかの書類はどこにあるのだろう？　まさか焼き捨てられたのでなければいいけれど。

自分の鼓動を意識しつつ、オリヴィアは公爵に目を向けた。彼はベッドに体を起こしていた。天蓋の陰のせいでよく見えないが、暗がりの中で目だけが光っている。「なんだ」公爵は気だるそうに言った。「新入りのハウスキーパーか」

あれほど見事な文章を書く人がここまですさみきってしまうものだろうか？　これがあの手記を書いた人物とはとても思えない。しかも、この人を部屋から出さなければならないなんて。いったいさっきの音はなんだったのだろう？　公爵の言葉を聞いたところ、ろれつが怪しくなっているわけでもなく、部屋にアルコールのにおいもしない。ありがたいことに、煙のにおいもない。ただ……汗のにおいがする。不快というほどではないが、それでも汗のにおいには違いない。

「閣下」オリヴィアは丁寧にお辞儀をした。「大きな物音がしたので、ご無事かどうか確かめにまいりました」

「それについては議論が必要だな、ミス・ジョンソン」

悔しいことに、顔がかっと熱くなった。なんて恥知らずな男だろう。なぜわざわざ前回の自分の醜態を思い出させるようなことを言うの？　彼の文章をそのまま引用して言ってやりたくなる。〝われわれ貴族は与えられた特権を履き違え、貧者が同じ振る舞いをすればすぐさま悪と見なされるような愚劣な行為に及ぶことがあまりに多い〟

しかし、オリヴィアは鋭く言った。「ごもっともです、閣下。精神病棟のほうがまだしも静かです。てっきり家具をばらばらになさっていると思いました」

公爵が身じろぎし、体の上半分が見えた。服を着ていない。

思わず後ずさりしたオリヴィアの背中が戸枠にぶつかった。彼の削ぎ落とされた細身の体に、本来なら適度な脂肪と衣服に包まれているべき筋肉が盛りあがっている。

「お邪魔でしたら――」

「それがどうした？　いつものことだろう」公爵がシャツを引き寄せて身につけた。動きに合わせて、鍛えられた腹筋がしなやかに動く。思わず見とれかけた。

オリヴィアはあわてて気持ちを切り替えた。今日の公爵はよくしゃべっている。これなら機会をうかがいやすい。「閣下、部屋を掃除する必要があります」

「不要だ」

「もうひと月以上もメイドの立ち入りを禁じられているそうですね。正直申しあげて……」

顔が赤くならないよう願いつつ、オリヴィアは公爵を正視した。「においがしています」

公爵が一瞬、驚いた顔をした。これまで見た中でいちばん大きな表情の変化だ。といっても、両目が見開かれ、眉がわずかにあがっただけだが。

そして意外にも、公爵は笑った。はっきりとではないが、たしかに笑った。

「どんなにおいだ? 教えてくれ、お嬢さん。私はそれほどくさいか?」

「失礼ですが、汗のにおいがします」

公爵が嘲りの笑みを浮かべた。「まったく、ぞっとする。私はここでいったい何をしていたのやら」

ここでわたしが火事を起こせば、公爵はすぐさま部屋から出るだろう。でも、いくらなんでも放火はできない。「一時間もかかりません。すぐに終わらせますから——」

「またきみをくびにしなければならないのか?」公爵がベッドをおり、天蓋の下から出てきた。乱れたブロンドと危険な笑みがあいまって、海賊のようだ。「新聞が喜んで書き立てるだろう。〝二度解雇されたハウスキーパー〟と」

オリヴィアは扉ににじり寄った。まわりに酒瓶は見当たらないが、今度は椅子を投げられるかもしれない。「部屋がきれいに片づいているほうがご気分もいいでしょう。カーテンも開けてはいかがですか」あきらめてはだめだ。「暗い部屋でじっとしていたら、気分まで暗くなって当然です」

公爵の顔からあらゆる表情が消えた。オリヴィアは奇妙な不安に襲われた。カーテンは外の光をすべてさえぎっていたわけではないが、公爵がふたたび闇の中に吸い込まれてしまいそうな気がした。

「においがしています」オリヴィアは繰り返した。

公爵が表情をこわばらせた。

「ひとつ尋ねるが、きみは主人に向かって話しているとわかっているのか？」

「雇い主に向かって話しています、閣下」

公爵の眉間に一本の縦皺が入った。「いちいち言い換えるな」

オリヴィアにとってただひとつ我慢できないこと、それは不正確な言葉づかいだった。もう少し期待していたのに、どうやらこの人は以前の分別をとうになくしているようだ。「閣下はわたしをお金で雇っていますが、わたしという人間そのものを支配しているわけではありません」

公爵が眉をあげ、オリヴィアを頭のてっぺんから足の爪先まで見おろした。

「最近どこかに頭をぶつけたか、ミセス・ジョンソン？」

オリヴィアは笑った。

公爵は表情を変えなかった。どうやら冗談ではなかったらしい。分別と一緒にユーモアも失ったようだ。

「いいえ、ご心配ありがとうございます」

「心配で尋ねたのではない」公爵がいまいましげに言った。「その奇妙かつ無礼きわまりない口の利き方をするわけがそれしか思いつかないからだ。しかも二度目だぞ」

そう、もちろん思いつかないだろう。公爵に想像できるはずがない。オリヴィアがバートラムの手先に居場所を突き止められる不安に怯え、夜中に何度も目を覚ましていること。こうしているあいだにも刻々と危険が迫っていること。早くロンドンから遠く離れた安全な場所に逃げたいが、自由になれるかどうかは公爵の書類の内容にかかっていることも。

「お許しください」オリヴィアは言った。「閣下のために申しあげているのです」これは本当だ。何も自分のことばかり考えているわけではない。若い成人男性が傷病者のように部屋にこもって鬱々と過ごしているのが心配なのは事実だ。公爵は妻に裏切られたせいで、偏屈で凶暴な世捨て人に変わった。それがなんだというのか。彼にはあらたな人生を歩く自由がある。その気になりさえすれば、もとの暮らしを取り戻し、弟との関係を修復し、あたらしい妻を見つけて忌まわしい過去の記憶を忘れてしまえる。昔のような自分に戻れるのだ。

そのためには、まずこの寝室の状態をなんとかしなければならない。

まったくじれったくてしかたがなかった。こんな自分でも自己憐憫《れんびん》を切り捨てられたのだから、同じことが公爵にできないはずがない。

オリヴィアは向きを変え、カーテンをぱっと開いた。

部屋の中に光が一気に差し込み、おびただしい量の埃が見えた。宙を舞う埃、書き物机を覆う埃、絨毯の縁に筋になって積もっている埃。

「まあ、ひどい。こんなところでよく息ができますね」

「ミセス・ジョンソン」公爵が信じられないという声で言った。「出ていけ」

言い返そうとして向き直ったオリヴィアは、言葉を失った。

暗がりの中でさえ、彼は美しかった。しかし明るい光の中では、その美しさはまぶしいばかりだ。輝くブロンド。濃いまつげに縁取られた宝石のように濃い青の瞳。きめの細かいなめらかな小麦色の肌。鋭角的な高い頬骨。まくりあげられたシャツの袖から伸びるたくましい腕は、金色の毛に覆われている。

まさに光の人だ。まばゆい輝きを放つ黄金の生き物。しかも、シェイクスピアの詩をも超えるほど才能にあふれていて……。

これまで感じた経験のない不思議な感覚にとらわれたことに焦り、オリヴィアは公爵から視線をそらした。暖炉が目に入り、つい顔をしかめる。歩み寄って炉棚に指をすべらせると、灰色の煤《すす》が指先についた。公爵に向き直り、それを見せた。

「こんな部屋ではご気分が悪くなるのも当然です」

まるでオリヴィアのほうが常軌を逸しているかのように、公爵はまじまじと彼女を見つめた。オリヴィアと同じくらい戸惑っている。まるで立場が入れ替わったかのようだ。オリヴィアはふいに愉快な気分になった。

いけない、余計なことを考えないで。目的以外のことはしないと決めたはずでしょう。マーウィック公爵とその崩壊した屋敷のことなど、自分には無関係だ。

しかし、この暴君は懲らしめてやったほうがいい。オリヴィアはふと思いついた。たとえ本人に自覚がなかろうと、公爵は指図を求めている。それならこの部屋から出るように言ってやろう。

公爵が身をかがめてベッドの下から何かを取り出した。ふたたび体を起こしたとき、その手には酒瓶が握られていた。「どうやらこれがきみに理解できる唯一の言葉らしい」

ふたりの視線がぶつかり、オリヴィアは既視感《デジャ・ヴ》にとらわれた。動悸が激しくなる中、あることに気づいた。これはさっきポリーと対決したときの図と変わらない。

公爵はわたしを怖がらせようとしている。でも本気で酒瓶を投げつけるつもりなら、とっくにそうしているはずだ。

だけど、わたしの考え違いなら？

オリヴィアは顎に力を込めた。瓶を投げつけられ、目に青痣ができても死にはしないが、トーマス・ムーアに見つかったら生きる望みはない。「本当にこんな汚れた部屋にいたいのですか？　ここにあるたくさんの本だって……」床に積まれた本の山にオリヴィアの靴先が当たり、山が崩れる。「きちんと本棚にしまうべきです。どうしてまた……」そこで声が途切れた。本の山が崩れた拍子に、ある一冊のページが開いていた。そこに描かれている挿絵はまさに……。

オリヴィアは床に膝をついた。

「装飾写本だわ！」あわてて本を拾いあげ、金箔《きんぱく》で表現された聖バーナードの後光を食い入るように見つめた。「このロマネスク様式……少なくとも一三世紀までさかのぼる古書じゃありませんか！」

公爵が何か言ったが、オリヴィアは聞いていなかった。あちこちに積まれた本の山にただ驚きと恐れの目を向ける。

「ほかに何があるんですか？」こともあろうに、床に置くなんて信じられない。「なぜこんなひどい扱いをするんです？」

突然、公爵に腕をつかまれ、彼女は無理やり立たされた。扉のほうまで引きずられる。それでもオリヴィアはあるものを見ていた。ああ、あれはまさか。

公爵の手を振りほどいて部屋を突っきると、『リヴァイアサン』とスペイン語の『ドンキホーテ』を持ちあげた。下から出てきたのは……。

オリヴィアはそれを両手に頂いた。畏敬とも怒りともつかない思いがふつふつと込みあげる。「ニュートンの『自然哲学の数学的諸原理《プリンキピア》』、しかも原版だわ」本を見つめたまま、ささやいた。

返事はなかった。

オリヴィアは顔をあげてぎょっとした。鬼のような形相の公爵が目の前にいる。シャツのボタンは途中までしか留められていない。襟元がはだけ、素肌があらわになっていた。しかもあろうことか、左の乳首まで。

本を胸に抱きしめ、彼女はごくりとつばをのみ込んだ。男性の裸体はこれまでも目にしてきた。魚釣りの池に飛び込む田舎の少年たちの裸だけれど。彼らの体はこんなふうではなかった。公爵には胸毛があった。そんなことを誰が想像できただろう？

「死にたいのか？」公爵が歯をむいた。「それとも、急に言葉がわからなくなったか？」

オリヴィアは扉に向かってじりじりと後ずさりした。それに合わせて公爵も一歩ずつ前に出る。まるで子羊のにおいを嗅ぎつけたライオンのように。とてもいやなたとえだけど。でも、このかわいそうな本の数々をどうにかしたかった。彼女は本の山のひとつにつまずき、よろめいた。金箔で縁取りが施され、子牛の革で綴《と》じられた、値もつけられないほど希少な本たち。これらを守らなければ。

片方の足を扉の外に踏み出しながら、オリヴィアはあらためて装飾写本に目をやった。あの本を置き去りにはできない。それはあまりにもかわいそうすぎる！　彼女は前に飛び出して本を引ったくった。

「下に置け！」公爵が怒鳴った。

「本がこの部屋にあることをとがめているわけじゃありません」オリヴィアは叫び返した。「なんなら図書室をここに丸ごと移せばいいんです。でも、床に本を置くのはやめてください！」

オリヴィアはすばやく部屋の外に出て、公爵の鼻先で扉をぴしゃりと閉めた。

5

「図書室から本棚をふたつお借りしたいのです」オリヴィアはジョーンズの机の真向かいに座った。「今すぐに」

ふと執事の肘の下敷きになっている新聞が目に入って、思わず身を乗り出した。ああ、やっぱり間違いない。見出しに〝バートラム、ついに手にする〟とある。

「トリュフの件はまったくけしからん！」ジョーンズがまぶたをこすりながら言った。「ここひと月の食事の献立をすべて見直したが、トリュフはまったく使われていなかった。厨房の者からもひとり残らず話を聞いたけれど、皆、口をそろえて何も知らないと――」

オリヴィアは咳払いをした。「では、わたしが突き止めます。その前に、本棚を動かせるくらい力のある従僕をふたりまわしてください」

執事が顔をしかめた。「なんだって？　棚をどこに動かすのかね？」

ここで正直に答えたら、何を言われるか予想がつく。「許可していただけたら、必ずトリュフの件を解決してみせますから」オリヴィアはぱちりと指を鳴らした。「ロンドン警視庁より早く」

「ロンドン警視庁はトリュフを盗んだ犯人など捜してくれんよ」嘆くようにジョーンズが言った。「それに、疑わしい者とはすでに話をした」

オリヴィアはふたたび見出しに視線を落とした。バートラムはいったい何を手にしたのだろう？〝栄誉ある死〟ならいいのに。彼女はうわの空で言った。「とにかく、本棚を使わせてください」

ジョーンズがため息をついて台帳を閉じた。

「よろしい。ブラッドリーとフェントンに運ばせなさい」

「ありがとうございます」オリヴィアは立ちあがった。さっさと出ていこう。余計な心配を増やさないで。「その新聞、もう読み終わりましたか？」

執事が手元に視線を落とした。「ああ……読んだよ。きみも読むのかね？」紙面を撫でる。

「以前は毎朝四紙にアイロンがけをしていた。閣下はそれは熱心にお読みになったものだ。今ではまったくだ。私を除けば、この屋敷で新聞に用のある者などひとりもいない」彼は顔をしかめた。「連中が読むものといえば、せいぜいファッション雑誌だよ、ミセス・ジョンソン。あとはタブロイド紙のスポーツ記事だの、三文小説だの――そんなくだらないものが毎週のようにごみ入れにたまっている」

オリヴィアは同情のため息をついた。「わたしは新聞派です」

ジョーンズが新聞を手渡しながら言った。「そうだろうとも。まあ、必ずしも読んで愉快になるものではないが」そこで何か思い出したように舌打ちした。「ソールズベリー候が閣下の後任を決めたそうだ。遅かれ早かれこうなるとわかっていたが、いざなってみると悔しいものだな」

オリヴィアは記事の冒頭に目を走らせた。バートラムが閣僚に任命されていた。任命を受けるに当たり、彼は〝賞賛すべき謙遜〟を示したという。たいした偽善者だ。わたしがこの男に命を狙われるのも不思議はない。わたしはまさにバートラムの化けの皮をはがす存在なのだから。

オリヴィアは新聞を脇に挟んだ。

「ミスター・ジョーンズ、少なくとも新聞は焚《た》きつけに使えます」

従僕のブラッドリーとフェントンは、オリヴィアに指示されて本棚をひとつずつ最上階へと運んだ。ところが次の目的地が公爵の部屋だとわかったとたん、ふたりはその場で文句を言いはじめた。

オリヴィアは手にしていた新聞でふたりの尻をひっぱたいてやりたかった。「あなたたちには誇りというものがないの？　暗がりに置き去りにされた子どもみたいにわめき出して。いったい閣下に何をされると思っているの？」

口にした瞬間、オリヴィアは自分がされたことを思い出した。

「答えなくていいわ」あわてて訂正し、まだ文句を並べ立てている従僕ふたりを残して先に進んだ。

公爵の部屋に本棚を運び入れることについては、彼女も不安を抱いていた。しかし、それより公爵に対する怒りのほうが大きかった。ここはどうしても譲れない。部屋の床に置きっぱなしにされている宝物を守ることができるのは自分だけだ。拳が飛んでこようが、酒瓶が飛んでこようが、気にしていられない。いくつもの許しがたい行為の中でも、ニュートンの名著を絨毯に放り出しておくのは最悪だ。

公爵の寝室に通じる扉はかたく閉ざされていた。取っ手をまわそうとすると、中から鍵がかかっているのがわかった。意気地なし。

オリヴィアは扉のわずかな隙間に顔を寄せた。「いいですか。わたしだって脅すのは気が進みません。でも、そこにある本のためならやります」

なんの返事もない。

オリヴィアはため息をついた。こうなったらしかたがない。「本をきちんと棚にしまわせていただけないなら、食事にアヘンチンキを入れますよ。結局、わたしは部屋に入ることになります」返事を期待して、しばらく待ってみる。さすがに自分でもひどい脅しだと思う。今度こそ本当にくびにされるだろうか。

しかし、中からはなんの返答もなかった。

「けっこうです」オリヴィアは言った。「食事ならとらなくてもなんとか生きていけるでしょう。でも、水はどうですか？　それにも薬を入れます。閣下はかけがえのない人類の宝を所蔵しているんですよ。それを損なうようなまねは絶対に許しませんから」

扉の錠が開く音がした。オリヴィアはすばやく体を引いて、すぐさま廊下に逃げられる姿勢を取った。

扉の向こうに公爵が現れ、オリヴィアを見た。髪がひどく乱れて、毛先があちこちはねている。だが、少なくともシャツのボタンはきちんとはめられていた。公爵はむっつりと言った。「きみは本当に頭がどうかしている」

「そうでしょうね。閣下がそうおっしゃるくらいですから」

公爵は目を細めた。そっちこそどうかしていると暗に言われたのに、意外にも動じていないらしい。「さっきくびにしたはずだぞ。なぜまだここにいる?」

じつはオリヴィアも同じことを考えていた。

「閣下がそのことをミスター・ジョーンズにお言いつけにならないからでしょう」

「ならば、今から伝える」扉が閉まりかけた。「荷物をまとめろ」

オリヴィアは一歩前に出た。「ではこの先、誰が閣下の呼び鈴に応えるのでしょう? わたし以外の者は怖がってここまで来られません」

扉が止まった。しかし、公爵は姿を見せない。

オリヴィアはなおも言った。「ああ、給仕用の昇降機があるのでよかったですね。なければ、今頃は飢え死にしていますよ。夕食のトレイにメモをのせておくこともできますし」

ふたたび扉が開いた。公爵がうんざりした顔を見せる。「よほどくびになりたいんだな」

「そんなことはありません。ですが、本を守るためならどんな危険も厭《いと》わないつもりです」

「くだらない」公爵が静かに言った。「きみは、本当は女優だったんじゃないか、ミス・ジョンソン？　それも下手な女優だ――それでくびになったのだろう。もっとも、きみなら笑劇《ファルス》はお似合いだったと思うが」

「『プリンキピア』はくだらなくありません！　あの本は――」

「あの本は私のものだ」公爵が言った。「どう扱おうと私の勝手だろう」

反論できないのがいっそう悔しい。

オリヴィアは腰に両手を当て、もう一歩前に出た。「わたしが今もここで働かせてもらっているのは、わたしが来たことで何カ月も動物園のようだった屋敷が変わったからです。閣下はご存じないでしょうが、見違えるほどきれいになりました。わたしなら閣下の部屋もきれいにできます。この鼻につくにおいだってなくなるでしょう」

扉がぴしゃりと閉まった。

「妥協はします！」オリヴィアは扉に向かって叫んだ。「掃除はしませんから、本棚だけでも入れさせてください！」

沈黙が流れる中、彼女は息を止めて相手の反応を待った。扉の錠がかかる様子はない。これはつまり、許可がおりたということだろう。

オリヴィアは廊下に駆け戻った。従僕たちはすでに階段をおりかけている。「今すぐに戻って」彼女は声を張りあげた。「でないと、あなたたちがトリュフを盗んだと言うわよ！」

ブラッドリーが階段の下からオリヴィアを見あげ、ため息をついた。「続き部屋の居間までなら運びますよ。それ以上はお断りです。申し訳ありませんが、ぼくらも頭を砕かれたくありませんから」

「でも閣下は、本気で相手に当てるつもりで瓶を投げることはしません」オリヴィアは言った。夕食後に、執事と従者と料理人を自分の小部屋に招いたのだ。ジョーンズはクックが気を利かせて淹《い》れてくれた紅茶を弱々しくすすっていた。オリヴィアが本棚を何に使ったのかを知り、神経がすっかりまいってしまったのだそうだ。

「少し黙っていてくれないか」ヴィカーズが不機嫌そうに言った。ジョーンズとクックが目を離すたび、ヴィカーズは革袋に入れたフラスコ瓶からウイスキーを飲んでいる。「あんたは本棚を居間に運ばせただけだろう。それ以上先へは絶対に無理だ」

「わたしひとりでも動かせるものなら、寝室まで入れられたかもしれないわよ。あなたは知らないでしょうけど、閣下はいやがっているふうには……」オリヴィアは言いよどんだ。「たしかに、居間に本棚が運び込まれたことに気づいていないかもしれないけど。実際に部屋の外に出てきてご覧になったわけではないから。でも、わたしの提案について特に反対はなさらなかったわよ」

ヴィカーズがウイスキーにむせて吐き出した。「相手は公爵だぞ。以前の飛ぶ鳥を落とす勢いだったときのことをあんたは知らないだろうが、そんな人がわれわれみたいな庶民にまともに取りあうはずがないだろう。ものの言い方ひとつ間違えれば、即刻これだよ」指先で喉を切る仕草をした。

「そのとおり」ジョーンズがようやく口を開いた。本棚をどこに置いたか、一五分前にオリヴィアから告白され、呼吸困難に陥ってからはじめて。

ジョーンズを励ますように彼の腕をぽんぽんと叩きながら、クックが言った。「そうですとも。覚悟したほうがいいわよ、ミセス・ジョンソン。推薦状がなくて門前払いされるつらさといったら……」料理人は首を振った。「昔、わたしもそういう目に遭ったの。どん底から這いあがるのに、何年もかかったわ」

「それで、今はめでたくここにいるってわけかい？」ヴィカーズが興味を引かれたように体を起こした。「あんたにそんな過去があったとはね」

「そうなのよ。じつを言うと、調理用のストーブを爆発させてしまったの」

ヴィカーズが目をむいた。「なんだって？　まさか死人が出たのか？」

クックは穏やかに微笑んだ。「そう多くはなかったわ。ともかく、わたしはやり直す機会を与えてもらったと思っている。ここの厨房のストーブがまったく同じ型なの」

従者は聞かなければよかったという表情で椅子の背にもたれた。

オリヴィアはさらに別の告白をすることにした。

「くびならとっくに言い渡されているわ。もう二度も」

ジョーンズがまたもや呼吸困難をきたしはじめた。ヴィカーズが低く口笛を吹く。「すげえ」クックに鋭く制され、彼は顔を赤らめた。「失礼。けど、くびを言い渡されてもまだ居座ってるとは、われらがミセス・ジョンソンもずいぶんいい度胸じゃないか」

「な……何が度胸だ」ジョーンズが荒い息をつきながらかすれた声で言った。クックが執事の背中を叩くと、次の言葉が勢いよく飛び出した。「けしからん！　ミセス・ジョンソン、今すぐに」今度は激しく咳《せ》き込む。「荷物をまとめたまえ！」

「まあ、そんな！」クックが執事から身を離した。「そこまでしなくてもいいでしょう、ミスター・ジョーンズ。彼女は本当によくやってくれたじゃありませんか。旦那様の部屋に本棚を置くのはいいことですよ」

「そうでしょう」オリヴィアは顔を輝かせた。「本がきちんと片づけば、部屋の見栄えがよくなります」

ジョーンズが怒り出した。

「よくもそんなことを！　閣下のご指示に従うのはわれわれの義務――」

「くだらない！」クックが言った。「あなたのおっしゃる義務とやらを教えてあげましょうか？　飛んでくる酒瓶や靴をよけること。ここそこ身を隠したり、下の階に引っ込んだりすること。旦那様の部屋から聞こえる騒音に知らんふりをすることでしょうが。いくら強がったってだめです！　わたしはあなたが旦那様の様子をのぞきに行くのをとんと見ていません。今日はその役目をミセス・ジョンソンが代わってくれたんじゃありませんか」

ジョーンズにはっと目を向けられ、オリヴィアは肩をすくめた。

「部屋のほうから、ひどい物音がしたんです。なので、わたしはてっきり閣下が――」

突然、ジョーンズが椅子に崩れ落ちた。「私は役立たずだ」

「まあまあ」クックがふたたび執事の背中を叩いて慰めた。「誰もそこまで言ってませんよ。ただ、ミセス・ジョンソンがこの屋敷にあたらしい風を吹き込んでくれたかもしれないということです。さあ、もう泣かないで。これを……」

ジョーンズはクックが差し出したハンカチを振り払い、自分のハンカチを取り出して目元をぬぐった。次にハンカチで顔を覆い、すさまじい音をたてて鼻をかんだので、ほかの三人は思わず顔を見あわせた。

気まずいひとときが過ぎたあと、執事はようやく顔をあげた。「よろしい、大切な閣下のため、苦渋の決断をしよう。ミセス・ジョンソンに関する閣下のご意向は無視する。もうしばらくここにいてよろしい」

「ありがとうございます」本当のところ、ジョーンズに正直に打ち明けたのは、彼がとても説得しやすい相手だからだ。ともかく、また公爵にくびを言い渡されても隠さなくていいのは好都合だ。

その夜、眠りに落ちる間際、公爵の寝室の外に打ち捨てられた本棚のことが頭をよぎった。

「おかしいわね」オリヴィアは公爵の居間に入ったところで立ち止まった。ふたつの本棚のうちひとつがなくなっている。あとひとつは横倒しになっていた。首をかしげて別の角度から見てみたが、やはりわからない。「閣下が自分で動かしたのかしら?」

「まさか」ブラッドリーが一メートル以上うしろから言った。これでもブラッドリーは勇気があるほうだ。フェントンはそこからさらに二メートル離れた廊下に立っている。「かなりの重さですよ。ぼくらふたりでどうにか持ちあがるくらいです」

「どういうことか、お尋ねしに――」

「お願いですから」ブラッドリーが憐れっぽい目つきでオリヴィアを見つめた。「ぼくらに行けなんて言わないでくださいよ」

「そこにある本棚の状態がわかってますか?」フェントンが廊下から言った。「棚が壊されています」

オリヴィアは振り向いて驚いた。言われたとおりだ。棚板はかたいオーク材で、厚みも五センチはあるのに。「まさか……」いくらなんでもこれを素手で叩き割れるはずがない。部屋に斧《おの》でも隠しているの?

オリヴィアはその場面を思い浮かべた。おかしい――何かとても大切なことを見逃している気がする。

「ともかく……」彼女が振り向いたとき、従僕たちはまたしてもいなくなっていた。オリヴィアはため息をついて廊下に出た。秘密の抜け道でも使ったのか、階段にもふたりの姿はない。

意気地なしの使用人を束ねるのはつくづく骨が折れる。オリヴィアは肩をそびやかし、公爵の続き部屋に戻った。寝室の扉をすばやく叩くと、弾みでわずかに扉が開いた。

鍵がかかっていない。

しかもきちんと閉められてさえいなかった。

背筋に寒けを覚えた。部屋はカーテンさえ引かれていないようだ。絨毯に日差しが落ちているのが見えた。

これは悪いことではないはずだ。オリヴィアは大きく息を吸い、部屋に入った。

「閣下……」

恐ろしい光景が視界に飛び込んできた。

公爵は窓の下の壁にもたれて座っていた。折り曲げた膝に額をつけている。降り注ぐ日光が髪を金貨のように輝かせ、周囲を舞う埃を浮かびあがらせていた。裸足《はだし》の足元に新聞が落ちている。昨夜、オリヴィアが本棚に置き忘れたのだ。黒々とした大きな見出しが見えた。

〝バートラム、ついに――〟

その先はわからなかった。なぜなら、拳銃の下敷きになっていたから。

オリヴィアは凍りついたように拳銃を見つめた。あれは本物だ。目の錯覚や幻ではない。公爵の手のすぐそばにある。

彼女は一歩さがった。公爵は彫像のごとく動かない。息をしているようにさえ見えない。

死んでいる。自分を撃ったのだ。しかし、血がどこにもない。それに、死んだなら床に倒れているはずだ。

死んでいないなら……生きているということになる。しかも武装して。

床がきしまないか怯えつつ、オリヴィアはさらに一歩さがった。公爵から目を離さずに手をうしろにまわし、懸命に扉を探る。

なぜ動かないの？　やっぱり死んでいるの？

手に扉の取っ手が触れた。

公爵が顔をあげた。

オリヴィアは思わず凍りついた。

公爵はぼんやりとオリヴィアを見つめた。うしろから差す光のせいで、彼の青い瞳は異様なほど鮮やかに見えた。頬の無精ひげもきらめいている。まるで内側から光を発する異界の生命体のようだ。

オリヴィアは逃げようとした。そのとき、それまで気づかなかったものが目に入った。もうひとつの本棚だ。しかも、本が整然と並べられている。

つい喉から鋭い音が漏れた。まさか、嘘でしょう。自分と公爵の両方に怒りが込みあげた。すぐさま部屋を出て扉に鍵をかけ、彼を拳銃ごと閉じ込めようと思ったのに、そうできなくなってしまった。どう考えても逃げるべきなのに。

逃げることはできなかった。その棚がオリヴィアにある事実を伝えてきたからだ。ハウスキーパーの言葉に従って本を片づける人間は、決して使用人を撃つことなどない。

つまり、彼は自分自身を撃つつもりなのだ。

オリヴィアは必死の思いで公爵と対面した。彼はあいかわらず虚空を見つめているが、その手は拳銃を繰り返し撫でている。恐ろしいほど緩慢な、まどろみを誘う動きだ。

「いけません」

公爵には聞こえていないらしかった。

それ以上近づく勇気はなく、彼女は同じ場所から声をかけた。「お願いです、閣下。何に苦しまれているのか知りませんが……」嘘つき。公爵が何に苦しんでいるのか、本当はすべて知っている。誰のせいでこうなったのかもわかっている。よりによって彼の目につくところに、わたしが新聞を置き忘れたのだ。すでに致命傷を負っている公爵に対し、例の記事の見出しは最後のとどめとなったはず。「命を絶つほどのことではありません」

石に向かって話しかけているかのようだ。だが、公爵の目にわずかな変化が現れた。こちらには見えない何かを凝視するような目つきになり、表情がこわばった。一瞬、公爵が何か話しはじめる気がした。いよいよ完全に狂気に冒され、天空の世界を称え出したりするのだろうか？

しかし、彼は無言だった。なんでもいいから話してほしい。そう思わずにはいられないほど、その沈黙は深く長く恐ろしかった。悲劇的な事故が起こった直後の静けさのように。屋敷全体が息を殺している。

公爵の目の下には痣のような黒いくまができていた。まるで熱病に冒された人の顔だ。

「閣下」オリヴィアはもう一度声をかけた。

このままではらちが明かない。恐ろしさに負けてこの場を去るか、それとも勇気を出して公爵に近づくか……。

自分でも意識しないまま、オリヴィアは前に進んでいた。

震えながら相手の前に膝をつく。顔を正面から見つめたが、公爵の目はオリヴィアを見ていなかった。恍惚《こうこつ》状態にあるかのように、ただゆっくりと拳銃を撫でている。

オリヴィアは全神経を拳銃に向けた。彼はいつでも簡単に引き金を引ける。

「閣下、あんな男のために死ぬ必要はありません」言ったとたん、胸の奥から強い怒りが込みあげた。そう、バートラムは最低の男だ。浮浪児ですら見向きもしないであろう、人間のくず。あんな男が閣僚になったですって？　ソールズベリーはなめくじでも任命したほうがよかったのに。「バートラムのような男は閣下の足元にも及びません」

公爵の手が一瞬止まった気がした。けれど、気のせいかもしれない。

怒りがさらに込みあげ、オリヴィアは後先も考えずに口走った。「そんなに気に入らないなら、立ちあがったらいかがです？　この拳銃が答えだとでもいうんですか？　バートラムをのさばらせたのは閣下自身ですよ」

反応はなかった。

いいわ、そこまで無視を決め込むなら、とことん言ってやる。「閣下は人からもらった手紙に返事すら出していないじゃありませんか。それがいい大人のすることですか？　ソールズベリー候が別の人を任命するのも当然です。閣下は閣僚の座を自ら手放したんですよ。バートラムが閣下の半分でも国の役に立つとお思いですか？　閣下のように労働者を支援したり、貧民街の子どもたちのために学校を作ろうと動いたりしますか？　とんでもない！　子どもたちが読み書きできなくても、そのせいで一生まともな仕事に就けなくても、バートラムはいっさい気にしません。貧乏人のことなんてどうでもいいんですから。ほかのみんなも同じ。世の中で貧しい人のことを真剣に考えていたのは閣下だけです」

一気にまくし立ててから、オリヴィアは自分の言葉の激しさに啞然《あぜん》とした。しかもそれとはまるで無関係に、公爵の髪は金箔を細い糸にしたみたいだわなどと、うわの空で考えていた。

つくづく腹が立った。こんな情けない男が堕天使のように美しいなんて間違っている。

「こうなったのはぜんぶ閣下のせいです！　この先、バートラムはロンドン銀行のお仲間と仲よく私腹を肥やすでしょう。それもこれも、閣下が政界から身を引いてしまったからです！」

公爵がまつげを伏せた。手元の拳銃を見つめている。オリヴィアの真実の訴えにもまったく心を動かされないかのように。

悔しくてならなかった。これが本当に数多くの名演説を残した人なのだろうか？　恵まれない民衆のために闘ってきた人なのだろうか？　階下の書斎には、今も当時の苦闘の記録が残されているというのに。

突然、オリヴィアは何も怖くなくなった。公爵は好きなだけ拳銃をいじっていればいい。今のこの人に何ができるというの？　何もできるわけがない。オリヴィアは背筋を伸ばした。

「弾はほとんど入っていないのではありませんか？　でも、一発で事足りますものね。撃っても誰も気づかないと思います。閣下がみんなを追い払ってしまったんですから。屋敷どころか、国じゅう誰も気づかないでしょう」

公爵がびくっと身を震わせた。

オリヴィアは身をかがめて公爵の顔をのぞき込んだ。口を引き結んでいる。悪くはない。これもひとつの表情だから。

「嘘です、みんな気づきます。もちろんわたしも」

返事はない。

なんとももどかしかった。それでもこうしてかがみ込んでいる理由は簡単だ。彼が世の中をよくするために書き残した見事な文章が忘れられないから。何度も推敲《すいこう》を重ねて膨大な枚数にのぼるものもあった。それらはすべて、公爵がおそらく将来にわたって顔を合わせることもない、名もなき人々のために捧げた努力の跡なのだ。

今、目の前にいる公爵は美しくも憔悴《しょうすい》し、完全に自分の殻に閉じこもっている。悔しさと切なさに、オリヴィアは胸が締めつけられた。この人はもうもとの世界に戻れないの？　自ら進んで孤独になっているのがわからないの？

オリヴィアは思いきって公爵の顎を持ちあげた。彼が同じことをオリヴィアにしたときよりも、はるかにやさしく。「わたしを見てください」

予想外にも、公爵のまつげがうわ向いた。彼女は身を震わせた。次第に呼吸が速くなっていく。

公爵の顎は温かく、無精ひげのせいでざらざらしていた。とても人間らしい感触だ。見た目があまりに美しく完璧に整っているので、ともすれば怪物か人形のように思ってしまうけれど。

やはりこの人も人間なのだ。血の通った生身の人間。公爵の体にかすかな震えが走ったが、彼はそれを理性の力で封じ込めた。公爵は懸命に抑えようとしている——いったい何を？

「閣下は立派な方です」オリヴィアはささやいた。「それなのに、なぜ隠れ続けているのですか？」

公爵は答えなかった。だが、目をそらすこともなかった。そのまなざしは世界を正面から見据えていた。失意のどん底にありながらも、この暗くて狭い部屋にはおさまりきらない存在感があった。見えない波動のように空間を満たし、オリヴィアを圧倒していた。この人はこの部屋より、この屋敷より大きい。それなのになぜ、こんな狭い空間に自分を閉じ込めているの？

「閣下にはもっとすばらしい人生があるはずです。拳銃を渡してください」

公爵の唇の端が持ちあがった。生気のない微笑みだ。

「小娘よ、きみは私がどういう人間かまったくわかっていない」

あなたが思っているよりはわかっている。マイケル卿とエリザベスに対する公爵の心ない仕打ちを知っているからこそ、公爵を欺こうとしている自分を正当化できた。しかし、あのたくさんの書類を読んだ今となっては……。

　オリヴィアははっとした。わたしみたいな人間に公爵を助ける資格があるの？　どこまでも不純な動機しかないわたしに。

「閣下はかつてすばらしいお方でした」オリヴィアは言いながら立ちあがった。「もう一度そうなれるはずです。ご自分さえその気になれば」

「すばらしいお方だと？」公爵が鋭く聞きとがめた。「私が〝貧者の救世主〟とか〝奉仕の天使〟と呼ばれていたことを言っているのか？」

　それらの言葉を、彼は汚いものであるかのように吐き捨てた。

「そうです」オリヴィアは言った。かつてマイケル卿は、兄である公爵を深く敬愛していた。そして、公爵が残してきた業績はそれにふさわしいものだった。妻の死で歯車が狂ってしまったが、そうなる前は……。「閣下は数多くのすばらしい業績を残されました……」

　公爵が微笑みを浮かべたのを見て、オリヴィアは口をつぐんだ。鋭いナイフのように敵意に満ちた笑みだった。「今もまだそんなまやかしを信じているのか？　新聞に書いてあったことがすべて真実だと思っているのか？　きみはまったく愚かだ、ミセス・ジョンソン」

　オリヴィアは息をのんだ。もう怖くはなかった。彼女は腕組みして公爵を見おろした。

「あの教育改革法の草案を提出したのは閣下ではないのですか？　ハリモア工場の火災で失業した人々の支援に立ちあがったのも閣下です。それから……マイケル様の病院に出資したのも」

「ああ、そうだ」公爵が言った。「よく知っているじゃないか。感心したぞ。それでは、その輝かしい栄光の数々と、きみがこの屋敷で目にした私の実態とをどうつなぎあわせる？私の評判を落とさないようにする奥の手でもあるのか？」

オリヴィアは言い返そうと口を開いたものの、言葉が出てこなかった。公爵はなんておかしなことを言い出すのだろう。自分で自分を攻撃しておいて、相手に弁護させようとするなんて！

その場の思いつきで適当に返事をすることもできなくはなかった。粗暴な振る舞いも、かばおうと思えばかばえる。しかし、それで公爵の行動すべてが許されることはない。「そんなことは知りません」彼女はぶっきらぼうに答えた。

「きみがこの屋敷で目にしたことが真実だ。昔から変わらない私という人間そのものだよ。よくわかっただろう」公爵は肩をすくめた。「私にもわかった」

またしてもオリヴィアの胸に怒りが込みあげた。人を拳銃で怯えさせたかと思えば、今度は愚にもつかないたわごとを並べ立てて……。

オリヴィアは一歩さがって冷ややかに言った。「閣下がご自分を憐れんでいることはよくわかりました。失礼ですが、そんな理由で自殺するなんてずいぶんお粗末ですね。ファルスの脚本だってもう少しましでしょう」

公爵が笑った。「自殺する？　ミセス・ジョンソン、この拳銃には弾が四つ入っている。だが、そこに私の分はない」

オリヴィアは息をのみ、自分の顔色が変わっていないことを願った。

「誰の分か、きかないのか？」公爵が穏やかな声で言う。

「ええ」弾が四発あれば、公爵夫人が手紙に書いた、不貞を働いた相手をすべて葬ることができる。「興味がありませんから」

「急に無関心になったじゃないか」公爵が体を起こした。立ちあがった彼は、オリヴィアより二〇センチほど高かった。誰かの顔をここまで見あげることに、彼女は慣れていなかった。しかたなく、もう一歩さがる。「これでもまだ外に出ろとうるさく言う気か？」公爵は面倒くさそうに尋ねた。「言っておくが、私が外出するとしたら、孤児を救いに行くためではないぞ」

ついにオリヴィアは、なぜ公爵が屋敷の外に出ようとしないのかを理解した。彼は妻とベッドをともにしていた男たちを自分が殺してしまうことを危惧しているのだ。

そのとき、ある恐ろしい考えが脳裏をかすめた。公爵がバートラムを殺してくれたら、わたしの人生はずいぶん楽になる！

そんな自分の考えに――そして公爵の考えに背筋が凍った。彼は目の前に立っている。毎日戸外で体を鍛えている人のような、しなやかさと力強さを全身にみなぎらせて。言葉もなくぼんやりとうなだれていたさっきの姿とは似ても似つかない。この状況を楽しんでいるような余裕すらある。

ふいにオリヴィアは、自分がやり込められていることに気づいた。それが悔しく、また意外でもあった。公爵はいつのまにか優位に立っている。暴力ではなく頭脳戦によって。ここで自分が外出を後押しすれば、殺人に加担するはめになってしまう。

　そして公爵は、わたしがそう悟ったことに気づいている。

公爵が首を傾けて深いまなざしを向けてきた。瞳は嵐の海のように深く、オリヴィアには太刀打ちできそうにない豊かな知性を宿している。

「それが殺人ではなく、公正なる裁きだとしたら？」

　これは悪魔の罠《わな》だ。「殺人は、公正なる裁きとしては最も愚かな手段です。殺される者だけでなく、殺す者も苦しめますから」

「ああ、それなら心配無用だ、ミセス・ジョンソン。私の良心はまったく痛まない」

オリヴィアはまじまじと公爵を見つめた。彼は意地の悪い笑みを浮かべている。

一瞬、その笑みがどうしようもなく魅力的に思えた。この人には悪が似合う。まるで、美しいブロンドの堕天使だ。

「驚かせてしまったかな？」公爵が尋ねた。「申し訳なかった、ミセス・ジョンソン」

　ふつうなら、驚いたふりをするべきなのだろう。本当は公爵がうらやましい。だが、それを認めるのは恐ろしかった。大罪を犯すことすら恥じぬ絶対的な自信。神や魂の救済に対する無頓着ぶり。なんて自由な人だろう。

　次の瞬間、オリヴィアはわれに返った。彼は自由ではない。むしろ自由からはほど遠い身だ。「閣下の愚かさに驚きました」彼女はかたい声で言った。「たとえ人を殺すのが平気だとしても、逮捕されて裁判にかけられ、縛り首になるのはごめんでしょう」

公爵の顔から笑みが消えた。「いや、そうでもない」一瞬、無防備な表情を見せた。「今よりましだ」

その表情から、彼の思いが読み取れた。苦しみの中にいる人の顔だった。過去を静かに振り返ることも、未来に希望を持つこともできないでいる人の顔。

同情してはいけない。この人が未来を簡単にあきらめることは許されない。わたしにすら彼の未来に希望が見える。彼は公爵で、どんなことでもできるはず。それをしないのは彼自身の問題だ。

「人を殺さずに復讐する方法ならいくらでもあります」オリヴィアは苦々しく言った。「あなたの私的な書類を見せてくれれば、あなたに代わってある男に復讐してあげる。あなたの富の一〇分の一でも、あなたの権力の二〇分の一でもいいからわたしにちょうだい。そうすれば、わたしは自由になれる。「ですが、閣下、壁を向いてうずくまっているあいだは何もできません」

公爵は考え込むようにうなずいた。

「ミセス・ジョンソン、きみはいったい何を求めている？」

オリヴィアは戸惑った。「どういう意味ですか？　わたしは何も求めていません」

「求めているように見える。巣穴のライオンのひげを引っ張ったところで、ふつうならなんの得もない。それなのに、きみはしつこく引っ張り続ける。何かを得ようとしているからだ」

あまりうれしくない話の流れだった。だが、しょせん人を殺すことを熱心に考えている人が、少し気持ちをそらしたにすぎない。「わたしが閣下のひげを引っ張った？　そのわりに、あまり薄くなっていないみたいですけど」

公爵がわずかに唇をゆがめて微笑んだ。「そばでよく調べてみろ」オリヴィアに一歩近づく。彼女は驚いてうしろにさがった。「それでいい」公爵は言った。「そのまま行け」

拳銃をこの場に置いて出ていきたくなかった。本人が自殺しないと言っても信用できない。「だめです」しかし、公爵がまた近づいてきた。オリヴィアはダンスのステップを踏むように、一歩一歩さがった。公爵がその動きに合わせて、ひと足ずつ距離を詰める。「本当に獣じみていますよ」声がかすれた。「それ以上近づかないでください。お願いですから――」

扉から出たとたん、鼻先で扉がぴしゃりと閉まり、錠をおろす音がした。公爵はわたしをもうしばらくのあいだ、オリヴィアはただぽかんと立ち尽くしていた。公爵はわたしをもう一度くびにするのを忘れたわ。

彼女は扉の鍵穴をのぞき込んだ。部屋のカーテンが開いているせいで、中の様子がよく見える。公爵は一メートルほど離れたところに立ったまま、まったく動かない。いやだ、また病気がぶり返したの？

ふいに彼の姿が視界から消え、一瞬ののちにまた現れた――本を手にして！　つまり、さっきは本棚を眺めていたのだ。なぜか笑いが込みあげた。

本のページを開きながら、公爵が顔をあげることなく言った。「ミセス・ジョンソン、あっちへ行け」

なぜのぞいているとわかったのだろう？　背筋がぞくりとした。彼はただ博識なだけでなく、とても鋭い。そして、狡猾《こうかつ》だ。半ば正気を失っていても。

オリヴィアは鍵穴越しに言った。「そこの本は順序がめちゃくちゃです。次に来たときアルファベット順に並べ直しましょうか？」公爵がまた絶望の淵《ふち》に落ち込んでいないかどうか確かめるために。拳銃が近くにないときに。

公爵は反応しなかった。向きを変え、視界から消える。

「どうぞ遠慮なさらないでください」オリヴィアはなおも言った。

やがて、公爵がつくづくあきれた声で返事をした。

「きみはここで働いて金をもらっている身だぞ」

それを聞き、なぜかオリヴィアはつい笑顔になった。

6

一時間後、本を整理しようと思い、オリヴィアがふたたび公爵の部屋を訪れたとき、もちろん彼は扉を開けなかった。オリヴィアが鍵穴からのぞいてみると、公爵はどうやら生きていて——文明人らしく肘掛け椅子に座って読書をしていた。拳銃はどこにも見当たらない。

そこでひとまず安心し、トリュフの謎を解明しようと階下に戻った。厨房の使用人が誰も盗んでいないなら、それ以外の者の仕業ということになる。従僕たちを問いただすようジョーンズに頼んだのち、オリヴィアはメイドたちから聞き取りをすることにした。

最初に呼んだのはドリスだった。泥棒の疑いをかけられるようなことなどまずしそうにない娘——少なくとも、オリヴィアはそう思っていた。

しかし、やってきたドリスは平静であるどころか困惑していた。「どうしてわたしがトリュフを盗まなきゃならないんですか？　トリュフってなんです？　あの土みたいなやつですか？」

オリヴィアは言葉に詰まった。じつは彼女もトリュフを見たことがなかった。エリザベスはフランス産のワインを好んで飲んだが、フランス料理そのものはあまり好きではなかったのだ。「見た目は関係ないのよ、ドリス。トリュフはとても高価なの」

「見た目がひどいから、わたしはこれまで食べたこともありません。どんな味かもわからないものを、わたしが二キロもほしいと思うわけがないでしょう」

無邪気を装うにもほどがある。「食べずに売るつもりだったのかもしれないわ」

「まあ！」ドリスはかすかにうなずいた。「たしかにそうですね……でも、わたしの知りあいにトリュフを食べる人なんていません。そんな人がいます？」彼女はトリュフを食べる人の身を案じるように言った。「あんな泥のかたまりみたいなのを食べるなんて、かなりの怖いもの知らずですね」

「閣下は召しあがるわ」オリヴィアは冷ややかに言った。「だからこそ、屋敷の厨房にあったのよ」

ドリスはくすくす笑いながら手を叩いた。「たしかにそうですね。でも、わたしが旦那様に対して売ることはもちろんできません。メイドが主人の持ち物を主人に売りつけるなんてばかげてます！　仮にわたしが犯人だとしたら、どうやって売りさばくんです？」

この娘はごまかしている。「もちろん市場で売るのよ」

「わたしが？」ドリスが驚いた顔をした。「いい考えですね！　思いつきもしませんでした！」

これではドリスに詰問するどころか、犯罪の手ほどきをしてやっているかのようだ。「もういいわ」オリヴィアはあわてて話を変えた。「最近何か大きな買い物をした人を知らない？

もしくは、急にお金ができた人とか」

「それなら……」ドリスは目を見開いた。「言われてみればこのあいだ、ポリーが床に一ペニーを落としたのに拾いませんでした。表が下向きになってるから縁起が悪いとか言って。でも、わたしはそんな話、聞いたことがありません」

オリヴィアは大きく息を吐いた。「ドリス」怒ってはだめだと、自分に言い聞かせる。「トリュフの価値はそんなものじゃないわ。一カ月分の食費に相当するのよ」

ドリスは驚いた顔で椅子にもたれた。「泥のかたまりにしか見えないのに！　それとも、あれはわざとそうしてあるんですか？　盗まれないように？」

次にやってきたミュリエルは、自分はトリュフを盗むような愚かなまねはしないと訴えた。「たしかあれには……」机越しに身を乗り出し、声をひそめた。「さいん効果があるとか」

「催淫効果のこと？」

「そう、それです。ですから、わたしたちでなく、しょぼくれウィリーを調べるべきです。わかりますよね？」

オリヴィアには皆目わからなかった。「しょぼくれウィリー？　それは誰？」使用人たちの名前は全員頭に入っているはずなのに。「そんな名前の人は知らないわ」

ミュリエルはあきれた顔をした。「ヽヽヽウィリーですよ！　わかるでしょう」

「いいえ」オリヴィアはうろたえた。「わからない」

ミュリエルは机に手をついて身を乗り出した。

「あそこがいちばんくたびれてる男《ウイリー》は誰かってことです」

やっと意味がわかり、オリヴィアは椅子の背にどっともたれた。

「ミュリエル！　下品なことを言わないで！」

ミュリエルはまったく反省する様子もなく、肩をすくめた。「だって催淫効果があるんですよ。ウィリーが使いものにならなくなっている男を捜せばいいんです」小指を曲げてみせ、気の毒そうにうなずく。「その人がトリュフを隠し持っているはずですよ」

なんて下品でくだらない話だろう。とはいえ、屋敷で働く男性たちの顔を思い浮かべずにはいられなかった。「ということは……」意外すぎて言葉が続かない。

「そう」ミュリエルが腕組みをしながらおごそかにうなずいた。「ミスター・ジョーンズがやったんですよ」

ポリーは聞き取りそのものに抵抗した。「ミセス・ライトも大概ひどい人でしたよ。よく絨毯の下にコインを隠していました。それをメイドが拾わなかったら掃除をさぼってると決めつけるし、拾ったら拾ったで泥棒扱い。それにしてもトリュフなんて！　コインを盗んだ疑いをかけられるほうがまだましだわ。わたしは正直な人間です。フランス人と関わったりするはずがありません！」

「でも……」オリヴィアは額に手を当てた。さっきから頭痛がひどくなっている。「フランス人になんの関係が？」

ポリーが鼻息を荒くした。「だってトリュフってフランス人でしょう？　わたしだってばかじゃないわ。フランス人なんかいっさい知りません。二度と変な言いがかりをつけないでください！」

その午後遅く、オリヴィアは疲れきった状態でジョーンズの小部屋にいた。

「誰がトリュフを盗んだのか、さっぱりわかりません」

「私もだ」執事がため息をついた。「当分、まわりの動きに注意しておこう、ミセス・ジョンソン」

「わかりました」顔が赤くなるのが怖くて、ジョーンズの顔を正視できなかった。ほかのみんなは陰でこの執事のことを……。

「安心しなさい」ジョーンズがまじめな表情で続けた。「こういったことは過去にも何度かあった。遅かれ早かれ、真実は明るみに出る。ああ、ミュリエル、何か用かね？」

オリヴィアが振り返ると、ミュリエルが首を振っていた。ミュリエルはオリヴィアに微笑みかけ、曲げた小指を一瞬見せてさっと行ってしまった。

「妙だな」ジョーンズがつぶやく。「ミセス・ジョンソン、きみは誰とも指切りなどしていないだろうね？」

思わず大笑いしかけたのを咳でごまかし、オリヴィアは速やかに部屋を出た。

公爵が新聞を所望している。

翌日の朝食後、その話はあっというまに広がった。そのときの皆の驚きようといったら、まるで自分たちの主人が宗旨替えをするので司祭を呼べと言ったか、もしくは使用人たちをすべて解雇すると言い出したかのようだった。

ジョーンズの部屋の前では、ヴィカーズと従僕ふたりが静かに待っていた。

「あんた、いったい旦那様に何を言ったんだ？」ヴィカーズが挨拶代わりに尋ねてきた。

「旦那様が活字を読まなくなってから一カ月は経ってるのに」顔をしかめる。「それに、あんたときたらやけにうれしそうじゃないか」

プライドが高いのはオリヴィアの欠点だった。〝いちいち口答えするんじゃありません〟昔、よく母にそうたしなめられたものだ。けれどもオリヴィアは、母が繰り返し漏らす愚痴やふさぎの虫が耐えられなかった。物事には必ず解決策がある。マーウィック公爵についてもきっとそのはずだ。彼が新聞をほしがるのはとてもいい兆候だ。人を殺す、殺さないというくだらない話はさておき、一週間もすれば公爵は自室を出るだろう。

「気にしないで」オリヴィアは返事をした。「なぜまだここにいるの？　早く新聞を持っていってさしあげて」

「『テレグラフ』はとっくに購読を止めていた。だから、市場までブラッドリーに買いに行かせたんだ。今は……」ヴィカーズはジョーンズの小部屋の扉を頭で示した。「アイロンがけしてる」

もたもたしているうちに公爵の気が変わったらどうするの？　主人が気分屋なのをみんな知らないの？　「手に少しくらいインクがついても罰は当たらないでしょうに」

ブラッドリーが口を開いた。「インクじゃありません。旦那様は紙にうるさいんです。ほんの少し皺があってもだめなんですよ」

本当に？　だから部屋の整理整頓にもさぞ神経質なんでしょうね。

オリヴィアはふといいことを思いついた。

「閣下はそんなに新聞を読みたがっていらっしゃるの？」

ヴィカーズとブラッドリーがうんざりした顔で目配せした。「夜明けと同時に呼び鈴が鳴りっぱなしさ。ここしばらくそんなに早起きしたことはなかったのに」ヴィカーズが言いながら扉をにらみつけた。「ジョーンズが急いでくれないかな。遅くなって叱られるのはこっちなんだ」

それに応えるように、扉が開いた。オリヴィアはヴィカーズより先に前へ出て、執事の手から新聞を取った。「わたしがお届けします」

そこまで新聞がほしいなら、公爵にもすべきことをしてもらおう。

アイロンの熱がまだ残る新聞紙を左右の手に持ち替えながら、オリヴィアは階段をすばやくのぼった。「閣下」続き部屋の居間に入っていきながら呼びかける。「新聞をお持ちしました」

奥の扉の向こうから声がした。「持ってこい」

すぐに返事があったことに勇気を得た。オリヴィアは飾り棚のうしろにまわり込んだ。銃弾から身を守るには心もとないが、何もないよりましだ。「いいえ」彼女は声をあげた。「持っていきません」

すぐさま扉が開いた。現れた公爵は、たしかによくなってきていた。これから朝刊を読もうとする紳士らしく、ガウンをはおっている。

公爵は乱れた前髪の下からオリヴィアをにらみつけた。「ここまで、持って、こい」

ガウンは豪華な刺繍《ししゆう》が施された、海老茶《えびちゃ》のシルクだった。しかし、それも本人のすさんだ印象を打ち消すまではいかない。彼が片方の足からもう片方の足に重心を移したときに伝わってきた殺気も。公爵にこちらを殺す意図がないとわかっていて本当によかった。この先もずっとそうであってほしいと心から思う。

オリヴィアはテーブルに新聞を置いた。「とても興味深い記事があります、閣下。市長があたらしい電気設備を正式に認可して——」

「五つ数える」公爵が低い声で言った。

「本当ですか？」オリヴィアはいちばん上のページをめくった。「とてもお利口ですね……三歳児にしては」

公爵が首を絞められたような声をあげた。オリヴィアが顔をあげると、彼は戸枠をつかんでいた。小指に印章付きの指輪が光っている。以前からつけていたものだろうか？　いいえ、そうではないはず。つまり、これも喜ばしい変化のひとつだ。

気になるのは、戸枠をつかむ指の力が強すぎて関節が白くなっていることだ。あの力で喉をつかまれたらどうなるだろう。そう考えずにはいられないほど、公爵の表情は殺気立っている。

「いいえ、この人は首を絞めるより拳銃で撃つのが好きなのよ。「それから」声が震えないよう、オリヴィアは大きく息を吸った。「セント・ジョージ教会がサー・ボドリーの追悼式を執り行うそうです。彼の自伝をお読みになったことがありますか？　とても大胆な冒険家で——」

「いったいどういうつもりだ？」

血も凍りそうなほど静かな声で公爵が尋ねた。恐ろしいけれど、こうでもしなければ彼は部屋から出ようとしないだろう。オリヴィアは無理に明るく言った。「おっしゃる意味がわかりません。そんな言い方をされても——」

「私がこの扉を出たら、きみはきっと後悔するぞ。わかっているだろうな、ミス・ジョンソン」

これまで聞いた中で最も長く、また説得力のある脅しだった。恐怖のあまり、オリヴィアは息苦しささえ覚えた。ムーアに首を絞められたときの記憶がよみがえるほどに。

気づくと、両手をきつく握りしめていた。ここで公爵の脅しに屈して新聞を渡してしまえば、彼は扉を閉ざして引っ込んでしまう。そしてオリヴィアは二度と新聞を読むことが叶《かな》わぬまま、フランス行きの切符を買うはめになるだろう。公爵に部屋から出てもらえなければ、そうするほかない。

「もし……もし閣下がご自分でここまで新聞を取りに来られたら、大きな進歩で――」

「取りに来られたら？」

公爵がオリヴィアの言葉をさえぎるような仕草をしたので、彼女は口に手を当てて息をのんだ。

「私はきみのくそったれた飼い犬じゃない！」

オリヴィアは唇を痛くなるほど強く引き結んだ。なんて人をばかにした言い方だろう。自分がネズミのように扱われた気がする。

何よ。まさに巣穴に骨をため込んでいる犬じゃないの。そもそも、問題があるのは公爵のほうだ。ふつうの人のように部屋から出られるなら、こっちだってこんなことはしていない。そうだ、怒る理由が見つかった。オリヴィアは背筋を伸ばした。めがねを押しあげ、目を細めて公爵を見る。

「そうです、閣下は犬ではありません。立派な人間であり、政治家であり、公爵です。でも、少し風変わりな人でもあります。髪が伸び放題なので、注意して見ないと牧羊犬と間違えそうです」大きく息を吐く。「そんな長い前髪で、よくものが見えますね」

公爵は歯をむき、一瞬姿を消した。オリヴィアは焦って、なんとか彼を呼び戻す方法を考えた。だが、何も言葉が浮かばない。目的は公爵を寝室の外に誘い出すことで、わたしに対して殺意を抱かせることではないのに。

公爵がふたたび扉の向こうに現れた。表紙がぼろぼろになったとても古い本を手にしている。「ひとつ尋ねよう」愉快そうに言った。「人間と動物の決定的な違いを知っているか？」

いい質問だわ。「そうですね……散髪するかしないかです」

公爵が鼻で笑った。「火を熾《おこ》せるかどうかだ、このがみがみ女」

「がみがみ女？」オリヴィアはぽかんと口を開け、腕組みをして言い返した。「〝おせっかい女〟ならまだわかります。でも、がみがみ女じゃありません！」ふいに、彼が何をしようとしているかわかった。「まさか――」

「今からこの本とさよならだ」

「野蛮人！」オリヴィアは叫んだ。「この野良犬！」

「野良犬だと？」公爵は口をゆがめ、また気を取り直して含み笑いをした。「神よ……いや、悪魔よ。この女がただちに新聞を持ってきますように。さもなくば――」

「ウーッ！」オリヴィアはうなった。「ワンワン！　ワン！」そして凍りついたように両手で口を押さえた。わたしったら、いったいどうしてしまったの？

公爵も驚愕《きょうがく》したらしい。穴が開くほどまじまじとオリヴィアを見つめる。やがて彼は背を向けた。

「だめ……行かないで！」あの本が！　動揺したオリヴィアが飾り棚のうしろから飛び出したとき、野良犬というよりライオンの咆哮《ほうこう》に近いうなり声が寝室から聞こえ、雷のようなすさまじい音が響いた。

公爵が再度姿を見せ、残忍な笑みを浮かべた。「きみの大切な本が報いを受けたぞ」

彼は本棚をひっくり返したのだ。

「このならず者！　この……」オリヴィアは無我夢中で新聞を抱え、居間の暖炉に駆け寄った。「火にくべてやるわ！　世捨て人には新聞なんかいらない――」

そのとき、両肩をつかまれた。乱暴に振り向かされてバランスを失い、夢中で近くのものをつかんだ。

オリヴィアはぽかんと口を開いた。つかんだのは鋼のようにかたく引きしまった公爵の腕だった。

公爵が出てきた。寝室の外に。

燃えている石炭に触れたかのように、オリヴィアは手を離した。だが、うしろにさがろうとしたとき、両肘をつかまれた。公爵はオリヴィアを押さえつけて動けなくし、荒々しく息をついた。

オリヴィアは勇気を振り絞って公爵を見あげた。彼のこめかみには血管が浮かび、鬼のような形相になっている。こちらをにらみつけるガラスのように澄んだ青い瞳を見たとき、オリヴィアは耐えきれず、床に視線を落とした。新聞が折りたたまれた状態で落ちている。目に入った最後のページの記事は、あまり面白くなさそうだった。

「きみは……」公爵が静かに言った。ギロチンの刃が落ちる直前のような、ただならぬ静寂が流れる。

どうせ続きは悪いことに決まっている。オリヴィアは木でできたようにこわばった唇を開いた。「よかった」かすれた声で言う。「部屋から出てこられて」

公爵が手を離して戸惑った顔でうしろにさがり、今さら気がついたようにあたりを見まわした。うまくいった!

逃げるなら今のうちだ。

たぶん公爵も逃げるだろう――寝室へ一目散に。

しかしオリヴィアはぎこちなく床にかがみ、新聞を拾った。

「どうぞ」手が震えているのに気づかれないよう願いながら、新聞を差し出す。「このソファでお読みください」悲鳴に近い、甲高い声になった。「ここはちょうどいい明るさですから!」

公爵はオリヴィアを見つめ、まるで水中にいるかのように手をゆっくりと伸ばした。その手がつかんだのは新聞ではなく、オリヴィアの手首だった。

オリヴィアは身震いし、追いつめられた野ウサギが防衛本能でそうするように、石のごとく動かなくなった。ただし、心臓は猛烈な勢いで打ち続けている。〝今度こそ逃げられないわね〟頭の中で、嘲りの声がした。

公爵の手はとても大きく、彼女の手首を熱い手錠のようにしっかりととらえていた。親指がちょうど手首の内側に触れている。

オリヴィアの脈がどれほど激しいか、彼は知っている。

「いったいなんのまねだ?」公爵が静かに尋ねた。

オリヴィアは彼を見据えた。公爵の目はもうガラスのように無表情ではなかった。驚いたことに、公爵はオリヴィアを見つめていた――熱を帯びた目で。

オリヴィアはなすすべもなく無防備に見つめ返した。熱いまなざしに吸い込まれそうな気がする。なぜそんな目で見つめるの？　わたしの顔がそれほど気になるの？

「いったいなんのまねだ？」公爵が繰り返し、手首を握る指の力を少し弱めた。そしてなんの前触れもなく、やわらかな肌に親指を這わせた。

オリヴィアは鋭く息を吐いた。体がかっと熱くなって、力が抜けていく。

「おっしゃる意味がわかりません」

「わかっているはずだ」

公爵がまた指を這わせた。オリヴィアはつばをのみ込んだ。悦《よろこ》びを感じてしまう自分が情けない。つい下腹がうずいた。彼から目をそらすべきだ。今すぐに。

「〝ワン〟だと？」公爵が言った。

オリヴィアは真っ赤になった。「閣下は髪が伸びすぎて、犬みたいだからです」

公爵がかすかな笑みを浮かべて、手の力をゆるめた。離れる際に、指先がオリヴィアの手を撫でる。「私が安心して鋏《はさみ》を扱わせることのできる者がこの屋敷にいると思うか？　誰に喉を切り裂かれても不思議でないことをさんざんしてきたんだぞ」

公爵は冗談を言っているの？　奇跡だわ！

「そんなことはあり得ません」オリヴィアはかすれた声で言った。「主人が死んだら、給金をいただけなくなります」

公爵がまた短く笑みを浮かべたが、すぐに皮肉っぽく顔をしかめて横を向いた。

「誰かに言って、本棚をもとどおりにしてくれ」

これも奇跡だ。「かしこまりました、閣下」

スカートの裾をひるがえし、急いで部屋を出たとたん、オリヴィアは従者と正面衝突した。

「ミセス・ジョンソン」彼女を抱き留めたヴィカーズが目を大きく見開いた。「なんてことだ」

オリヴィアはすぐに離れた。ここで油を売っている暇はない。「聞こえなかったの？　ずっと盗み聞きしていたんでしょう？　メイドを呼んでこなければならないの。閣下の部屋を掃除するのよ」

階段を駆けおりるオリヴィアを従者が追いかけた。

「それは聞かなかったぞ。誰かに本棚をもとどおりにさせろと――」

オリヴィアはたまりかねてヴィカーズを振り返った。

「あなたって本当に何もわかっていないのね」


一時間後、オリヴィアはふたたび戻ってきた。ここまで遅くなったのは、メイドたちがかたくなに抵抗したからだ。半分脅して連れてこなければならなかった。これまで自分を横暴だと思ったことはなかったが、どうやらマーウィック公爵に影響されたらしい。

処刑前夜の殉教者のように青ざめたメイドたちを廊下で待機させ、オリヴィアは戦場となる部屋を一瞥《いちべつ》した。

暴君はソファに座り、『モーニング・ヘラルド』に没頭している。

オリヴィアは安堵のため息をついた。公爵がこちらの気配に気づいたらしく眉をあげたが、あいかわらず新聞から顔をあげない。

「掃除のメイドを連れてきました」

「いらん」公爵がページを繰った。

オリヴィアは無視して続けた。「それから、従僕が本棚をもとに戻しにまいります。あのあと、ずっとここにいらっしゃったのですね。よくおできになりましたこと。こんな簡単なことで褒められて気を悪くなさらないでください。決して閣下を幼児扱いしているわけではありませんから。でも、下での話ときたら」

危険はもちろん承知のうえだった。公爵にもまだ誇りはあるだろうか？　もしあれば、この作戦が効くはずだ。

公爵がまばたきをした。険しい顔でオリヴィアを見る。「下？」

そう、公爵が使用人たちに噂の種にされるのを好まないことはわかっている。「下の階です」オリヴィアは同情的な微笑みを浮かべた。「使用人たちの話です」

公爵が鼻を鳴らした。勢いよくソファから立ちあがる。

「主人は居間で過ごす能力さえないと思われていると？」

「まあ、そんな」オリヴィアは肩をすくめて笑ってみせたが、思ったより神経質な声になった。「ですが、閣下の部屋に入れないとなると、みんな暇になってしまいます。小人閑居して不善をなすと言いますでしょう」

公爵は片方の手をブロンドの頭に突っ込み、何かを探すようにかきまわした。「ヴィカーズはどこだ？」厳しい声で言う。「まったく、なぜいつもきみばかり来る？」

オリヴィアも鼻を鳴らしたい気分だった。さっきヴィカーズが止めようとしたのが滑稽でならない。「閣下の従者はキッチンメイドと話し込んでいます。もしくは廊下でメイドとふざけているかですね。申しあげておきますが、最近のヴィカーズはひどく着衣が乱れています。これから九カ月のうちに、一度ならず事件が発覚すると思います」

公爵が唇をぴくりと動かした。微笑みではなく痙攣《けいれん》だったらしく、すぐにおさまった。彼はオリヴィアに向かって目を細めた。「きみははっきりものを言うな、ミセス・ジョンソン」

ミセス・ジョンソン？　どうやら格上げされたみたいだわ。「昔からです」オリヴィアは認めた。「わたしの欠点です」

「数ある欠点のうちのひとつだ」公爵が吐き捨てた。

「誰がいちいち数えるかしら」

公爵は鼻を鳴らしてソファに座った。ガウンのベルトを解いているので前がはだけ、シャツの裾がズボンから出ているのが見えた。いったいどのくらい体重が減ったのだろう？　ズボンはかろうじて腰に引っかかっている。

わたしったらいったいどうしたの？　ズボンがさがったら何が見えるかを、一瞬でも想像したりするなんて。

どうやら公爵の狂気がうつったらしい。オリヴィアは憂鬱な気分になって尋ねた。「紅茶を運ばせましょうか？　メイドを怖がらせないと約束していただければ、彼女たちは喜んで部屋をきれいにします」

「いや、いい」公爵が静かに言った。

「紅茶はいらないのですね。まだ早い時間ですから。では、そこでおかけになってお待ちください。一時間もかかりません」

公爵に拒否される前に、オリヴィアは部屋を出てポリーの手首をつかんだ。「来て、早く」

「いやです！」ポリーがミュリエルの肘をつかんだ。

オリヴィアがポリーを引っ張るのに合わせてミュリエルの足が、最後にはミュリエル自身も扉に向かってずるずると引きずられていった。「神様」ミュリエルが叫んだ。「ドリス、逃げて！」

ドリスが一目散に階段へ向かった。

「止まりなさい！」オリヴィアが叫んだ。「すぐに戻るのよ！」

ドリスが肩を落として戻ってきた。

「いやよ、わたしは行かない！」ポリーが金切り声をあげた。「いやだと言ったら……」声が途中で途切れ、ポリーの顔が青ざめた。

オリヴィアがうしろを向くと、公爵が驚いた顔で扉のところに立っていた。

「おかけになってお待ちください。ご心配なく」オリヴィアは明るく言うと、ポリーの手首を放し、公爵から見えないように肩を強く押した。


さっきからメイドたちがネズミのように、こそこそ動いている。アラステアは無視した。このメイドたちも、ウソ鳥の胸毛のように真っ赤な髪をしたハウスキーパーも、自分にはまったく関係ない。気になるのは『モーニング・ヘラルド』の最終ページの社説だ。かつて友人だと思っていた男のことが書かれている。〝ソールズベリー卿の賢明なる選択〟このばかげた見出しがどれほど不快か、おそらくバートラム本人は知るまい。

見出しのすぐ下に小見出しが躍っていた。〝イングランドの希望、バートラム男爵〟

アラステアは顎の筋肉をゆるめ、深く長く息を吸った。

バートラム男爵、アーチボルド。反対派にも礼節を失わない、きわめて高潔なる五〇代。水曜と日曜は、ハノーヴァー・スクエアのセント・ジョージ教会で執り行われる礼拝に欠かさず出席する。自由党を率いる人物として申し分ない人選。少なくとも、バートラムをよく知らない者はそう信じている。家族と大英帝国のために身を捧げる、清く正しい男だと。

マーガレットは大勢の男たちに快楽を与えたが、ほとんどがアラステアの政敵だ。バートラムだけが貴族院の盟友だった。アラステアの同志であり、いちばんの支持者だった。

記事にはさらに賛辞が躍っていた。〝尊敬に値する〟〝献身的〟〝謙虚〟……。

あの男の鼻の特徴をよくとらえた、澄まし顔の挿絵までついている。

次第に、隣の寝室のベッドに意識が向いた。あたらしく買い換えたベッドだ。欺かれていることも知らず、妻の隣で眠ったベッドではない。

さすがのマーガレットも、自身の寝室にバートラムを招き入れはしなかっただろう。だが、アラステアは妻の寝室を徹底的に破壊した。調度品はオークションにかけ、天蓋付きの巨大なベッドは素手で解体し、焚きつけ用の薪《まき》として去年の春に作業所へ寄付した。

何かがぶつかる小さな音と鋭く息をのむ気配がして、アラステアは現実に引き戻された。顔をあげると、ブロンドのメイドが花瓶の位置を直しているところだった。アラステアの存在に気づいて、銃口を向けられたキツネのようにその場に凍りついている。

「ミュリエル、急いで」ハウスキーパーが寝室の扉のそばで、ウエストの上に両手を重ねて監督していた。

アラステアはうっとうしい気分で新聞を置いた。この女ときたら、あたかもまわりを従わせるのが当然であるかのような空気を漂わせている。実際はそんな権限などないのに。

「ミセス・ジョンソン、教えてくれ」

ハウスキーパーが涼しい笑みを浮かべた。彼女は鏡で自分の顔を見たことがあるのだろうか？　なめらかでみずみずしい頬に、少女のようなそばかすが散っている。自分の年をわかっているのか？　もう少し恐れることを知っていてもよさそうなものだ。雇い主のかつての姿を知らないのか？　なんといっても私は——そこでアラステアは考えるのをやめた。ミセス・ジョンソンはただの使用人だ。なぜ気にする？

しかし相手は、こちらが自殺しそうになったと思っている。

アラステアは歯を食いしばった。たかが使用人だ。いいから気にするな。それより癪《しゃく》に障るのは、ミセス・ジョンソンがどんな相手に対しても――この自分に対してさえ、いっこうに物怖《ものお》じしないことだ。その自信はどこから来ている？　せいぜい二五歳になるかならないかだろうに。ジョーンズはいったいどういうつもりだ？　こんな若いハウスキーパーを雇うとは非常識な。だいたい、何かの旗みたいなあの真っ赤な髪はなんだ。ふざけているとしか思えない。わざと染めたに決まっている。

とにかく、ジョーンズと話をしよう。彼女を雇った理由を聞かなければならない。

「おそらく」アラステアは冷ややかに切り出した。「皆、きみが監督しなければろくに働かないのだろう。ほかにさせる仕事はないのか？」

ミセス・ジョンソンは肩をすくめた。

「閣下が快適に過ごせるようにすることは、ほかの何より大切です」

どうせ要望を伝えても無駄だとはじめからわかっていた。なぜこの女に耐えているのか、自分でもわからない。退屈しのぎのためか。きっとそうだ。まともでない会話を面白がっているだけ。それにしても、あんなやわらかな肌に触れたのははじめてだった。

そこまで考えてきまり悪くなり、アラステアはソファで身じろぎした。「私の話はいい」ぞんざいに突っぱねる。「使用人の話をしている。きみがいなければ何をしていいかさえわからないという彼らの現状をまず正せ」

ミセス・ジョンソンはすぐさまうなずいた。「もっともなご提案です、閣下。だからこそ、こうして部屋のお掃除をさせていただくことにしたのです。人は誰しも自分の主人を喜ばせたいと思うものですから。違いますか？」そこでまぶしい微笑みを浮かべた。「今からでも手遅れでなければいいのですが」

アラステアはあきれてソファに身を沈めた。まさか返す刀で切り返してくるとは。

ミセス・ジョンソンが満面に笑みを浮かべた。

彼は苦々しい顔で新聞に視線を落とした。まったく、腹の立つ笑顔だ。あれさえなければごく平凡な女なのに。若いのにどこか知的で……いや、どうせ見せかけに決まっている。あのめがねと妙に洗練された言葉づかいのせいだ。

しかし今気づいたが、ミセス・ジョンソンは微笑むと整った顔にえくぼができる。だから口元に目が吸い寄せられてしまうのだ。唇はふっくらとしている。しかしそれは下唇だけで、上唇は……。

いや、そんなのはどうでもいい。仮に彼女が美しいとしよう。それはそれで問題だ。そもそもハウスキーパーは美人でないもので、それどころか女とも思われない年齢であるのがふつうだ。

「きみの年は？」アラステアは新聞に視線を落としたまま尋ねた。

「清潔さの意味を理解するのにじゅうぶんな年齢です、閣下。今後はきっと快適にお過ごしいただけるでしょう」

アラステアは見出しをにらんだ。生意気な口を利くなと叱りつけてやらなければ。もう一度くびにしてやる。そもそも、なぜミセス・ジョンソンはまだこの屋敷にいるんだ？

彼は大きく深呼吸をし、次の瞬間言葉を失った。部屋の空気がじつに――すがすがしい。

ミセス・ジョンソンの言うとおりだ。この部屋はもっと早く掃除すべきだった。

「言葉に気をつけろ」アラステアは吐き捨て、新聞をたたんだ。なんて下手くそなアイロンがけだ。ジョーンズに注意しなくては。

ミセス・ジョンソンが何も言わないのが癇《かん》に障った。主人に叱られたら謝るものだ。これではほかのメイドたちに示しがつかない。

アラステアが厳しく叱責しようと顔をあげると、彼女はあるメイドに近づくところだった。メイドはサイドボードの上に未開封のまま置いてある封筒の山を見つけ、それらを素手でつかんで移動させようとしていた。ミセス・ジョンソンが耳打ちした。

「銀のトレイにのせて運ぶのよ、ミュリエル。知っているでしょう？」

「でも、こんなにたくさんあるんですよ！」

ミセス・ジョンソンが顔をあげ、アラステアに見られていることに気づいた。

「閣下、この手紙はどういたしましょう？　アルファベット順に並び替えましょうか？」

そんなことをしていったいなんになる？　「そのまま放っておけ」

「今からサイドボードを掃除するので――」

「放っておけと言っただろう！」

ミセス・ジョンソンは口をかたく引き結んだ。頬が赤くなっているせいで、そばかすがとても目立つ。たいてい、そばかすというのは野暮ったく、見苦しいものとされている。彼女のバラ色の頬に散ったそばかすはなぜこうも愛らしいのだろうか。

自分自身に怒りを覚えながら、アラステアはあらためて新聞に視線を戻した。

「それでは、消印の順にするのはいかが――」

「いらん」あのたくさんの手紙のことを考えるだけで、胸がふさがる思いがする。手紙の山は日増しに増え続けた。ふつうなら、相手から返事がないということは迷惑がられているのだと理解するものだ。しかし、手紙は増え続けた。まったくなんてことだ。一通開封すれば、すべてを開封しなければならなくなる。ひとつに返事をすれば、残りの返事も期待されていると気づかされる。「まとめて燃やしてしまえ」

返事はなかった。

アラステアは新聞をにらみつけた。記事がエジプト語で書かれているかのごとく、まるで頭に入らない。

「では、こうするのはいかがでしょう」ミセス・ジョンソンが控えめに言った。「誰かが開封して緊急性の高いものから順に――」

アラステアが新聞を乱暴に置いたとき、四人の女たちがいっせいに凍りついた。彼は遠い昔に感じたきりの奇妙な感覚に襲われた。恥ずかしさだ。

アラステアは大きく息を吸った。「手紙は読みたくない」落ち着いた声が出た。なかなか悪くない。「内容にも興味がない。返事を出すつもりもない。だから燃やしてくれ、ミセス・ジョンソン」

彼女の表情に気持ちがすべて出ていた。眉がぴくりと動いたということは、こちらの命令に憤慨している。顎が小刻みに震えているということは、またあの過ちを繰り返そうとしている。つまり、口答えするのだ。

「でも、もし……」

アラステアが続きを待っていると、ミセス・ジョンソンは顔を赤らめた。咳払いをし、目をそらす。しばらくしてからちらりとアラステアを見て、またすぐにそらした。

彼女をじっと見つめていたことにそのとき気づいた。なんとも表情豊かな、心惹《ひ》かれる顔だ。こんなふうに誰かの顔をじっくり見たのは久しぶりだった。相手の微妙な表情の変化にまで注意を向けたのはいつが最後だろう？

去年以降、色鮮やかな映像は何ひとつ頭に浮かばない。覚えているのは庭の景色だけだ。今の庭は死んだように眠っているが、夏には花が咲き乱れていた。それだけ。ほかには何もない。マーガレットの本性を見抜けなかったのと同様に、ほかのすべてについても何も見えていなかったのだと気づかされた気がする……。

妻の葬儀に誰が来たかも覚えていない。覚えているのは、何週間も経ってから訪れた墓地の光景だけだ。〝きみは誰だ？〟それがアラステアの唯一の感想だった。〝ここに眠っている

女性は、いったい何者だったんだ?〃

これも、結局は自分自身が見えていなかったということかもしれない。裏切ったマーガレットに対してよりも、長年にわたって完全にだまされ続けた自分自身に驚きあきれる気持ちのほうが大きかった。これでも先見性があると自負してきたのに。

「待って」ミセス・ジョンソンの声がした。メイドのひとりが主人の言葉に従って手紙の束を暖炉にくべようとしたのだ。「閣下」ハウスキーパーがアラステアの視界に入ってきた。勇気を取り戻したのか、顎をあげている。少し観察するだけで、いろいろなことがわかるものだ。かつての自分は他人の表情を読むのがうまかった。相手の歩き方から嘘を見破る自信もあった。「閣下が本当にこれらの手紙を燃やすことを望んでいらっしゃるとは思えません」

「ああ」アラステアは皮肉っぽく言った。「慈善舞踏会の招待状を見逃したらたいへんだからな」

ミセス・ジョンソンは眉をひそめたまま黙っている。代わりにアラステアは心の中でつぶやいた。〝重要な手紙が交じっているかもしれません〃

「代わりにわたしが読みます」

アラステアは新聞を置き、冷ややかに言った。「私宛の手紙を読もうというのか」

メイドたちはあっけに取られてミセス・ジョンソンを見ている。アラステアの胸に意地の悪い満足感が込みあげた。みんな、このハウスキーパーは頭がどうかしていると思っているのだ。

「それは……」ミセス・ジョンソンは顎をこわばらせた。「暖炉にくべてしまう程度のものなら、わたしが読んでも失礼ではないはずです。秘書がいるなら別ですが」

アラステアは鼻を鳴らした。秘書のオリアリーは、数週間前にダブリンの実家に呼び戻された――いや、よく考えてみれば、もう数カ月も前の話だ。「秘書はいない」

「それでしたら――」

「私がくびにした」嘘だ。「やたらと人の手紙を読みたがるやつだったからな」

ミセス・ジョンソンが笑い出した。

アラステアは朝食のトレイに視線を落として渋い顔になった。まさかこの私が冗談を？何を考えているんだ。頭に綿くずかコウモリの翼でも詰まっているのか？　脳みそが最後にまともに動いたのはいつのことだ？

新聞の見出しが目についた。

「いかがでしょう？」おせっかい女が言った。彼女自身が〝おせっかい女〟と言ったのだから、その意思を尊重してやらなければ。

何を質問されていたのかわからなくなった。〝イングランドの希望、バートラム男爵〟寝室にしまい込んだ拳銃のことが脳裏をよぎる。過去の人生は失われた。それをもう一度取り戻すことはできる。しかし、自分の望みはそれではない。

望みは惨事をもたらすことだ。シェイクスピアも、名作『ジュリアス・シーザー』で主人公に語らせていたではないか。〝戦争の犬を解き放て〟

「閣下――」

「わかった」ただ相手を黙らせるためだけに、アラステアは返事をした。

「ありがとうございます」近づいてくるミセス・ジョンソンのスカートが衣《きぬ》ずれの音をたてた。まったくいい加減にしてほしい！　なぜこうもひとりにしてもらえないのか。「もうひとつ、うかがいます」彼女は向かい側に座った――アラステアの見ている前で、なんの許しも得ないまま。これは叱りつけてやらなければ。アラステアは口を開こうとしたが、それより先にミセス・ジョンソンが身を乗り出した。「つかぬことをお尋ねしますが、先週トリュフを二キロほど召しあがりましたか？」

なんだと？　「いいや」

「そうだと思いました」ミセス・ジョンソンは言いながらめがねを外し、はっとするような明るい青い瞳を見せた。アラステアは自分が何を言いかけたのか忘れてしまった。ミセス・ジョンソンは服の袖でめがねを拭きながら話を続けた。アラステアは話がさっぱり頭に入ってこなかった。

彼女の瞳は去年の夏、庭の上に広がっていた空と同じ色だった。雲ひとつない、まぶしい太陽が輝く夏の空の色。それがこちらをじっと見つめ、語りかけてくる。〝求めても無駄。これは今のあなたには手の届かないものよ〟

ミセス・ジョンソンはめがねをかけ直した。レンズが光を反射し、その向こうにある奇跡を隠した。

ただのハウスキーパーがこんな瞳をしているはずがない。

「それでは手紙に目を通しておきます」彼女は話を締めくくり、立ちあがって出ていった。

当惑するアラステアを残して。彼はゆっくりと深く息を吸った。やはり思い違いではなかった。ミセス・ジョンソンが去ったあとに、ほのかなバラの香りが残っている。

これは香水か？　なぜこれまで気づかなかったのだろう？　まさに自分が想像していた庭の香りだ。実際に窓を開けて嗅いでみたことはなかった。がっかりしたくなかったからだ。

なんということだ、まったく。

扉が閉まるのを見つめながら、アラステアはもう一度深く息を吸った。

あのハウスキーパーは夏の香りがする。

7

「いいからもう行ってよ！」

公爵の書斎机に座っていたオリヴィアは耳をそばだてた。ポリーが廊下で叫んでいる。

「そう冷たくするなよ」

こちらはヴィカーズの声だ。オリヴィアはため息をつき、手紙を置いた——今日開封した、公爵宛の一四通目の書簡を。この二週間、それらを読んで、要点を記したリストを作成してきた。受け取った公爵は何も言わなかった。まったく目を通していないのかもしれない。もし状況が違えば、自分のしていることを完全に黙殺されて腹を立てたかもしれない。しかし、公爵の書簡リストはそれだけで現代史の本の索引になりそうだった。そんな貴重なものを読むのは、宮殿で交わされる密談をこっそり聞くことにも似た喜びをもたらしてくれた。秘書が個人的な興味関心のために主人の手紙を読むことは問題ではあったが。

ただし、今のオリヴィアは秘書ではなくハウスキーパーだ。ということは、こうしているあいだにもどんどんひどくなっていく廊下の騒ぎを止めるのは自分の役目だ。

彼女が扉に向かって歩きはじめたとき、ヴィカーズの声が聞こえた。「前にミュリエルがおれに近づいたとき、きみが悔しそうにしているのを見たぜ。あれは嫉妬だろう?」

「わたしがあんな浮ついたのろまを気にすると思ってるの? ちょっと、やめてよ! 手をどけないとひっぱたくわよ」

オリヴィアは扉を開けた。廊下の壁際に置かれた、甲冑と腰の高さまである中国の花瓶のあいだで、ヴィカーズとポリーが押し問答をしている。「ミスター・ヴィカーズ!」オリヴィアは鋭く叫んだ。

従者は飛びあがった。「ああ、いた!」剃りあげた頭を撫で、恐縮したように言う。「さっきから探していたんですよ、ミセス・ジョンソン。クックが来週の献立を見てもらいたいと言うんで——」

「わたしにつきまとってたくせに」壁に押しつけられていたポリーが、ヴィカーズを乱暴に押した。従者はオリヴィアにぶつかりかけたが、よけられて床に膝をついた。

オリヴィアは従者を見おろした。剃った頭がサクランボのように赤くなっている。

「ミスター・ヴィカーズ、仕事はどうしたの?」

「仕事なんかするわけがないわ!」ポリーが叫んだ。「この人ったら、自分が公爵になったつもりなんですよ。トルコの高官《パシャ》みたいにそこらをほっつき歩いて、わたしたちをハーレムの女扱いするんです」

ヴィカーズが立ちあがった。「でたらめを言うな。ミセス・ジョンソン、今この女がおれを突き飛ばしたのを見たでしょう。まったくひどい」

ポリーが壁から体を起こした。

「突き飛ばされただけですんで運がよかったのよ。あんたなんかもううんざり」

「ほらね？」ヴィカーズが後ずさりした。「いつもあとを追いまわされてるんです。こいつに見つからずにはどこへも行けない――」

「嘘よ！」ポリーが叫ぶ。

「それにこの女は、おれ以外の男も追いかけている」ヴィカーズが言った。「毎晩若い男が会いに来るんだ。ポリーはいつも飛んでいくんですよ」

ポリーが顔色を失った。「ちょっと、余計なことを言わないでよ」

「ほらね！」ヴィカーズがオリヴィアの手首をつかんだ。

「みすぼらしい身なりの男ですよ。いかにもトリュフを盗んで売りさばきそうだ」

ポリーが息をのんだ。「そんな……彼はそんなことしないわ！」

オリヴィアはヴィカーズの手を鋭く一瞥した。彼はすぐに手を引っ込めた。「失礼」続いて、彼女はポリーに視線を移した。ポリーは風に吹かれる柵の支柱のごとく震えている。「ポリー」オリヴィアは無表情に言った。「あなた――」

「どうせヴィカーズの言うことを信じるんでしょう」ポリーが叫んだ。「あなたは屋敷に来た日からずっとわたしを嫌っているもの。メイド候補じゃなかったなんて、わたしにわかるはずがないでしょう。あなたがまさかハウスキーパーに――」

「ポリー！」オリヴィアは腰に手を当てた。「仕事に戻りなさい」

ポリーは何か言いたげに口をぱくぱくさせたが、やがてオリヴィアとヴィカーズを交互ににらみつけ、スカートの裾をひるがえして立ち去った。

オリヴィアはヴィカーズに向き直った。この従者は小太りのうえ、干からびた土色の肌をしている。「ミスター・ヴィカーズ、今度メイドにちょっかいを出しているのを見つけたら、ここを辞めてもらうわ」

「待ってくれよ」ヴィカーズは肩を怒らせた。もしオリヴィアのほうが一五センチも身長が高くなければ、もっとすごみが出ただろう。「おれは旦那様に直接仕えてるんだぞ。従者の仕事というのは――」

「従者の仕事というのは、何？」冷ややかな言い方になったが、オリヴィアは気にしなかった。密告者がいてくれるのはハウスキーパーとしては都合がいいけれど、密告者に好意は抱けない。「従者の仕事は主人の身のまわりの世話をすることでしょう。でも、あなたが閣下の近くにいるのをこれまで見たためしがないわ」彼女は目を細めた。「今の閣下を見たら、この屋敷に従者の役目を果たす者がいないのは明らかよ。これは問題だわ」

「ぜんぶおれが悪いっていうのか」ヴィカーズが頬をふくらませて大きく息を吐いた。「旦那様の身なりがひどいことになってるのは重々承知だ。だけど、あんたに何がわかるっていうんだ。このあいだ勇気を出して部屋をのぞいてみたが、ひげ剃り道具を壁に投げつけられた」

「それはいつの話？」

口を開いたものの、ヴィカーズは答えられなかった。

「それほど最近ではないでしょう」

「あれから道具を返してもらっていない」ヴィカーズが不満そうに言った。「旦那様に避けられてる以上、こっちはどうすることも――」

「そんなことはないわ。きちんとひげを剃るべきだと繰り返し言えばいいのよ、ミスター・ヴィカーズ」ようやく公爵を居間に引っ張り出せたのに、それ以外のことまで引き受けなければならないの？　この分だと、部屋から出すのに一年かかりそうだ。

「こっちから指図なんかできるものか。相手を誰だと思ってるんだ？　この屋敷のいまいましいご当主様なんだぜ！」

「言葉づかいに気をつけなさい」オリヴィアは言った。「どうしてもひげを剃らせてもらえないなら、せめて鏡をかざしてさしあげて」

ヴィカーズが顔をしかめた。「なんのために？」

「自分の姿を見てもらうためよ。毛が伸び放題で牧羊犬みたいになっているのを」

ヴィカーズが顎をこわばらせた。

「そんなことをしても意味はない。悪いが、おれは身の危険を冒してまで――」

「だったら、わたしがするわ」オリヴィアは背を向けて階段に向かいはじめた。「ついてこないの？」ヴィカーズを振り返る。従者は返事をする代わりに腕組みした。オリヴィアは舌打ちをした。「もちろん来ないわよね」まったくこの屋敷の使用人たちときたら、そろいもそろって役立たずばかりだ。

続き部屋の居間は空っぽだったが、寝室に通じる扉が開いていた。そっと中に入ってみると、公爵が窓際の安楽椅子で本を読んでいた。

「従者にきちんと仕事をさせるか、でなければ解雇してください」

彼は本から顔をあげなかった。「わかった」

わかった？　意味が理解できず、オリヴィアはしばらく立っていた。

「で、どちらになさいますか？」

公爵は肩をすくめた。午後の光に顔が明るく照らし出され、口元に笑い皺の跡が見える。あれはいったいいつできたのだろう？　ここまで笑顔を見せない人もいないと思うのに。

「返事をいただけないのですか？」オリヴィアは部屋の中に注意を向けた。散乱していた書類は鏡台に置いてあるものを除き、メイドたちがまとめて本棚に片づけていた。

公爵がオリヴィアの視線を追って本棚を見た。「ああ、それか」ぶっきらぼうに言う。「見てのとおり、今朝メイドたちがやってきて片づけた。きみの仕事はもうない。ヴィカーズのことで文句があるならジョーンズに言え」

オリヴィアはむっとした。「ミスター・ジョーンズは閣下の許しを得ないかぎり、ヴィカーズを辞めさせたりしません」

「だったら、それまでだ」公爵は椅子に座り直し、邪魔をするなと言わんばかりに本を持ちあげた。

オリヴィアは反発心から鏡台に近づき、無造作に置かれた用紙をこれみよがしにまっすぐにそろえた。残念ながらそれらは古い書類ではなく、公爵が最近ふたたび読むようになった政治記事についてのメモ書きだった。

「何をしている?」

彼女は急いで用紙を置いた。「今朝メイドがやってきたのに、なぜこんなに散らかっているんでしょう?」大理石の天板に、皺の寄ったクラヴァットや薬瓶などが出しっぱなしになっている。

「無駄話はいらん」公爵は冷ややかに言った。「用がないなら——」

「ひげ剃り道具を捜しています」クラヴァットをどけると、下から手鏡や小物類が出てきた。

「閣下が壁に投げつけてからどこへ行ったかわからなくなったとヴィカーズが言うので、代わりにわたしが……あら!」オリヴィアはべっ甲の櫛《くし》を取りあげた。「このすばらしい発明品を見てください。たまには使おうという気になるかもしれませんよ」

公爵は眉間にかすかに皺を寄せてオリヴィアを見た。やがて口を引き結び、ふたたび本に視線を落とした。

無視するならちょうどいい。手鏡を手に取ると、オリヴィアはぶらぶらと本棚に近づいた。真ん中の棚に書類が三〇センチほども積まれている。いちばん上は手紙で、マーウィック公爵の筆跡で一八八三年と記されていた。宛名はオードリー卿——。

「ひげ剃り道具はそこにはないぞ」公爵が冷ややかに言った。

オリヴィアは鏡を掲げた。「ほら、ご自分の姿をご覧になってください」

彼は無視して本のページを繰った。

「その本は、せいぜい二、三〇〇年前のものでしょう」オリヴィアは言った。皮肉は冗談としては最低の部類に入る。でも、得られる満足感は最も大きい。「このあいだまで床に置きっぱなしにして平気だったのに、今は読むことしか頭にないみたいですね」

「そこまで古いものじゃない」公爵が本を持ちあげてオリヴィアに背表紙を見せた。デュマの『モンテ・クリスト伯』だった。

「まあ、復讐物語。参考にでもするつもりですか？」

公爵はすごむような笑みを見せた。「これまでのところ、主人公はただの腰抜けだ」

「まだ序盤なんですね。ところで、何年も監獄に入れられたダンテスは出てきたとき、それはひどい姿でした。彼が真っ先にしたのは散髪です」

公爵が本を乱暴に閉じた。「どうもきみは、たいていの使用人たちに理解できる合図がわからないようだな。いったいなんの目的でここにいる？　用がないならさがれ」

オリヴィアはふたたび鏡を掲げた。

「これが用です。その姿はまるで猛獣ですよ。もし従者が――」

「猛獣など見たことはあるまい」公爵が静かに言った。

オリヴィアは鏡をおろした。そのとおりだ。いったいどんなものかは想像もつかない。

「〝猛獣〟という言葉から連想されるような姿、ということです」

「意味不明だな」公爵がまた本を開いた。「牧羊犬のほうがまだわかる」

オリヴィアは彼をにらみつけた。

「犬みたいな格好をするのが楽しいですか？　また吠《ほ》えてさしあげましょうか？」

公爵がふたたび本を閉じ、椅子に身を沈めてオリヴィアをじっと見つめた。「そうしたいのか、ミセス・ジョンソン？　そういえば、今日はどことなく犬に似ているな。毛が逆立っているぞ」目を細めてじっと見る。「キャンキャンうるさいところが、いかにも……いや、プードルでは愛らしすぎるかな」

オリヴィアは鋭く息をのんだ。「失礼だわ。まるでわたしが――」

「それともアイリッシュ・セッターかな？　髪がそっくりだ。いや、やはり違うな」残念そうに言う。「正解はチワワだ。耳障りな声でやたら吠えるだけで、嚙みつかない」

オリヴィアは鏡を投げ出した。「閣下宛の手紙を読みました」歯を食いしばって言う。「大勢のご友人がどれほど閣下に会いたがっているかわかりますか？　そんな姿を見たら、人がどう思うか考えてみてください」

しまった、公爵の顔がこわばった。「知らぬが幸いだ」

「閣下の従者はメイドたちにちょっかいを出しています。彼女たちが迷惑しているのに、平気で放っておかれるのですか？　お願いですから、ヴィカーズをどうにかしてください」

「見返りは？」

オリヴィアはひるんだ。「どういう意味ですか？」

公爵が本を脇に置いてまっすぐ目を向けてきたので、オリヴィアはどぎまぎした。彼は人を食った笑みを浮かべている。意地の悪い笑みだ。「なぜ私がヴィカーズをどうにかしなければならない？　そんなことをして、私になんの得がある？」

オリヴィアは口をぽかんと開けた。「屋敷の秩序を維持することは閣下の利益にかないます。それに……ほら！」公爵が目にかかる髪をかきあげたのを、彼女はすかさず指し示した。「散髪も、もちろん閣下の得になります」

「そしてきみを喜ばせるわけだな。ミセス・ジョンソン。主人の邪魔をして楽しんでいることを自覚しているか？　使用人にあるまじき振る舞いだぞ」

「誤解です。楽しんでなんかいません」そう言いながらも、オリヴィアは奇妙な感情にとらわれた。公爵の言うとおりかもしれない。いつのまにか、この屋敷に来たそもそもの目的から遠ざかっている。命を狙われているのを忘れ、屋敷の乱れを正すことや、この意地っ張りな公爵の内面を探ることにばかり気を取られている。「楽しんでなんかいません」彼女はきっぱりと繰り返した。〝猛獣〟はさておき、牧羊犬のような姿のまま部屋を出る紳士はいない。「むしろ、自分の仕事がいやでたまりません」

公爵の笑みが大きくなったので、オリヴィアは気分が悪くなった。

「ほう？　たしかにそこまで態度が悪いということは、仕事がわずらわしくてたまらないのだろうな。それほど私の髪を切りたいなら、きみがやれ」

「なんですって？」オリヴィアは一歩さがった。「わたしはこれまで一度も……無理です。男性の髪の切り方なんて知りません。きっとひどい有様になります」

公爵がからかうように舌打ちをした。「無理でもなんでも、奉公人である以上は主人の命令に従うべきだぞ。そのためにこちらは金を払っている。違うか？」

「ヴィカーズを呼ばせてください」彼女は呼び鈴の紐のほうに歩き出した。「すぐに来てくれるでしょうから——」

「だめだ、きみ以外の者に鋏を持たせるつもりはない」

一瞬、公爵の声が真剣味を帯びた。オリヴィアは振り向きながら笑おうとした。

「まさか彼を信用できないとでも——」

公爵はふたたび本に手を伸ばした。「わかった。もういい」ふつうの声に戻っている。「このままにしておく」

オリヴィアはその場に立ち尽くした。公爵は本当にヴィカーズを信用していないのだ。

「では、ミスター・ジョーンズなら——」

「出ていけ」

「わかりました！」彼女は腰に両手を当てた。散髪くらい、たいして難しくはない。「わたしが切ります」

公爵が乾いた笑い声をたてた。「冗談で言っただけだ」

「それでもやります。それとも……わたしに喉を切り裂かれるのが怖いですか？」

彼は顔をあげて目を細めた。「くだらないことを言うな」

「だったら、道具がどこにあるか教えてください」

しばらく間を置き、公爵が肩をすくめた。「衣装戸棚だ」

革製のひげ剃り道具の箱を捜し当てるまで、少し時間がかかった。見つかってみると、ヴィカーズの言ったことが嘘でないとわかった。鋏もアナグマの毛のブラシもかみそりも、それぞれの収納場所から飛び出している。主人の手で叩きつけられたのだろう。幸い、蓋付きの瓶だけは無傷だった。

オリヴィアは瓶の蓋を取ってにおいを嗅いでみた。カスティール石鹸《せっけん》、ラヴェンダー、それからわずかに酒石酸塩のにおいがする。たぶんひげ剃り用石鹸だ。

彼女が顔をあげると、公爵が不審そうな顔をしていた。「まったく知らないのか」

ご明察。熟練者がいいなら、今からでもヴィカーズを呼べばいい。どうしてもやれというなら、怖がらずに受けて立とう。この人の髪は本当にひどい状態だ。

「鏡台の椅子に座ってください」

公爵はオリヴィアを見つめたまま立ちあがった。そして驚いたことに、ひと言も文句を言わず、鏡の前の椅子に腰をおろした。

オリヴィアは洗面台にあったタオルを取り、公爵の肩にかけた。続いて鋏を手にする。鋏にしては、やけに小さくないだろうか？

顔をあげると、鏡の中から公爵が見つめていた。オリヴィアが困惑しているのが面白いのか、にやにやしている。「パリジャンみたいにしてくれ。頭頂部はイタリア風がいい」

それはいったいどういう髪型だろう？　彼の気が変わらないよう、オリヴィアは強気で押しとおした。「閣下にはドイツ風がお似合いだと思います」

しばらくして、公爵が言った。「ハノーヴァー風か？　それともベルリン風？　このふたつはよく混同される」

返事に困って見つめ返していると、やがて公爵が唇を曲げて笑った。からかったのだ！

「とにかくうんと短い形です」オリヴィアは冷ややかに言い、脅すように鋏を鳴らしてみせた。

「いいだろう」公爵が頭をさげる。

豊かに波打つブロンドの頭を見おろしたとき、オリヴィアは軽いめまいに襲われて動けなくなった。髪を切るためには公爵に触れなければならない。髪に手を差し入れ、頭の向きを変えなければならない。

手首をつかまれたときのことが急によみがえった。やわらかい肌を親指で撫でられたときのことが。胃がひっくり返りそうになる。

オリヴィアは口をかたく結んで深呼吸し、咳払いをした。「今、従者をお呼びになれば間に合いますよ」なぜこんなに高い声になってしまうのだろう？「彼なら喜んで――」

「ミセス・ジョンソン、きみの説教はただのこけおどしだったのか？　さては怖じ気づいたな？」

オリヴィアはあきれて目をぐるりとまわした。「切られるのは閣下なんですよ」もう一度深呼吸をすると、公爵の髪に手を差し入れた。

髪はとてもやわらかかった。シルクのように。男性の髪が女性のように繊細であるなど、想像もしなかった。

急に公爵の肩が動いた。オリヴィアが顔をあげると、公爵は彼女を見ながら声に出さずに笑っている。「その顔、ひどく驚いているな。公爵の髪はそれほど変わった手触りか？」

「じっとしていてください」ぴしゃりと言ってから、オリヴィアは眉をひそめた。「今の言葉、何かに似ているわ。何かしら？ 公爵の髪《ヘアー》、公爵の世継ぎ《エアー》……」

「ああ、だが私は公爵の世継ぎではない」彼は静かに言った。「正真正銘の現役だ」

どうしたわけか、オリヴィアは顔が赤くなった。床に膝をつき、相手の視界から外れた。自分の仕事は公爵を楽しませることではない。自分の髪よりもやわらかい手触りの髪をひと房指でつまみあげ、鋏で切った。

そう、これでいい。

自信を深め、さらに別の髪をすくい取り、切り落とす。いい感じだ。襟足に沿ってどんどん鋏を入れていった。

「才能が開花したか？」

オリヴィアは無視した。少し体を引いて、できばえを確かめる。

ああ、やっぱりひどい！ 何度も継ぎ当てした古いシャツの裾のようにふぞろいだ。

「刃先に気をつけるんだぞ」公爵が静かに言った。

「ちゃんと気をつけますから動かないで」

髪なら以前も切ったことがある。母の髪を。ひと月に一度、日曜日に。タイピング学校の友人の髪をたまに切ったこともあった。でも男性の――マーウィック公爵の髪を切るのはまったく異なる気分だ。

毛先をすくい取るたび、指が公爵の首筋に触れた。彼はとてもたくましい肩をしていた。手に筋肉の動きが伝わってくる。オリヴィアは思わず顔が赤くなった。

その力強い動きを感じないように手をあげた拍子に、温かくなめらかな素肌に指先が触れた。

三度、鋏を入れてうなじがあらわになったとき、オリヴィアは思わず見とれた。そこにも見事な筋肉がついている。彼女が作業しやすいよう、公爵が前かがみになった。

首の付け根の骨が浮かびあがった。通常なら髪が短くても、シャツの襟に覆われて見えないところだ。ひそやかでなまめかしい、無防備な部分。これまで誰が目にしたのだろう？おそらく従者と……亡くなった公爵夫人。彼女はここにキスをしたかもしれない。恋人であれば、必ずキスをしたくなるところだ。

公爵の肌はなめらかで美しかった。オリヴィアはかたい骨の部分に親指を当ててみた。ああ、やはりここもなめらかだ。そして、とてもかたい。親指の腹でそっと押してみる。この人はわたしよりかなり重いだろう。すらりとした細身の骨格ながら、どこもかしこもたくましい。両肩に盛りあがる筋肉は、ローンのシャツの袖の奥へと続いている。ろくに栄養もとっていないはずなのに。それにしてもこのなめらかな手触り……。

オリヴィアははっとして手を引っ込めた。いつのまにか公爵の肩を撫でさすっていた。

彼女は顔から火が出る思いで鋏を動かしはじめた。公爵に気づかれていないことを必死に祈りながら。もちろん気づかれていないはずがないけれど。

公爵が小さくため息を漏らすのが聞こえた。とても鏡の中の彼を見る気になれない。

濃密な静けさが流れた。恥ずかしくて身の縮む思いがしたが、ひたすら鋏を動かし続けた。とにかく刃先で傷つけないよう髪を短くしてしまえばいい。たとえ不格好になっても、切らないよりましだ。あとでヴィカーズに直してもらえばいいのだから。

やがて、ふたたび公爵の視界に入らなければならなくなった。オリヴィアは彼の頭以外、見ないようにした。たとえ一〇〇ポンドもらおうと、目を合わせるつもりはなかった。まだ顔が赤くなったままに違いない。そう思うと、なおさら頬がほてってしまう。なんてこと！

いよいよ公爵の目にかかる前髪を切るときが来た。そもそも散髪をしつこく勧めたのは、この部分が見苦しいからだ。オリヴィアは息を詰め、こめかみから前髪をすくいあげた。

公爵が彼女を見つめていた。

頬が焼けるような強い視線だった。目を合わせなくても、海のように深く澄んだ青い瞳が想像できた。公爵の熱い息づかいが腕にかかる。身を乗り出したとき、手首の内側がひげの伸びた頬に触れ、オリヴィアはにわかに喉の渇きを覚えた。

こんなに意識するなんてどうかしている。わたしは公爵に好意を抱いているわけではない。利己的な理由で盗みに入ろうとしているのだ。断じて惹かれてなどいない。オリヴィア・ホラデーが男性に心を動かされることなどない――よりによってこの人には。

「終わりました」作業を終えてようやく安堵したが、鋏を置けば気まずさが消えるわけではなかった。やはりやめておけばよかった。

公爵は鏡を見ながら首を傾け、左右を向いて横の仕上がり具合を確かめていた。たぶんそのはずだ。というのも、オリヴィアはまだ彼をまともに見られなかった。

「これは」やがて公爵が言った。「なんとも……ひどいな」

オリヴィアは思わず噴き出し、あわてて口に手を当てた。「はい」大声で笑いたいのをこらえる。緊張のあまり、感情の抑制が利かなくなっていた。「わたしもそう思いま……」ふたたび笑いがこぼれた。頭の空っぽな小娘のような笑い声だ。思わず鏡の中の公爵と目を合わせた。自分は別人にしか見えないほど目を見開いている。「わたしもそう思います」公爵はまるで毛を刈られた羊だ。

公爵の唇が震えた。驚いたことに、彼も笑い出した。

「次がますます恐ろしいな。ひげ剃りもこれと同じくらい下手なら――」

「だめです」オリヴィアは後ずさりした。「かみそりを手にする気はありません。これまでひげを剃ったこともないですし……」部屋を出ていこうと向きを変えた。

そのとき、公爵に手首をつかまえられた。胃が裏返った気がした。動悸を抑えつつ、オリヴィアはゆっくり振り返った。

「ミスター・ジョンソンのひげも？」公爵が甘くささやいた。

オリヴィアはごくりとつばをのみ込んだ。「ご存じのとおり、そんな人はいません」

「ああ」公爵はしばらく間を置いて言った。「そのことを今、はじめて残念に思う」

これは思い違いではないはずだ。彼がほのめかしているのは……。

手首をつかんでいる公爵の親指がゆっくりと肌を撫でた。まただ。オリヴィアは息をのみ、その手を振りほどいた。「ヴィカーズを探してきます。手直しをしてもらうために」

「なぜ手直しがいる？」公爵が穏やかに尋ねた。「これでいいじゃないか」

オリヴィアは逃げた。階段を半分ほど駆けおりたところで、ようやく公爵の魂胆に気がつき――思わずその場に立ち尽くした。恥ずかしくて消えてしまいたい。

公爵は誘惑しようとしたのではない。もっと狡猾だった。誘惑するふりをして、ハウスキーパーをまんまと部屋から追い払ったのだ。少しばかり意味深長なことを言われただけで、脱兎《だつと》のごとく逃げてきてしまった。

オリヴィアは歯を食いしばった。あの最低のけだもの――。

恥をかかせたことを後悔させてやるわ。もう絶対に同じ手にはのらない。

8

推薦状にしては、それはやけに重い封筒だった。アラステアは庭を見おろす窓際に立ち、重みを確かめるように封筒を握った。最低でも便箋が五枚は入っているだろう。

黒い燕尾服姿のジョーンズが、扉のそばに緊張した面持ちで立っていた。

「不審な点はどこにもございませんでした、閣下」

「もちろんそうだろう」アラステアは顔をあげた。ジョーンズは記憶していたよりだいぶ肉がついた。ひょっとすると、二キロのトリュフは執事の胃袋に消えたのかもしれない。

アラステアは誰にともなく微笑んだ。昨日、ハウスキーパーが飛んで逃げていったあと、鏡に映る自分の姿を見ながら思いをめぐらせた。それまで特に気にしていなかったが、あの一件でミセス・ジョンソンが生娘であることがはっきりわかった。

散髪は本当にひどい出来だったが、切る前よりはるかにましになった——そこは彼女の奮闘の成果だ。

それにしても、いったいどういうことだ？　腑《ふ》に落ちない点が多すぎる。ミセス・ジョンソンは何から何まで謎だ。ハウスキーパーとしては並外れて若く、どうしようもなく生意気で……おそらく本人に自覚はないのだろうが、誘いかけるような色気もある。もう何週間も前からそれとなく彼女の視線を感じていたけれども、昨日のできごとでその理由がわかった。どうやら主人である自分に魅力を感じているらしい。

アラステアは昔から女性たちに容姿を褒められた。思い出すと、なんとも不思議だ。かつては女性を惹きつけるすべを心得ていたのに、今の自分は生身の肉体を持っていることすら忘れているような状態だ。自分の体は、無視するか罰するためだけに存在していた。昨日ミセス・ジョンソンに肩をやさしく触れられるまでは。

彼女はアラステアの両腕をやさしく撫でおろした。まるで目の見えない者が相手の体つきを確かめるように。ミセス・ジョンソン自身も驚いていた。当然だ。

「そ、その推薦状をお読みになれば……」ジョーンズがつかえながら言った。ただのメイドにハウスキーパーの重責を任せたことを恥じているのだ。「私がなぜ彼女を抜擢《ばってき》したか、おわかりいただけると存じます。リプトン子爵夫人はミセス・ジョンソンをきわめて高く評価なさっておいでです」

「ああ」アラステアは封筒を見つめた。読むんだ。ジョーンズを呼びつけたのもそのためだ。ミセス・ジョンソンの高い教養を感じさせる振る舞い。ふつうでは考えられないような自己主張。主人を更生させようとする強い意志。官能的な触れ方……。それらすべてが組み合わさって、ようやく好奇心が目覚めた。

封筒を開いたとき、アラステアは急に不安に襲われた。

生前、マーガレットは多くの手紙を出した。もうこれですべて回収したと思っても、その後さらに何通も戻ってきた。ひょっとして今もまだ何通かがこの街のどこかにあり、牙をむく日を待っているのかもしれない。アラステアにとって、手紙はそういった邪悪な存在になっていた。

しかし推薦状を開いてみると、そこには端正な文字が並んでいた。アラステアはほっとした。開封せずに積んだままの手紙のことがふと脳裏をかすめ、急に自分が愚かしく思えてきた。妻が忌まわしい手紙を書いていたというだけで、ほかの手紙まで開封できなくなってしまったとは。

「リプトン子爵か」アラステアは推薦状に目を通しながらつぶやいた。これを書いたのは子爵夫人だ。ミセス・ジョンソンを過去に雇ったと記している。「子爵はいつ結婚した?」リプトン卿と面識はなかった。先方は貴族院に席はあるものの、議会に姿を見せたことがない。明らかに商売に身を入れているのだろう。あの子爵の親族には浪費家や問題児が大勢いて、金がいくらでも必要だ。

「かなり最近でございます、閣下」

そのわりに子爵夫人は、旧知の友のような親しみを込めてミセス・ジョンソンを評価している。「レディ・リプトンが結婚する前、ミセス・ジョンソンは誰に仕えていた?」

ジョーンズが体の重心を移動させたのに合わせて、床板が鳴った。「そのことは……うっかり調べておりませんでした。『デブレット貴族名鑑』を当たってみませんと、わかりかねます」

〝ミス・ジョンソンは、ワックスがけその他の清掃作業について申し分ない知識と技能がありますが、そういった格下の仕事では、彼女の優れた能力をじゅうぶんに活《い》かしきれないと思われます……〟

それは推薦状というより、ほとんど聖人伝だった。オリヴィア・ジョンソンは無私無欲で献身的、数多くの特殊技能を持っている。速記。タイピング。数学。上流社会の礼儀作法にも精通し、晩餐会の段取りも安心して任せられ（中でも生花の飾りつけが得意）、書状の管理方法も心得ている。

アラステアは鼻を鳴らした。おそらくあのハウスキーパーは見た目より年上なのだろう。もしくは、数ある特技のひとつに催眠術があり、子爵夫人の意識をもうろうとさせてこの推薦状を書かせたか。

「ジョーンズ、それではきくが……」アラステアが顔をあげると、執事が微笑んでいた。

「なんだ？」

「ああ……」ジョーンズがまじめな顔に戻った。「なんでもございません、閣下」そう言いながらも、口元をわずかにほころばせる。

「笑っているじゃないか」喜びが全身を駆け抜けた。相手の表情から考えを読む能力が戻ってきたらしい。「正直に言え」

「失礼をお許しください、閣下。物事への興味関心を取り戻されたことがうれしゅうございまして」執事は深く頭をさげた。「出すぎたことを申しまして、深くお詫《わ》びいたします。お許しください。まったくどうかしておりました――」

アラステアは片方の手をあげた。「いいんだ」遠まわしなやり取りはいらない。たしかにここ数カ月というもの、自分は――この世に存在しないも同然だった。

ジョーンズはすっかり浮き浮きしている。なぜだ？　また昔の生活に戻れるから？　イングランドの輝かしい希望、マーウィック公爵の執事に戻れるからか？

無知は至福なりだ。妻に関する衝撃的事実を知ったとき、受けた傷はまさに致命的だった。執事には今のところ知らせるつもりはない。

アラステアは立ちあがった。ジョーンズが戸惑った顔で居間へさがる。

まったく、あのハウスキーパーの言うとおりだ。こちらが少し動いただけで、誰も彼も衝撃を受けている。まるで主人にその能力がないと思っていたかのように。

「ミセス・ジョンソンはどこにいる？」推薦状を読んでも何ひとつわからない。ますます謎が深まるばかりだ。

「おそらく階下です」ジョーンズが手を組み合わせた。「書斎にこもって……書状を整理しているのでしょう。閣下のお許しを得たと聞いております」

階下か。

アラステアはにやりとした。いいだろう、私も子どもではない。ミセス・ジョンソンをこの場に呼びつけることもできる。だが、今回は使用人たちに示してやろう。主人が椅子から立ちあがれるだけでなく、階段をおりることもできるところを。

アラステアは居間を通り抜けた。廊下に通じる扉は簡単に開いた。そう、あまりに軽く開いたので、一瞬あっけに取られたほどだ。

背後で息切れが聞こえ、執事がすぐうしろからついてきたのがわかった。それに促されるように前へ進む。

部屋の外はワックスと花のにおいがした。葬儀直前の教会のようだ。あまり深く呼吸しないようにする。

廊下に見慣れた調度品が並んでいた。バラがたっぷりと活けられた花器。曾祖父の胸像。帝国が勝利した過去の戦争の油彩画。なんの苦もなく歩ける。気楽な散歩だ。ほんのそこまでの。

分厚い絨毯に足音が吸収された。たったこれだけのことがなぜ難しいんだ？　部屋にとどまることにしたのは自分の意思だ。決して誰かに監禁されていたわけではない。それなのに、なぜ今これほどの胸苦しさを感じる？　ずらりと並んで通りを見おろしている窓に手をついたとき、ガラスから伝わる冷気に足がすくんだ。

マーガレットが死んだとき、これらの窓は冷たくなかった。彼女の死後数カ月は、窓の前を何度も行き来した。窓は夜になるとうつろな目となってこちらを見た。闇にまぎれて、向こう側から何者かがのぞき込んでいたかもしれない。

その者が見たのは、無知という至福を享受していた愚かな自分だった。それまでの数々の成功はまぐれにすぎなかった。そして、失敗は妻によって周到に仕組まれた。

マーガレットはなんと巧妙に自分を陥れたことか。彼女こそ政治家になるべきだった。適確な助言を与えてくれることへの褒め言葉として、生前本人にもよくそう伝えたものだ。しかし今では、人を裏切る手腕の鮮やかさからそう思っている。

あのあと、私は窓を避けた。自室だけが世界のすべてになった。そこでは、世間にどんな顔を見せるべきか考えなくてすんだ。妻が亡くなる前の自分の顔は偽りの顔だった。妻が亡くなってから得たあたらしい顔は、父そっくりで見るに堪えない。だから、身を隠すのがいちばんだった。

アラステアは深く息を吸い、ふたたび歩きはじめた。マホガニー製の頑丈な手すりにつかまって階段をおりていく。これからは三つ目の顔が必要だ。以前の偽りの顔には戻れない。

玄関ホールに着くと、表通りに面した玄関の扉には目を向けず、東の翼棟に通じるアーチ道に向かった。しかし、玄関の扉の存在は痛いほど背中に感じていた。まるで脅しか、誘いか、振りおろされる運命の斧のように。

これまで数えきれないほど多くの催しを開いてきた大広間の前を通り過ぎる。ここで多くの客に挨拶したり、片隅で交渉を行ったりして、自分がこのうえなく重要であることを意識した。正しい理想に向けて邁進《まいしん》していると自信を深めた。

こんな屋敷は燃やしてしまうべきだ。偽りの証以外の何物でもない。この屋敷にはかつての自分が考え抜き、計画を練り、信じてきたものの歴史が詰まっている。実際の私はそんな器ではなかったのに。

葬儀のにおいがするのはお似合いだ。

目の前に書斎の扉が現れた。頼みの綱であるかのように取っ手を握りしめ、扉を開いて一歩だけ中に入り、あとからやってきたジョーンズの鼻先で扉を閉めた。

ミセス・ジョンソンは、アラステアが来たことに気づいていなかった。短い梯子《はしご》の上で鼻歌を歌いながら、土地台帳の棚を調べている。

気づかれていないのは好都合だ。アラステアは扉にもたれ、動悸がおさまるのを待った。

ミセス・ジョンソン。めがねといい、うしろでまとめた髪といい、地味なスカートや飾りけのない白いブラウスといい、まるで雇われの家庭教師か学校の教師、もしくは婚期を逃した未婚女性のようだ。しかしその若さと自信に満ちた物腰、燃えるような赤い髪や棚をさまようみずみずしい手は、その風貌とまったくそぐわない。

彼女はさっきから何を口ずさんでいる？　最近の流行歌ではない。まさか……ベートーヴェン？　いったいいつから使用人が交響曲を聴きに行くようになったんだ？

「ロ・トロヴァート！」勝ち誇った声とともに、ミセス・ジョンソンは棚から一冊の台帳を引き抜いた。

このハウスキーパーはイタリア語を話すのか。

彼女は本を脇に挟み、梯子をおりるためにスカートの裾を持ちあげた。とても華奢《きゃしゃ》な足首がのぞいた。細いブーツの爪先が梯子の踏み段を探る。長靴下はレース編みだ。

レディ・リプトンはメイドに給金を弾んだようだ。

それにしても、なんのために土地台帳を調べているんだ？

ふいに疑念が頭をもたげた。ミセス・ジョンソンは使用人にしては言葉づかいが洗練されている。立ち居振る舞いにしても、奉公人になるよう育てられた女のものではない。しかも、レース編みの長靴下を履いている。イタリア語も話す。そしてあまりにも若い。

それがどうした？　まさかミセス・ジョンソンが諜報員《ちょうほういん》だとでも？　いったい何を探っているんだ？　アラステアは歯を食いしばった。人に会わなくなっても、医者にだけはしばらくかかっていたが、彼は被害妄想は精神病の兆しだと言っていた。

アラステアは咳払いをした。ミセス・ジョンソンが鋭く息をのんでこちらを見る。

「閣下！　おりてこられたのですか！」

やはり彼女にとっても予想外だったらしい。なぜか腹が立った。使用人の分際で失礼な。

アラステアは暗い笑みを浮かべた。「ああ。都合でも悪いか？」主人の書状を整理するだけなのに、なぜ土地台帳が必要なんだ？

ミセス・ジョンソンのめがねがずり落ちた。あの目だけでも、男はじゅうぶん興味をかきたてられる。視力の良し悪しはどうでもいい。彼女の目は強力な武器で、それをみすみす隠すのなら女性としての魅力は半減する。

だめだ、そんなことを考えること自体ばかげている。

「土地台帳をどうするつもりだ？」アラステアは尋ねた。

「それは……」ミセス・ジョンソンが目を見開いた。「アビストンの家令から手紙がありました。よその領地の種まきの時期と収穫量についての問い合わせがあったので、参考になりそうな数字を拾い出そうと思ったのです」

これはただのメイドが考えることではない。ハウスキーパーでも無理だ。「レディ・リプトンの推薦状を読ませてもらった。たいへん興味深かった。彼女はきみを相当高く評価しているな」

「奥様にはとてもよくしていただきました」ミセス・ジョンソンが一瞬だけ表情を曇らせた気がした。

「同感だ」

ミセス・ジョンソンは梯子を握りしめて黙っている。

これまでに彼女が言葉に詰まることなどあっただろうか？　自分の勘があてにならないのはわかっているが、完全に無視する必要もないだろう。

「しかし、そうなるとわからないことがある。なぜ子爵夫人の屋敷を出たんだ？」

「それは……」ミセス・ジョンソンは次の段に足をおろしながら、不自然に体を揺らした。脇に挟んだ台帳が絨毯に落ちた。

わざとやったのだ。

いや、そうではない。〝空想に溺れてはなりません〟ハウスマン医師は言っていた。〝今は悲しみで心の均衡が失われているのです。妄想を真に受けてはなりません〟

弟の言葉はそれよりもっと辛辣だった。〝兄上は頭がどうかしている〟

しかし、このハウスキーパーがイタリア語を話したり、ベートーヴェンを口ずさんだりしているのはこちらの妄想ではない。なんの不満もない雇い主のもとを去り、わざわざこの屋敷の掃除にやってきたことも。

ミセス・ジョンソンはすばやく梯子をおりようとしていた。〝見つけた《ロ・トロヴァート》〟本当は何を捜していた？　相手が拾う前に取りあげようと、アラステアは梯子に近づいた。

振り向いたミセス・ジョンソンは、アラステアが近寄ってくることに焦ったのか足を踏み外し、叫び声とともに梯子から落ちた。

そうだ、落ちるがいい――考えとは裏腹に、アラステアは反射的に飛び出してミセス・ジョンソンを抱き留めた。うめき声をあげながらうしろに数歩さがる。ミセス・ジョンソンは決して軽くはなかった。彼女が小さく悲鳴をあげた。

幸い、どうにかバランスを保つことに成功して――そのすばらしい抱き心地に、全身がひりつくような快感を覚えた。ミセス・ジョンソンの体は若い女性らしい豊かな曲線を描いていた。ローズウォーターと石鹼のほのかな香り、それに彼女自身の香りがアラステアを包み込んだ。透きとおるように輝くやわらかな肌にはそばかすが散っている。

アラステアは心の中で自分の腕に命じた。彼女を放せ。腕はゆっくりと従った。彼は一歩さがった。心と体がふたつに分離してしまった気がした。目はまだ食い入るように相手を見つめていて、長らく眠っていた体のある部分が息を吹き返した。アラステアはわが身を呪いたくなった。

最後に女性について考えたのはいつだっただろう？　妻でも悪夢についてでもなく、底なしの暗黒のように果てしない、インクしみのごとく醜い己の罪深さについてでもなく、女性のことを夢想したのは？

女性の体。その動き。このハウスキーパーのなまめかしい首筋の脈動。こちらをちらりと盗み見るまつげの動き。倒れた梯子を起こす後ろ姿のしなやかさ、華奢な手首。埃にまみれた台帳をしっかりと抱えた胸のふくらみ。

彼女がものを言うときの唇の動き。淡いバラ色の唇。透きとおるように薄い肌から立ちのぼるほのかな香り。

「申し訳ありません」魅力的な唇が言った。「ひどい粗相をしました」

シルクのシーツが肌に触れるときのようになめらかな声だった。こんな心地よい声を最後に聞いたのはいつのことか。結婚以前も含め、アラステアは妻以外の女性に触れた経験はなかった。絶対に父のようにはなりたくなかったのだ。それにしても、独身時代に女性から身を遠ざけるのはどれほど苦痛だったか。

今、アラステアの心臓は激しく打ち、下腹は獣じみた欲求でこわばっている。そんな自分に戸惑いと怒りを覚え、アラステアはミセス・ジョンソンに背を向けた。思春期の若者のように、みっともなく高ぶっているところを見られたくない。

気持ちを落ち着けるために深呼吸をすると、またもや彼女の温かな甘い香りがした。

ハウスキーパーの姿をしているものの、この女性はただ者ではない。

アラステアは振り向き、とたんに後悔した。ミセス・ジョンソンもこちらを見ていたうえに、ずれためがねを直していなかったのだ。ヤグルマソウのように鮮やかな青い目が彼の目をとらえ、すぐにそれた。一瞬、ふたりのあいだで空気が震えた気がした。もうお互いにわかっている。自分たちはただの主人と使用人ではない。男と女だ。扉の閉ざされた部屋でふたりきりで向きあい、互いの焼けつく肌の感触を反芻《はんすう》している。

ふたりのあいだに砦《とりで》を築くため、アラステアは書斎机の向こう側にまわって椅子に座った。ろくに見もせず机を手で探ると、ペンが触れた――これでいい。

吸い取り紙の台はたくさんのメモの下敷きになっていた。メモにぎっしり数字が並んでいるのを見て、アラステアはまばたきした。開封された手紙の山がインク壺の横に積まれている。

机には一枚のリストがあり、名前と日付の横に端正な筆跡でメモが記されていた。ミセス・ジョンソンは毎日のようにこのリストを部屋まで持ってきたが、アラステアがきちんと目を通すのはこれがはじめてだった。

九月一四日、スウォンジー卿。イルミネーティング・カンパニー評議委員会への出席依頼。

九月一四日、ミスター・パトリック・フィッツジェラルド。アビストンで葉枯れ病の兆し。

種子が原因か？　同じ種子を使用したほかの領地の状況の問い合わせ。

九月一五日、マイケル・デ・グレイ卿。結婚式の招待。九月三〇日、ピカデリーのクライスト教会にて。

これには行くと約束した。だが、行かなかった。

九月一六日、レディ・サラ・ウィンスロップ。ハリーの件。三カ月音信不通。大使に捜索願を要請されたし。

アラステアは渋い顔になった。公爵家の未来を考えれば、ぜひマイケルとエリザベスに子が授かってほしいところだ。法定推定相続人のハリー・ウィンスロップのすることときたら、賭事、放浪、女遊びのいずれかだ。

「もうすぐ追いつきそうです」ミセス・ジョンソンがいつになく慎ましやかに近づいてきた。「明日までにはすべて仕上がります」

「明日か」アラステアはむっつりと言った。一〇カ月か一一カ月分のすべての手紙に目を通し、要点をまとめたリストを作るのをひと月でやってのけるとは。

いちばん上のページをめくってみると、アラステアが長らく無視してきた人々からの手紙の数が集計されていた。利権を求めてすり寄る手紙、切なる嘆願の手紙、ご機嫌うかがいの手紙。

九月四日、ミスター・スティーヴン・パットモア。心のこもった見舞状。

アラステアは咳払いをした。「ああ、きみは有能だな。レディ・リプトンも褒めていた。きみは書状の管理方法にも精通していると」彼がちらりと見あげると、ミセス・ジョンソンは下を向いたまま黙って立っていた。少なくとも、勝手に座ろうとはしていない。これは進歩だ。「座れ」

ミセス・ジョンソンが椅子に腰をおろし、ふたりの目が合った。アラステアがじっと見つめると、彼女は目をそらした。

ただしミセス・ジョンソンは、ふつうの赤毛の女のように見つめられて頬を染めることはない。つい、その透明な肌の下に広がる毛細血管を想像した。

いけない。主人と使用人が惹かれあうのは良識に反するが、それはときとして起こる。そこを自制するのが紳士でもある。父は典型的な好色漢だった。ひっきりなしに使用人に手を出したり、流し目を送ったりしていた。子どもたちや客や妻が気づいていようとおかまいなしに。

正直なところ、母に同情はしなかった。いかに弟が擁護しようと、母エリス・デ・グレイは聖女ではなかったからだ。アラステアは子どもの頃、皆が寝静まった夜更けに母がとある男性客の部屋から出てくるのを目撃したことがあった。

　アラステアが何より嫌悪したのは、世間が考える〝好色で醜悪な貴族〟のイメージに父がそっくり当てはまったことだ。故マーウィック公爵は貴族に伴う義務《ノブレス・オブリージュ》についてよく口にした。しかし自身の生活ぶりは、低俗な週刊誌の内容そのものだった。母との離婚をめぐる訴訟や数々の色恋沙汰は、新聞の第一面を何カ月もにぎわせたものだ。

　あの負の遺産を跳ね返したときの誇らしさを、アラステアは覚えていた。自分自身の高潔さにどれほど満足したことか。

　しかし、返事もされないまま放置されているこれらの手紙のリストを見るがいい。家令からの質問。議会の同志からの呼びかけ。共同事業のパートナーからの提案。そのすべてをずっと無視し続けている。自分の責務を思い出している今この瞬間でさえ、土地台帳のことも、領民のことも、収穫のことも、政治のことも、これまで無視してきた人々にどう返事をすべきかについてもまったく考えていない。

　さらに言えば、亡くなった妻のことも、妻が寝た男たちのことも考えていない。潔く認めよう。今の自分は下半身のことを考えている。それから自分に雇われているハウスキーパーのことを。

　アラステアはあらためて真剣な目でミセス・ジョンソンを見た。今の自分とはまるで関わりがなくなってしまった過去の記憶に満ちたこの書斎で。激しい怒りはいつしかおさまり、それに代わって興味が生まれた。使用人が男の興味を――しかも高潔な男の興味をかきたてることなどあってはならないのに。

しかし、これまで高潔さが何かの役に立っただろうか？　また、そう考えることからしておかしいが、高潔であるがゆえに手に入れ損ねたものが過去にあったのではないだろうか？

使用人をじろじろ見るのは紳士のすることではない。これまでは高潔さに邪魔されて、この女性の唇の形を観察できなかった。大きくてよく動くこの唇を、おそらく彼女自身はあまり気に入っていないだろう。ふいにアラステアは、ミセス・ジョンソンのそばかすの配置まで記憶しようとしている自分に気づいた。左頰の七つの美しいほくろは――そばかすを〝美しいほくろ〟などと言うことが可能ならば、プレアデス星団さながらだ。そして右頰は、カシオペア座の最南端の星を取ってきたかのようだ。

まともな紳士なら、女性の顔を無遠慮に観察するものではないと考えるだろう。イングランドの輝かしい希望とされる男にとっては、そばかすは欠点だ。完璧な女性といえば、亡き妻のマーガレットだ。肌にひとつのほくろもなく、えも言われぬ魅惑的な黒髪と黒い瞳をしたマーガレットは、ほかの女性など足元にも及ばぬほど美しかった。アラステアがほかの男性など足元にも及ばぬほど優れた男であったように。

しかし今、アラステアにはそばかすが欠点ではなく魅力に映った。過去の多くの喜びが失われても、これからまたあたらしい喜びに出会える気がした。たとえば、昔の自分なら気にも留めなかったであろう使用人にときめきを感じるとか。

ミセス・ジョンソンが椅子の中で身じろぎした。アラステアが黙っているので、戸惑っている様子だ。しかし、ミセス・ジョンソンはその小さな動き以外にいっさい反応を示さなかった。あらたな発見ができた。使用人も、主人に負けず劣らず冷静でいられるということを。もしくは、冷静さにおいて主人をしのぐこともあると。

〝拳銃を渡してください〟あのとき、彼女は言った。まったく恐れる様子もなく。

「ミセス・ジョンソン、きみは何者なんだ？」アラステアは口を開いた。疑念というより好奇心に駆られて。「どうしてこの屋敷に来た？」

ミセス・ジョンソンは背筋を伸ばし、フクロウのようにゆっくりとまばたきした。

「どういう意味ですか？」

「レディ・リプトンはきみのたぐいまれな能力をたいそう評価していた。それなのに、きみは彼女のもとを去ってわざわざメイドの口に応募した。なぜだ？」

彼女は言いよどんだ。「それは……誉れ高いマーウィック公爵家にお仕えできる機会だと思ったからです」

「嘘つきめ」

ミセス・ジョンソンが唇を引き結んだ。「わたしを侮辱するなら――」

「するならなんだ？　侮辱なら、これまで何度もしているぞ」アラステアは肩をすくめ、几帳面《きちょうめん》に書かれたメモを脇に押しやった。「まあ、いい。私の評判に引き寄せられてここに来たというのが事実だとしよう。世間の噂や新聞の賛辞をうのみにしてやってきた」新聞記者たちは自分を崇拝していた。「しかし、なぜまだここにとどまり続ける？　最初に私から酒瓶を投げつけられたとき、なぜレディ・リプトンの屋敷に逃げ戻らなかった？　きみが彼女に迎え入れてもらえないわけがない。あの推薦状はまさにきみへの賛歌だ」

ミセス・ジョンソンがまた身じろぎした。「前のお屋敷を辞めたのは……必ずしもわたしの本意ではありません。奥様の知りあいの方がわたしに興味を抱いたのです」

そうかもしれないと思っていた。「紳士か？」

彼女は顔をしかめた。「広い意味で定義するなら、そうだと言わざるを得ません」

アラステアはつい笑顔になりかけたのをこらえた。こんなふうに言葉に厳密さを求めるところは、メイドより家庭教師にふさわしい。

そこで次の疑問が生まれた。「きみは若いのに優秀だな」

ミセス・ジョンソンが用心深げにアラステアを見た。めがねがまったく似合っていない。微妙にゆがんだ悪い目つきに見せている。「ありがとうございます、閣下」

あのめがねを取ったところしか見たことがない男だと、今のミセス・ジョンソンを見ても本人と気づかないに違いない。もし気づいたとしたら、めがねを外したくなるのを懸命にこらえなければならないだろう。そのくらい恐ろしい代物だ。

アラステアは咳払いをした。「ふつうのメイドはイタリア語などまず話さない」

ミセス・ジョンソンの顔が青ざめた。「わたしはイタリア語など……」

なぜばれたのかわからないらしい。アラステアの胸に暗い喜びが芽生えた。また追いつめてやりたくなる。「イタリア語で台帳に話しかけていたぞ。うかつだな、シニョーラ」

「あ……」ミセス・ジョンソンはまばたきして膝に視線を落とした。唇を噛んでいる。

緊張した女性は唇を噛むものだと、アラステアは知識として知っていたが、実際にそれに気づいたことはこれまでなかった。多くの女性の唇はこれほどふくよかではなく、バラの花びらのような色でもない。だからだろう。彼女の唇はとても目を引く。

「どうなんだ、ミセス・ジョンソン？」美しい唇を噛むのはやめて、返事をしたほうがいい。いかにも気が進まない、とばかりにミセス・ジョンソンが顔をあげた。「わたしは……奉公人になるよう育てられたのではありません。人と違って見えるのはそのためです」

ようやく話が核心に近づいてきた。ひょっとしてイタリア生まれだと言うかと思ったが、こちらのほうが真実みがある。「どういうことだ？」

「実家では……そう不自由なく暮らしていました」

「具体的には？」おかしさが込みあげた。今度はこちらが言葉の厳密さを要求している。

ミセス・ジョンソンがわずかに体を動かした。「わたしは教育を受けました」

「寄宿学校で？」

彼女は首を振った。「家庭教師をつけてもらいました」

「なるほど」だとしたら、〝そう不自由なく〟という表現は謙遜だ。「何を学んだ？」

ミセス・ジョンソンは少し考え込んだ。「ひととおりです。午前に歴史と修辞学と数学。午後に絵画とピアノ」弱々しく微笑んだ。「たまにチェスも習いました」

「上流家庭の正式な教育を受けたわけだ」

彼女はまた弱々しく微笑んだ。「今は落ちぶれました」

はじめてミセス・ジョンソンの過去が明かされたことに感じ入り、アラステアはあらためてハウスキーパーを見つめた。なんとなくそんな気がしていた。この女性の言葉づかい、仕草、立ち居振る舞いの美しさなどは、使用人のものとは思えなかった。

自分の勘はそう鈍っていないらしい。

「何があったんだ？」アラステアは尋ねた。「なぜ奉公に出ることになった？」

ミセス・ジョンソンは肩をすくめた。「よくある話です。わたしは……」深く息を吸う。「孤児になりました。後見人もつかなかったので、自分でなんとかするしかなかったのです」

アラステアは眉をひそめた。「自分でなんとかする？　つまり、働くということか？」

ミセス・ジョンソンはかすかな微笑みを浮かべて答えた。「はい」

目の前の二〇歳そこそこの若い女性が、上流の暮らしから一転して落ちぶれたと言う。家庭教師やピアノに親しんで育った子どもが奉公に出ることになったのだから、よほど困窮したのだろう。

この手の話は、孤児がひとりでなんとか自立したという結果にならないのがふつうだ。むしろよく耳にするのは、深窓の令嬢がふとした出逢《であ》いから多情な男の愛人にされる話だ。時代は変わってきているが、働くことを余儀なくされた元貴族の娘に許される生き方は、今でもあまり多くはない。

アラステアはいくつか疑問を示した。「親戚は？　誰か面倒を見てくれなかったのか？」

「親戚は多くありません」

「それにしても、誰かいただろう」自分も温かい大家族に恵まれていたわけではない。それでも、弟のマイケルがいてくれた。

ミセス・ジョンソンはアラステアの目を見つめ、そのままかなり長いあいだ黙っていた。

「いいえ」やがて短く答えた。「いませんでした」

アラステアは胸に痛みを覚えた。なぜ同情する必要がある？　一瞬、自分が青二才の若造で、ミセス・ジョンソンのほうが世間をよく知っている気がした。

落ち着かない気分になり、わざと事務的な口調になった。

「最初に家を出ることになったとき、きみは何歳だった？」

この質問には比較的すぐに返事があった。「ほぼ一八歳でした」

ほぼ？「ということは、一七歳か」

ミセス・ジョンソンは一瞬、戸惑った表情になった。アラステアの声に怒りがにじんだからだろう。なぜ怒りを感じる必要があるのか、自分でもわからなかった。しかし、それはまぎれもない怒りだった。

「はい」ミセス・ジョンソンが答えた。「そうです」

わずか一七歳で。「それにしても、親族のつてがまるでなかったのか？　それで、働き口はどうやって見つけた？」

「世の中には奉公人の登録制度というものがあります、閣下」彼女はどこか冗談めかした声で答えた。「先に少額の登録料を払い、使用人を探している屋敷を紹介してもらうのです」

「なるほど」もちろんそういう仕組みがあることはアラステアも知っていた。「しかし、なぜ屋敷奉公をすることに？」

「掃除なら誰でもできますから」ミセス・ジョンソンは肩をすくめた。

彼女はわざと図太く振る舞っている。若い娘なら、ふつうは床磨き以外の仕事を探すものだ。「きみは教育を受けている。話し相手《コンパニオン》や家庭教師の口もあったはずだ」

ミセス・ジョンソンの笑顔から冗談めかした表情が消え、皮肉だけが残った。「一七歳で？逆にこちらにコンパニオンが必要だと言われたでしょう。家庭教師は……先方の奥様に気に入られるとは思えませんでした」

たしかにそうだろう。若く美しい家庭教師を家に迎えたがる妻などいない。それにしても、本人が自分の口から言うとは。

「お許しください」アラステアの驚きに気づいたのか、ミセス・ジョンソンはきまり悪そうに顔をしかめて両手に視線を落とした。「衝撃的なことを言いました」

アラステアは鼻を鳴らした。「そこまで言うのは大げさだ」そう言いながら、心の中でため息をついた。どうやら言葉づかいに対する厳密さがうつってしまったらしい。「驚かされたのはたしかだが。きみほどの経歴を持つメイドはまずいない。イタリア語だのピアノだの」

ミセス・ジョンソンがうれしそうに少し微笑んだ。やけに魅力的な笑顔だった。しかし次の瞬間、アラステアはその顔を見続けていることが耐えがたくなった。

アラステアはミセス・ジョンソンの背後に視線を向けた。この世界にありとあらゆる悲劇があることを忘れていた。この女性の身に起きたことが世の中で最も悲惨だというわけではない――自分の場合もまたしかりだ。寝取られ男の不幸ほどつまらない話もあるまい。

そこまで考えたとき、どこかほろ苦い安堵を覚えた。ありふれた不幸なら、それはいつか過ぎ去るということだ。とはいえ、目の前にいるミセス・ジョンソンと自分の違いを思うと胸が痛んだ。大きな喪失を経験したにもかかわらず、彼女は希望を捨てず人生に立ち向かった。対する自分は、一〇歳も年上でありながら……ミセス・ジョンソンはなんと言っていた？　そう、〝政界から身を引いてしまった〟

彼女はあえて穏便な言葉を使ったのだろう。内心はどう思っていることか。

顔が赤くなるのがわかった。なんともいえず決まりが悪かった。なぜ使用人の気持ちなど気にする？　アラステアはミセス・ジョンソンが書いたメモ書きに注意を移した。グラッドストンから手紙が届いている。ソールズベリーを追い落として内閣を奪還するために、マーウィック公爵の協力を求めてきたのだ。驚いたことに、グラッドストンは三度も書き送ってきていた。なんとも不屈の男だ。

アラステアはかつてグラッドストンを二度、勝利に導いた。マーガレットの手紙が公にならなければ、それがアラステアの何よりの功績として人々の記憶に残ったはずだ。

だからなんだというのだ？　輝かしい過去など、もうどうでもいい。現実を受け入れられない自分がいるのは否定しない。しかし、もう過去の自分は不要だ。過去の自分は死んだ。

アラステアはメモを置いた。ミセス・ジョンソンは次の問いかけに備えて息をひそめている。しかし、彼女の隠された過去はこれでおおよそわかった。本来ならもっと恵まれた人生を送れるはずだった若い娘。それはまさに、ミセス・ジョンソンのことだった。

「きみは立派だ」アラステアは無意識に声をかけていた。同じ言葉を自分自身に言えないと思うと、恥ずかしさに胸が詰まる。「自分を誇りに思うべきだ」

なぜかミセス・ジョンソンがふたたび青ざめた。「ありがとうございます」

「助言しよう」アラステアは微笑んだ。「レディ・リプトンに手紙を書け。あたらしい働き口が見つかるまでのあいだ、居場所が必要だと」

ミセス・ジョンソンの眉間に皺が浮かんだ。「またわたしをくびにするのですか？」

「違う、これは親切心で言っているんだ」アラステアが椅子から立ちあがると、彼女もあわてて立ちあがった。

アラステアは机をまわりながら、ミセス・ジョンソンの顔から目を離さなかった。いつも何かあらたな発見がある顔だ。アラステアが自分に向かって歩いてくると彼女が気づいた瞬間を、その表情の変化から正確に読み取れたとき、彼はわれながらどうかしていると思うほどうれしくなった。ミセス・ジョンソンの瞳がわずかに見開かれたのを、ほかの男なら見過ごしただろう。しかし、自分は見過ごさない。ほかの人が見落とすものを見ることができる。

とはいえ、このハウスキーパーがわずかに後ずさりしたのを見逃す者はさすがにいないだろう。「わたしはいつもこんなふうに部屋を出なければならないのですか?」ミセス・ジョンソンは笑いながら声をうわずらせた。「まるで逃げ出すみたいに――」

アラステアはミセス・ジョンソンのウエストに腕をまわした。ミセス・ジョンソンが鋭く息をのむ。アラステアはそれにかまわず、空いているほうの手で彼女の顎をうわ向かせた。

女性は小柄なほうが魅力的だなどと、なぜこれまで思い込んでいたのだろう? 小さな女性はひと目で鑑賞できてしまう。しかしこれほどしなやかな胴と豊かな腰を持つ身長一八〇センチ近い女性の肌は、どこまでも果てしない。こういう女性はじっくりと時間をかけて鑑賞すべきだ。隅々まで、丁寧に。

「きみはどこかよその屋敷で雇ってもらえ。誰か高潔な紳士に。私には無理だ」

アラステアは頭をさげて彼女にキスをした。

9

扉のところにいるマーウィック公爵の姿を見た瞬間、オリヴィアは世界が高速でまわりはじめた気がした。実際、もう少しで梯子から落ちるかと思った。とうとう公爵が部屋を出た！　とはいえ、喜びよりも先に恐ろしい考えが浮かんだ。もしかしたら、彼に正体を見破られてしまったかもしれない。

本当にそうなの？　机の正面に座らされているあいだ、オリヴィアは公爵の考えを探り出そうと懸命になった。公爵の質問は鋭く、核心をついていた。まるで、テニスの試合で予想外に強い敵の攻撃を必死にかわしているようだ。彼が疑念を抱くにはそれなりの根拠があるのだろう。わたしは何か尻尾をつかまれるようなことをしただろうか。それとも、アマンダがあまりに大げさな推薦状を書いたせい？

何より落ち着かないのは、今目の前にいる相手が今日まで数週間にわたって接してきた人とは思えないことだ。粗野で自暴自棄になっていた公爵は、屋敷の階段をおりてくるあいだにすっかり立派な貴族に変わっていた。仕立てのいい上着をまとい、髪は短くさっぱりと整えられ（ヴィカーズが手直ししたに違いない）、美しい目と顔の骨格が引き立って見える。

公爵が発するどの質問も、これまでわずかにしか垣間見られなかった、彼が持つ権力の大きさを感じさせた。領主や政治家、高貴な血を受け継いだ者だけに許される、相手に服従を求める強さ。はぐらかしたり、抵抗したり、逆らったりしようという気持ちが完全に萎えてしまった。

しかもそのあと、公爵はオリヴィアの努力を打ち砕いた。〝きみは立派だ……自分を誇りに思うべきだ〟彼はそう言ったのだ。いささかの皮肉も込めずに。

公爵の言う意味はわかる。彼はオリヴィアがいるからこそ、書斎におりてきた。そういう影響を与えられたことは誇りに思っていい。

けれども己を恥じる気持ちが込みあげ、喉が詰まった。公爵を救済できた喜びもすべて帳消しだ。なぜならオリヴィアは、これほど率直に賛辞を送ってくれる彼をだまし、盗みを働こうとしているのだから。

葛藤するあまり、オリヴィアは思考が鈍っていた。公爵が机をまわってこちらに近づいてきたとき、彼女はその意図がわからなかった——ウエストに腕をまわされ、キスをされるまで。

公爵の唇は熱かった。そして、彼があらたに獲得した物腰と同じく男性的だった。オリヴィアの口の中に公爵の舌が差し入れられた。熱い刺激が骨にまで伝わった。驚いて吸い込んだ空気は彼の香りがした。ベイリーフの香りの石鹼、すがすがしいレモンの香りの洗髪料、そして公爵の汗と麝香《じゃこう》の香り。

腰にまわされた彼の手は力強く、膝の力が抜けてしまったオリヴィアをしっかり抱きかかえた。

オリヴィアは荒い息をつきながら、必死に顔をそむけた。その耳を舌で愛撫《あいぶ》され、ふたたび鋭く息をのんだ。「待って」振り絞るように言った。「やめてください……その手にはのりません」前回そう誓った。それなのに、敏感な耳の下を唇で探られ、全身に震えが走る。彼女は体をこわばらせ、必死になって公爵の腕を振りほどいた。「こんなことをされなくても、わたしは出ていくつもりでした！」

公爵が半開きの唇から大きく息を吐きながらオリヴィアを見つめた。美しい両腕が力なくおろされている。さっきまでその腕に抱かれていたのだと思うと、ふたたびオリヴィアの全身に震えが走った。

「どういう意味だ？」公爵がおもむろに尋ねた。

「わたしを追い払う必要はありません」両手が震えているのに気づき、オリヴィアはスカートを握りしめた。「あとから入ってきたのは閣下です。わたしはもう行きますから」そう言いながら、向きを変える。

そのとき、公爵がオリヴィアの肘をつかんだ。「追い払う？」意外そうな微笑がやがて、さも愉快そうな笑みになった。「私がそんなことを考えていると思ったのか？」彼はオリヴィアのずれためがねをもとどおりに直し、甘くささやいた。「よく見てごらん。それとも、きみは本当に何も見えていないのかもしれないな」

公爵はふたたびオリヴィアを引き寄せた。とてもゆっくりと。オリヴィアは逆らわなかった。これまで自分をこんなふうに見つめてくれた人はいただろうか？　彼はまるで、自らの意思で魔法か催眠術にかかった人のようだ。瞳は海のごとく青い。その中で溺れてしまいそうな気がする。

唇がふたたび触れあった。彼女は動かなかった。息もしなかった。公爵が唇を深く合わせてくる。オリヴィアには理解できなかった。自分を追い払うためでないとしたら……。

彼がキスをしてくるのは、ただそうしたいからだ。

とたんに世界が美しく輝き出した。オリヴィアはまぶたを閉じた。公爵の頭のうしろに手をまわし、やわらかな髪を探る。彼が口を開くのに合わせ、オリヴィアも唇を開いた。舌がからみあう。公爵は背が高かった。まさに互いのために創られたように、体と体がぴたりと触れあう。彼がオリヴィアのウエストをゆっくりと撫でた。まるで何かの鍵を開けようとするように。腰から力が抜け、オリヴィアは公爵に身を任せた。

それはまるで、最後まで合わなかった弦の音がようやく合い、美しい和音を奏で出したようだった。自分の唇は完全に公爵のものになり、抱きしめられた体も彼とひとつになっていく。キスが深まって、さらなる快楽が生まれた。頭がぼうっとなり、体じゅうの血が沸き立つ。

これが欲望なのだ。以前のそれは、ほんの予兆として感じるだけだった。しかし今のわたしは、完全に熱に浮かされたようになっている。それを癒やせるのは彼の唇だけだ。求めているのは彼の熱い口と舌……。

「あっ！」

突然声がして、オリヴィアはわれに返った。はじかれたように身を離してうしろを向くと、ちょうどポリーが扉を閉めたところだった。

「ああ！」指のあいだから声が漏れ、オリヴィアは自分が口に手を当てていたことに気づいた。「なんてこと！」呆然《ぼうぜん》と公爵を振り返る。

公爵が困った顔で微笑んだ。「うかつだったな」

ことの重大さが身にしみ、甘くとろけていた体が冷水を浴びたように緊張した。オリヴィアは目を細めて公爵を見た。

彼は特に恥じる様子もなく、何事もなかったかのように机に戻った。「あたらしい雇い主を探せ」小さく肩をすくめた。「あるいは、探さないでくれてもいいが」

オリヴィアは小さな悲鳴とともに逃げ出した。

廊下に出て扉をぴしゃりと閉め、壁に寄りかかった。膝ががくがくしていた。正面に飾られた甲冑を呆然と見つめる。なんてことかしら！　こんなことが起こるなんて！　公爵がキスをした。しかも自分は、それにみだらに応じた。

あろうことか、笑いが込みあげた。このわたしがみだらに応じたなんて、いったい誰に想像できただろう？

オリヴィアは表情を引きしめた。感心している場合ではない。

けれど、情熱は人を愚かにすると母がよく言っていた。当時は信じられなかったが、やっとその意味がわかった。たった今も、公爵が書斎の奥から扉に近づいてくるのが床板のきしみでわかるのに、期待しながら待っている。扉から出てきた公爵が次に何をするか……それに自分はどう反応するのか、これまで思ってもみなかったどんなあらたな自分を発見するのか。

オリヴィアはスカートの裾をひるがえしてその場をあとにしたが、階段の踊り場で足を止めた。階段の手すりにポリーがもたれ、腕組みをして眉をつりあげていたのだ。

なんともいえないきまり悪さが込みあげた。なんてことだろう。これまでポリーにさんざん説教しておきながら、公爵と抱き合っているところを見られたなんて……。

「今日は半休でしょう?」ポリーがにやにやしながら言った。「わたしも外出につきあわせてもらうわ」

オリヴィアは力なく首を振った。半休は取らない方針だった。わざわざ屋敷を出て、誰かに目撃されたくないからだ。

ポリーがとがめるように舌打ちをした。「ミスター・ジョーンズが市場で買い物してきてほしいと、今朝あなたに言っていたのを聞いたわ」

盗み聞きはやめてと言いたいのを、オリヴィアは唇を噛んで思いとどまった。あんな場面を見られた以上、ポリーを叱ったりできない。ああ……彼女はきっとみんなに言いふらすだろう。

かまわない。どうせ一週間以内にここを辞めるのだから。現に公爵は部屋を出た。わたしが書類を手に入れるまで、きっと一週間もかからない。

ああ、できるものなら床に吸い込まれて消えてしまいたい。

「どうなの?」人の悪そうな笑みを浮かべているところをみると、どうやらポリーはひどく喜んでいて、そのことを隠す気すらなさそうだ。

オリヴィアは咳払いをした。「ええ」声がかすれる。「たしかにそうよ」厨房がこれ以上盗難被害に遭わぬよう、高価な食材についてはオリヴィアが市場で買ってきて直接クックに渡してほしいとジョーンズは言った。クックは膝が悪く、自分で市場に行けないのだ。「でも、わたしは――」

ポリーがオリヴィアのうしろに目を向けた。「あら、旦那様がいらしたみたいよ。ひょっとしてわたしはお邪魔? だから外出できないの?」

オリヴィアは息をのんだ。「そんなことはないわ。行きましょう」市場でポリーにサフランを三〇グラムほど買ってやれば、なんとか口止めできるだろう。

夏の午後のピカデリーはとても混雑していた。乗合馬車、大声で叫ぶ辻《つじ》馬車の御者、パラソルをさして行き交う女性の買い物客、荷物を抱えた使いの少年、相手に道を譲らせようと強引に割り込む気短な馬上の紳士。〈スワン・アンド・エドガー〉の通路も人でごった返していた。

若い女性店員の注意を引くために、オリヴィアはたっぷり一〇分ほど声を張りあげなければならなかった。カルダモン、セイロン産シナモン、メース（ナツメグの皮から作る香辛料）、サフラン、白コショウ。ひと財産になるほどの香辛料を買おうというのに、女性店員はさほど感謝する様子もない。オリヴィアは品物が包装されるのを見守りながら、ポリーが何か買ってくれと要求してくるのを今かと今かと待ち構えた。

しかし、ポリーは特に何もほしくないようだった。店の台に肘をつき、表通りを行き交う人々を興味津々と見ている。豪華に着飾ったレディたち。先を急いでいるらしい子連れの中産階級の母親たち。子どもたちは騒がしくしゃべり立てながら、スカートの海をすり抜けて走っていく。

外に出て、辻馬車の乗り場に並ぼうとしたとき、ポリーがオリヴィアの肘をつかんだ。

「少し歩かない？　そのくらいの時間はあるでしょう？　セント・ジェームズもそう遠くないし」

オリヴィアはポリーを信用できるとは思っていなかった。これまでさんざん対立してきたからだ。けれど屋敷の外に出てみると、ポリーはどこかいつもと違って見えた。オリーブ色のなめらかな肌が自然光を受けて、小さな子どものようにつやつやと光っている。琥珀《こはく》色の瞳はあくまでも賢そうで、欲深さや狡猾さは感じさせない。

オリヴィアが迷っているのを察したのか、ポリーが小さな声で言った。「もう少しのあいだ、屋敷に戻りたくないの」

オリヴィアは従者がポリーを壁に押さえつけていたことを思い出した。

「まだヴィカーズにしつこく言い寄られているの？　わたしから注意はしたけど——」

「それは関係ないわ」ポリーが言った。「ただ、外がきれいだから。じきに季節が過ぎてしまうでしょう。わたしは冬が嫌い」

あまり外をうろつくのは危険だが、めったなことは起こらないだろう。舗道には人があふれているし、オリヴィアは髪を目立たせないようレース帽をかぶっている。通り過ぎる馬車の中から目を留められることはないに違いない。

オリヴィアは肩をすくめてうなずき、リージェント・ストリートを公園に向かって歩き出した。

芝生では、乳搾りの女たちが搾り立てのミルクを半リットル一ペニーで売っていた。オリヴィアはナツメグとシナモン入りのミルクをマグカップ二杯買った。ポリーはギンガムチェックの敷物を借りて、芝生に広げた。オリヴィアは少し迷ってから荷物をおろし、ポリーの隣に座った。

はじめてコルセットをつけた日から、こんなふうに地面に座ったことはなかった。ケントの田舎出身の母は、娘を自分の考える高い水準で育てることにこだわった。〝ロンドンのレディはそんなことはしませんよ〟それが母の口癖だった。しかし、母は実際にロンドンへ行ったことはなかった。今ここに母がいたら、ひどくがっかりしただろう。周囲では多くの女性が似たような毛布を地面に敷いてその上に座り、つかのまの午後の休憩を楽しんでいた。

芝生に触れてみると、驚くほどやわらかく、心地よかった。

だが、会話がないのは気まずかった。マグカップのミルクを飲みながらも、ポリーの出方を待って、オリヴィアは神経が張りつめるのがわかった。

沈黙から解放されるきっかけとなったのは、道を行く人々のさまざまな装いだった。

「あのドレスはすてきね」ポリーがブロンズ色のシルクをまとう女性を指差した。「でも、午後の外出に着るには少し派手じゃないかしら」

「そうね」オリヴィアはうわの空だった。〝あたらしい雇い主を探せ〟と公爵は言った。それは〝ここにいたら、奪ってしまう〟という意味だろうか？　そう考えると、胸の奥が震えるのはなぜだろう？　恐怖を感じるべきなのに。

「あの雲を見て」ポリーが言った。

オリヴィアは顔をあげた。ロンドンとは思えない、明るく澄みきった空が広がっていた。目のくらむような真っ白な綿雲が浮かんでいる。

「熱帯の空みたい」ポリーが言った。しかしひんやりとした空気や、整然と生えている木々はまさにイングランドそのものだ。

ポリーがうしろに肘をついた。しばらくして、オリヴィアも思いきって同じ姿勢になってみた。まさか公の場で横になるとは思わなかった。

ひんやりした心地よい空気の中で、日差しを浴びた頬が温かくなった。「そばかすができそう」オリヴィアはつぶやき、レース帽を直した。

ポリーが横目で見た。「とっくに手遅れよ」

オリヴィアは一瞬驚き、笑い出した。「そうよね」

沈黙がそれほど気まずくなくなった。ポリーは空模様の変化に心を奪われている。オリヴィアは目を閉じた。何をするでもなく、こんなふうにのんびりした最後の記憶はいつだろう？　エリザベスの屋敷にいたときもこんな午後があった。でも、遠い過去の夢のような気がする。

公爵がわたしにキスをした。とてもすてきだった。なぜこれほどゆったりとした気分になるのかしら？

「質問していい？」

オリヴィアは身をこわばらせながら目を開いた。「いいわよ」

ポリーが身を寄せてきて、ふたりの肩が触れあった。

「旦那様について、何か特別な情報を手にしていたの？　その、ずっと前から」

「そんなわけがないでしょう！　なぜそう思うの？」

ポリーが肩をすくめた。「旦那様はあなたが来てから変わったもの。だから、そう思ったの」

「違うわ」オリヴィアは否定した。「わたしは決して……」自分は今、きっとサクランボのように赤くなっているに違いない。「閣下は治ってきているのよ」つっけんどんに言った。「ただ……まだ判断力が鈍っているせいで、ああいうことになったの。今日がはじめてよ」

彼女は強調した。「もう二度と起こらないわ」

ポリーが顔をしかめた。「それを旦那様も承知しているの？」

オリヴィアは座り直した。こんなに近くから表情を見られ続けるのには耐えられない。

「もちろんよ」

〝あたらしい雇い主を探せ……あるいは、探さないでくれてもいいが〟

オリヴィアはつばをのみ込んだ。公爵が何を思っているかなんてどうでもいい。彼が部屋を出たのだから、屋敷で過ごす時間も残りわずかだ。あとは必要な書類を見つけ、黙って逃げるだけ。

ポリーがじっと見つめてくる。「まさか、好きになったんじゃないでしょうね？」

オリヴィアは息をのんだ。それこそ救いがたく愚かな振る舞いだ。かつてすばらしいとされた男性の復帰に役立てたことは、もちろんまんざらでもない。ただし、そこまでだ。自分にはしなければならないことがある。間抜けな夢に浸っている場合ではない。

そもそも、彼は求愛者として論外だ。よくなってきたとはいえ、公爵は心を病んでいる。公爵だろうとなんだろうと、あれだけの怒りを抱えた人の心はすでに灰と化しているだろう。不機嫌そうに拳銃を撫でるような人は、まともではない。

「それこそ愚の骨頂ね」オリヴィアは言った。「わたしがそこまで愚かでないのは知っているでしょう」

ポリーがため息をついて体を起こした。「雇い主を好きになってしまった若い女性が世の中にどれだけいると思う？　その全員が愚かだったわけじゃないわよ。彼女たちが最終的にどうなったかは言うまでもないけど」

オリヴィアは眉根を寄せた。「どうなったの？」

「街角に立つしかなくなるのよ」

「ああ」オリヴィアは赤くなった。「そうよね」

ポリーが先ほどより声をやわらげた。「最後には身を滅ぼすはめになるの」

ひょっとしてポリーは相談にのってくれようとしているのだろうか？　意外にも心を動かされた。「当然の結果だわ。でも、ポリー……勘違いしないで。わたしと閣下のことは誰にも言わないでくれるとありがたいんだけど」

「あら、みんなが噂しているわよ」

オリヴィアはぽかんと口を開いた。「冗談でしょう！」わたしのほうから誘惑したと思われているの？

ポリーが肩をすくめる。「だって、いつも閣下の部屋に行っているじゃない」

なんてこと！　オリヴィアは笑い出したいのを懸命にこらえた。こんなに大女で怒りっぽい性格の自分が、みんなから男性をたぶらかす妖婦と思われているなんて。

「わたしはハウスキーパーなのよ」

ポリーが鼻を鳴らした。「ミセス・ライトは閣下に近づかなかったわ」

「それは彼女が間違っていたのよ。わたしはただ……」オリヴィアは迷った。自分が公爵の部屋に行ったのは、嫌がらせをするためだったなどと言えるだろうか? 〝わたしはただ彼の部屋を探りたくて、追い出しにかかっただけよ〟そんなことを言えるわけがない。しかし、わざわざ嘘をつく必要もないだろう。「閣下はいい方よ」本気でそう思っていた。愚かなことに。

ポリーがげらげら笑い出した。「いい方ですって!」

しばらく笑いが続いた。オリヴィアは真っ赤になって黙っていた。「とにかく、悪人ではないわ」公爵はたしかにひねくれて陰気ではある。でも驚くほど博識で、独特のユーモアの感覚がある。妻が死んで生前の裏切り行為が発覚するまでは、きっとすばらしい人だったに違いない。

ポリーが手の甲で目元を拭いた。「まったくあきれた。好きになるのはわかるわよ。あれだけのハンサムだもの。もちろん、怖いのもわかるわ。でも、いい人ですって? あの人はまるで氷でできてるみたいじゃない」

オリヴィアはむきになった。「わたしはたぶん弱い人が好きなの」

「弱い? 彼は公爵なのよ。今以上に強くなれってこと?」

オリヴィアは首を振り、ふたたび横になった。ポリーも同じ姿勢になる。

しばらく沈黙が続き、オリヴィアは会話が途切れたことにほっとした。まだ気持ちは揺れているが、ひとまず命に関わる危険を遠ざけることができた気がする。本当に危ないところだった。公爵を好きになる――そんなことになったら目も当てられない。

かつて母は、あまりに身分違いの恋をした。バートラムを愛し、彼に何もかも捧げた。その結果、どうなったか。結婚せずに関係を続けたことを責めるつもりはない。アレンズ・エンドの住人はその点をこぞって非難した。不親切で意地悪だった村人たちの道徳心に興味はない。ただ、人を愛するなら同じように愛を返してくれる人を選びたかった。

「さっきから返事を待っているのよ」ポリーが言った。「興味があるわ。なぜ旦那様を弱いなんて言うの？」

オリヴィアはわずらわしくなった。階級意識は階級が高い者だけでなく、低い者にも受け継がれる。「何も貧しい人だけが不幸なわけではないのよ。わたしの前の雇い主は――」

「子爵夫人？」

「いいえ、エリ……」うっかりエリザベスの名前を出しそうになり、オリヴィアは唇を嚙んだ。やはり横になっているのがいけないのだろう。彼女は体を起こした。袖口についた草の葉を落とす。「そう、リプトン子爵夫人よ」

ポリーが不思議そうな目で見た。「あなたって、やたらと貴族に同情的なのね」

オリヴィアはため息をついた。アマンダも結婚前は弱い立場にいた。だが、今その話はいらない。「財産があるかどうかは、その人の心のありようとは無関係よ。世の中から疎外されて友人もいない人には……味方が必要だと思うわ」

ポリーが不満そうに言った。「それは親切だこと。いかにもキリスト教的だわ。でも、迷える魂の人はそうなるだけのことをしたのかもしれないわよ」

「つまり、閣下の不幸は身から出た錆《さび》だというの？」

「わたしは旦那様に特に文句があるわけじゃないの。いやなことをされた覚えもないし。でも旦那様は、氷の女王みたいに冷たかった奥様の件をずっと引きずってるわ」

「どんな人だったの？」オリヴィアは用心深く尋ねた。「その、亡くなった公爵夫人は」

ポリーが顔をしかめた。「あまり考えないほうがいいんじゃない」

オリヴィアは顔を赤らめた。「そういう意味で尋ねたんじゃないわ」

ポリーが向こうを向いた。ふっくらした頬の線が若さを感じさせる。

「やさしいのね。あなたはちょっとやさしすぎる。自分を大切にしたほうがいいわよ」

いったい自分はどれほど愚かに見えているのだろう。貴族の心配などして。彼らは今日の糧をどこで手に入れるか、今月の家賃が払えるかといった悩みとは無縁の人々だ。

「別に同情しているわけではないのよ」オリヴィアは言った。「たしかにあなたの言うとおり、閣下の苦悩は生死に関わることではないわ」いちおう、そう言って差し支えないはずだ。もっとも、公爵は拳銃を撫でていたけれど。「わたしが言いたかったのは……閣下も人間だということ。ふつうの人と悲しみの種類は違っても、感じ方は同じだと思うわ」

「あの公爵に苦しんだりすることがあるなんてね」ポリーがつぶやく。

マーウィック公爵にも心があると理解できる者は、この国でわたしだけなのだろうか？　なんてこと。今まで厳しい世間を生き抜いてきたわたしが、ここへきて愚かな恋に落ちてしまうなんて。しかも相手はマーウィック公爵だ。

「わたしは閣下を好きになんかなっていないわよ」オリヴィアはつっけんどんに言った。「別に否定しないわ」ポリーが少し間を置いた。「その代わり、頼み事があるの」

オリヴィアは鼻を鳴らした。「そうでしょうとも」

公爵が階下におりたことは、使用人たちのあいだで大きな騒ぎになった。次の二日間、マーウィック公爵は廊下を自由に行き来した。書状を開封したり、返事を出したりするために――もっとも、これは口の軽い守衛の話だが。次は何をするだろう？　休憩室はその話で持ちきりだった。公爵は屋敷の外に出るだろうか？

オリヴィアはそこまで楽観していなかった。公爵の視界に入らない安全な場所から、ずっと彼の動きを見張っていた。残念ながら、公爵の行動はまるで予測がつかなかった。一〇分か二〇分書斎にこもったかと思えば、また自室に戻る。もしくは自室を出て、ただ廊下を行き来していることもあった。いつになったら見つからずに寝室へ忍び込めるだろう？　三日目、オリヴィアは思いきってメイドたちを引き連れ、公爵の部屋の掃除に向かった。メイドたちは機嫌が悪かった。ジョーンズが朝食の席で、まだ公爵が回復途中であることを理由にクリスマス休暇を与えられないと言ったからだ。さらにヴィカーズが、ポリーに会いに来る男性のことで嫌みを言い、その場の雰囲気を悪くした。昨夜オリヴィアはヴィカーズを部屋に呼び、やってくる男性はポリーの遠縁だと説明した。ポリーが口をつぐむ代わりにオリヴィアに対して要求したのはそういうことだった。

マーウィック公爵の姿は階上のどこにも見えなかった。メイドたちが忙しく作業するあいだ、オリヴィアは本棚に置かれた書類をざっと見たが、利用できそうな情報はなかった。なお悪いことに、ドリスがオリヴィアの行動に気づいて声をかけてきた。「旦那様が片づけさせてくれないのです」

オリヴィアは急いで書類から手を引っ込めた。

「そうなの？　だったらこのままにしておきましょう」

「わたしは片づけようとしました」ドリスが自分でも驚いたように誇らしげに言った。「ほかの書類がしまわれているところに持っていったんです」ベッドの足元に置かれた大きな収納箱を顎で示した。「でも、旦那様がもとの場所に戻して、触るなとおっしゃいました」

オリヴィアは鼓動が速くなった。収納箱を見ると、書斎の机の引き出しよりもはるかに頑丈そうな錠が取りつけられている。「そう、それならご希望どおりにしましょう」

その夜オリヴィアは、時計が午前三時を告げるまで寝つけなかった。あの収納箱の中を調べるには、錠を壊さなければならない。そのためには、あの部屋に数分間ひとりでこもる必要がある。しかも、そのまま屋敷を去ってしまわなければならない。錠を壊したことを隠蔽するのは不可能だ。

四日目の朝、彼女は気分が悪くなるほど神経が張りつめていた。ついに実行すると決めたのだ。マーウィック公爵は一〇時一五分に書斎に入った。三度目に通り過ぎたときもまだ扉が閉ざされているのを見て、オリヴィアはこれならいけると思った。どうにでもなれと腹をくくったとも言える。彼女はすばやく主階段をのぼり、上階の廊下に出た。

廊下に立ったとき、最後の迷いが出た。恐ろしいほど動悸がする。やはりこんな不正行為は自分に似合わない、公爵を裏切りたくないという気持ちが込みあげた。

オリヴィアは唇に触れ、キスをする直前の公爵のまなざしを思い出した。〝きみは立派だ……自分を誇りに思うべきだ〟

オリヴィアは拳を握り、小さな家を思い浮かべた。壁にツタが這い、窓辺にランプが灯る家。ずっといられる場所。地に足の着いた暮らし。春の庭。安心感。

マーウィック公爵に誠実に接したとしても、同じものを返してもらえはしない。彼が何か与えてくれるとすれば、破滅への道だ。

オリヴィアは居間の扉を開いた。

「ミセス・ジョンソン」公爵は窓際の席に座り、燦々《さんさん》と降り注ぐ午後の光を浴びていた。視線は手元のチェス盤に向けられている。「何か忘れたのか？」

バランスを保つため、オリヴィアは戸枠をつかんだ。喉から神経質な笑いが漏れた。〝わたしが盗みを働くあいだ、下におりていてください〟「ノックをしました。返事がなかったので、てっきり……」咳払いをして、背筋を伸ばす。「閣下のおっしゃるとおりですと申しあげに来ました。わたしはあたらしい雇い主を探さなければなりません。ですが、ハウスキーパーの後任が見つかるまではとどまることにします」そうすれば多少の時間の余裕ができる。それでじゅうぶんのはずだ。いったんやると決めてしまえば、さほど時間はいらない。

公爵は視線をチェス盤から、手にしている新聞に移した。「残念だ」まるで気にする様子もなくうわの空で言う。

オリヴィアはむっとした。自分はなんて愚かだったのだろう。おそらく公爵はキスのことなどきれいに忘れているのだ。彼女は扉を閉めようとした。

「待て」顔をあげることなく公爵が言った。「ハンブルクで行われたブラックバーンとマッケンジーの勝負だが、きみは記事を読んだか？　ブラックバーンが仕掛けた序盤の戦術《ギャンビット》の意図が知りたい。私は何か見落としているようだ」

こんなところに座ってチェスの研究？　書斎でもできるのに。「いいえ」オリヴィアは木で鼻をくくったような返事をした。「読んでいません。お邪魔のようですから――」

「また飛んで逃げるのか？」

体がかっと熱くなった。「おっしゃる意味がわかりません」

公爵は新聞を手元に置き、魅力的な笑みを浮かべた。今朝はヴィカーズに身支度をしてもらったらしく、顎ひげがきれいに剃られていた。短く切りそろえられた髪は端整な頭の形に沿い、高い頬骨や鋭い顎の線を引き立てている。「そう答えると思った。残念だな。お互いにもとの日常に戻ってしまった」そこで首を傾けた。「チェスを習っていたと言ったな。ひょっとして強いのか？　一緒に見てくれ」

はじめにキスをし、次に自分から逃げようとしていると責め、挙げ句の果てにはチェスの相手をしろというの？「わたしは強くありません」オリヴィアは冷ややかに言った。

公爵はしばらくじっとオリヴィアを見つめていた。明らかに疑っている。

「きみは嘘つきだな、ミセス・ジョンソン。自分でもわかっているだろう？」公爵の判断力はなっていない。こういった小さなごまかしはすべて見抜くのに、大きな嘘にはまったく気づかないのだから。「まあまあの腕前です」オリヴィアは言い直した。

「なら、こちらに来い。このギャンビットの意味を説明してくれ」

警戒心がわいた。「もう決めたんです。あたらしい雇い主を探すと」

公爵の浮かべる微笑みにはなんの含みもなかった。「それは最初に聞いたよ、ミセス・ジョンソン。じつに明瞭な発音で。あれは家庭教師の教育のたまものだな。ほかにどんな能力を授けられたのか、ここで披露してくれ」

挑発されてかっとなり、オリヴィアは部屋に一歩入った。「わかりました」それほど恥ずかしい思いをしたいなら、望みを叶えてあげるわ。手加減しないわよ。

四五分後、ふたりはあいかわらずチェス盤の上で額を突きあわせていた。ブラックバーンの奇想天外な戦術の意図を解き明かしたあと、公爵の要望で勝負をすることになったのだ。オリヴィアは驚きを深めていた。マーウィック公爵は出だしこそかなり腕が落ちたことを露呈していた。だが、これなら楽に勝てるとオリヴィアが油断していると、かつての勘を取り戻したらしく急に強くなった。あらためて気合いを入れ直したが、どうやら公爵に軍配があがりそうな気がしてきた。

悔しかった。オリヴィアは相手の作戦に引っかかることに慣れていなかった。しかもいけ好かない暇人相手に。彼女はナイトを動かした。「チェック」

こけ脅しだ。公爵には逃げる手が五種類もある。ただしそのうちのふたつは、四手か五手先にかなり不利な状況になる。

公爵はまったく別の手に出た。オリヴィアは無意識に頬の内側を嚙み――相手に間近で観察されていることに気づいて、しまったと思った。

表情をもとに戻したとき、公爵が微笑んだ。

「ミセス・ジョンソン、きみはポーカーは弱いだろうな。考えがすべて顔に出ている」

オリヴィアは眉をあげた。「幸い、わたしは賭事をしません、閣下。お金は貯めるためにあります。無駄づかいするためではなく」

公爵は椅子の背にもたれてオリヴィアを見つめた。黒の上下に糊《のり》の利いたクラヴァットを締めた姿を見ていると、いかにも文明人らしい。ただし、口元に浮かんだ人の悪い笑みに本性がのぞいている。「きみは清教徒《ピューリタン》なのか?」

「先を見て備える分別があるだけの、ふつうの女です」あと五手で公爵を負かせる。彼の手の陰になっているあのビショップを動かしさえすれば。

「健全な考えだ。私も同感だよ。賭事は危険な道楽だ。まったく理解できない」オリヴィアが面食らったことに、公爵はビショップをルークに取らせた。「もちろん、賭博の基本原則は別の場所で役に立つが。たとえば政治だ。あの世界で成功するには、そういった心得が必要だ。どんなときに勝ちを見込むか。敵をどう評価するか。どんなときに安全策を取るべきか。どんなときに大勝負に出るべきか」

オリヴィアは目を細め、チェス盤全体をよく見るため椅子に深くもたれた。公爵がかつての腕前を取り戻したのだとしたら、何か裏があるはずだ。「安心しました」彼女はうわの空で返した。「国政はカードゲームの要領で切りまわせばいいのだとわかって」

「その程度ですむのが最善だ」公爵が皮肉っぽく言った。「最悪の場合は、アメリカ西部の撃ちあいのようになる」

「それなら、誰もが閣下に賭けに出てもらいたいでしょうね。もしくは決闘に」

「なぜ？」

「イングランドが閣下を必要としているからです」オリヴィアは公爵のナイトを脅かそうとポーンを進めた。

「その話はもういい」公爵が低い声で言った。「とりあえず、拳銃は片づけた」

拳銃の一件をここまで軽い調子で口に出せることに驚き、オリヴィアは驚いて公爵を見た。彼は物憂げに微笑み返した――オリヴィアのほうに顔を寄せながら。

オリヴィアは顔をしかめてチェス盤に視線を落とした。かつてバートラムは、チェスの進め方で人の性格がわかると言っていた。認めるのは悔しいが、彼の言うとおりだ。マーウィック公爵はとても慎重に駒を動かす。ほかに手がないかじっくりと時間をかけて検討するけれど、いったん決めたら躊躇《ちゅうちょ》なく行動する。そして対戦相手の番になると……。

「ミセス・ジョンソン、そのめがねはものをよく見えるようにするためのものではないのか？」

対戦相手の番になると、公爵はどうでもいい話をして相手の気をそらそうとする。

「相手の思考を邪魔するのはマナー違反ですよ」オリヴィアはかたい声で言った。「閣下もお気づきのとおり、これはポーカーではありません」

「マナーを守るのは、戦略としてはうまくない」

オリヴィアは鋭い視線を投げた。

「逆です。マナーを守ることが礼儀正しさの鍵であり、礼儀正しさこそ最善の策です」

「驚いたな」公爵が穏やかに言った。「きみはひょっとして、自分を礼儀正しいと思っているのか？」

オリヴィアは目を細めた。「そうではないと閣下に言われる覚えはありませんが」

公爵が肩をすくめた。「なんと言うか……次の雇われ先では、もう少し控えめな態度を身につけることを勧めたい」

ふたりともいつのまにか、オリヴィアがすでに辞めたかのように会話している。公爵が気安く振る舞うのもそのためだろう。もはや使用人とのあいだに適切な距離を保たなければならないという気詰まりな空気もない。もっとも、書斎でもそんな空気はなかったが。

胸の奥で蝶《ちょう》が羽ばたいているかのような気がしたが、オリヴィアは気を引きしめた。

チェス盤に向かって首を伸ばしながら、自分のうしろにある公爵の寝室と、次の職が見つかる前に探らなければならない収納箱のことを考えた。面接に行くにも当然、時間を取られる。しかし親しくしている屋敷から申し分のない推薦状が届けば、面接をせずに採用が決まることもある。

「そう、それだ」公爵が言った。「その沈黙こそ使用人にふさわしい。従順そのものだ、ミセス・ジョンソン」

オリヴィアは顔をしかめてみせた。「人をからかって面白がっていますね」

公爵がにやりとした。「そうだ」そう言ってから、少し驚いた表情になる。彼は微笑みを引っ込め、窓の外に目を向けた。

公爵の気分が急速に落ち込んでいくのが、オリヴィアには肌で感じられた。自分が世捨て人であり、笑いも仲間も受けつけないことを思い出したのだろう。彼はまもなくオリヴィアを出ていかせる。そうすれば、自分の敗北から目をそらすことができる。

ついにチェスの勝敗が決まろうとしていた。

「ご質問に答えると」オリヴィアは言った。「わたしは自分をとても礼儀正しい人間だと思っています。でも、それも時と場合によります。親切心を発揮しようとするなら、ときには原則を曲げなければなりません」そこであえて間を置く。「わたしが思いきった行動に出なければ、この部屋の空気はここまで快適にならなかったでしょう。閣下も新聞を手にチェス盤に向かったりしていないはずです」

公爵がじっとオリヴィアを見つめた。まるで自分の思考をどこか遠い場所から苦労して呼び戻そうとするように。それから、かすかに微笑んだ。「たしかに」静かにそう言うと、いきなり手を伸ばして彼女の手首をつかまえた。

オリヴィアは凍りついた。つかまれた手はクイーンの上に浮いている。心臓が喉元にせりあがった気がした。

公爵はオリヴィアの手を自分の口元に引き寄せた。「これはマナー違反だ」彼女の手の甲にささやく。「しかし、親切でもある。クイーンを動かさないでくれ」

〝放して〟そう言いたいのに、舌が粘土になったかのように動かない。

「すてきな手だ」公爵がオリヴィアの手を裏返し、手のひらにキスをした。

オリヴィアは手を引っ込めた。震える息を吐く。キスをされたところが火傷《やけど》したように熱い。「でも……それは……」

「きみの番だ」公爵が静かに言った。

オリヴィアは膝の上で拳を握った。「なぜこんなことをするんですか?」

公爵は考え込んだ顔で笑みを浮かべた。「それより、こう尋ねたほうがいい。きみに対して、私しかこういったことをしないように見受けられるのはなぜだ?　きみの故郷の男たちもきみと同じく目が悪かったのか?」

チェスの勝敗の行方がにわかにわからなくなってきた。オリヴィアは目を凝らしてチェス盤を見つめた。胸の奥で、心臓が激しく打つ。

「きみはどこの生まれだ?」

「やめてください」オリヴィアは立ちあがった。「それ以上言ったら――」

「わかった、座れ。もう何も言わない」公爵の声は静かで落ち着いていた。自分が何をしたのか、よく承知しているとばかりに。オリヴィアはまだ全身がうずいていた。「頭の中の時計も止める。きみに負担をかけないように。急がずゆっくり考えればいい」

オリヴィアはふたたび座った。なぜ座ったのだろう？　たぶん好奇心のせいだ。これまで男性から戯れを仕掛けられたことはなかった。

しかし、登山の初心者がいきなりマッターホルンに挑むのは賢明ではない。ただ好奇心を満たしたいなど、愚かにもほどがある。そうわかっているのに、オリヴィアは乱れる呼吸を抑えつつ、その場にとどまり続けた。チェス盤に心をかき乱され、手のひらにはまだ熱い刺激が残っている。

「白状すると、まだ気になることがある」公爵が言った。「きみは何かをしっかり見ようとするとき、めがねの縁の上から見る。ちょうど今のように」

オリヴィアはすばやくめがねを押しあげ、レンズ越しに公爵をにらんだ。「わたしには閣下がしっかり見えます」相手がうたぐり深そうに眉をあげたので、重ねて言った。「正々堂々と勝負せず、相手の集中力を削ぐために卑怯《ひきよう》な手を使う男性がはっきり見えます」

公爵が奇妙な鋭い声を漏らした。「それは挑戦か、ミス・ジョンソン？」

またミスに逆戻り？　「すでに勝負をしているのに、重ねて挑戦なんておかしいでしょう」思ったよりも高い声になってしまった。

それにしても、この人はいったいなんなのだろう？　ここ数日、公爵はまた正式な衣装を着るようになった。引きしまった胴にぴったり沿う縞《しま》模様のベストを着て、その上から黒の上着をはおっている。厨房では公爵が日に五回食事をとっていると噂しているが、とてもそうは見えない。目の下のくまは消え、こけた頬にも肉がついてきた。けれども、鋭い顎の輪郭はそのままだ。これは生まれつきの骨格によるのだろう。女性ならおそらく誰もが非の打ちどころがないと賞賛する顔立ちだ。

しかし、オリヴィアは公爵を賞賛する気持ちはなかった。ただ観察するだけだった。椅子にゆったりとくつろぎ、長々と伸ばした脚を足首のところで交差させている姿は挑発しているかのようだ。この男振りをよく見てみよ、と。

たしかにそれは挑発だった。理由はどうあれ、公爵はオリヴィアを惹きつけた。彼女の視線を要求していた。

オリヴィアは全身がかっと燃えあがった。なぜか急に膝の裏までが熱く感じられる。誰かに心惹かれるというのは酒に酔ったような気分だ。そして、怖いくらい刺激的だ。たとえそれが言語道断なくらい不適切であっても。

何を愚かなことをしているのと、オリヴィアは自分を叱った。あなたは公爵から書類を盗もうとしているのよ。

「卑怯な手を使っているのはどっちだ？」公爵が穏やかに尋ねた。

オリヴィアはまばたきをした。「なんですって？」

「私の心を乱そうとしているだろう」公爵が眉をあげた。「そこまでじっと見つめられたら、勇気づけられているとも思えない。それとも、私の勘違いか？」

「も、申し訳ありません」オリヴィアは言葉を詰まらせた。「そんなつもりは……」首を振り、チェス盤に注意を戻す。もうお手上げだった。公爵の作戦がまったく読めない。オリヴィアは思いきってナイトを前進させた。

公爵はすかさずクイーンで脅した。

彼のすばやい動きに悪い予感がした。オリヴィアは前にあった自分のポーンでナイトを援護し、チェス盤をあらためて注視した。公爵は何を企んでいるのだろう？

「ほら、またやっているぞ、ミセス・ジョンソン」

オリヴィアは視線をあげ、公爵の言葉の意味を理解し、自分を蹴飛ばしたい気分になった。すばやくめがねを押しあげる。

「ひとつ尋ねるが……」公爵は首を傾け、目尻の皺がよく見えるほど目を細めた。オリヴィアはその皺に目が釘《くぎ》づけになった。それは彼がかつて重責を担っていたことを雄弁に語っていた。「そのめがねは長くかけているのか？」

オリヴィアは平静を装った。「なぜそんなことを気にされるのかわかりません」

「知らないのか？　好奇心を持つことはすばらしい娯楽になる」

「娯楽を必要とされているとわかって残念です。たぶん屋敷の外に出ることがいちばんの退屈しのぎになると思いますが」

「そんなことをしたら、きみの小言を聞けなくなる」公爵がすごむように微笑んだ。「どうすればその鋭い舌をやわらげることができるんだ？　まあ、いくつか方法は知っているが」

オリヴィアは聞こえないふりをした。

「好奇心は退屈をまぎらわすのにいちばん危険な手段です」

「そうなのか、ミセス・ジョンソン！」公爵は顎に拳を添えた。「今、きみは自分のことを危険だとほのめかしたな？　どうやらレディ・リプトンはそれを書き漏らしたらしい」

「ご心配には及びません」オリヴィアは甘い作り声で言った。「さっき暇乞《いとま》いをさせていただきました。どなたか落ち着いた方を後任にお選びください」

公爵が声をあげて笑った。白い歯並びと、ふだんは気づかない顎のくぼみが見えた。

「一本取られたな」

オリヴィアはつい微笑みそうになるのをこらえ、唇をきつく結んだ。自分たちはこのやり取りを楽しんでいる。もし赤の他人が見たら、楽しく口論している恋人同士だと思うだろう。おかしな話だ。恋人たちは仲よく喧嘩するものという言葉の意味がやっとわかった。そのことに驚いてしまう。

「ほら、また」公爵が眉をあげた。オリヴィアは、めがねの位置をずらそうと手をあげていたことに気づいた。

「汚れがついているので」彼女はめがねを外してハンカチで拭いた。そのとき、公爵がすばやく手を伸ばしてめがねを取りあげた。オリヴィアは腰を浮かせた。「返してください！」

遅かった。公爵はめがねを空にかざしてレンズをのぞき込んだ。そしてオリヴィアを見たが、その表情は深い驚きを示していた。

オリヴィアはぎこちなく腰をおろした。心臓が激しく打っている。公爵が何を言うのか、いたたまれない思いでじっと待った。目が悪いからめがねをかけているのではないと知られてしまった。レンズこそ分厚いけれど、視力を矯正するものではない。

公爵は黙ってめがねを差し出した。指と指が触れあい、オリヴィアはびくっとした。火花が散ったような刺激を受けた――手のひらにキスをされたときのように。しかも、今はとても無防備になっている。

なんともいえず恥ずかしかった。オリヴィアは吐きそうな気分でめがねをかけ直した。これから公爵にめがねのことを尋ねられるだろう。どんな言い訳をしようが、おかしいと思われるに決まっている。

公爵が咳払いをした。オリヴィアは息を詰めた。だが彼はひと言も質問をせず、チェス盤に身を乗り出して黙考しはじめた。

こちらが平静を取り戻すための時間を与えてくれたのだろうか。

まさか。自分の勘違いだと思いたかった。しかし喉元にかたまりが込みあげる。親切心というのは世の中ではなかなか評価されない。かつてわたしは、そのありがたみを決して忘れないようにしようと心に誓った。でも、まさかそれをこの人から受け取ることになるなんて……。

混乱しているのをごまかそうと手元のハンカチに視線を落とし、隅をそろえて小さく折りたたんだ。

公爵がルークを動かした。「チェック」

オリヴィアはハンカチをしまい、身を乗り出した。キングが追いつめられている。もちろん難なく逃げられるはずだった。しかし、集中できなかった。めがねで変装していることを、公爵はどう考えているだろう？　頭がどうかしていると思っているに違いない。だけど、それがどうしたというの？　公爵だって決してまともに振る舞っているわけではない。

オリヴィアはルークを阻止しようと、クイーンを動かした。ところが、ナイトに取られてしまうことに気づいた。これでは二手先に詰んでしまう。

公爵がナイトに手を伸ばし、そこで一瞬ためらってビショップを動かそうとした。

「やめてください」オリヴィアは声をあげた。

ふたりの目が合った。ふたたび熱い刺激が走る――まるで直接触れられたかのように。彼の目は鮮やかな青だった。まさしくサファイアの色だ。「何をやめるんだ？」そう尋ねる公爵のまなざしは、言葉以上の激しさを宿していた。オリヴィアは目をそらすことができなかった。女なら誰しもこの瞳に魅入られてしまう。溺れてしまう。自分なら喜んでそうなるだろう。

心の声が頭の中でこだまし、オリヴィアはパニックを起こした。わたしは何を考えているの？「わかっているはずです。わたしは負けたんです。情けはいりません」

公爵が椅子の背にもたれて物憂げに微笑んだ。「序盤では、きみが私に情けをかけたのに？」

「あれは情けではありません」ああ、よりによってこの人を好きになんかなりたくない！　魔法をかけるような美しい瞳と、あらぬことをわたしに口走らせようとする魅力的な唇。なんて危険な組み合わせだろう。「使用人は主人に情けをかけたりなどしません」たとえ代わりの人を探してもらうとしても、彼は今はまだ雇い主だ。この人はマーウィック公爵。彼女の次なる被害者。「あれは作戦のうちでした」ならば、公爵を避けるのも賢明な作戦だったはずだ。なぜ彼の部屋に入ったりしたのだろう？

公爵が肩をすくめた。「またくどくど言っているな。だが、私からすればあれは情けだ、ミセス・ジョンソン。かつてチェスの名人と自負していた男の誇りを守ろうとして、か弱き乙女が自分のポーンをあきらめるとなれば」

聞き間違いだろうか？　か弱き乙女？　これまでわたしをそんなふう言い表した人はいない。自分がとてもちっぽけで頼りない存在になった気がする。実際には靴を履かなくても、身長が一八〇センチ近くもあるのに。

オリヴィアは自分の膝に指を食い込ませた。マーウィック公爵に女性として意識されているなどと考えて浮かれてはいけない。なるほど彼は親切かもしれない。とびきり魅力的な瞳の持ち主でもある。けれど、わたしの手の届く人ではない。愚かな夢を見てはならない。仮に公爵もわたしを意識しているとしよう。もしそうだとしても、彼がこちらの隙に乗じて迫ってくる可能性が高まるだけだ。だからといって……どうにもなりはしない。どのみちわたしは盗みを働くのだ。

オリヴィアはぞんざいに肩をすくめた。

「わたしのどこがか弱き乙女ですか。たいていの男の人より背が高いのに」

公爵が驚いた顔をしたので、オリヴィアはしまったと思った。今の言葉で、自分が公爵からどう見られているかを気にしていることを明かしてしまった。

どうでもいいことのはずなのに。

「たしかに。しかし私は運よくきみより背が高いので、そのことには気づかなかった」彼はふたたび微笑んだ。どこか意味ありげな笑い方だ。

オリヴィアはどぎまぎして部屋の扉に目を向けた。扉がかたく閉ざされていることが以前は気にならなかったのに、今はひどく落ち着かない。

公爵が彼女の視線を追った。「開けておいてもいいぞ」何げなく言った。「しかし、ゲームは最後までやろう」

「わたしには仕事があります、閣下」

「あとにしろ」オリヴィアから奪ったポーンを指先でもてあそびながら、公爵が言った。指は長いが細くはなく、手のひらは大きい。貴族には似合わない、肉体労働者のような頑丈な手だ。ただ、清潔で手入れの行き届いた爪が彼の立場を語っている。「きみの言うとおり、主人の機嫌を取ることは使用人にとって賢明な作戦だ」

「そんなことは言っていません」公爵は指輪をふたつはめていた。小指に印章付きの指輪、中指に金のメダリオン。「機嫌を取るなどとは」この分だと、彼は春になる頃には女王のように着飾っていそうだ。

「これは失礼。では、いい戦略だとだけ言っておこう」公爵はじろりとオリヴィアを見た。唇の端だけ曲げて微笑んでいる表情は、少年のようにいたずらっぽい。「きみが家庭教師になろうとしなかったのは、つくづく天職を逃したと思うぞ」

駆け引きでは、この人にはとてもかなわない。オリヴィアは立ちあがった。戯れはここまでだ。「ですが、わたしはハウスキーパーです。まだやり残した仕事がいくつもありますので、これで――」

「それから、その堅苦しさだ」公爵は椅子の背にもたれ、頭のうしろで手を組んでオリヴィアをつくづくと見た。「今のきみは何事も涼しい顔でやり過ごしている。しかし顔に皺ができて髪が灰色になる頃には、かなり恐ろしい女になっているだろう。小さな子どもは逃げ出し、メイドたちはびくびくする」

オリヴィアの中で何かが震えた。たしかに自分に堅苦しい面があるのはわかっている。そのことを喜んでいるとでも思っているのだろうか。自分だってメドゥーサみたいな女にはなりたくない。「ばかにしないでください」

「ばかになどしていない」公爵が穏やかに言った。「しかし、そのめがねのせいできみのことがわかった、ミセス・ジョンソン」

異なるふたつの衝動に駆られ、オリヴィアは戸惑った。公爵の言葉の意味を知りたい。いいえ、知りたくない。そこにはなんらかの真実が含まれているかもしれない。人目につかないよう生きることに人生が懸かっているときに、誰かに知ってもらいたい、見てもらいたいと願ってしまうのは恐ろしい。

公爵がこちらの正体を見抜くなどあり得ない。こんな恵まれた立場の人にそこまでの洞察力はないはずだ。とにかくそんなことは許さない。本当の安全を手に入れるまで、誰にも正体を見破らせはしない。オリヴィアはスカートを持ちあげた。

「もう行かなければなりません」

「私の仮説を聞きたくないのか？」

オリヴィアは怒りに駆られて振り向いた。たったひとりで世の中に放り出された女の心細さがわかるとでもいうの？ 誰の目にも留まらない透明人間になろうとする女の気持ちがわかると？ 「さぞかし興味深い仮説でしょうね」しょせん自分は、公爵の好奇心を刺激しているだけなのだ。退屈しのぎのために存在するだけ。

「それはどうかな」公爵の声はやさしかった。驚いたことに、やさしいとしか言い表しようがない声だった。「きみは年端もいかぬうちから、自分で身を立てなければならなかった。並外れて背が高く、人目を引く真っ赤な髪をして、とても若く、才知と教養にあふれ、望まない相手に目をつけられて前の職場を去らざるを得なかった」彼は首を傾けた。「ミセス・ジョンソン、きみがめがねをかけている理由はひとつしかない」

「なんですか？」オリヴィアはかすれた声で尋ねた。

「身を隠すためだ」公爵がうっすらと笑みを浮かべた。「世の中のすべての人から身を隠せるタウンハウスがないのは残念だ。しかしきみは、いつでも好きなときにこの部屋にチェスをしに来ていいぞ。なんといっても、きみはチェスが得意だ。どうやらそうは思われたくないらしいが」

オリヴィアは呆然と公爵を見つめた。自分自身の反応に驚きながら。焦り、衝撃、恥ずかしさ、それからうれしさ。なぜなら、彼の言うとおりだったからだ。日頃見せている自分の姿は本当の自分ではない。しかし、公爵は正確に見抜いた。そして彼が言葉で示してくれたのが――真の友情だとしたら。彼ほどの立場の男性が自分を助けてくれるのなら……。

公爵はこの世でバートラムを恐れない数少ない人間だ。いや、それどころか、バートラムに恐れられる立場の人だ。

でも、どうかしている！　わたしは今からこの人を欺こうとしているのに。いいえ、すでに欺いている。公爵の申し出が心からのものとはとうてい思えない。同情してもらったのは一瞬のことだ。そんなものをあてにしてどうなるというの？

この人は悪党。そう、悪党だ。

「もう行かなければなりません」オリヴィアは声を詰まらせた。

公爵はうなずいた。「なら、行け」

扉を閉めたあと、最後のやり取りの奇妙さが痛みとともに思い出された。オリヴィアは退出する許しを公爵から得ようとせず、ただ自分が行かなければならないと告げた。それに対して公爵が与えたのは、許可ではなかった。とてもささやかであるにせよ、彼はオリヴィアに権限を譲り渡したのだ。

10

カーテンの隙間から月光が差し込み、アラステアが弟に宛てた書きかけの手紙を照らし出した。

〝私のしたことは最低だった。狂気のせいだと願いたいが、それは言い訳にすぎない。心から謝罪したいと思っても、そう書けばまるで許してもらえると考えているかのようだ。いずれにせよ、私がおまえとエリザベスの幸せを心から願っていると信じてほしい。もし自分の人生でひとつだけやり直せるとしたら……〟

アラステアはペンを置いた。嘘は書けない。やり直したいのはマイケルにした仕打ちではない。深く恥じてはいるが、当時の一連のできごとは――アラステアが選んだ相手と結婚するようマイケルに迫ったことと、それに弟が猛反発したことは、より大きな悪夢の一部でしかなかった。

やり直したいこと、それは結婚だ。

なぜマーガレットを妻にしたいと思ったのだろう？　野心がふたりを結びつけてくれると考えていたのか？　アラステアは家柄のいい美しい妻がほしかった。マーガレットは傷ついたプライドを癒やしてくれる相手を求めていた。ふたりで理想の世界を築くことを夢見ていたが、その世界に互いは含まれていなかった。

〝わたしはあなたと結婚しなかったわ〟はじめての結婚記念日のあとまもなく、マーガレットは言った。〝先にあなたが本当のことを話してくれていたら、わたしはプロポーズを受けなかった。あなたもわかっていたはずよ〟

いつかはマーガレットも怒りを乗り越えてくれると思っていた。夫がだまそうとしてだましたわけではないことに気づいてくれるに違いないと。自分はフェローズよりもはるかにいい夫になる。そのうち、彼女もそう思うようになるだろう。

実際、マーガレットは許してくれたように見えた。それですべて解決したと思っていた。どうやら間違いだったらしい。

アラステアは窓辺に近づき、カーテンを開いた。あのハウスキーパーはなんと言った？〝暗い部屋でじっとしていたら、気分まで暗くなって当然です〟まったくそのとおりだ。だが、今夜は満月だった。明るく照らし出されたメイフェアの街並みが誘いかけているようだ。

これとよく似た満月をアラステアは覚えていた。選挙で一四票の僅差で勝ち、祝杯をあげ、ほろ酔い気分でセント・ポール大聖堂を訪れた夜のことだ。当時はまだ父も生きていた。アラステアはひとりの若手議員にすぎず、目の前に手つかずの未来が広がっていた。彼は大聖堂の最上階にあるバルコニーを目指して、狭い階段を駆けのぼった。バルコニーはとても寒く、風が強かった。足元にはロンドンの街が広がっていた。悠久の昔より流れる川、美しくきらめく広場、鬱蒼《うっそう》と茂る公園、明かりがまばらに見える遠くの貧民街。

もともと高い場所は苦手だが、その夜は平気だった。街そのものが神々しい啓示を与えてくれている気がした。この街を守ることにわが身を捧げよう。ここをよりよい場所にしていくことに人生を懸けよう。それが自分の天命だ――そう思った。

できれば、あの頃の自分を取り戻したい。あの頃のすべてを。若さ、揺るぎない確信。愚かな失敗を重ねる前の自分。今夜もこの街のどこかで弟が眠っている。また弟と一からやり直せるだろうか？　最後に会ったときマイケルは、アラステアが人生をあきらめることによってマーガレットに負けたのだと責めた。あのとき、弟は怒ってはいなかった。むしろ……悲しんでいた。

無理もない。弟にとって自分は弱い人間だったことがただの一度もないのだから。幼い頃の記憶をたどっても、アラステアはいつも誰かを守る役目を負っていた。〝おまえは跡継ぎなのだ〟この言葉を繰り返し頭に叩き込まれた。〝家族を守れ。家名に栄光をもたらせ〟幼い時分から、アラステアは自分の役割を至極まじめに受け止めていた。子どもにしては少々まじめすぎたかもしれない。誰かが困っているのを見るとつらい気持ちになってしかたがなかった。自分が守れなかったせいだと思えてしまうのだ。

巣から落ちた鳥の雛《ひな》。木からおりられなくなった猫。冬のあいだ過ごしたハズボロタウンにいたおつむの弱い男。その男に、地元の子どもたちは面白半分で石を投げつけた。八歳のアラステアは彼らと戦い、乳母と御者が駆けつけるまでのあいだに相手の目のまわりに青痣を作り、前歯を欠けさせた。

周囲の人々を自分が守らなければならないという思いは、屋敷内ではいっそう増した。マイケルにとって、自分はどんな存在だったのだろう？　ただの兄だったことはない。それなら物事はもっと簡単だった。ふつうの兄弟関係なら、マイケルは去年の春にアラステアが暴挙に出たことを許せたかもしれない。兄弟に喧嘩はつきものだからだ。そして、最後には仲直りをする。それが自然だ。

しかし、もちろんアラステアはただの兄ではなかった。マイケルにまつわるいちばん古い記憶は、弟がアラステアの腕に顔をうずめ、シャツを濡らして泣きじゃくっている姿だ。マイケルが慰めを求める相手は母ではなかった。今でこそマイケルは母を聖女のように語っているが、実際の母は父との闘いに明け暮れるばかりで、息子たちにほとんどかまわなかった。マイケルが自分を恨むのも無理はない。ただの兄ではなく、尊敬してやまなかった英雄に失望させられたとなれば――深い心の傷になる。

もしかしたら、自分自身に失望するのと同じくらいつらいかもしれない。

今夜はもう眠れないとわかっていた。街の景色も心を慰めてはくれない。アラステアは部屋を出てすばやく階段をおり、いびきをかいて眠りこけている守衛の前を通り過ぎて、図書室に向かった。

図書室には明かりがひとつ灯っていた。そしてほのかな光の中に、なぜか避けようのない運命の予感がしたとおり、ミセス・ジョンソンがソファで背を丸めていた。足元に白いナイトドレスの裾が見える。彼女は本に覆いかぶさるように顔を近づけ、赤毛の三つ編みの先端を口元に引き寄せて夢中で読んでいた。

身の内に強い葛藤を覚えながら、アラステアはしばらくその場に立ち尽くしていた。ハウスキーパーが勝手に主人の図書室を使うことなどあってはならない。ナイトドレスに裸足という格好で屋敷の中をうろついてもいけない。これほどまでに若く、無垢《むく》に見えるべきではない。すらりとしながら強さを感じさせ、粗末な服を着ているのに凜《りん》として見えるのも間違っている。

もちろん、この状況を作ったのは自らの意思でここへ来たアラステアだ。ミセス・ジョンソンを手に入れることでその自立心や強靭《きょうじん》な精神をわがものにできるなら、すぐにでもそうしたい。しかし彼女は一七歳で世間に放り出され、たったひとりで生きてきた。いつだったか、ミセス・ジョンソンの瞳に映った自分の姿を見たとき、これほど醜いものはこの世にないと思った。

自分はメイド志望の若い娘より意気地がないのか?

「こんばんは」アラステアは声をかけた。

ミセス・ジョンソンはびくっとして本を閉じ、ナイトドレスの裾を引っ張って足先を隠した。「驚きました。まさかいらっしゃるとは……」

彼女はソファから立ちあがった。ランプが明るすぎるからか、ナイトドレスの生地が薄いせいか、それともアラステアの想像力のなせる技か、体の線が透けて見えた。ほっそりとしたウエスト。腰の曲線。張りのある豊かな腿。引きしまった膝。丸みを帯びたふくらはぎ。

この女性の賞賛すべき点は、勇気以外にも数多くある。

ミセス・ジョンソンがアラステアのほうに一歩進み出た——というより、扉に近づいた。出ていこうとしているのだ。彼の食い入るようなまなざしを意識している。どこを見られているかも気づいている。

出ていかせたほうがいいのはわかっていた。だが、そもそも仕掛けてきたのはこのハウスキーパーだ。ミセス・ジョンソンが部屋に入ってきてカーテンを開くまで、自分は孤独の中で満足していた。そのことで彼女を責めるのか？　それともこの怒りは、借りを作ってしまった自分に対するものか？　これまでの人生で誰かに借りを作ったことなどなかったのに。

「ここで何をしている？」

ミセス・ジョンソンはアラステアの手の届かない位置で足を止めた。賢明だ。彼女は自分のことを背が高いと言った。それがあたかも高さだけの問題であるかのように。実際には、豊かさも関係する。背の高い女性は、白くなめらかな肌がそれだけ豊富だということだ。小柄なマーガレットの体はじきに知り尽くした。そのくせ、マーガレットそのものについては何ひとつ知ることができなかった。同じ過ちを繰り返すつもりはない。次に肌を合わせる女性は、完全に自分のものになるまで決してベッドから出さない。どれほど時間がかかっても、謎を解き明かしてみせる。

「眠れなかったんです」ミセス・ジョンソンが言った。いつもよりかすれた声をしている。

アラステアはランプに手を伸ばした。この数カ月というもの、自分の行動の理由がよくわからなかった。しかし今、ふたたび少しずつわかるようになってきた。部屋の明かりを暗くしておきたいのは、今の状況を——これから自分がしようとしていることを直視したくないからだ。

そのとき、ミセス・ジョンソンの顔が涙に濡れているのが仄暗《ほのぐら》い光の中に見えた。

アラステアは驚いた。部屋がぐらりと揺れたような気さえした。泣いている？　なぜ？

「大丈夫か？」

ミセス・ジョンソンは恥ずかしそうに目元を手の甲で拭いた。「もちろんです。お許しください。ここに入るべきではありませんでした」そう言いながら、アラステアのうしろに目を向ける。

行かせてやるべきだ。自分としても、彼女が取り乱しているところは見たくない。いつものミセス・ジョンソンらしくないが、そんなことは気にしなくていい。行かせろ。

「座れ」アラステアは心とは裏腹のことを口にした。

明らかに気が進まない様子で、ミセス・ジョンソンは扉にいちばん近い安楽椅子に座った。アラステアはソファに置かれた本を手にした。背表紙に、『真夜中の航海』とある。

ミセス・ジョンソンが顔をしかめた。「くだらない本で……」そこでこの図書室が誰のものか思い出したらしく、顔を赤らめた。

「ほかの本がいいか？」アラステアは棚を見た。アウグスティヌスの著書は深刻すぎるだろうか。けれども、なぜかふいにこの聖人の祈りを思い出した。〝主よ、われに純潔を与えたまえ……ただし今すぐではなく〟「オースティンはどうだ？」これは女性が好むだろう。

ミセス・ジョンソンは遠慮がちに答えた。「ああ……気がつきませんでした。お願いします」

アラステアはオースティンの作品を二冊取り出し、ミセス・ジョンソンが好きなほうを選べるよう差し出した。彼女は立ちあがって『高慢と偏見』を受け取り、どうしたものか考え込むように表紙を見つめながらそろそろと腰をおろした。

アラステアはもう一冊のほうを手にしてソファに座り、ページを開いた。

キャサリン・モーランドを子ども時代に見かけたことのある人なら、彼女がヒロインになるために生まれてきたなどとは誰も思わなかっただろう。生まれ育ち、両親の人柄、彼女自身の容姿や性格、どれを取ってもそんな見込みはなかった……。

ページを繰る音がした。ミセス・ジョンソンが椅子に深く座り直したような、革のこすれる音も。

アラステアもソファに居心地よく身を預けた。誰かと静けさを分かちあうのは久しぶりだった。耳を澄ませば、相手の息づかいまで聞こえそうだ。ミセス・ジョンソンがまた身じろぎし、コットンのかすかな衣ずれが聞こえた。

「本当に『ノーサンガー・アビー』を読まれるのですか？」

顔をあげると、ミセス・ジョンソンがぽかんと見つめていた。

「驚くようなことか？」

彼女は頰を赤らめた。「いいえ」本を閉じて立ちあがる。ナイトドレスの裾がひるがえり、足首がちらりと見えた。一瞬だったが、その光景はアラステアの脳裏に強く焼きついた。長靴下を履いていないほうがはるかに美しい。ほっそりとして、雪のように白い足首だ。「これをしばらく貸していただけたら――」

「ここで読めばいい」アラステアは言った。「この不適切な状況に恐れを抱かないなら」

ミセス・ジョンソンは唇を嚙んだ。「恐れを抱くべきですか？」

アラステアは微笑んだ。いい質問だ。それにしても、この度胸にはつくづく恐れ入る。

「今夜は必要ない」さっきまで泣いていたのだから、なおさら大目に見よう。

ミセス・ジョンソンはおそるおそる腰をおろした。足が見えないようにドレスの裾をすばやく手で整えるのを、アラステアは見逃さなかった。もったいない。若いハウスキーパーなら裾などいくらでも乱れさせておけばいいものを。

「オースティンの小説は男向きではないそうだ。相手が男なら、私も別の本を選んでいた。何かラテン語で書かれたものでも」

ミセス・ジョンソンが笑みを漏らした。「わたしが女でよかったですね」

「まったくだ」

彼女はすぐに笑みを引っ込め、ふたたび本に視線を落とした。

アラステアは思った。よこしまな自分の心が見えてしまった。通り過ぎる汽車の前照灯に照らされたように、わずかな時間だがはっきりと。ミセス・ジョンソンを引き止めたことと、彼女が泣いていたことはまったく無関係だった。

こういった状況に陥ったとき、当然感じるべき後悔や嫌悪感はどこへ行った？　どこにもない。相手は二メートルと離れていない場所に座っている。顔の紅潮が首筋にまで広がり、もうすぐ鎖骨に達しようとしている。ふつうならウールに覆われているはずの首筋や胸元がナイトドレスからなまめかしくのぞいていた。肌は石膏《せっこう》のように白く、その下に透けて見える血管は衣装に隠れている乳房へと続いているのだろう。ああ、それを味わってみたい。

ミセス・ジョンソンが咳払いをした。「オースティン作品のどういったところがお好きですか？」ことさらあらたまった丁寧な口調だった。みだらな視線に気づき、ふさわしい話題に注意を向けさせようとしているのだろう。

「彼女の描く世界だ」答えながらアラステアは、ミセス・ジョンソンの親指が本の角を繰り返し撫でるのを見守った。いったいこの女性は何に苦しんでいるのか、それが気になる。おおよその経歴や性格はわかったが、それ以外は？　どんな少女時代だったのか。どんな家系か。知らないことの多さを考えると、このままにしてはおけないと感じる。

「世界とおっしゃると？」ミセス・ジョンソンが尋ねた。

「家族の物語だ。とてもよく描けている」

彼女の親指の動きが止まった。

「オースティンの作品には、家族同士のいさかいがしょっちゅう出てきます」

「ああ」それがいいのだ。「登場人物は誰もが混乱し、自分勝手で不完全だ。それでいて、互いを愛している」言った瞬間、われながらなんと感傷的なたわごとだとあきれた。しかし、ミセス・ジョンソンは熱心に見つめている。アラステアは肩をすくめながら続けた。「最もひどい登場人物でさえそうだ。たとえば……」彼女の持っている本を顎で示す。「あれはなんという名前だったかな？　男と駆け落ちするどうしようもない娘だ」

「リディア」

「そう、リディアだ」

かすかに微笑みを浮かべるミセス・ジョンソンは、まるで聖なる洞窟から知恵を授ける古代ギリシアの巫女《みこ》シビュラのようだった。白い面長の顔は闇の中の光に照らされており、託宣を求めてやってくる男たちを大きな瞳で静かに受け止める。髪は赤銅色だ。昔、男たちはその髪で魔よけを作ったという。

なんともおかしな連想だ。アラステアは顔をしかめ、手元の本に視線を戻した。

そのとき、ミセス・ジョンソンが遠慮がちにささやいた。「幼い頃、そういう家族に憧れました」

アラステアはページから視線をあげなかった。眠れぬ真夜中には、いつになく会話が弾んだり、ふだんは思わないことを口にしたりするものだ。しかし、今ここで彼女と友情を結びたいわけではない。打ち明け話もいらない。

にもかかわらず、アラステアは応じた。「私もだ」隠すほどの悲劇ではない。「もっと大きな家族か、もしくはぬくもりのある家族がほしかった」両親が挨拶を交わすことさえなかった広い屋敷では、オースティンが描いたような家族喧嘩はついぞ目にしなかった。しかしアラステアは子ども心に、喧嘩をする家族のほうが自分の知っている世界よりもはるかにすばらしいと思っていた。

ミセス・ジョンソンの椅子がきしんだ。「わたしはきょうだいに憧れていました。きょうだいがいたら、今とは違う人生を送っていたでしょう」

「私には弟がいる。だが……」アラステアは口ごもった。仮に自分が長男でも跡継ぎでもなかったら。ほかに甘えられる相手がいたら。「できれば、もっと大勢の家族がいてほしかった」

「いずれそんな家庭を築かれるでしょう。たくさんの子宝に恵まれて」

「いや」とっさに出た否定の言葉は冷ややかだった。子どもをもうけるには結婚しなければならない。結婚するには判断力がいる。その判断力が救いようもなくお粗末だったことは、すでに明らかだ。だから、もう二度と結婚はしない。家系を存続させるのはマイケルの務めになるだろう。アラステアはミセス・ジョンソンを見た。「私は子どもを作らない」

相手は手慰みをするように本を裏返した。「たぶん、わたしもです」

どういうことだ？　「きみはまだとても若いじゃないか、ミセス……」もちろん、彼女は実際にはミセスではない。「きみのファーストネームは？」推薦状には書いてあったはずだが、思い出せなかった。

ミセス・ジョンソンがまばたきをした。「オリヴィアです」

美しい響きだ。唇に歯を当てるVの音。オリヴィア。まさにぴったりだ。

「オリヴィア」アラステアは言った。「なぜ家族を持とうと思わない？」

オリヴィアが見つめ返した。「家族より、家を持つことのほうが先です」

一瞬アラステアは、相手を見ただけでそのひそかな望みに気づくことができた昔の特技を取り戻した気がした。彼女のほしいもの、それは自分の居場所だ。

そこに気づけたのは、かつてアラステアにも同じ望みがあったからかもしれない。自分が将来、多くの屋敷を受け継ぐことは承知していた。しかし本当にほしいものは相続財産ではなく、自分ひとりのための場所だった。

オリヴィアが文字どおり単なる家をほしがっているわけではないことは、アラステアにはわかっていた。そうでなければ、これほど頭がよく大胆で野心的な女性が、これまでに夫を見つけられなかったはずがない。たとえ故郷がどんな田舎であったとしても。

「きみはどこの生まれだ？」これは以前もした質問だ。今なら答えが聞けそうな気がする。

うれしいことに、今回はすぐに返事があった。「ケントの東部です。母の親族はブロードステアーズ近郊のシェプウィッチという海辺の町に暮らしています」

「美しいところだな」海岸を歩く彼女が目に浮かんだ。潮風に髪をなびかせ、透きとおる肌に穏やかな日差しを浴びて歩く姿が。「きみの夢の家はそこにあるのか?」

オリヴィアがまつげを伏せた。本のページに指を走らせる。

「どの場所がいいとか、そういうことではないのです」

思ったとおりだ。「では、なんだ?」

オリヴィアは肩をすくめ、小さな声で言った。「わたしはただ……自分の居場所がほしいのです。安らげる場所が」

アラステアはハウスキーパーを静かに見つめた。まだ若いうちから世間に揉まれたのなら、安心できる暮らしがしたいと思うのは当然だ。しかし、それならなぜ手っ取り早い方法を選ばないのだろう?「たいていの女性は、奉公から足を洗って家庭におさまるものだが」

オリヴィアが顔をあげた。

「たいていの男性は、伴侶と別れても再婚するものです」

アラステアは息をのんだ。「今の言葉は言語道断だぞ」何を今さら驚いている?

彼女は顔を赤らめた。「もう夜中の三時過ぎです。こんなだらしない格好で雇い主と向かいあっていることが、そもそも言語道断でしょう」

「たしかに。では、こちらも率直に尋ねよう。きみはさっき泣いていた。なぜだ?」

オリヴィアが顎をこわばらせた。

「使用人にも多少の私生活は許されるべきだと思います」

アラステアは鼻を鳴らした。「きみがそんなものを大切にしているとは思わなかったな。勝手に人の図書室に入るくらいだから、むしろ逆じゃないのか」

オリヴィアは挑戦的に眉をあげた。「閣下がご自分の部屋からほとんど出てこられないので、まさかここにいてお邪魔になるとは思わなかったのです！」

アラステアは激しい感情――おもに驚きに駆られて立ちあがった。

「きみはさっさと結婚してしまうにかぎる。奉公人に向いていないのは明らかだ」

オリヴィアが信じられないといった顔でアラステアを見つめた。言葉にしなくても何を考えているかわかる。〝なぜそう決めつけるの？〟「閣下――」

「使用人の誰かに嫌がらせをされたのか？　口に出せないような辱めを受けたのか？」

彼女は立ちあがった。「わたしは使用人たちをちゃんと束ねています。少し歯向かわれたくらいで泣いたりしません！」

「それなら、なぜ――」

「これからわたしがする質問に答えてくださったら話します」オリヴィアは冷ややかに言った。

どちらが会話の主導権を握っているのか、もはやわからなくなってしまった。なんともばかげている。なぜこちらが誘導されなければならない？

「いいだろう。では、先に答えろ。さっきはなぜ泣いていた？」

「自分がなりたいと思う人間になれないからです。自分自身が嫌いだからです」

わけがわからない。「なんだそれは？　本当はどういう人間になりたいんだ？」

「よりよい人間です。自分の理想を実行できる人間です」

なんだと？　滑稽な気分になり、アラステアは本棚のほうに目をそらした。「そういうことなら、私も同類だ。だが、オリヴィア、きみはやがてその失望を受け入れるだろう」

「閣下のように？」

アラステアは無視した。「おやすみ、オリヴィア」

「まだわたしの質問に答えてくださっていません」

「約束を破ること」彼は冷ややかに言った。「それが公爵の特権だ」

「わかりました。答えていただかなくてもけっこうです。でも、とにかく質問させてもらいます。閣下はご自分になんの望みも抱いていないのに、なぜオースティンを読むんです？　幸せな結末を信じていないなら、なぜ不愉快な思いをしてまで彼女の小説を？」

アラステアは本を見つめた。これはあまりにひどい。なぜこのハウスキーパーはここまでさしでがましい物言いをして許されると思うのだろう？

なぜ自分はそれを許しておく？

「閣下はすべてにおいてほかの人より有利です」オリヴィアは訴えた。「もとの世界に戻ってはいけない理由など何ひとつありません。もしわたしが閣下の立場なら、自分の人生を立て直してみせます！」

なじるようなその言葉に、アラステアは胸をえぐられた。そう、たしかに彼女なら見事に復活を遂げるだろう。敬意というものにここまで無頓着で、身のほど知らずの人間なら。まったく、どこまでも限度を知らない女だ。

これ以上ないほど厳しい言葉を浴びせてやろうと、アラステアは振り返った。

しかし、オリヴィアの姿を見て言葉を失った。そこに立っていたのは、胸に本を抱き、秋の木の葉のように真っ赤な髪をした背の高い女性だった。白い顔には蔑みではなく、何かを強く思いつめて期待する表情が浮かんでいた。わたしと同じくらい勇気を出して——そう挑発していた。彼女はいつもそうだ。それがどれほど図々《ずうずう》しく身のほどをわきまえない態度か、まったくわかっていない。

「世間知らずのきみには想像もつかないのだろうな」アラステアはその声に残忍な響きを感じ取った。とても自分の声とは思えない。「ここで私がきみに襲いかかり、奪い、ごみのように捨てようとしているなどとは。オリヴィア、そのおめでたい顔に浮かんだ表情はまさに愚者の至福だ。希望など、人生のいずれかの時点であきらめることになる。今、この場であきらめさせてやろう。希望を信じる愚かなきみの心を踏みにじることで、私がそれをつかのまでも取り戻せるかもしれない」

オリヴィアが呆然と口を開いた。衝撃を受けているのだ。それでいい。彼女は幸せな結末を信じている。おとぎ話と現実がつながっていると思っている。そんな女には衝撃どころではないものをくれてやる。

アラステアが無意識に近づいていたのだろう。オリヴィアがはじかれたようにうしろにさがった。アラステアは動きを止めた。体の左右で拳を握る。にわかに沸き起こったこの熱い衝動は、単なる性欲ではない。さらにどす黒く、凶暴な欲求だ。手のひらに爪が食い込む。

希望とは、言わば麻薬だ。彼は長らく引きこもっていた。今の自分にとって、希望ほど遠くにあり、しかもわが身が震えるほど求めているものはない。なんとも救いのない話だ。貧者はくじ引きで金を無駄にするくせに、木の聖像の頰を涙が伝うという噂に歓喜して群がる。なぜだ？　そんなものに救いを見いだしてなんになる？

しかし、今ここで彼女の肌を味わえば、わずかな時間でも救われる。そんな気がする。

「ジョーンズがきみの後任を探しているとは好都合だ」アラステアはうめくように言った。自分はおとぎ話など信じていない。この純粋な女性を力ずくで奪うというのか。吐き気がする。「この屋敷にいるかぎり、きみに幸せな未来は訪れない」

「それは、閣下も同じです」オリヴィアが息を切らして言った。

「きみはつきまとう相手を間違えている」

「本当に、もう二度と外に出ないのですか？」

アラステアは突進した。オリヴィアはその場から動かず、大きな瞳で見つめ返してきた。頭にかっと血がのぼる。彼は振り絞るように言った。「慈善家気取りか。そうやって、私を助けているつもりか？」

「違います。そうなのかもしれませんが……わかりません。ただ、わたしは――」

「きみは私の使用人だ。それをわかっているのか、オリヴィア？　きみに推薦状を書くも書かないも、私の心づもりひとつだぞ。きみは生意気で身のほど知らずだ。誰にも推薦しないのが世のためだろう」

オリヴィアが悲しげな顔になった。なぜこうまでしてこの女性の顔を曇らせたいと思ってしまうのだろう？　明るい希望のほうが似合うのに。

「それは卑怯です。閣下は卑怯なことをする方ではないはずです」

「本当に？」アラステアは声をあげて笑った。「きみはそこまで愚かなのか」

「愚かではありません」彼女は肩を怒らせた。すっかり対決姿勢になっている。顔にふたたび赤みが差した。「閣下は、いちばんつらかった時期でさえ誰も傷つけませんでした。そしてよかった時期には、貧しい人々を助け、幾多の困難を乗り越えて党と国家を正しい方向に導きました。人々に政治の模範を示されました……またあの頃に戻ることもできたはずです。それなのに閣下は――」

アラステアはオリヴィアの両肩をつかみ、荒々しく唇を重ねた。彼女の驚きの吐息を封じ、唇を噛む。頭の片隅にかろうじて残っている理性のおかげで血を出させるまではしなかったが、それでも小さな悲鳴をあげさせた。

オリヴィアは逃げようともがいた。アラステアはさらに強く彼女をつかんだ。痛いだろう。これが現実だ。現実の世界には、甘ったるい砂糖衣もロマンスもない。守ってくれる相手もいない。アラステアは相手の舌を強く吸った。彼女が先ほど飲んだらしい紅茶の味がする。

砂糖入りだ。それからいつもと同じ、バラの香り……。

そのとき、オリヴィアの指がアラステアの髪を梳《す》いた。彼女の唇が、口が、アラステアの動きに合わせて動き……キスを返してきた。

彼女が突然炎をあげて燃え出したとしても、これほどの衝撃は受けなかっただろう。こんなキスを受ける資格は自分にはない。アラステアは手の力を抜いた。

すると、オリヴィアは自ら体を寄せてきた。熱い両手をアラステアの髪からうなじ、肩へと這わせる。彼女はためらいがちに、不器用に、しかし情熱的にキスを返した。アラステアが懲罰の意味を込めて教えようとした絶望の中に、懸命にひと筋の希望を見いだそうとするように。

それに対してアラステアが感じたのは、絶望ではなかった。オリヴィアは温かく、すばらしく背が高く、彼の体にぴったりなじんだ。胸に彼女の乳房が触れた。手をまわしたウエストは魅力的にくびれていた。オリヴィアは夏の庭の香りがした。アラステアのうなじにキスをする彼女の髪が、鼻をくすぐった。花と若葉のみずみずしい香りがする。

アラステアはオリヴィアの腰をつかみ、荒々しく本棚に押さえつけた。「わかった」キスをしながらすごむように命じる。「ならば受け入れろ」

「はい」オリヴィアがささやき返した。

はいだと？　アラステアにはまったく理解できなかった。どうしようもなく腹立たしかった。なぜこんな最低な男の言いなりになろうとするのだろう。アラステアはオリヴィアの三つ編みを乱暴につかみ、のけぞらせて首筋をむき出しにした。彼女はされるがままになっている。なんという愚か者だ。この柔肌にこんなふうに歯を立てるのを許すとは。

オリヴィアが大きく身を震わせて息をのんだ。

アラステアは手をおろし、薄いローンのナイトドレスをめくりあげた。その下のふくらはぎは熱く、たとえようもなくやわらかだった。ふくらはぎを撫で、膝の裏の湿ったくぼみを探る。さらにそこから内腿に手を這わせた。ここまできたら、彼女はもう手も足も出ない。

オリヴィアが小さく身をよじった。抵抗するのか？

「今さら遅いぞ」アラステアは低くささやいた。

彼女はついに観念した。逆らうことをあきらめたようにオリヴィアの腿から力が抜け、膝が高く持ちあがってアラステアの腰にからみついた。彼はその足首をつかみ、裸足の足を自分の膝にのせさせ、彼女の秘所に手のひらを押しつけた。

オリヴィアが大きな声をあげた。「そうだ」アラステアは食いしばった歯のあいだから声を振り絞った。薄い下着越しに、そこがたっぷりと濡れているのがわかる。興奮が募るあまり、息をするのも苦しくなった。下着の隙間から探り入れた指先に、なめらかで繊細な潤みが触れたとき、アラステアはたまらなくなって深い息をついた。

オリヴィアがアラステアの首筋に顔をうずめた。アラステアはその頭を動かないようしっかり押さえつけ、彼女のひそやかな部分を指で探り当てた。彼が圧迫しながら円を描くように愛撫すると、オリヴィアは耐えかねたようにのけぞり、本棚に後頭部を打ちつけた。

愛撫を続けながら、アラステアはオリヴィアと目を合わせた。彼女の髪はすっかり乱れ、透きとおるように白い顔を縁取っている。半開きの唇が細かく震えていた。アラステアは顔を突き出してその唇に舌を這わせた。「これでも私が善人だというのか?」

オリヴィアは答えるまでに、二度ほど唇をわななかせた。「はい」ようやくささやく。

「違う」まだわからないのか? アラステアはオリヴィアの脚のあいだを探り、指を一本すべり込ませた。彼女がすすり泣くようにあえぎながら締めつけてくる。アラステアは獣じみたうめき声が出そうになるのを必死にこらえた。強烈な締めつけだ。指をなおも奥へ差し入れると、さらに強く圧迫された。オリヴィアが手の甲で自分の口を押さえ、あえぎ声を封じようとする。アラステアは問いかけた。「気持ちいいか?」

押さえた手の上から、オリヴィアが大きな瞳で見つめ返した。

「答えるんだ」刺々《とげとげ》しく言ったつもりが、アラステアの声は甘く物憂げになっていた。それにしてもきつく締めあげてくる……。「私がきみのこの部分をどうしたいと思っているかわかるか?」わざとみだらに問いかけた。「きみのここだ。どうしてやりたいと思っているか、わかるか?」

オリヴィアがつばをのみ込んだ。「わたしは……」

「犯したい」アラステアは言った。「私のものと……すべての指と舌で犯してやりたい、オリヴィア。きみの体のいちばん奥まで貫き、すべてを奪い尽くしたい。きみがぼろぼろになるまで。悦びの声をあげ、お願いだからやめてくれと懇願するまで。それから前かがみにさせ、あらためてうしろから奪ってやる。それがきみの抱く希望の行き着く先だ。わかったか？　希望はきみを破滅させる。私はそれを楽しんでやる。自分の快楽のために、きみを破滅させてやる。自ら進んで私に身を差し出させ、後悔させてやる」

オリヴィアが荒い息をついた。

「わたし……閣下は……悪人のふりをしているだけです！」

「悪人のふり？」アラステアは親指で強く刺激した。オリヴィアが鋭い息を漏らす。「これでもまだそう言うか？」彼は床に膝をつき、崩れそうになる相手の腰をつかまえて本棚に押さえつけた。ナイトドレスの裾をまくりあげて頭を突っ込み、オリヴィアの秘所に口を押しつけた。

彼女の味が……。

オリヴィアが悲鳴をあげたのがぼんやり耳に届いた。気づくとアラステアは、自らが仕掛けた罠にからめ取られ、ひとり暗闇の中で彼女を口いっぱいに味わっていた。これは……海の味だ。女性、豊穣《ほうじょう》、生命、創造――すべての源となる塩と銅の味。自分の下腹部がみるみるうちにこわばるのがわかった。ダムが決壊したかのように、狂おしい情熱が突きあげる。当初の目的などどこかへ吹き飛んでしまった。彼女をもっと味わいたい。この香りを舌にも唇にも記憶させたい。

夢中で吸いつくと、オリヴィアの膝がくずおれそうになった。これだけでは足りない。獣じみた本能が解き放たれている。今度は内部に舌を差し入れた。さっきそうしてやると予告したが、今はただ自分がそうしたいだけだった。かまうものか。すべて受け入れるがいい。オリヴィアが激しく身もだえる。「ああ……ああ……ああ!」

秘所が痙攣しているのが唇に伝わってきた。彼女の荒い息づかいに刺激されて、アラステアの下腹部は燃えるように熱くなり、かつて感じたことのない強烈な衝動が突きあげた。

しかし、その衝動があまりにも強烈であったがゆえに、彼は踏みとどまった。自分からはじめた誘惑を途中で止め、体を引いた。ドレスの下から出て裾を整えてやり、相手が落ち着くのを待つ。どういうつもりでこんなことをはじめたのか、もはや自分でもわからない。

こんなのは、いまだかつて経験したことがない。

彼女はマーガレットとまったく違う。

妻に対しては、ここまで狂おしい欲望を感じたことはなかった。

そして妻は、行為のときに一度も声を出さなかった。

氷水を浴びせられたように情熱が引いていった。アラステアはオリヴィアから離れ、彼女がふらついたら支えられるよう見守った。しかしオリヴィアは自力で本棚から体を起こした。ふたりの目が合った。ふつうの女性なら目をそらすはずなのに、彼女はじっと見つめてきた。

先に目をそらしたのはアラステアだった。そらした目をどこに向ければいいかわからなくなったのも彼のほうだった。

アラステアは奇妙な混乱を覚え、ふたたびオリヴィアに視線を戻した。彼女は本棚にもたれ、唇を開いたままアラステアを見つめている。頰を紅潮させ、ほどけかけた三つ編みを肩に垂らして。この炎のように真っ赤な髪をむき出しの胸に垂らしたオリヴィアが、今と同じまなざしでベッドからこちらを見あげる姿がありありとまぶたに浮かぶ。

オリヴィアが手で唇をぬぐった。その手は震えていた。

なんということだ。

アラステアはオリヴィアを怒鳴りつけたかったが、言葉が喉でつかえて出てこなかった。〝いったいどうなっている？　きみには分別というものがないのか？〟できるものなら、本棚に拳を叩きつけたかった。自分を痛めつけてやりたい。だがそうすれば、相手を怖がらせてしまう。

彼女はなぜ怖がらないんだ？　最初に出会った日、酒瓶を投げつけたときからはじまって、なぜ自分はオリヴィアを怯えさせることに、ことごとく失敗してきたのだろう。

「きみは奉公人に向かない」アラステアは言った。

オリヴィアが困惑した顔でまばたきをした。何か別の言葉を聞きたかったかのように。この場で何か筋の通った別の言葉を思いつけるはずだと訴えるように。

筋の通った言葉があるとすればこれだろう。卑怯で最低な言葉だ。自分はマーウィック公爵であり、彼女は卑しい使用人だ。自分が父そっくりの愚劣な男になりさがったのなら、それはそれでかまわない。この困惑から逃げられるなら、その役に甘んじよう。

「この屋敷を出ていけ」アラステアはうなるように言った。「他人の人生を引っかきまわすのはやめて、夫を見つけて自分のささやかな家庭を作れ」

ついにオリヴィアが目をそらした。頬に赤みが差している。返事はかろうじて聞き取れるほど小さかった。「本当に、そうなったらどんなに幸せか」

アラステアははっとした。それから無理に笑った。

「これできみが本当に愚かだとわかった。おやすみ、ミセス・ジョンソン」

ここはアラステアの図書室だ。しかし彼が出て扉を閉めたあとも、オリヴィアはそこに立っていた。たったひとりで、本棚の脇に背筋を伸ばして。

11

夜が明ける前の時間は最も静かだ。オリヴィアは自分の小さな部屋に戻り、ベッドに横たわった。あたかもそのまま眠りに落ちることができるかのように。

眠る代わりに、自分の心臓の音に耳を澄ましてみた。信じられないことに、鼓動は少しも乱れていない。今夜を境に世界が変わったわけでも、自分が変わったわけでもないように。図書室のできごとが、自分の体になんの痕跡も残すことなく消えていくかのように。

自分の身に起きたことがたいして特別でないのはわかっていた。屋敷の主人が使用人を誘惑する――そんなことは大昔から語り古されている。誘惑された使用人が、主人の目に留まったことを歓迎するのもめずらしくない。触れられたことを天の恵みと思うのも、さらに触れてほしいと焦がれることも。

オリヴィアは壁に画鋲で留めた絵に目を向けた。暗がりの中でも、心の目で見ることができるかのように。田舎道をひと組の男女が歩いている絵だ。妻はドレスのボタンを喉元まできっちり留めており、夫は太った赤ら顔で、およそ女性の欲望をかきたてる風貌ではない。この絵はあることを伝えていた。良識と欲望のふたつは、はるか遠く隔たっている。

良識的であることが人として不可欠だとは思わない。なんといってもオリヴィアの母は、自分が愛した男性に結婚の意志がないと知りながらも彼を受け入れたのだから。それで母が悪い人間だったことにはならない。母は最後までやさしさと品位を失わずに生き、安らかに神のもとに召されたとオリヴィアは思っていた。

ただ、良識的であることが立派とは思わないまでも、安全であるのは間違いない。オリヴィアの計画はすべてそこにあった。自分は恋を夢見る愚かな娘ではない。ほしいのはもっと確実な、時を超えて残るものだ。たとえば小さな村に立つ家。人々がこちらの名前を知っていて、道で出会えばうなずきかけてくれる日常。母はそういうものをついに手に入れられなかった。地元の郷紳《ジェントリ》は母を無視した。店主や郵便局長は母の払った金銭を丁重に受け取ったが、微笑みかけたことは一度もなかった。

オリヴィアが目指してきたのは、名前を知ってもらい、受け入れられ、微笑みかけてもらえる場所だった。しかし、今の自分が求めているのは……。

ゆったりしたナイトドレスの袖口から手を入れ、指先を腕に這わせてみる。それを公爵の手だと想像すると、ふたたび肌がうずいた。

今夜、彼はオリヴィアを打ちのめした。〝自ら進んで身を差し出させてやる〟という警告は正しかった。〝気持ちいいか〟だなんて！　そんなありきたりな言葉ではとても言い表せない。こんなふうに闇の中で公爵に触れられているのだと思いながら自分に触れるだけで、あの震える快感がまたしてもよみがえる……。

わたしの体は彼のために作り変えられてしまったのだろうか？　ひとりの奏者のために調律されるヴァイオリンのように。たぶんそうだ。マーウィック公爵は、惑星のごとく強烈な磁場を持っている。彼はかつて政治を動かし、国家を形作ってきた。それほどの人なら、わたしの体を作り変えるくらいわけもない。

オリヴィアは腕に這わせていた手を握りしめた。拳を体の脇に置き、まばたきもせずに天井を見あげる。天井には一箇所だけ亀裂があった。暗闇でよく見えないが、それがあることはわかっていた。そして、自分の心の奥底にも同じものがある。

この屋敷に長くとどまればとどまるほど、心の亀裂は長く深くなっていく。公爵は親切であると同時に残酷だ。何も見えていないかと思えば、ときに驚くほど鋭い洞察力を示す。ひどい言葉を浴びせたかと思えば、ふいにやさしい言葉をかけてわたしを泣きたい気分にさせる。彼は以前は立派な人間だったし、ふたたび立派な人間になるだろう。本人がどう考えていようと、そのことに疑いはない。もともと鋭い知性とずば抜けた行動力を持っているのだから、このままずっと引きこもっているはずがない。

公爵はかつて罠にかけられた。その経緯のすべてを自分は知っている。そのことからして恥ずべきだ。ともかく、彼はこれまで繰り返しだまされてきた。これ以上の仕打ちを受けるべきではない。もしわたしが盗みを働けば、公爵は絶対に許さないだろう。しかし、やはりそうするしかない。公爵はわたしを破滅させてしまうことを恐れている。それなのにわたしは、さんざん裏切られてきた彼をさらに裏切ろうとしている。そんな自分を許すことは絶対にできないだろう。もちろん公爵が許してくれるはずもない。

かといって、何も手に入れずに屋敷を去ってしまったらどうなるだろう？　遅かれ早かれ公爵は政界復帰を果たし、ふたたび世界の中心に迎え入れられるに違いない。一方、わたしは？　わたしは惑星ではない。ただの塵《ちり》だ。存在にすら誰にも気づかれぬまま、風に吹き飛ばされるだけ。小さな村でひっそりと暮らす願いも叶わなくなる。一度でもバートラムから使いが来れば、もう誰もうなずきかけたり微笑んだりすることはないだろう。


翌朝目覚めたとき、オリヴィアは体調が悪かった。頭は綿を詰められたように重く、目が痛い。朝食は自室でとり、そのまま一日引きこもって公爵を避けるつもりだった。けれども、ずっと考え事ばかりして過ごすのかと思うと、それも耐えられそうにない。

そこで、メイドたちの掃除の様子を見に行こうと思い立った。応接室ではミュリエルがカーテンの埃をはたいていた。ポリーは花瓶を片方の手で持ちあげて拭いている。

「気をつけて！」オリヴィアはポリーに駆け寄り、その危なっかしい手から花瓶を救出した。

「わたしがするわ。布を貸して。あなたはほかのところをお願い」

ふたりのメイドがけげんそうに顔を見あわせたことに、オリヴィアは気づかないふりをした。考え事などせずに忙しくするのはいいことだ。花瓶には銀線のかごに入った小鳥たちの絵がターコイズの釉薬《ゆうやく》で繊細に描かれている。値がつけられないほど高価なはずだ。もう何カ月も誰の目にも触れていないけれど。

オリヴィアは花瓶の口を布で拭いた。これまで宝物がほしいと思ったことなどないが、高価なものを所有するとある種の安心感が得られるというのは想像できた。宝物を置き去りにして、持ち主が戻ってこないと思い、誰もがどこに行ったのだろうと不思議がる。なぜそんな高価なものを捨てたのか理解できずに。

誰かが甲高い声をあげた。オリヴィアが振り向くと、小鳥がソファの上で羽ばたいていた。ミュリエルが窓を拭こうとして開けた拍子に入ってきたのだ。

ポリーが近づき、ほうきを槍《やり》のように突き出した。小鳥は高く舞い飛んで天井にぶつかり、ふらふらと壁伝いに進んだ。

ミュリエルがまた叫んだ。「いやだ、つかまえて！」

「今、つかまえようとしてるのよ！」ポリーが言い返す。

「やめて」オリヴィアは使われていない調度品にかけてある布を手にした。「かまわないでおきましょう」

「入ってきちゃだめなのに」ミュリエルが不満げに言う。

そのとき、小鳥が急に窓に向かった――しかも閉まっている窓に。そしてガラスに激突し、絨毯に落ちた。

「死んだわ」ポリーが言った。「自分で体当たりして！」

「静かに」オリヴィアは小鳥に布をかけ、小さな体に上からそっと触れてみた。思いのほか温かい。彼女はそれを拾いあげ、布の両端を合わせて手提げ袋のようにして持ち、扉に向かった。「庭に連れていくわ」

「きっと首が折れたわよ」ポリーがうしろから呼びかけた。

なぜか急に怒りがわいてくるのを感じながら、オリヴィアは足早に庭へ向かった。たとえ小鳥でも、この屋敷で死ぬよりましな最期があるはずだ。

庭に出て、草の上に布を置き、注意深く広げた。小鳥はぴくぴく痙攣している。今、まさに死にかけているのかもしれない。

もし死んでしまったら、この怒りはさらに増すだろうとオリヴィアは思った。激情に駆られ、なんの罪もないほかの誰かに当たり散らすかもしれない。たとえばポリーに。彼女は小鳥をほうきで叩くことをまったく躊躇しなかった。

それのどこがいけないの？　相手はただの小鳥だ。人とは違う。

オリヴィアはその場に立ち尽くした。もしかしてわたしは、憐れな小鳥にマーウィック公爵の姿を重ねているのだろうか？　そこまで愚かになったの？　彼は助けなど必要としていない。自分で作った檻《おり》の中に自分で閉じこもっているだけだ。

「行きなさい」オリヴィアは小鳥にささやいた。「あなたは自由よ」

この屋敷でほかに誰がこんなことを言うだろう？

裏口の錠が外れる音がした。オリヴィアが振り向くと、無表情なマーウィック公爵が扉の陰に立っていた。「話がしたい」

朝からずっと、この瞬間が来るのを恐れていた。でも、これでようやく怒りの矛先を向ける対象が見つかった。見えない石の壁のように怒りを張りめぐらせ、オリヴィアは無視を決め込んだ。

公爵が静かに命じた。「中に入れ」

「しばらくしたら行きます」オリヴィアは小鳥を見つめたまま言った。

「今すぐだ、ミセス・ジョンソン」

憐れな公爵はオリヴィアをつかまえに来ることができない。そうするには建物の外に踏み出さなければならないから。彼は自分の庭に出ることさえできないのだ。ハウスキーパーが取り込み中で、なんともお気の毒だこと。

オリヴィアはその場にかがみ込んだ。小鳥は、特に美しいわけでもない地味な茶色のミソサザイだった。手のひらにすっぽりおさまりそうなほど小さい。しかし今、鳥は目を開き、黒くつややかなくちばしを動かしはじめた。

「おはよう」オリヴィアはささやいた。「起きなさい」

「オリヴィア」公爵が静かに呼びかけた。

彼の唇から自分の名前が発せられたとき、オリヴィアの全身を熱い刺激が駆け抜けた。それでも彼女は顔をあげなかった。一日じゅうでもそこで待っていればいい。公爵は自分を悪人だと思っている。悪人はこそこそ身を隠すものだ。だったら、扉の陰に好きなだけいればいい。

オリヴィアは小鳥の腹を人差し指でやさしく撫でてみた。小鳥は動かなくなった。いけないことをしただろうか？　ひょっとして死なせてしまった？

「そっとしておいてやれ」公爵が言った。「怖がっているんだ」

一二月にしてはめずらしく、穏やかな天気だった。これならほかにもすることが見つかりそうだ。一日じゅう、外で忙しくしていられるだろう。

鳥の翼が小刻みに震え、それから一度、二度と羽ばたいた。自力で体を起こせないでいる。

オリヴィアはその体の下にそっと手を差し入れた。小さな鋭い鉤爪《かぎづめ》が手のひらを引っかく。

小鳥はまた動かなくなった。

「死んだふりをしているんだ」

「閣下は鳥類学者ですか？」オリヴィアは刺々しく言い返した。「だったら、手を貸してください。貸さないなら、黙っていてください」

意外にも、公爵は笑った。だが、オリヴィアは彼のほうを見なかった。

「飛びなさい」小鳥にやさしく話しかけながら、曇り空に向かって手を差し出した。鳥は小さく丸まっている。

「それとも、瀕死《ひんし》の重傷を負っているのかもしれない」公爵が言った。

「飛ぶのよ」オリヴィアは強く言い、手のひらを勢いよく天に突き出した。

小鳥は動かない。

「死んだんだ」公爵が邪険に言った。「地面に置いておけ」

「飛んで！」オリヴィアが両手をぱっと離すと、鳥が勢いよく舞いあがった。いったん急降下したが体勢を立て直し、力強く羽ばたいて高い石垣の上を飛び去った。

それっきりだった。目を凝らしたが、影も形もない。

「死んでいませんでした」

扉のほうから返事はなかった。オリヴィアが振り返ると、公爵はじっと彼女を見つめていた。いつもと違うその表情に、オリヴィアは胸の痛みを覚えた。この人はなんて美しいのだろう。なぜこんなことになってしまったの？　彼は鏡に映る自分をどう思っているのだろう？　オリヴィアの目には、公爵は堕天使だった。天使がふたたび天にのぼれることを、彼は知らないのだろうか？

「ああ」公爵が言った。「死んでいなかった。きみの言うとおりだ」

そして、扉の外に一歩踏み出した。

オリヴィアは目を見開いた。もしかして……。

公爵がこちらに向かってきた。思わず息をのんで両手を握りしめたオリヴィアは、すぐにそれを後悔した。公爵が皮肉っぽく微笑み、よく見ろと言わんばかりに両腕を広げた。

「たいしたものだろう？」長身で広い肩幅の公爵が、日差しの中をこちらに向かって歩きながら言った。「これで幼児紐を外したばかりだとは誰も気づくまい」

「ふざけないでください」オリヴィアは力なくつぶやいた。自然光の中を野生動物のように優雅に近づいてくる公爵は、幼児からこの世でいちばん遠い存在だ。

「ふざけてなどいない」彼は立ち止まり、あたりを見渡して深いため息をついた。そして、長いまつげを伏せて足元の地面を見つめた。ふっくらした唇をわずかに曲げ、ブーツについた泥をこすり落としながらつぶやく。「完全に死んでいる」

公爵がすぐに戻ってしまわないよう、オリヴィアは彼と扉のあいだに立った。「鳥が、ですか？　ああ、庭ですね」彼は足元の茶色い草のことを言ったのだ。

公爵がついに外に出た。じわじわと押し寄せる驚きをどう表現したらいいかわからない。外に出た公爵は若返って見えた。肩に重くのしかかっていた屋敷から解放され、やっとのびのび体を伸ばすことができた様子だ。

「完全には死んでいません」オリヴィアは言った。「あちこちに多年生植物があります」

公爵がかすかに微笑んだ。

「春はすぐそこです、なんてつまらないことは言うんじゃないぞ」

オリヴィアは笑い泣きのような声を漏らした。この人は本当に健康になった。屋敷に逃げ戻る様子もない。「わかりました」

公爵が空を見あげ、目を閉じた。光を受けた髪が透きとおってきらめく。顔の皺がくっきり見えた。目尻の皺、口元の笑い皺、鼻梁の上に刻まれた二本の皺。わたしは彼をそれほど笑顔や渋い顔にさせただろうか。自分が関わった証をあの顔に残せるだろうか？

少し妙な気分になってきた。もう屋敷の中に戻るべきだ。そもそも、今日の目標は公爵を避けることなのだから。しかし扉に目を向けつつも、オリヴィアは動かなかった。公爵が扉の外に足を踏み出したのは記念すべきできごとだ。誰かが最後まで見届けなければ。

上を向いていた公爵が顔をさげ、オリヴィアに微笑みかけた。彼女は厚みのある公爵の唇に目が吸い寄せられた。首もたくましい。彼はピンストライプの外出着を着ていた。そんな格好をすると、まさに育ちのいい紳士だ。しかもかなり裕福な。光沢のあるメリノウールの上着がとても優美だった。それを難なく着こなしてしまう公爵は、群衆の中でひときわ目立つだろう。ふつうなら、自分がそんな相手と知りあいになることなどあり得ない。

しかし昨夜、その彼がオリヴィアの最も大切なところに口をつけた……。

「きみは正しかった」公爵が言った。

オリヴィアは赤くなった。両手を頬に当てて熱を冷ます。もし彼が何もなかったかのように話すのなら、喜んで調子を合わせよう。「小鳥のことですか？」

そよ風が吹いた。公爵は風のやってきたほうに顔を向け、目を閉じた。「それもある」

熱い網にからめ取られたように、オリヴィアは心が乱れた。それはどういう意味なの？できるなら、さっきの怒りを取り戻したい。これ以上心をかき乱されるのはごめんだ。彼女は両手をスカートにこすりつけた。「手を洗ってこないと……」

公爵が探るようにオリヴィアを見た。サファイアブルーをかぎりなく深く、複雑にしたような瞳で。「気になる。今、きみは何から逃げようとしている？私にふたたび襲われることか？それとも謝罪されることか？ゆうべは申し訳なかった。私はきみに触れるべきではなかった」

顔がさらにほてるのがわかった。とうとう公爵が昨夜のできごとを口にした。できれば言ってほしくなかった。後悔していると伝えられたことに、愚かにも胸が痛む。わたしは襲われたとは思っていない。襲われたというと、合意していなかったかのようだ。でもわたしは合意した。あれは無理強いではなかった。

「いいんです」オリヴィアはかたい声で言った。「あんなのはなんでもありません」

「その自信がうらやましい」彼女がそれについて考える間もなく、公爵は先を続けた。「今日、きみの後任の件で女性がひとり、面接に来る」

ああ、彼はそれを伝えるために来たのだ。もちろん親切のつもりで。これもまた謝罪の一部なのだろう。オリヴィアは静かに息を吸った。「わたしもその人と会うべきですか？」

「いや、私とジョーンズで対応する」公爵は微笑んだ。今の言葉でオリヴィアが少しでも傷つくことのないように。「きみのための推薦状は用意した。きみが働きたいと思えるような立派な屋敷のリストもつけてある。ゆうべ私が言ったことは……どうか忘れてくれ」公爵がオリヴィアの手に触れた。頑丈な熱い指先が手首をふわりと軽く握る。「正直に言うと」彼は静かに言った。「もう一度きみに触れたい」

それは手を握る以上に親密な触れあいを意味していた。それを理解したとき、オリヴィアは自分の素肌全体から蝶が羽ばたいた気がした。口を開いたが、なんの言葉も出てこない。

彼に触れてもらいたかった。

そして、言ってもらいたかった。〝きみを行かせはしない〟と。

「しかし、そうはしない」公爵が手を離した。「ミセス・ジョンソン、きみにはよりよい生き方が似合う。だから、ここを去るべきだ」

いつのまにこんなことになったのだろう？　男性にのぼせて理性を失ったことなどなかったのに。崖っ縁で彼に助けられてはじめて、最後の一歩を踏み出しそうになっていたことに気づいた。いや、ひょっとしたらすでに踏み出したのかもしれない。

しかも、引き返す気が自分にあるのかどうかもわからない。

オリヴィアは一歩さがり、欲望の余韻を消し去るように腕をさすった。

公爵が無表情な目を向けた。「オリヴィア、すまなかった」

ようやく理性が戻ってきた。オリヴィアは背筋を伸ばし、深呼吸をした。わたしは公爵の犠牲者でも、虐げられた愛人でもない。追い払われたわけでもない。わたしがこの屋敷に来たのは理由があるからで、計画を成功させるチャンスはまだある。

「わたしのほうこそ申し訳ありません」オリヴィアは言った。昨日の夜のことについてではなく、今からすることについてだ。公爵が面接をするあいだ、部屋は無人になる。そのときに書類を捜すのだ。

果たすべき義務は果たしたと、アラステアは考えた。きちんと謝罪をし、オリヴィアが気づいたかどうかはともかく、彼女の今日までの献身にも報いた。きらめく朝の光の中、いくら呼んでも来ないハウスキーパーのところへ歩いていくために最初の一歩を踏み出すことが、どんなに難しかったか。

こんなにも唐突に外へ出ることになるとは。

裏口から出たとき、魂が肉体を離れて宙に浮いた気がした。体は自分の意思とは関係なく、見えざる手に導かれて勝手に前へ進んでいく。オリヴィアが驚いて息をのんだのに気づいて、ようやくわれに返った。そして幼児紐の冗談を言った。

まさか冗談を言えたなんて！　われながら感心する。どんなときでも客観的でいられる本来の自分を一瞬で取り戻せた。もはやなんの息苦しさも恐怖も感じずに歩いていくことができた。彼女のもとへ。

そう、オリヴィアのもとへ。もはや驚きすら感じない。思えばこの数カ月間、ずっと彼女のもとへ行こうとしていた気がする。

すがすがしい庭の空気の中にいるオリヴィアを見たとき、長い夢から覚めた気がした。部屋を出るときの最初の一歩が難しかったことなど、まるで二〇年も昔のできごとのように記憶から遠のいている。いったいなぜこれほど長く屋敷に引きこもっていたのだろう？　久しぶりの外の空気に当たったときは、電流に触れたときのようにぴりっとした。鼻と喉と胸が焼けるように刺激的だった。

オリヴィアは美しかった。庭も美しかった。このあいだキスをしたように、もう一度キスをしたかった。しかし、オリヴィアにはそれ以上の恩がある。アラステアはふいに気づいた。外に導いてくれたのはオリヴィアだ。彼女のところへ行こうと思ったからこそ、自分は外に出ることができた。

オリヴィアが先に庭をあとにした。こちらが大丈夫かどうかが気にかかるのか、扉のところから心配そうに振り向く。そのやさしさが今さらのように胸にしみ入った。あんなやさしいまなざしを向ける必要はないのに。ああ、彼女に救いあれ。

「私なら大丈夫だ」アラステアがそう言うと、オリヴィアは頬を赤らめ、なんのことかわからないといったそぶりで足早に屋敷の中へと消えた。

アラステアもまもなく中に入り、階上に向かおうとした。書きかけの手紙を——弟に一度会おうと伝える手紙を仕上げるために。しかし、屋敷内はいやに暗かった。ふいに、この闇に自分がふたたびとらわれてしまわないかと不安になった。オリヴィアはどこだろう？　彼女を出ていかせるのは本人のためで、そうしてやるのが自分の責任だ。

気づくと、アラステアは玄関ホールの扉の前まで来ていた。守衛が目をむいて飛んできたが、自分で扉を開けた。

外の階段をおりて、舗道に出る。自分が捨てたはずの俗世界が、こうしてやすやすと自分を迎え入れてくれる。アラステアは笑った。地面はかたく、それを踏みしめる脚はしなやかだ。あらたな挑戦への準備はすでに整っている。彼はしばらく階段をおりたところに立って、景色を眺めた。人けのない公園、通りの向かい側に並ぶ、鎧戸の閉まった屋敷。隣人たちは冬のあいだはもちろん不在にしている。行き先はスコットランド、イタリア、カンヌ。その気になれば、自分も同じことができる。

今はまだいい。今日のところは、目に入る一ブロック四方のことだけを考えよう。

アラステアは通りを横切り、公園に入った。葉を落としたニレの木陰に腰をおろし、風が地面の草をなびかせる様子を眺めた。樹木に葉は残っていないのに、草はなぜかまだ青い。あの小鳥は死んでいなかった。そして、庭も。ほかの鳥は木々の枝に巣を作っていた。虫も草陰でうごめいていた。さっき面接に立ち会ったほうがいいかとオリヴィアが尋ねたときには、そのうしろで一匹のウサギが藪《やぶ》の中を逃げていった。

オリヴィアは敬意をもって処遇されるべきだ。申し分ない勤め先を見つけて、なるべく速やかにこちらの手の届かない場所に移ったほうがいい。場合によっては今日にでも。それがオリヴィアのためだ。こちらの思いはともかく。

渡り鳥の群れが頭上を飛んでいった。南に向かって。

迷信深い者であれば、死んだ小鳥を彼女が生き返らせたと考えるかもしれない。ひと昔前ならオリヴィアは魔女と呼ばれたかもしれない。

アラステアは大きくため息をつき、彼女について考えまいとした。目の前におごそかにそびえる自分の屋敷に目を向ける。外観の印象は子どもの頃から少しも変わらない。災厄に見舞われたこの一年間も、同じたたずまいを保っていた。自分に代わって世間に変わらぬ顔を見せてくれたのだ。通りすがりに屋敷を見あげた者は、中に暮らす主人の状態など知る由もなかっただろう。考えてみれば驚くべきことだ。

いい外観だ、この屋敷は。黒い煉瓦《れんが》、きらめく窓ガラス、軒のガーゴイル。この屋敷のどこかにオリヴィアがいる。闇に対抗してくれる魔よけのように。それでも、彼女を引き止めることはできない。オリヴィアにはよい人生、よい夫、誇れる仕事が必要だ。それが彼女の求めるものなのだから。ここで引き止めたら、自分はオリヴィアを破滅させてしまうだろう。迷いなく、容赦なく、嬉々《きき》として……。

アラステアは立ちあがった。もう少し遠くまで行こうかとも思ったが、やめておいた。動くのは屋敷が見える範囲内にしておいたほうがよさそうだ。彼はふたたび屋敷を見あげた。建物をもうひとりの自分、もしくは体の一部として感じながら。

一台の貸し馬車が停《と》まった。おりてきたのは、喪服に身を包んだ年配の女性だった。残念ながら、ミセス・ライトではない。彼女はもとの仕事に復帰することを拒み、恩給を受け取ってシュロップシャーに隠居した。その代わり、古い友人を紹介してくれた。最近、甥《おい》を亡くし、住む家がなくなってしまったという。名前はミセス・デントンとか。

ミセス・デントンはアラステアに気づかないまま、屋敷の階段をのぼっていった。樽《たる》のように太っており、まさにハウスキーパーに似つかわしい。ミセス・ライトに靴を投げつけた償いとして、アラステアはこの女性を雇い入れるつもりだった。

しかし何よりの理由は、アラステアが本当はこの女性を雇い入れたくないところにある。すべてはオリヴィア・ジョンソンのためだった。

オリヴィアは公爵の部屋で冷静に書類を捜しはじめた。冷静にというより、心が麻痺《まひ》していたのかもしれない。どうしても避けられなくなるまで、収納箱は壊したくなかった。しばらくのあいだに、書類の量はまた増えていた。ナイトテーブルにも、本棚の別の棚にも、あらたに置かれている。片っ端から紙をめくっていくうちに、正体不明の興奮に取り憑《つ》かれたように手つきが次第に荒々しくなった。

これはまさしく悪夢だ。彼をだまし、盗みを働くのは。できるだけ早くすませなければ。面接にどのくらい時間がかかるかなどわからない。公爵が今にも部屋に入ってくるかもしれないし、ヴィカーズかジョーンズが来るかもしれない。

ナイトテーブルにあったのは無関係な書類ばかりだったので、オリヴィアは本棚の前に移動した。あたらしい書類が雑然と山となって置かれている。メルヴィルやマルクス・アウレリウスやプラトンやセルヴァンテスの著書のあいだにも挟まっている。ひと束、手にしたとき、そこに書かれた筆跡に気づいて身がこわばった。これは亡き公爵夫人の手紙だ。

束全体をぱらぱらめくり、すべてが公爵夫人の手紙であることを確認した。内容までは読むまいとしたが、どれも夫に向けられたものでないことはわかった。

こんなおぞましい手紙を、公爵はどんな気持ちで読んだのだろう？　バートラムに宛てた手紙の中で、公爵夫人は自分がいかにやすやすと夫に政治的機密事項を打ち明けさせることに成功したかを自慢げに書いていた。ほかにも、一度の流産で夫がすっかり動揺し、寝室を分けたいという彼女の要求をおとなしくのんだことも。公爵夫人が夫以外の男性に快楽を求めていたことも。彼女は手紙の中で、夫のことをだまされやすい能なしと罵っていた。

だが、オリヴィアは公爵にそんな欠点があるとは思わなかった。もちろん、ほかの欠点ならある。プライドが高すぎること。自分を信じていないこと。そしておそらく、妻を信じすぎたこと。でも、だまされやすい能なし？　むしろ、物事が見えすぎているほどなのに。

公爵夫人には夫が正しく見えていなかったのだ。なぜなのか、オリヴィアには想像もつかなかった。ただ、公爵が妻である自分を完全に誤解していると、彼女がことのほか悪しざまに書いた点は、これらの手紙そのものによって否定されていた。便箋のインクがにじんでしみになり、折り皺がくたびれ、何度も繰り返し読まれたことがわかる。

オリヴィアは手紙の束を見つめた。こんなものは燃やしてしまうべきだ。いくら読んだところで、公爵にとってはなんの助けにもならない。

しかし、自分が勝手に処分してしまえるものではない。

オリヴィアは手紙の束を棚に戻し、もともとそれらの上にのせてあった本を注意深く手に取った。そしてその手を止め、けげんに思って小さく揺すってみた。

中が空洞になっている。

息を詰めて表紙を開くと――中身はくり抜かれ、公爵の拳銃がしまわれていた。

背筋に寒けが走った。こんなものを盗むつもりはない。ほしいものは別にある。

けれど、自分のそもそもの目的はわが身を守ることだ。拳銃があれば申し分ない。

心を決めかねて拳銃をベッドの足元の絨毯に置くと、オリヴィアは錠のついた収納箱に向かった。

恐れていたとおり、錠は単純な構造ではなく、ヘアピンで開けるのは難しそうだった。スリからタイピストに転身したリラなら満足するところだろう。彼女は以前、言っていた。錠が複雑なときは、それ以外の部分を壊すほうが簡単だと。一緒にいたアマンダは非難がましい目でオリヴィアを見たものだ。こんな話を喜んで聞くなんて信じられないと言いたげに。

オリヴィアは抜かりなかった。庭の物置から小さな手斧を失敬していたのだ。まるで本物の泥棒のように器用に。ここまでさりげなく悪事を働けるということは、もともと素質があるのかもしれない。恐ろしくて考えたくもないけれど。

錠の真鍮板と収納箱の木材のあいだには、ごくわずかな隙間があった。その隙間に手斧の刃先を差し込んで開けようとした。すると真鍮板がゆるみ、箱の蓋を少しだけ持ちあげることができた。ただし、中に手を入れるのは無理だ。

深く息をつくと、オリヴィアは開いた隙間に手斧を勢いよく叩き込んだ。大きな音がして心臓が止まりそうになる。しばらく息を詰め、じっと耳を澄ました。

誰も来る気配はない。あたりは気だるい午後の静けさに包まれていた。メイドたちは午前の仕事を終え、今は全員が遅めの昼食をとっているはずだ。あたらしいハウスキーパーが決まったときに顔合わせができるよう、オリヴィアが段取りをつけておいたのだ。

オリヴィアだけがその場にいないことに、みんなは顔を見あわせるだろう。しかし、すぐに納得するはずだ。ハウスキーパーを交代させられることに腹を立てたオリヴィアは、あたらしくやってきた女性に会いたくなくて出てこないのだろうと。

オリヴィアは手斧を床に置いた。今では錠の構造がわかった。シリンダー軸が収納箱本体に直接差し込まれているのだ。彼女は真鍮板の端をつかみ、片方の足を収納箱にかけて引っ張った。左右にねじりながら引っ張ると、じわじわ動いていく。腕と肩が痛くなった。一〇秒だけ休み、呼吸を整えて肩の力を抜いてからあらためて引っ張る。また一ミリ動いた……五ミリ、そして……。

錠が外れた。

あらためて自分がしたことに目を向け、オリヴィアは衝撃を受けた。交響曲の最初の一音が鳴り出すように、頭の中で恐怖の旋律が流れ出す。それが徐々に大きくなって部屋の空気を揺るがし、最後は怒濤《どとう》の渦となってオーケストラのごとく鳴り響いた。

もうもとに戻すことはできない。公爵は部屋に入るなり気づくだろう。

オリヴィアは収納箱の蓋をすばやく開いた。ない。それらしいものはどこにもなかった。あるのはドライフラワーのバラのリース。年代物の金糸のレースを縫い込んでラヴェンダーを焚き込めたウエディングドレス。かき分けると、ひだ飾りの下から一枚の写真が出てきた。立ち姿のマーウィック公爵と、隣に並ぶ小柄な黒髪の美女。ハート形の顔と切れ長の美しい目をしており、猫を思わせる微笑みを浮かべている。

オリヴィアはその女性を見つめた。故マーウィック公爵夫人マーガレット・デ・グレイ。彼女はまるで精巧な陶器の人形のように完璧だった。陰りと色気があり、キューピッドの弓のような弧を描く唇も魅惑的だ。ロシア皇后もうらやむ、豪華なダイヤモンドをちりばめた襟飾りをつけている。この女性は公爵を自分のものにしたうえで邪魔者扱いし、陰で罵倒していた。どうして？　なぜそんなことができたの？

今は考えている場合ではない。

オリヴィアは写真を置き、ドレスの下をさらに探った。そのとき、なめらかな革が手に触れ、はっとした。

ドレスを破いてしまわないよう気をつけながらも考えた。なぜ？　なぜ破いてはいけないの？　こんなドレスは破れてもいい。燃やしてしまえばいい。彼はなぜこんなものを残しておくのだろう？　オリヴィアは革製の書類ばさみを取り出した。

マーガレット・デ・グレイは、間違いなく多くの嘘をついていた――ただしここにあるものを除いて。書類ばさみに入っていた書類はきちんとアルファベット順にそろえられていた。政治に関心を持つ者にはおなじみの名前が並んでいる。アバナシー。アクトン。アルベマール。アクセルロッド。バークリー。バラム。

バートラム。

オリヴィアはその書類を抜き取ってから革製の書類ばさみをドレスの下に戻し、もう一度写真を見た。

写真の公爵はずいぶん若かった。唇にかすかに微笑みを浮かべている。皮肉やあきらめの笑みではない。生き生きとして、希望と活力に満ちあふれている。

もっとすばらしい女性と結婚できたはずなのに。

彼みたいな人がハウスキーパーにものを盗《と》られることなどあってはならないのに。

恐怖に身をすくませたまま、オリヴィアはその場に座り込んでいた。すでに荷物はまとめてある。階下におりてしまえば、裏口から通りに出ても誰も引き止めないだろう。なぜ涙が出てしまうの？　なぜ公爵の写真から目をそらせないの？

もう手遅れよ、オリヴィア。錠を壊してしまったのだから、彼はすべてを知ってしまう。これでおしまいだわ。

「さよなら、アラステア」彼女はささやいた。「どうか元気でいて」

「きみは」うしろから静かな声がした。「ここで何をしている？」

12

急ぎ足で近づいてくる公爵を見たオリヴィアは、地面が裂けたかのような恐怖に駆られた。よろよろと後ずさりすると、両肩が壁にぶつかった。「わたしは……何も……」

公爵はすさまじい形相になっていた。視線をオリヴィアから収納箱へ移し、ふたたびオリヴィアへと戻す。そしてゆがんだ笑みを浮かべた。まるで牙をむくように。

「盗みを働いたな、ミセス・ジョンソン」

「違います」思わずそう口走ったが、事実そのとおりだ。「それは誤解です……」

言いかけたものの、オリヴィアは相手の顔を見て口をつぐんだ。公爵の怒りは深い侮蔑に変わっていた。「ほう?」何か奇妙で醜くつまらない標本を見るような目で、公爵はオリヴィアをしげしげと見た。「何を誤解しているというんだ?」

聞く耳を持たない様子だ。

「閣下とわたしには共通の敵がいます! バートラム――あの男に対抗する武器が必要なんです」

公爵がさもうんざりした顔で鼻を鳴らして背を向けた。オリヴィアは黙り込んだ。なぜかわけもなく、耳を傾けてもらえる気がしていた。

公爵は収納箱のそばにかがみ込んだ。オリヴィアがそこから何を取って小脇に挟んだのか、すぐに理解するだろう。真実を明かさなければ。今すぐに。「バートラムは」彼女は口を開いた。「もう何年もわたしをつけ狙っているんです。聞いてください、わたしがこの屋敷に来たわけは――」

「バートラムがきみを送り込んだのか？」公爵が収納箱の蓋を開きながら尋ねた。

「違います！」オリヴィアは壁から背中を離した。しかし公爵に近づこうとしたとき、彼の氷のように冷たいまなざしに射すくめられた。「わたしにとって、バートラムはおぞましい存在です。信じてください。つけ狙うのをやめさせる方法を探していたわたしは、あることを知ってこの屋敷に――」

「私は、きみがメイドの口を求めてここにやってきたと思っていた」

オリヴィアは公爵を見つめた。「わたしの話を最後まで聞いてください」

公爵がおかしくもなさそうに笑った。ウエディングドレスの裾に縫い取られた美しいブロケードをつまみあげる。「これは妻のものだ。私は彼女からじつに多くを教わった。おかげで、何を聞いても驚かなくなった。どうせきみの打ち明け話も妻の話と同じく嘘だらけだろう」

公爵夫人と比べられ、オリヴィアは胸に痛みを覚えた。「わたしは彼女とは違います」

「ほう？」公爵が視線をあげた。「妻を知っているのか？」

その口調はひどく場違いに思われた。いやに穏やかで、まるでどこかのパーティー会場の隅で談笑しているかのようだ。

「わたしは彼女とは違います」オリヴィアは小声で繰り返した。

公爵がオリヴィアをじっと見つめた。「つまりきみは、自分のしたことは悪いが、自分は悪い人間ではないと言いたいのか？　状況はたしかに悪事を働いたようにしか見えないけれども、これには深いわけがある、私はきみを誤解していると？」

「そうです！」答えたものの、オリヴィアは躊躇した。いったい何から話せばいいのだろう？　公爵夫人の手紙の中身を知ったことから？　しかし、それは偶然知ったわけではない。盗んだのだ——公爵の義妹であるエリザベスから。そんなことを告白して、さらにその先を聞きたいと思ってもらえるだろうか？　「とても込み入った話です」オリヴィアは早口に言った。「でも、すべて話します。わたしの母とバートラムは子どもの頃からの知りあいでした。ですから、納得していただけると——」

公爵が立ちあがった。もうしろにはさがるまいと思ったのに、彼が近づいてくるのを見たとき、オリヴィアはまたもやうしろの壁に肩をぶつけてしまった。

「ああ、たしかに私が間違っていた。きみのことをまったく誤解していた。じつに見事な説明だ。きみは泥棒ではなく、犠牲者だというのだな。しかも、この行いは誇りある行為だと」いかにも軽蔑しきった声が銃弾のごとくオリヴィアを貫いた。「誇りある正義の行為、完全なる誤解ときた」

公爵はオリヴィアの腕をつかみ、鏡台の前に引きずっていった。一・五メートル近い高さとその半分の幅を持つ鏡がふたりを映し出す。公爵のかたく引き結ばれた唇と、情け容赦のない厳しいまなざし。嘘とごまかしと盗みの計画を暴かれ、顔面蒼白《そうはく》になっている自分。動転するあまり大きく見開いている自分の目を、オリヴィアは穴が開くほど見つめた。とても無実の者の目には見えない。

「しかし、鏡の前を通ったとき」公爵は軽い口調で言った。「きみは一瞬はっとする。こちらを見つめ返すこの女はいったい何者だろう。いかにも罪を犯したようなこの顔、この気まずい空気はなんだろう」彼はかすかにゆがんだ笑みを浮かべた。「もちろん、きみにはきみの事情があるはずだ。教えてくれ、私の持ち物を漁ったとき、きみは妻の手紙を読んだのか？」

その言葉に、オリヴィアは金床を投げつけられたような衝撃を受けた。もう何を言っても信じてもらえないだろう。公爵夫人の手紙を読んだ彼女がでたらめを言っていると思われるに違いない。

それに、自分は公爵夫人の手紙を持っている。屋敷を出ていく前にそっと戻しておくつもりで、エプロンのポケットに忍ばせたのだ。〝バートラムがきみを送り込んだのか？〟公爵はそうきいた。

バートラム宛の手紙とバートラム自身が書いた手紙を大量に持っていることを知られたら、ますますあの男と結託していると誤解されてしまう。

「こんなことはしたくありませんでした」オリヴィアは惨めな気分で言った。「わたしは閣下をだまして喜んでいたわけではありません」

オリヴィアの髪に公爵が頬をつけた。彼の素肌の香りとぬくもりに刺激され、オリヴィアの一部が理性を失い暴走しかけていた。残りの部分は、上空を飛ぶタカの影に怯える野ネズミのように身をすくめ、息を殺している。

「もちろん、喜んでいたわけではないだろう」公爵がささやいた。熱い吐息が肌にかかり、昨夜の記憶が呼び覚まされる。「喜んでやったのでは、きみも罪を免れない。苦しみを耐え忍んでやったと思えば楽だろう。夜もぐっすり眠れるに違いない。きみにこんな汚れ仕事をさせるために、あの男はさぞかし大金を払ったんだろうな」

「お金なんかもらっていません」オリヴィアは弱々しく言った。「わたしはバートラムを憎んでいます。それに、夜はあまり眠れていません」

「ああ」しばらく間を置いて公爵が言った。「私もだ」そう言いながら、体を引く。「教えてくれ、ミセス・ジョンソン。きみが私の立場ならどうする？　警察を呼ぶか、もっと手っ取り早い方法で片をつけるか」

それがどういう意味なのか、オリヴィアにはわからなかった。わかりたくもなかった。

「わたしはバートラムを破滅させたいんです」彼女は必死に訴えた。「おっしゃるとおり、わたしは閣下の奥様がしたことを知っています。だからこそ、わたしたちには共通の敵がいると――」

「知っていたのか？　それは傑作だ」公爵はあらためて衝撃を受けたように押し黙っていたが、しばらくして言った。「なるほど、それですべて説明がつく。きみがそこまで大胆になるわけも腑に落ちた。妻の冒険をいつ頃知った？　私に酒瓶を投げつけられる前か？　ゆうべ、図書室で会う前か？　それとも今朝、庭で会う前か？」

自らの告白にがんじがらめにされ、オリヴィアはなすすべもなく公爵を見つめた。そのとき、公爵に片方の手で顔の横を包まれ、びくっとした。

「真実を知ってくれてよかった」彼は静かに言った。「それから、私のことを恐ろしく思わなくなったに違いない。恐れるほどの相手ではないとわかったのだから。なんとぶざまで憐れな男かと思っただろうな」

オリヴィアは身を震わせた。「いいえ！　そんなふうに思ったことはありません！」

公爵が手にほんのわずかだけ力を込めた。自分の親指がオリヴィアの喉のすぐそばにあることをわからせるために。「しかし、安心したはずだ」彼は続けた。「私など恐れるに足りないと。何しろ、結婚した女が好き勝手に陰謀を企てることができたんだ。見つかる心配もまったくなしに」

「わたしは……」愚かで無意味なことと知りつつ、オリヴィアは言った。「閣下がバートラムを破滅させるのをお手伝いします。協力します」

「本当に？」公爵は少し考えるそぶりをしていたが、やがてうなずいた。「しかし、共謀するには信頼関係が必要だ。ミセス・ジョンソン、きみは私を信用できるか？」

急に質問され、オリヴィアは面食らった。「はい」そっとささやく。お願いだから手をどけてほしい。

「本当に？　その表情からすると、きみは私を怖がっている。怖い相手をどうやって信頼する？」

オリヴィアはつばをのみ込んだ。「それは……」

「だが、どうやら」公爵はなめらかな声で続けた。「私の判断力はあてにならないらしい。そのとおりだと認めるしかなさそうだ。世間でも、一度ならだますほうが悪いが、二度目はだまされるほうが悪いという。私は妻だけでなく、きみにもだまされた。だから自分ではなく、きみに判断してもらうことにする。私はきみを信頼していいのか？　今、私の目の前にあるのは、無実の人間の顔なのか？　それとも、嘘をついている罪悪感にさいなまれ、怯えている顔か？」

その言葉は鞭《むち》のようにオリヴィアの心を打ち据えた。「わたしは決して閣下を傷つけることはしません！　考えてもみてください！　今までわたしがそんなふうに接したことがありましたか？」

公爵はオリヴィアをよく見ようとするように小首をかしげた。

「面白い。その気になれば、私を傷つけることができるとでも思っているわけか」公爵が彼女の喉まで手をおろしてきて、軽く押さえつけた。人差し指でウールの上着の上から鎖骨を撫でる。オリヴィアはにわかに上着の生地が薄く感じられた。公爵が自分の指の動きを無表情に目で追う。「きみが落としたその書類ばさみの中身はなんだ？」

わたしが黙っていても、どのみち今から公爵が調べるだろう。

「バートラムに関する情報です」

「つまり、それが目当てでこの屋敷に来たのか？　書類を取り戻そうとして、バートラムがきみを送り込んだと？」

ふいに怒りが込みあげた。彼のためにあれだけいろいろなことをしたのに、まるで耳を傾けてもらえないなんて。「バートラムが送り込んだのではありません。さっきも言いました。あの男はわたしと閣下の共通の敵です。わたしの母が――」

「それなら、やつを破滅させられる証拠書類を私が持っていると、どうやって知った？」

さらなる盗みを告白しなければならなくなった。「か……閣下の奥様が」言葉がつかえた。

「バートラムに手紙を書いて――」

公爵が片方の手でオリヴィアの口を封じた。

「しいっ。彼女のことは言わないでおこう。いい雰囲気がぶち壊しだ」

公爵のもう片方の手がウエストにまわされ、オリヴィアは身を震わせた。制止するつもりで、必死に彼と目を合わせようとした。同時に自分自身と、ふたりのあいだをよぎる熱い予感にあらがうように。

しかし、公爵の表情はすでにこわばっていた。しかも、まるで彼女を快楽の道具か何かのように扱っている。彼はオリヴィアの体の曲線に合わせて、手のひらをゆっくりと移動させていき、それを目で追った。手は乳房の横からウエストへ、それから腰へと移っていった。公爵はオリヴィアのヒップの片側をつかみ、ゆっくりと探った。

オリヴィアは恐ろしかった。昨夜の図書室で彼がしたこととはまったく違う。あのときの行為はもっと激しかったけれど、残酷さはなかった。なぜなら、それはオリヴィアの意思に反していなかったからだ。彼女自身が、理性の声にそむいてそれを求めたから。

「やめて」オリヴィアはささやいた。「こんなのはいやです」

「しかし、きみはなんとも魅力的な体をしている」公爵がつぶやいた。「しかも私にはゆうべ、やり残したことがある」視線をあげてオリヴィアと目を合わせ、ゆっくりと微笑んだ。「きみが嘘つきなのがどれほどうれしいか、とても言い表せない」

オリヴィアに残された選択はひとつだった。まだ絨毯に置かれたままの拳銃が目に入ったときから、そのことが頭に浮かんでいた。

今だ！　オリヴィアは身をよじって公爵の手を振りほどき、部屋の反対側に逃げた。スカートをつかまれて床に膝をつき、うしろに引き戻されかける。しかし、拳銃に手が届いた。オリヴィアがすばやく体をひねって振り向いたとき、公爵が彼女の手にしたものに気づいてスカートを放した。彼は手のひらを見せて後ずさりした。

オリヴィアは息を切らして体を起こし、なんとか立ちあがった。

「私を撃つのか？」公爵が言った。

そんなのはどうでもいいとばかりに投げやりに尋ねるなんて。オリヴィアは公爵を見つめながら息を整え、懸命に思考を取り戻そうとした。死のうが生きようが、どちらでもかまわないというの？「撃つべきでしょうね」彼女は苦々しげに言った。「なんて愚かな人。あなたの言うとおり……あなたを褒め称える話はぜんぶでたらめだったのね。人の話もまともに聞けない政治家がどこの世界にいるというの？」

公爵が歯をむいた。「私が聞きたいのは——」

「部屋の鍵をよこして！」相手の話を聞く気はオリヴィアにもなかった。扉のほうに一歩踏み出す。「早く！」

公爵がいまいましそうにポケットから鍵を取り出し、オリヴィアの足元に投げた。

「これは極刑に値する犯罪だぞ。危害を与えると脅しながら凶器を振りまわすのは」

オリヴィアは急に胸苦しさを覚えた。早くも鼻から呼吸ができなくなった。「あなたに危害を与えるつもりはないわ」あらたな怒りがわいてきた。オリヴィアは扉を開け、書類ばさみを廊下に蹴り出した。近づこうとする公爵に向かって拳銃を構え、鋭く言い放つ。「動かないで」

公爵がゆっくりと手を差し伸べた。「私に危害を与えるつもりがないのか？　だったら、拳銃をよこすんだ。本当に撃つ気がないなら、おとなしくこちらに渡せ」

オリヴィアの口から奇妙な笑い声がこぼれた。「このあいだとは立場が逆になったわね。あなたはあのとき、わたしに拳銃を渡さなかった。だからわたしも渡さないわ」苦々しい笑いをのみ込み、公爵をにらみつけた。「こんなことはしたくなかった。わたしはただ自由がほしかっただけよ」

公爵が頭を傾けた。「ああ、そうだろう。縛り首になる危険を冒すのだから」

「あなたは弱虫だわ。あなたの妻はたしかにとんでもない人だった。でも、彼女と共謀した男たちも同じよ。あなたがわたしに見せた度胸の半分でも彼らに示せば、わたしがバートラムのことで苦労するまでもなかったのに。殺すですって？　なんてありきたりなの。昔はもう少し頭がよかったでしょうに。昔のあなたなら、彼らに相応の報いを受けさせた。でも、今は暗がりで縮こまっていることしかできないのね！」

扉の外に出る直前、公爵が顔面蒼白になるのが見えたので、オリヴィアはせいせいした。

そのとき、あることを思い出した。

彼女はエプロンのポケットに手を入れ、手紙の束を公爵の足元に投げつけた。「記念の品よ！」扉を閉めて外から鍵をかけ、書類ばさみを拾いあげた。

うしろで大きな音がした。公爵が扉を破ろうと体当たりしているのだ。なんて陳腐な筋書きだろう。オリヴィアは大きく息を吸い、主階段をすばやくおりた。

アラステアは階段を駆けおり、驚く守衛の前を走り抜けて、使用人専用の通路から地階に向かった。使用人たちの領域である地階。行くのは数年ぶりだ。どのみち、あの女はもういないだろう。とっくに遠くまで逃げたはずだ。一五センチもの厚みがある頑丈なオーク材の扉を破るのに時間を取られすぎた。

見つかるはずがないと頭ではわかっていても、足が言うことを聞かなかった。ブーツのかかとが木の階段にうるさく鳴り響く。アラステアが地階に着くと、使用人たちが驚いた顔で散り散りに逃げた。ジョーンズが現れた。

「閣下！　どうされたんですか？　よろしければ――」

アラステアはハウスキーパーの部屋の扉を勢いよく開けた。

居間は狭く、家具も簡素だった。まだ彼女の香りが残っていた。バラと嘘の香りだ。それを振りきるように、アラステアは鼻を鳴らした。〝わたしのほうこそ申し訳ありません〟オリヴィアはそう言った。あの魔女め！　ずっと前から計画を練っていたのだ。

私はどこまで間抜けなんだ。

奥の扉の向こう側は、その悪女が眠った粗末な寝室だった。あの女がここにいたら、アラステアはこの手で絞め殺していたかもしれない。

もちろんオリヴィアは愚か者ではないから、とうの昔に逃げている。何か残していっただろうか？

アラステアはチェストの引き出しを乱暴に開けた。空っぽだ。机の引き出しも空だった。壁には雑誌の切り抜きの絵が三枚、画鋲で留めてあった。田舎道で手を取りあって歩く男女。クリスマスの朝に、居間で子どもにリボンのついた小さな子犬を与える父と母。雪の降る田舎の夕暮れにたたずむ、窓辺に明かりの灯った小さな家。

口元がゆがむのが自分でもわかった。三番目の絵は見覚えがある。何十年も前から知られている絵だ。アラステア自身も幼い頃、なぜかこの絵に心惹かれ、写しを持っていたことがある。

『パンチ』の風刺漫画家が色情狂の貴族を好んで描くとすれば、女性誌の挿絵画家が好んで描くものも予想がつく。その偏執ぶりは男性誌と同様に奇怪だ。なぜなら、それらはすべてまやかしだから。喜びに満ちあふれた結婚。理想的な家庭生活。貞節。寒さと暗闇から守ってくれる温かい家庭へのいざない。

こんなものを信じている女に同情することもできなくはない。だが、アラステアは同情する代わりに蔑んだ。あの女はまやかしだらけだ。自分と同じく、こんなものに憧れる資格などない。いったい何を勘違いしている?

アラステアは壁の絵をむしり取った。一枚ずつ細く引き裂き、紙片をベッドに撒き散らす。ふいにデジャ・ヴにとらわれ、世界が傾いて見えた。そういえば、マーガレットの手紙を最初に読んだときも、こうして引き裂いた。

〝あなたがわたしに見せた度胸の半分でも彼らに示せば、わたしがバートラムのことで苦労するまでもなかったのに……でも、今は暗がりで縮こまっていることしかできないのね!〟

アラステアは部屋に背を向け、廊下へ出た。あの悪女はひとつ正しいことを言った。もう身を縮めているのはやめにしよう。この屋敷、この街、人生そのものが自分にとってどんな意味を持つのかはすでにわかった。復讐だ。理想のために生きるのは終わった。これからは自分自身のために生きる。

バートラムに報いを受けさせよう。それ以外の男たちにもだ。ネルソン、フェローズ、バークリー。オリヴィア・ジョンソンはどうしてくれよう? あの女が望んでいるのは安心感だ。それを二度と感じられないようにしてやらねばならない。

13

オリヴィアは顔をうつむけたまま黒い鉄柵の横を過ぎ、セント・ジェームズ・パークに入っていった。小道を行く人々はマグカップ入りの新鮮なミルクを飲んだり、子どもたちに声をかけたりして、思い思いにクリスマス気分を楽しんでいる。焼きリンゴやホットチョコレート、焼き牡蠣《がき》の屋台なども出ていた。芝生のあちこちに、食べ物の油で汚れた茶色い包み紙が散乱している。

オリヴィアは紙くずを避けるふりをしながら歩いた。そうすればすれ違う人々の顔を見なくてもすむし、逆に見られることもない。着ている地味な茶色の散歩服は、手押し車の古着売りから買った。自分へのクリスマスプレゼントだと皮肉めかして一緒に買った、唯一シミのわいていなさそうな帽子も頭にかぶっている。だが、帽子は頭の半分しか隠してくれなかった。太陽の日差しが額に温かい。ということは、髪も光を受けて輝いているだろう。オリヴィアを捜している相手にとって、格好の目印になる。

大丈夫、今のところは誰にも気づかれていない。今日までことさら用心深く行動してきた。はるばるハムステッドに部屋を借りて四日間を過ごし、バートラムへの手紙を投函《とうかん》するにも、わざわざ鉄道を使ってブロード・ストリートに出た。

差出人の署名はしなかった。完璧に罠を張りめぐらすまでは、熊を刺激してはならない。ただ、こちらが悪事の証拠を握っていることははっきり書いた。バートラムが非難を浴び、裁判にかけられるだけのたしかな証拠を。彼はある金融組合の代表を務め、一般の資産家を相手に事業を行っていた。その実態は詐欺だ。集めた資金のうち、実際に運用されるのは四分の一、しかも配当金は直接バートラムの懐に入っていた。そういった悪事の全容が例の書類に詳しく書かれていたのだ。

手紙でオリヴィアは、バートラムがトーマス・ムーアやほかの者を雇うことなく自ら話をつけに来るよう指示した。実際にバートラムが現れたら、彼女は拳銃の助けを借りて脅すつもりだった。破滅させられたくなければ、この先二度と自分と関わってはならないと。

待ち合わせ場所に指定した、野鳥管理人の小屋が見えてきた。不快な胸のつかえをのみ下す。何も緊張することはない。こちらはあらゆる意味で有利なのだから。わたしは、恐ろしい運命に向かっているのではない。自由に向かっているのだ。そのために、今までどれほどの犠牲を払ってきたか。

いけない。アラステアのことを考えてはいけない。

紳士クラブという空間では私語を控えなければならない場所もある。食堂はそういった場所ではないのだから、たった今ふらりと入ってきた見知らぬ男がぺちゃくちゃしゃべっていたとしてもしかたはあるまい。ほかの客たちの熱い視線の先を見たその男は、窓際の席で奇跡でも起こっているのかと思っただろう。実際には、ふたりの兄弟が会っているだけなのだが。

「個室を予約していると思っていた」マイケルが言った。

例のよそ者の目には、ふたりが兄弟とは映らなかっただろう。ひとりはブロンドで青白い肌をし、長期間ろくに栄養をとってこなかったため痩せ細っているが、これから体重をもとに戻すためせっせと食べている。もうひとりは茶色の髪で農夫のようにたくましく日焼けしているけれども、具合でも悪いのかステーキをつつきまわすばかりで、ほとんど口に運んでいない。

「個室など取るものか」アラステアは言った。弟と昼食をとるのにそんな必要はない。むしろ、自分が外出していることを周囲に見せつけるつもりだった。

「しかし、大勢にじろじろ見られているぞ」マイケルがむっつりと言った。「見物料でも取ってやったらどうだ」

弟がすぐに機嫌を悪くするのを忘れていた。「そう文句を言うな。彼らはおまえを見ているわけじゃない」そう言いながらアラステアも、さっきからアリが這うような不快な視線を首のうしろに感じていた。敵の矢面に立たされているように、背中が無防備に思える。

かまうものか。いくらでもかかってくればいい。この四日間の怒りはあまりにも大きく、どういうわけか上等のウイスキーのように笑いさえもたらした。それほど激しい怒りを静めるには、もはや運動も用をなさなかった。流血騒ぎのほうがよほど役に立ちそうだ。

マイケルが憂鬱そうにため息をつく。アラステアは微笑みかけた。心配ない、大丈夫だと励ますように。昔からおなじみの儀式だ。

「好きなだけ見させておけばいい。連中は私に会えなくて寂しかったんだ」

マイケルがフォークを置いた。「新聞はずっと読んでいただろう？　まさか自分の席がそのまま残っているとは思っていないだろうな。これからいくつも障害を乗り越えなければならないぞ。たとえばバートラム――」

「わかっている」実際、それしか考えていないと言ってもいいほどだ。眠れない夜を過ごしたこの四日間、ずっと作戦を練っていた。ジョンソン、バートラム、ネルソン、バークリー、フェローズ――これらの名前を頭の中で何度も繰り返したせいで、しまいに節までついてしまった。「頼んだ記録を持ってきてくれたか？」

マイケルが上着のポケットから封筒を取り出した。部屋の反対側から見ても目立つほど分厚い封筒だ。中身が病院の従業員名簿であることまではわからないだろうが。「見ればわかるが、病院閉鎖による被害は大きかった」弟が言った。本当は〝兄上がなんの理由もなく決定した病院閉鎖〟と言いたいところだろう。「医師を何人も失ったよ。呼び戻すために、報酬額をずいぶんあげなければならなかった」

アラステアはうなずいた。「それはかまわない」その病院はアラステアが慈善事業として出資し、医師である弟のマイケルが運営していた。どん底の時期、アラステアは弟を懲らしめるために、病院をしばらく閉鎖したことがあった。

「兄上は文句を言えた立場じゃないぞ」マイケルが肩をすくめた。「医師たちにとっては、兄上がいつまた閉鎖すると言い出すかわからないんだから」

「閉鎖はしない」

「もちろんだ」マイケルは暗い顔で自分の皿を見た。「手紙をもらって……正直、驚いた」

コース料理三皿とひとくさりの文句。それらを経て、今ようやく本題にたどり着いた。

「今さら謝っても遅いとわかっている」アラステアは言った。

マイケルがワイングラスに手を伸ばし、四分の三ほど飲んでテーブルに戻した。「もう過ぎた話だ」なんとも他人行儀な反応だ。

この話題を避けたほうがお互い楽なのはわかっている。しかし心のしこりを取るには、すべてを正直に語る必要があった。

「エリザベスはそうは思っていないだろう。おまえも心の底では、今も私を許していないはずだ」

弟が口元をこわばらせた。何も言わない。

ふいにあることに気づき、アラステアは微笑んだ。「もしかして、また私が落ち込むんじゃないかと心配なのか？　だから、腫れ物に触るみたいに接しているのか？」

「心配するのは当然だ」

アラステアは口に運ぼうとしていたワイングラスをテーブルに戻した。これは飲みながら言うことではない。「私はおまえを失望させた」ぶっきらぼうに言った。「すっかり見境をなくし、怒りに任せて理不尽なことをした。ひどく後悔している」

マイケルが表情を曇らせた。

「エリザベスにしてみれば、なぜ兄上に結婚を反対されるのかまるでわからなかった」

いいだろう。この不和の核心が弟の妻エリザベス・チャダリーの——エリザベス・デ・グレイの傷ついた心にあり、マイケルとは無関係だと仮定しよう。「エリザベスにどんな償いをすればいいか教えてくれ。直接謝罪の手紙を書けばいいだろうか？　彼女は私からの手紙などもらいたくないと思うが」

「手紙は読むと思う」

「それならすぐに書く」

マイケルが身を乗り出し、探るように目を細めた。「わざわざ手紙を書かなくても、なぜあんなことをしたのかぼくに話してくれればいいんだ。兄上がマーガレットの裏切りにどれほど傷ついたかは知っている。怒りを感じたのも当然だ。しかし、その矛先を弟のぼくに向けたのはあまりにもひどいぞ」ふたたび皿に視線を落としたマイケルの顔に、傷ついた表情がよぎった。「兄上がぼくに何かを命令する権利はない。病院や……そこにいる多くの患者を危険にさらすようなまねをする権利も。三〇〇人もの患者がなんの通知もなく移送されたんだぞ！」

ようやく核心にたどり着いた。「そうだ、私にそんな権利はなかった」病院を閉鎖してしまったときの自分は、たしかにどうかしていた。しかもそれだけでなく、弟に別の花嫁を選ぼうとさえした。エリザベス・チャダリーほど美しくも社交的でもなく、世慣れてもおらず……亡き妻を思い出させない女性を。

あの戦いには完全に負けた。今となってはなぜあんなことをしたのか説明できないし、自分でも理解できない。はっきりわかっているのは、己がいかに間違った考えに固執していたかということだ。大切なことはまったく見えていないまま。

しかし、これからはあらたな戦いがはじまる。

「教えてくれ。おまえの信頼と愛を取り戻すために、私は何をすべきだろう？」

マイケルがまばたきをした。

「信頼か？　それとも愛？　愛は失っていない。信頼のほうはなかなか難しいな」

いかにも弟らしい返事だった。マイケルは愛と信頼を区別する。アラステアにとっては、ふたつを分けることになんの意味もなかった。「両方だ」

マイケルがうなずき、皿のステーキにまた視線を落とした。

沈黙が流れる中、アラステアはふたたび周囲の視線を意識した。背後にある扉が、なかなか癒えない傷のように意識にのぼる。今、この瞬間にも誰かが入ってくるかもしれない。リストに載った四人の誰か、もしくはやつらの仲間が。今うしろを見たら、事情を知る者の意地の悪い当てこすりや嘲笑に直面するかもしれない。

そのときは顔色を失わせてやる。噂が広まることを止められなかったなら、せめてその噂を耳にして好き勝手に吹聴《ふいちょう》した連中を後悔させてやろう。

アラステアは呼吸を整えた。ワインをひと口飲む。部屋の反対側に視線をやり、誰が自分にうなずきかけ、誰が目をそらしたかを記憶にとどめた。

ここはアラステアの行きつけのクラブであり、彼はいつもこの窓際の席に座っていた。ここは自分の縄張りだ。対抗してくる者は容赦しない。失ったものを取り戻すだけだ。さしあたっては弟の尊敬を。

アラステアはマイケルに向き直った。「教えてくれ」ハトを手なずけるように低い声で慎重に問いかけた。「私はどうやって償えばいい？」

マイケルは咳払いをした。「エリザベスはぼくのために前向きになろうとしてくれている。だから、そっとしておけばいい。ぼくに関して言えば、もう少し時間が必要だ。兄弟で過ごす時間も」そして、つけ加えた。「自分でもどうかしていると思うが、兄上と会えなくて寂しかった」

「そういうことなら、いつでもお供する」

マイケルが驚いた顔になって微笑んだ。「秘書を通じて断るんじゃないのか？　本当に変わったんだな。正直、こんな謙虚な兄上は見たことがないよ」

アラステアは笑った。おかしさと当惑がちょうどよく混じりあった笑いだった。弟が望むのが謙虚な兄なら、いくらでもそう振る舞おう。

もちろん、部屋じゅうから下世話な視線を浴びても堂々と背筋を伸ばし、ワインとデザートを味わいながらマイケルと会話できたのは、断じて謙虚さのおかげではない。〝あなたがわたしに見せた度胸の半分でも彼らに示せば〟オリヴィア・ジョンソンはさも軽蔑した様子で言っていた。

食事がすみ、マイケルと廊下で立ち止まって今後の予定を話していたとき、アラステアは悟った。自分はたしかに深く後悔しているし、マイケルの妻に謝罪の手紙を書くと言った気持ちに偽りはない。ただしそれは心からの実感ではなく、ひどく観念的なものだ。

扉の向こうに去っていく弟を見送りながら、とてもうまく演技できたという奇妙な感慨を抱いた。用意されたせりふをそれらしく口にし、観客から好評を得たような気分だ。

そのことが不安だった。マイケルとの仲はそんな表面的なものではなかったはずなのに。弟のことはずっと愛していた。今でも愛していると思う。けれど、昔のように心の底からその気持ちを味わいたい。健全なるもの、完全なるもの、善なるものを実感したい。ただ嘘ではないということ以上に価値ある何かを。

焦ってはいけない。時間をかけなければ。

アラステアは壁にもたれ、通りすがりに彼を見つけて内心驚いている人々を観察した。旧知の知りあいでアラステアを友人と思っている者は驚いて足を止め、急ぎ足で近づいてきた。微笑みを浮かべて力強く握手し、また会えてうれしいと言うために。

ここでも、アラステアはとても感じよく振る舞った。親しげに笑みを浮かべ、長いあいだ会えなくて寂しかったと口にし、夕食の誘いを喜んで受け、交流の復活を誓った。世界がいつもと変わらずまわり続ける一方、自分が終わりの見えない閉ざされた日々を送っていたことなどなかったかのように。

しかし昔のように愛想よく挨拶を交わしながらも、アラステアは心の中で相手に語りかけた。私がどれほどひどい裏切りに遭ったか知っているか？　知っているなら、そのことをおくびにも出さないほうがいい。なぜなら、私は誰に対しても容赦しないからだ。

ほぼ一時間後、ようやく退屈な待ち時間が終わった。両開きの玄関扉の向こうにバートラムが現れ、ロビーに入ってきたのだ。

復讐という言葉の定義は曖昧だ。通りすがりにそっぽを向くことで一矢報いるような社会的制裁から、相手の首筋にナイフを突き立てて喉を切り裂く殺人行為まで、無数の可能性を便宜的に包括する言葉でしかない。気性の荒い連中は、敵の返り血で自分の顔を真っ赤に染める方法を選ぶ。それはそれで悪くない。ただし、喉を切り裂かれた敵はしゃべることができない。アラステアは相手から答えを聞き出す必要があった。

当然ながら、バートラムはアラステアを紳士と勘違いしていた。アラステアがナイフを隠し持っているとは夢にも思っていない。そうでなければ、ふたりきりでこの廊下を歩いたりはしないだろう。食堂から遠ざかるにつれ、次第にまわりが暗くなっていく。バートラムは物騒なことが起こるとは想像もしていないらしい。この愚か者め。

だがバートラムのあとに続いて個室に入ったアラステアが扉に鍵をかけて正面から向きあ

ったとき、相手も何かを察したようだった。バートラムの顔が青ざめた。彼は一歩体を引き、手を上着の内側に入れかけた。

「そちらの希望どおり、ふたりきりだぞ」アラステアは言った。

バートラムは一瞬迷うそぶりを見せ、上着に入れかけた手をさりげなくベストのボタンに這わせながらおろした。「公爵」無愛想に挨拶する。昔の親しげな言い方ではない。バートラムはかつて、アラステアの屋敷で夕食をとったことがあった。そのときは親しげにマーウィックと呼びかけ、誰かの冗談を耳にして、マーガレットに顔を近づけて笑っていた。

この男をひと思いに殺す理由はいくつもあった。ゆがんだ記憶がどれほど人の精神をむしばむものか、今のアラステアにはよくわかった。理性のあちこちに亀裂が入り、やがて一気に崩れ、堰《せき》を切ったように怒りが噴き出す。その怒りは行く手を阻むものすべてを破壊する。

しかし、復讐を果たしたあとも自分がこのクラブで窓際の席を確保するには、さらに弟を二度と失わず、またエリザベスの許しを得るには――弟を失わないためにはこれが欠かせない――ここで上着のポケットに手を伸ばしてはならない。ポケットにはナイフが入っており、それを使えば簡単に片がついて、流れる血も最小限ですむのだが。

「座れ」アラステアは言った。

かつてバートラムは、アラステアの命令におとなしく従った。一五歳も年上のバートラムがいやにへりくだった態度を取ることに、アラステアはかすかな憐れみを覚えたものだ。同時に、この男なら頼りにできるとも思っていた。皮肉な話だ。

けれども、現在のバートラムは権力を手にしていた。「いや」彼は拒否した。「座りはしない。しかし、話し合いには応じよう。きみが興味を持ちそうな話もある」

「そちらの情報ならすでにたっぷり手に入れた」アラステアは言った。さっきと同様、とても静かに。じつにいい脚本だ。「きみの手紙は私の妻に宛てられた。しかしイヴはアダムの肋骨《ろっこつ》から創られたという。つまり、妻の手紙は夫である私に帰属するわけだ」

バートラムがうっすらと微笑んだ。

「もちろんだ。さぞかし得意な気分だろう。きみの手紙も受け取ったよ」

「私は何も送っていない」

バートラムが席についた。「きみは、自分の手先も同じように否定してくれればいいと思っているだろう。おや、驚いた顔をしたな。まさか本気で私本人が出向くと思ったのか？」短く笑った。「あの書類が本物だと思ったのか？　あれはきみの妻が書いたものだ。彼女が発案者だよ」

今の言葉だけでも、この男は喉を切り裂かれて当然だ。恥と不名誉の証である妻のことを、これほど気安く口にするとは。

だがアラステアは両腕を脇に垂らし、無表情に立っていた。どうやらバートラムは見事な作戦を描いているつもりらしい。「どうも話が見えないな。詳しく教えてくれ」

バートラムがため息をついた。「どこにそんな必要がある？　きみが得意になって集めた薄汚い極秘文書の数々――あれをどうするつもりでいたんだ？　名誉ある人間が、汚い脅しに耐えると本気で思っていたのか？」そう言いながら、首を振る。「マーガレットは私の意見に賛成した。あの書類は偽物だ。きみが欲に駆られてあれを利用しようとすれば……それこそ見ものだとわれわれは考えた。きみの集めた証拠書類がすべてでっちあげで、しかもきみがそれを使って脅迫を試みたとなれば、悪者になるのはきみのほうだ」

アラステアは身じろぎもせず立っていた。オリヴィア・ジョンソンが盗んだバートラムに関する書類――それが罠だったとは。「偽物だったのか」アラステアは静かに言った。

「ばかめ！」バートラムが顔を紅潮させて毒づいた。勝ち誇った気分を隠しきれないようだ。「もちろん偽物だ。私が詐欺に手を染めるほど愚かだと本気で思ったのか？　いや、きみはほかの者よりはるかに頭が切れるとうぬぼれていた。自業自得だ、マーウィック。もうわかっているだろうが、私は今日の待ち合わせの場所には行っていない。代わりに、ロンドン警視庁が現場に向かったよ」

アラステアの中で何かが変わった。かすかに、しかし深く。体の重心が変化したような気がした。「なるほど」

悔しいながらも、やはり自分は正しかったという思いに続き、結局のところ間違っていた、何もわかっていなかったという思いが込みあげた。オリヴィアは何から何まで嘘ばかりついていたわけではなかったのだ。

バートラムを脅すために、オリヴィアは例の書類を使おうとした。自分たちには共通の敵がいる、そう言った。

これは安堵だろうか？　なぜそんなものを感じる？　急に酒がまわった気がして、アラステアは深いため息をついた。ワインは飲み残したはずなのに。

バートラムはそれを絶望のため息と勘違いしたようだった。「そうだ、これで先が見えただろう。あとはせいぜい、手下が過酷な尋問に耐えられるだけの報酬をきみが渡したことを願うんだな。その男がきみに命令されてやったと口を割れば、世間はどう思う？　自分がでっちあげた書類で私を脅そうとしたとなれば、きみは今度こそおしまいだ、マーウィック。世間の笑い物だ！　きみがその男に大金を払ったことを私も祈ってやろう」

あらためてバートラムを見たアラステアは、それまで考えたこともなかった細部の重要性に気づいた。

この男の意志的な顎の線。抜きん出た背の高さ。暗い部屋の中でも目立つ、ニンジンのような赤い髪。

アラステアは無意識のうちに唇をゆがめていた。男がどうやって敵を作るか、それなりに知っているつもりだった。だがどうやらバートラムは、自分には想像もつかない大罪を犯していたらしい。

「なるほど。しかし、私の手下がもし女だったらどうだ？　赤毛で、名前はオリヴィアだ」

バートラムが息をのんだ。彼ははじかれたように席を立って扉に向かった。

「待て」アラステアはバートラムの肩をつかんで振り向かせた。それから拳を握りしめ、相手の顔の真ん中に叩き込んだ。

バートラムは床に崩れ落ちた。

アラステアは息を切らして見おろした。手がずきずきと痛んだが、久しぶりの快感に身が震えた。少なくとも、あの図書室の夜以来だ。

急いでその記憶を頭から振り払って尋ねた。「死んだのか？」

返事はなかった。

床に膝をついてバートラムの首に手を当てると、力強い脈動が感じられた。これは幸先《さいさき》がいい。

「心配いらない」立ちあがりながらアラステアは言った。「おまえの娘は、私が面倒を見る」

かつてアラステアは、監獄の改革案に取り組んだことがあった。苔《こけ》むした通路を看守のあとに続いて進みながら、いったいあのときの自分は何を考えていたのかと思った。袖の下でどうとでもなる刑罰制度はこれほど都合がいいというのに。

看守は扉の錠を外す前に、のぞき穴から中の様子をうかがった。面白い。オリヴィアは逮捕の際にずいぶんあらがったのだろう。役人の話によれば、彼女はアラステアの拳銃を振りまわし、誰彼かまわず頭を吹き飛ばしてやると脅したらしい。

なんともそれらしい話ではある。とはいえ、この施設はあくまでも嘘と金と苔でできている。「ふたりだけにしてくれ」

抵抗を試みるつもりか、看守が小さく咳払いをして口を開けた。めずらしい男だ。アラステアは威圧するように黙って相手を見つめた。

看守はすぐさま口を閉じ、鍵をポケットに入れた。「旦那様、終わったら——」

「閣下、だ」アラステアは静かに訂正した。

「呼び鈴を鳴らしてください」看守は低い声で言った。扉の横の呼び鈴を顎で示す。「係の者が錠をおろしに来ます」

看守の足音が消えるまで、アラステアはその場で待った。呼び鈴、鉄の扉、汚水のしたたる音、小さなのぞき穴——まさに中世さながらだ。錠に触れると、冷たくぬるぬるしていた。アラステアは扉を押し開けた。中が暗くて一瞬何も見えなかったが、オリヴィアが息をのむ音がした。「来てくれたのね！」

意外だった。うれしそうなその声に、アラステアは心のいちばんやわらかい部分を直撃された気がした。やがて暗がりに目が慣れてくると、オリヴィアが正面に立っているのがわかった。無理やり引きずられたのか、スカートに藁《わら》くずがつき、右の頬が腫れて紫色になっている。「どうしてわたしがここにいるとわかったの？」かすれた声で尋ねた。

「そんなのはどうでもいい」先ほど、看守は言っていた。〝あの女は拳銃を振りまわしたんですよ。自分に指一本でも触れたら撃ってやるとわめいてね〟

あの話がでたらめだったことがこれではっきりした。相手が殺人犯か食人鬼でもないかぎり、警官が女性に暴力をふるうことは世間に受け入れられない。

少なくとも、アラステアはそういう考えだった。市民を守るべき警官が、若い女性を殴るのか。侮蔑の念が込みあげる。

近づいてオリヴィアの顎を持ちあげ、汚れた窓から差し込む弱い光で目が傷ついていないことを確かめたいという思いをアラステアはこらえた。オリヴィアは自分からものを盗み、だまし、嘘をついた。こんなことになったのは当然の報いだ。こちらが守ってやる筋合いはまったくない。

「わたしはあなたの力になれるわ。今なら信じてくれる？」

その言葉であらたな当惑が芽生え、アラステアは唇をゆがめた。こちらの力になれるだと？　自分ひとりでバートラムに立ち向かい、どういう結果になったかわかっているのか？

〝あなたがわたしに見せた度胸の半分でも彼らに示せば、わたしがバートラムのことで苦労するまでもなかったのに〟

アラステアは自分の怒りが子どもじみていることに気づいた。オリヴィアに上からものを言われることが耐えられないのだ。

オリヴィアが神経質そうにスカートを握りしめた。「お願い」指の関節がすりむけて血がにじんでいる。拳で殴りでもしたのか？　それとも……ふいに鮮やかな光景がまぶたに浮かんだ。無理やり引きずられたのか？　必死に助かろうとして、砂利や壁をつかんだのか？

アラステアは歯を食いしばった。「もういい、オリヴィア。それより教えてくれ。私がなぜここできみを野垂れ死にさせてはならないのか」

オリヴィアが唇を震わせた。そして急に体から力が抜けてしまったように、床に敷かれた藁に膝をつき、振り絞るように長い息を吐いた。安心したとばかりに。こちらは助けるとはひと言も言っていないのに。その点を指摘しておかなければ。

しかしアラステアはそうする代わりに床に膝をつき、オリヴィアの両肘を支えた。「大丈夫か？」これはいったい誰のせりふだ？ 自分を裏切っていた女を助けてやるつもりなのか？

「ええ」オリヴィアがつぶやいた。

アラステアは彼女の肘を支える手に力を込めたかった。そのとき、ふいにこれが自分の問題であることに気づいた。オリヴィアのことは自分の問題だ。彼女に暗闇から引っ張り出された以上、もはやふたたびそこに逃げ込むつもりはなかった。自分自身からも逃げるつもりはない。

まったく！ この女は泥棒なのに。私をだまし、持ち物を盗んだというのに。

しかし、私を庭へ導き出したのもまたオリヴィアだった。敬服せずにはいられない勇敢さを示してくれたのも。

アラステアは不満げに鼻を鳴らし、手を離した。「嘘をつくな。もう嘘はたくさんだ。これからは真実だけを話すか、さもなければ黙っていろ。もう一度尋ねる。大丈夫か？」

オリヴィアが乾いた音をたててつばをのみ込んだ。アラステアのうしろの扉に目をやり、さらに狭い独房に視線をさまよわせる。今になって自分のいる場所がどこかを理解し、その現実を信じられずにいるかのように。「ええ」彼女は声を震わせた。「それから……ぜんぶ正直に話すわ。でも、手短に！　わたしがここにいることをバートラムに知られたら……」

その声ににじむ恐怖の強さにアラステアは驚いた。なぜこれまでオリヴィアの恐怖を見過ごしていたのだろう？　当初、手荒に扱ったとき、彼女はアラステアを恐れているのだと思った。しかしそれが間違いだったことを今、悟った。

わけがわからない。これはバートラムに対する恐怖なのか？　これほどまでにバートラムを恐れるオリヴィア・ジョンソンのことが理解できなかった。彼女はアラステアを前にしてもまったくひるまなかった。それなのに、バートラムの名前を口にしただけでここまで震えあがるとは。

アラステアはふたたびオリヴィアの腕をつかんだ。指先がなめらかな肌に触れる。手を這わせ、どこか見えないところを怪我していないかどうか確かめたかった。なぜなら、オリヴィアは嘘をつくからだ。いくら大丈夫だと言われても信用できない。

ふたりの目が合った。もちろん、オリヴィアは目をそらさなかった。

「なぜあんなろくでもない男を怖がる？　あいつが何をするというんだ？」

オリヴィアが顔をあげたとき、バートラムと同じ形の顎と、額の左右にかかる同じ色の巻き毛が見えた。しかし、瞳は彼女自身のものだった。海のような、天国のような、雲ひとつない夏空のような青。「わたしを殺しに来るわ。前も一度あったの」

アラステアは思わず手を離した。そんなばかな。バートラムはこちらの拳ひとつで失神した。そんな男が殺しに来るだと？　誰が自分の血を分けた子を殺すものか。

しかし、オリヴィアがそう思い込んでいるのは間違いなかった。顔は青ざめ、絶望的なまなざしになっている。自分の前ではあくまでも強気だった彼女が、これほどまでに怯えるとは……。

アラステアは深いため息をついた。怒り、混乱、驚き……さまざまな感情がせめぎあう。しかも、それらのひとつとして理解できない。

アラステアはあらためてオリヴィアに目を向けた。そうするのは難しくはなかった。彼女から目をそらすことのほうがおそらく難しいだろう。きみはいったい何者なんだ？

ふと、何かが足りないことに気づいた。「めがねはどうした？」

「壊されたわ」

はらわたが煮えくり返る怒りがふたたび込みあげた。いったいどうしてだろう。オリヴィアがめがねを必要としないことはわかっているのに。

アラステアはうしろを向いて目頭を押さえた。自然に扉が目に入る。独房の内側から見ると、それはますます暗黒時代の遺物らしく見えた。浮き出た錆は血を思わせる。まぶたにある光景が浮かんだ。ところどころへこんでいるのは、きっとかつてここに収監された者が逃げ出そうと半狂乱になって、何度も頭を打ちつけた跡なのだろう。

ああ、なぜオリヴィアはこれほどまでに孤独なんだ？　なぜここへやってきた自分を見てうれしそうにする？　なぜ実の父親が、こんなひどい場所に娘を放り込むんだ？

アラステアはオリヴィアに向き直った。オリヴィアは落ち着きを取り戻していた。アラステアに懇願する気はないらしい。まなざしは毅然としている。彼女はただ、まっすぐアラステアを見つめていた。返事を聞くために。

この凜とした強さは、バートラムから受け継いだものではないだろう。

アラステアは手を差し伸べた。オリヴィアが唇をわずかに開いた。指先を握られると、アラステアは彼女を引っ張って立ちあがらせた――いともたやすく。とても軽いというわけではないが、身長からするとオリヴィアは決して重くなかった。とはいえ、骨は鉄でできているのかもしれない。そうでないとしたら、彼女の強さを何が支えているというのだ？　陸軍大将も、皇帝も、海賊さえもかなわないほどの鼻っ柱の強さを。

もしこの世界の誰かがオリヴィア・ジョンソンの心を打ち砕けるとしたら、それは自分でなければならない。ろくでもないバートラム・アーチボルドではなく。

アラステアはオリヴィアを扉の外に導き、呼び鈴を無視して通路を進んだ。看守の詰め所では、さっきの看守とその部下がカードゲームをはじめていた。アラステアに気づいた看守が立ちあがった。

「閣下！　どういうことですか？　この女は囚人で、女王陛下の名のもとに――」

アラステアはつかんでいたオリヴィアの手を放して――正確には必死に追いすがる彼女の手を振り払って前に出た。自分がそれほど頼られていると思うと、少し胸が痛んだ。いつものオリヴィアらしくもない。「この女性は確固たる理由もなく逮捕された。拳銃は私のもので、護身用に持たせていたんだ」

看守が顔を赤くした。「やけに都合のいい話ですな！」

アラステアは不敵な笑みを浮かべた。看守が思わず体を引く。

「私の言葉が疑わしいというのか？」

看守が落ち着かなげに部下を見た。部下はさも忙しそうにカードを切り、聞こえないふりをしている。「私は……おそらくあなたはご存じないのでしょう、閣下。この女は悪事を企て、バートラム卿を脅迫しようと――」

「本当に？　閣僚に就任したばかりのバートラムが、よその屋敷の使用人に脅迫されるようなことをしたというのか？」

看守が体の重心を移動させた。

「私は……詳しいことは知りません。ですが、調書によると――」

「ああ、そこはきちんと確認したほうがいいぞ。新聞社が嬉々として書き立てるだろうからな。そんなことになったら、なんとも間が悪い。もちろん、ソールズベリーも面目を失うだろう。とんだ愚か者を任命したことで閣下はロンドンじゅうの笑い物になりますと、先に耳に入れておいたほうがいい。きみが知らせるか？　それとも私が知らせようか？」

看守は何か意味不明なことをつぶやいていたが、しばらくして反撃した。

「これは脅迫です！」

「そうか？」アラステアは自分の爪を調べるふりをしながら言った。「私はてっきり、脅迫とは少なくとも顔くらい殴るものと思っていた」ちらりと視線をあげる。「それとも、わが家のハウスキーパーはなんの理由もなく殴られたのか？」

「それは……きっと何かの手違いです。彼女は犯罪が起こるとされている場所をうろついていましたが……おそらくただの偶然でしょう」

「それについては、きみと男爵の判断に任せる。さしあたっては……」アラステアは眉をあげた。「そこをどいてもらおうか」

看守はつばをのみ込み、脇にどいて出口への道を譲った。

14

詰め所でのアラステアは、まるであらたな獲物を見つけた捕食動物のような表情で看守を見ていた。笑った口から牙がのぞいている気がしたほどだ。しかしいったん外に出ると、アラステアは何も言わなくなった。黙ったままオリヴィアに手を貸して馬車に乗せると、陰鬱な表情のまま向かい側の席に座った。

オリヴィアはずっと窓の外を眺めていた。アラステアと目を合わせられなかったからだ。これまでの四日間、彼に対して意識的に怒り続けていた。しかし独房にアラステアがやってきたとたん、その努力が無駄になった。彼はわたしを助けに来てくれたのだ。怒り続けられるわけがない。アラステアのような人を友人に持つのはどんな感じだろうかと考えたことがある。それは自由になることだと、たった今わかった。マーウィック公爵はいともたやすく囚人をニューゲート監獄から出すことができる。通行人が当然だという顔で物乞いに道を譲らせるように。

オリヴィアはにぎやかな午後の通りをぼんやりと眺めた。まだ日が出ているのが不思議だ。今朝セント・ジェームズを歩いたとき以来、もう何百年も恐怖の中を過ごしてきたような気がする。腫れた頬に触れてみると、熱を持っていた。

「見せてみろ」アラステアが隣に移ってきてオリヴィアの顎を持ちあげ、窓から差す光にかざした。親密な接触に、オリヴィアは言葉が出なかった。

彼の寝室ではじめて触れられた日のことをオリヴィアは覚えていた。またあんなふうに触れようとしたら、絶対に喜んでなんかやらない。平手打ちしてやる。

しかしアラステアはしばらくすると手を離し、席に深くもたれた。「なるほど、ひどいな」彼は静かに言った。「棒でやられたのか？」

「ただの拳よ」そう、ただの。身震いが走った。

アラステアは隣に座ったまま、オリヴィアをじっと見つめた。肩幅がとても広く脚も長いので、並んで座るのは窮屈だった。腿同士がくっついていた。彼の膝頭はオリヴィアの泥にまみれたスカートに埋もれている。ここはいやがるべきだ。何しろ、オリヴィアがいくら身を縮めても、アラステアは明らかにわざと体を近づけてくる。

けれど、こうして体を密着させているのが不思議に心地よかった。これは欲望とは違う。欲望を感じるにはあまりにも疲れすぎていた。でもアラステアは背が高くてたくましく、活力に満ちている。とても頼りになる。守ってもらえる……。そこまで考えて、はっとした。この人は騎士ではないのに。でも、わたしを救い出してくれた。しばらくのあいだくらい、好きにさせてあげればいい。

馬車が曲がり角に差しかかった。窓の外に遠ざかっていく〈スワン・アンド・エドガー〉

の建物が見える。馬車は屋敷とは違う方向に向かっていた。「どこへ行くの?」「じきにわかる。きみは私の拳銃で彼らを撃とうとしたと聞いた。本当か?」「もちろん嘘よ」警官たちがあそこまであくどいとは知らなかった。オリヴィアはセント・ジェームズ・パークにある野鳥管理人の小屋の前でバートラムを待っていた。すると年配の警官が近づいてきて、突然、頬を殴られた。「警官たちはひと言も話さなかったわ。名前さえ尋ねなかった。その前に少し離れた場所からこっちを見ていたから、わたしは……」そこで神経質そうに笑った。「警官がいてくれると思って安心していたの。そうしたら、いきなり……」

「バートラムが金を渡したに違いない」

やっと信じてもらえたのだろうか？　熱い風呂に身を沈めたときのような安心感が押し寄せてきた。「ええ、そうだと思うわ」すべてではないにせよ、少しでも理解してくれる人が見つかるのはなんとありがたいことだろう。これでようやく、恐ろしい悪意を持つ敵をたったひとりで相手にしなくてもよくなった。

しかしアラステアのほうを向いてその表情を見たとき、オリヴィアの安堵は消えた。彼の表情には同情心のかけらもなかった。あらたな発見も、理解もない。アラステアはただオリヴィアをじっと見つめている。猫がネズミの穴を見て邪悪な考えをめぐらせるように。

「きみをどうすればいいだろう?」アラステアが静かに尋ねた。

オリヴィアはつばをのみ込んだ。「感謝したらどう?　わたしがいなければ、あなたは今も寝室でうずくまっていたでしょうから」

アラステアが口を曲げた。「あいかわらずだな。だが屋敷でのきみの一連の振る舞いは、私の部屋に盗みに入るための作戦だったんだろう。違うか？」

「それは……最初はそのつもりだったわ」

アラステアが嘲るようにうっすらと笑った。

「それなのに？　主人の騎士道ぶりにほだされたとでも？」

何を言えば、アラステアに信じてもらえるのだろう――もしくは、わたしは何を白状したいのだろう。〝あなたを好きになってしまったの。自分でもどうしようもなかった〟もしそう言ったら、彼はのけぞって笑うだろう。もちろんこれもまた嘘だと決めつけ、わたしを馬車から放り出すに違いない。

「きみは私から盗んだ」アラステアはまばたきもせずにオリヴィアを見据えた。「嘘をつき、ごまかし、私の持ち物を物色し、盗んだものを使って閣僚を脅迫した。それによって私が窮地に立たされているとは思わないのか？」

両目の奥がつんと痛くなった。まさか泣くつもりなの？　最低だわ。オリヴィアは片方の手を顔に当てた。ただ頰が痛いのだろうとアラステアが思ってくれることを願って。

「わたしをバートラムに引き渡したいのなら……」

アラステアがあきれたように鼻を鳴らした。「それならわざわざあんな薄汚い監獄に入って靴を汚したりするものか。正直に言うんだ。なぜあの男を脅迫した？」

オリヴィアは手をおろした。自分を見てもらおう。真実を話す自分の姿を。「これ以上追いまわさないでほしいと言うつもりだったの。バートラムがわたしをつけ狙うようになってからもう七年になるわ。私立探偵たちを雇って」危うくつかまりかけたこともある。ブライトンで銀行窓口の仕事に就いて三年経った頃だ。オリヴィアがはじめて夜逃げしたのはそのときだった。

「なぜだ？　バートラムはきみをどうしたいんだ？」

「わからない！　とにかく異常なほど執拗《しつよう》なの。理由がわかっているなら、とっくにあなたに話しているわ」

「それなら、別の質問に答えてもらおう」アラステアは座席に深く腰かけ、片方の腕を背もたれにまわして楽な姿勢を取った。「あの男はきみのなんなんだ？」

オリヴィアは唇を噛んだ。それはこれまで誰にも話したことがない。「わかって。最後にバートラムの手下にとらえられたとき、わたしは……絞め殺されかけたの」

アラステアが表情を曇らせる。「逃げ延びたのか」

「ええ、たまたま運がよかったの。当時、ロンドンに知りあいはいなかった。地方から出てきたばかりで」オリヴィアはケントで、バートラムが母の葬儀に来てくれるのを四日間待ち続けた。結局、彼は現れず、オリヴィアだけで葬儀を行った。母が病気で長く臥《ふ》せっているあいだに、オリヴィアは将来の計画を温めていた。タイピング学校を探し、入学願書を出した。バートラムは反対したが、気にしなかった。バートラムは母親ではない。彼に人生を左右されるつもりはなかった。葬儀が終わると、オリヴィアは教会の墓地からその足で駅に向かった。

ロンドンに着いてみると、駅のホームでムーアが待っていた。〝旦那様にあなたを安全にお送りするよう言われたので〟とムーアは言った。それから馬車でホテルに向かうはずが、まったく違う方向へ連れていかれた……。

「彼は気絶したわたしを、そのまま馬車から投げ捨てたわ。七年前のことよ。それがはじまりだった」

アラステアがじっとオリヴィアを見つめた。鮮やかな青い瞳から、彼の考えは読み取れない。「それで、きみはバートラムに追われる理由が本当にわからないのか?」

「ええ」

「嘘をつくなと言ったはずだ」

オリヴィアは窓際に縮こまった。「嘘では……」

「バートラムはきみの父親だろう。それを黙っていたな」

オリヴィアの息が止まった。知っていたの?

「きみとあの男は明らかに似ている。よく見ればわかることだ」

どうしよう。オリヴィアは窓ガラスに額を当てて目を閉じた。

「彼に似るくらいなら悪魔に似たほうがまだましだわ。同じことでしょうけど」

「教えてくれ。きみの本名は?」

「ホラデー」オリヴィアはつぶやいた。「母方の姓よ」

「ケントの東部出身の母親だな」

アラステアがそのことを覚えていたのは驚きだった。オリヴィアはうなずいた。

「オリヴィア・ホラデー、母親はケントの東部出身」

アラステアはまるで信じていないかのように繰り返した。

「そうよ！」

「間違いないな？」アラステアは容赦なかった。「まだほかに隠している名前はないか？」

オリヴィアは同様に辛辣な声を精いっぱい振り絞った。「あなたが地面に倒れた犬を小突きまわすような人だとは思わなかったわ」

アラステアは黙り込んでいたが、しばらくして言った。「私を見ろ」

オリヴィアは大きく息を吐き、目を開けた。涙がひと粒こぼれた。アラステアが暗い表情で手を伸ばし、親指で彼女の涙をぬぐった。

「私にはどんな隠し事もするな」ぶっきらぼうに言う。「きみは犬ではないし、倒れてもいない」

彼の言葉にはどこか屈折したやさしさが感じられた。しかし、その手は違った。アラステアはもう一度オリヴィアの頬を親指で強くこすった。涙を見せられるのが我慢ならないかのように。

「われわれには共通の敵がいる。そこは正しい。私は本気でやつを破滅させてやるつもりだ」アラステアはオリヴィアの腫れていないほうの頬に親指を当てた。「しかし、よく覚えておけ。きみをどうするかは、今はまだ決めていない」

オリヴィアに触れる自分の手をアラステアは見つめた。この女性は鉄の精神を持っているのに、それを包んでいるのがこんなやわらかな肌であるとは信じがたい。その落差が腹立たしかった。目や髪と同じく、人を欺くのが彼女という人間の一部である証明のように思える。なぜ今になって泣く？　監獄では泣かず、この馬車で泣くというのが許せない。これではまるで私が悪者じゃないか。

アラステアはオリヴィアを放した。馬車はブルック・ストリートに入って速度を落とした。彼はここに別邸を持っていた。以前は弟が使っていたが、今は無人だ。ちょうどいい。

オリヴィアはおとなしく隣に座っている。仮にまだ泣いているとしても、声は出ていない。アラステアは確認しなかった。彼女は頬を腫らしている。それだけだ。腫れはいずれおさまる。

「わたしを憎んでいるのね」オリヴィアが静かに言った。

アラステアは歯を食いしばった。オリヴィアを憎むだけの理由はいくらでもある。以前の自分なら、彼女の犯罪をとうてい大目に見る気にはなれないだろう。そもそも、プライドが許さない。

しかし今、感じているいらだちはプライドのせいではない。オリヴィアのあまりの無謀さ、愚かさに胸をつかれているのだ。いったいこの女性は何者だ？　ただの身寄りのない女。窮地に立っても、守ってくれる家族もいない、どこまでも孤独な女だ。失敗すればそれまでだというのに、オリヴィアは思いきった行動に出た。もし自分がほかの男だったら、いったい彼女はどうなっていただろう？　先妻に裏切られて打ちのめされ、もはやプライドなどどうでもよくなった男でなかったら？　相手が自分以外の男なら、オリヴィアは今もニューゲート監獄にいただろう。身を守るすべなどないくせに行動に出る。腹立たしいのはそこだ。

「きみがなんと思おうと、きみの運命は私が握っている。今日、思い知っただろうが、きみは無力で、私は無力ではない」オリヴィアに比べれば、自分の力は絶大だ。それがわからないのか？　なぜこれほど逆らおうとする？

「さすが公爵閣下ね」オリヴィアが苦々しく言った。

馬車が停まった。「来るんだ」アラステアは扉を開け、馬車から降りた。彼女はひとりで出られるだろう。

しかし、オリヴィアは踏み段で足を引っかけた。アラステアは小さく毒づき、腕を支えて降ろしてやった。

オリヴィアは礼を言わなかった。賢明だ。彼女に触れた手のひらが熱くなった。こんなにやわらかに感じられるべきではない。鉄のようにかたく感じられるべきなのに。自分が屋敷の庭に出て近づいていったときのオリヴィアの表情が思い起こされる……。

アラステアはオリヴィアの腕を放した。「ついてこい」乱暴に言う。彼女のほうは見なかった。

アラステアはある煉瓦造りの建物の小さな扉を入っていった。クラリッジズ・ホテルから二〇〇メートルと離れていない。あそこはたしか、彼の妻が亡くなった場所ではなかっただろうか。マイケル卿がエリザベスに話していたのを、オリヴィアはぼんやりと思い出した。きしむ階段をのぼり、アラステアが扉の鍵を開けられるよう脇にどいた。そこは単身者向けのアパートメントだった。部屋はふたつで、わずかな家具しかない。手前の部屋のほうが広く、細長いベッドと椅子と机があった。鏡台はうっすらと埃をかぶっている。しばらく誰も住んでいないらしい。

もちろんアラステアは市内にいくつも別邸を持っているだろう。ロンドンにかなりの不動産があることは、賃貸収入の台帳を見て知っていた。

「座れ」

アラステアがひとつしかない椅子の前に立っていたので、オリヴィアはベッドに腰をおろした。頭がずきずきしている。泣いてもどうにもならない。なぜ泣いたりしたのだろう？自分を蹴飛ばしてやりたかった。こんな弱虫ではないはずなのに。

窓辺に向かう彼のブーツの音が床にうつろに響いた。鎧戸が閉じられ、部屋が急に暗くなった。

「まあ」オリヴィアはうんざりして言った。「また以前に逆戻りね」

「下手な冗談は言わないほうがいい」またブーツの音がして、アラステアが向かいの椅子に座った。「聞かせてもらおう。きみが私の立場なら、この裏切りにどう対処する?」

ここでわたしを殺すつもりなのかもしれない。

いいえ、そんなことはないはず。しかし、恐ろしい考えが浮かんだ。ひょっとするとアラステアは以前の状態に戻ってしまったのかもしれない。かつて妻に裏切られ、いっとき錯乱していた。彼の目には歴史が繰り返しているように映っているのかもしれない。そんな状態の人に、どう許しを請えるだろう?

結局、アラステアはわたしを助けてくれたわけではなかった。裏切り者を自らの手で罰したかっただけだ。

喉に胃液が込みあげた。急に吐きそうになり、オリヴィアは口に手を当てた。

「足元に便器がある。汚さないよう気をつけろ」

オリヴィアは室内用便器を夢中で手に取り、中に吐いた。体から一気に力が抜けた。部屋の隅に洗面台があった。彼女はそこで口をすすぎ、荒い息をついてふたたびベッドに座った。アラステアが身を乗り出したので、彼の表情がはっきり見えた。アラステアが手を伸ばしてきた。オリヴィアは顔をそむけたが、容赦してもらえなかった。顎をつかまれ、無理やり前を向かされる。ふたりの目が合った。

「どこかで頭でも打ったのか?」彼はわずらわしそうに尋ねた。「目に問題はなさそうだが」

アラステアが憎々しげに言ってくれるのがありがたかった。そのほうが好都合だ。彼がこれまでのすべてをなかったことにする気なら——何もかも忘れるなら、こちらも同じように忘れるだけだ。自分のしたことに罪悪感を抱かなくてすむ。「大丈夫よ。放して」

アラステアが手をおろした。立ちあがってオリヴィアを見おろす。

「今からきみに簡単な選択肢を与える」

「意外ね。わたしに選択肢があるなんて」

「あったじゃないか。たとえば、きみはあのままニューゲート監獄にいることもできた。あの書類は偽物だ。きみは文書偽造の罪で裁判にかけられていたかもしれない」

オリヴィアはまばたきをした。「なんですって？　偽物？　あなたが偽造したの？」

アラステアがかすかに微笑みながら椅子に腰をおろした。「バートラムだ。やつが私の妻と共謀した。もし私があれを利用していたら、物笑いの種になるところだった」

オリヴィアはしばらく考えた。

「ということは、その点でもわたしはあなたを救ったわけね」

アラステアは膝に肘をつき、怒りに鼻をふくらませた。

「やけに自分のことを楽観しているな」

「そして、あなたは自分のことを悲観しているのね」

彼は目を細めた。「そんなことはない。この件で責任を取るのはきみだ。詐欺と文書偽造と脅迫の罪に問われる。それに裁判所でのきみの扱いは、私に対するようにはいかないぞ。それがまずひとつ目の選択肢だ」

アラステアは明らかにオリヴィアを怖がらせようとしており、またそれに成功していた。オリヴィアは必死に自分に言い聞かせた。彼は行動に出るよりも、言葉で脅すほうが上手だということを。「もうひとつの選択肢は？」

「服従だ」鞭のように鋭い言葉が飛んだ。「バートラムはきみに関心を持っている。その意味で、きみは私にとって価値がある」

オリヴィアは息を吐いた。「それは選択肢とは言えないわ」

アラステアは脚を組んで、腿を指で叩いた。「ミス・ホラデー、いつものきみの言葉に対する正確さはどうしたんだ？　もちろん、これは選択肢だ。きみが両方とも好まないだけでね」

彼はオリヴィアを罰している。見方を変えれば、当然のことだ。むしろ手ぬるいかもしれない。ニューゲート監獄で朽ち果てさせる手もあったのだから。

しかし、それはあくまでも彼の立場から言えることだ。

「服従とはどういうこと？　わたしは何をさせられるの？」

アラステアが嘲るように笑った。「あらゆることだ」

オリヴィアはたじろいだ。「バートラムへの面当てになることね」

オリヴィアの言葉の裏の意味を理解し、アラステアが彼女の体にぶしつけな視線を這わせた。「それだと、私はまさしく変態男だな。人を裏切る女にしか興味を抱けないのだと、世間に誤解されかねない。実際、そうなのかもしれないが」

オリヴィアは歯を食いしばった。ひとつはっきりさせておくべきことがある。「わたしはあなたの亡くなった奥様とは違う。あなたをだまして喜んだりしていないわ。別の理由からやむを得ずしたことよ」

「あくまで異議を唱えるのか。けっこうだ」アラステアは上着のポケットから懐中時計を取り出して脇に置いた。「今から五分やるから、そちらの事情を話せ。私が納得できれば、もっと具体的な話をしよう。もし納得できなければ……」小さく舌打ちをした。「当局はまだきみの悪事の全容を知らない。偽造や脅迫に加え、私の屋敷での窃盗の件もある」

オリヴィアはアラステアを見つめた。ハウスキーパーとして仕えていたときでさえ、彼の脅しには負けなかった。今さら負けるわけにはいかない。こちらにも意地がある。「まだあるわ。わたしがあなたの弟の奥様からも盗んだことを忘れないで。わたしはレディ・エリザベスの秘書だった――知っていたかしら？　手紙はすべて彼女から盗んだわ。関係を壊さないために、レディ・エリザベスにもわたしを訴えてもらうべきでしょうね。それからレディ・リプトンにも」アラステアにアマンダを責めさせるわけにはいかない。仕方なく嘘をつく。「いかにも彼女が書いたように、自分で推薦状を書いたんだから。どうぞレディ・リプトンにも連絡して」

アラステアは面食らった顔で黙っている。オリヴィアは奇妙な喜びを覚えた。

だが、やがて彼は肩をすくめた。「よろしい、正直に言ったな。いい兆候だ。話をはじめろ、ミス・ホラデー。時間がないぞ」

アラステアは椅子に深く座り、腹部の上で両手を組んだ。今から二流の芝居を見せられようとしている批評家のような、うたぐり深い目をして。

五分間ですべて話せと言われたオリヴィアは、痛感せずにいられなかった。自分の人生など、婚外子というたったひと言で簡単に言い表せてしまう。

「バートラムが母と出会ったのは、母がほんの子どもの頃だったわ」オリヴィアは話しはじめた。「わたしを産んだとき、母はまだ一六歳だった。バートラムは母とわたしをアレンズ・エンドという村に住まわせたわ。彼はすぐ近くに領地を持っていたの。でも、母とわたしが暮らしたのは村人が所有する借家だった」

アラステアは黙ってオリヴィアを見つめていた。鎧戸の隙間から差す光がその顔に縞模様を作り、瞳をきらめかせる。

彼は相槌《あいづち》を打つ気もないようだった。別にかまわない。「わたしが幼かった頃は、バートラムも母も幸せそうだった」オリヴィアは少し考えて言い添えた。「たぶんわたしも」アレンズ・エンドはメドウェー川の支流にあった。木のぼりができるリンゴの木、かくれんぼのできる庭、探検できる場所が無限にある村は、幼いオリヴィアにとってまさに楽園だった。村人から白い目で見られていたのは母のほうだ。「バートラムは母を愛していた。昔はね。わたしにもやさしくしてくれたはずよ……彼をお父さんと呼んで、膝の上にのって遊んだのをうっすらと覚えているの」そう言いながら、口がゆがむのが自分でもわかった。

「なんの理由があって、それが変わったんだ？」アラステアがほとんど聞き取れないほど静かに尋ねた。アレンズ・エンドのことはそれ以上考えたくなかった。幼かった頃はやさしくしてくれた村人たちも、オリヴィアが成長するにつれて、母に対するのと同じ蔑みの目で見るようになった。あの母親にしてこの娘ありだ、とばかりに。

考えてみれば、いつか暮らしたいと思い続ける理想の村が、出ていきたくてたまらなかった故郷の村と似ているのは奇妙なことだ。

オリヴィアは膝に視線を落として顔をしかめた。

「なんの理由？　もちろんバートラムが結婚したからよ。アメリカ人女性と」

「ベアリングの女相続人だな」

オリヴィアはうなずいた。「バートラムが結婚したあと、はじめて来たときのことを覚えているわ。とても重要なことがあったのだとわかった。わたしにプレゼントを持ってきたから。本だとかあたらしいドレスとかありふれたものではなく、パリで作られたとても高価な陶器の人形だったわ。髪は本物だった。わたしの髪とそっくり同じ色で……」

昔から、自分の髪の色は大嫌いだった。村の子どもたちから〝赤毛っ子〟とからかわれたこともある。しかし幼かった頃、バートラムはオリヴィアの髪を美しいと褒めてくれた。これほどめずらしいきれいな色の髪はないと。

オリヴィアは首を振った。何をばかなことを。

「人形はワース社のドレスのミニチュアを着ていた。しかもワース（〔1825-95〕パリのオートクチュールの基礎を築いた英国のデザイナー）自身が作ったものだったわ。いったいいくらしたのかは想像もつかない」彼女は肩をすくめた。「それで二、三日、遊んだわ。本当にすてきな人形だった。そのあとわたしは、心を鬼にしてその人形を壊したの」

やるせないオリヴィアの表情に、アラステアは奇妙な衝撃を受けた。これまでの鉄のような意志とはまったく正反対のものを感じさせる。「壊しただと？」

オリヴィアがかすかに微笑んだ。

「ほんの七歳の子どもだったけど、自分が物で釣られたことくらいわかったから」

うれしくない光景がアラステアのまぶたに浮かんだ。節くれ立った膝をした痩せたそばかす顔の少女が、恐ろしいほど真剣な表情で大好きな人形を地面に横たえ、石を持ちあげている。「ということは、きみもすでに事情を知っていたんだな？」

「ええ、その頃までには……」オリヴィアがため息をついた。アラステアはその様子をじっと見守った。彼女は脳震盪《のうしんとう》を起こしたせいで眠くなっているのかもしれない。どうかあくびをしないでくれと念じながら、話の続きを待つ。幸い、オリヴィアはふたたび背筋を伸ばした。「きっと母はバートラムの結婚を新聞で知ったんだと思うわ。バートラムがやってきてわたしに人形をくれたとたん、口論がはじまったの。彼はその日の夜の汽車で帰ってしまった。わたしはわけがわからなかった。いつもならバートラムは最低でも一週間は泊まってくれたし、わたしはとても……」彼女は顔をしかめた。「楽しみにしていたの。でも、バートラムは帰ってしまった。その翌朝、母もわたしを連れて家を出たわ」

「バートラムが別の女性と結婚したから？」

オリヴィアは首を振った。「そうよ。筋が通らないことはわかっているわ。バートラムは男爵家の跡取りで、母は農夫の娘。結婚できるはずがないもの」

彼女の言葉にどこかあきらめたような寒々しい響きがあるのが、アラステアは気になった。

「もっと高い爵位の男でも、愛のために身分違いの結婚をすることはある」

オリヴィアは戸惑った顔で小首をかしげた。

「それなら、あなたは奥様を愛していたの？」

アラステアは長い息を吐いた。「きみはそうまでして死にたいのか？」

ふたりの視線がぶつかった。薄暗い明かりの中で、オリヴィアの肌は不思議なくらい透きとおって見える。そばかすを除けば、人間の肌というより、とても繊細で壊れやすい陶器でできているかのようだ。オリヴィアが壊した人形も彼女自身とそっくりだったに違いない。

そこまで考えると妙な気分になってきた。オリヴィアもそれに気づいていただろうか？自分で自分を壊したように感じただろうか？

子どもがプレゼントを賄賂と受け止めることなどあってはならない。しかし子どもとは鋭いものだ。アラステア自身も子ども時代に、両親から同じようなことをされた覚えがある。

「あなたは奥様を愛していたと思うわ」オリヴィアがそっと言った。「だからこそ、辛辣な返事になってしまうんでしょう」

これ以上、彼女の大胆さに驚くことはないはずだったのに。それにしてもなぜ、こうなってしまうのだろう。オリヴィアはふいに互いの力関係を逆転させてしまう。アラステアが彼女の質問に答え、証拠を見せ、きちんと説明しなければならない気にさせられる。

しかしどうすればもう一度立場を逆転させられるのか、アラステアはすでにわかっていた。彼は立ちあがり、ベッドのそばに移った。隣に座られて、オリヴィアが身をこわばらせる。

「なぜ私が妻を愛していたかどうか気にする？　まさか私に興味を持ったとは言わないだろうな、オリヴィア」アラステアは親指で彼女の耳を撫でた。「盗むだけでは物足りなくなったというのか？」

オリヴィアは身をよじってアラステアから離れた。

「もう五分経ったぞ、ミス・ホラデー」

オリヴィアがはっと息をのんだ。まぶたを閉じ、顔をうつむける。「わかったわ」静かに言った。「あなたのしたいようにして」

首のうしろの肌にアラステアは目を引かれた。とても無防備でやわらかそうだ。「したいようにして、か」手の甲でオリヴィアの首筋をなぞり、顎を支えて静かに顔をあげさせた。

オリヴィアの顔が赤くなったが、目は閉じたままだった。「何も感じないわ」

「顔を見ればわかる」アラステアはささやいた。「嘘だろう」

彼女は眉をひそめた。「あなたには何も見えていない」

「ぜんぶ見える」アラステアはオリヴィアの腕を撫でおろし、華奢な手を取った。オリヴィアが反射的に拳を握った。指先が手の中に隠れる。

アラステアはその指を一本一本、丁寧に開いていった。やさしく扱わないと折れてしまいそうな、細くて優雅な指だ。奇妙だった。これまで数えきれないくらい何度も考えた。もしマーガレットの裏切りが生前にわかっていたら、自分は妻にどんな復讐をしただろう、と。しかしそのどす黒い想像に、こんなふうに触れることは一度も含まれなかった。

この女性はマーガレットではない。ふたりの裏切りはまったく別のものだ。

その発見に、アラステアの心はそよ風に吹かれたようにやさしく揺れた。

彼は片方の手でオリヴィアの頭を包んだ。これほどすっぽりと手におさまることが不思議だった。驚くばかりの行動力と情熱を秘めた精神が、こんな小さな頭蓋骨におさまっているのはおかしいとすら思えてくる。

この怒りのどこまでがオリヴィアに対する怒りで、どこからが自分に対する怒りなのだろう――そう、アラステアはまだ怒っていた。それと同時に、沸き立つような興奮も感じていた。今こうしてオリヴィアを前にしたとき見えるものは、断固とした意志、粘り強さ、決断力、誇り高さだ……。

これらが本物だとしたら……彼女の裏切りとは別のものとして考えれば、それらはまさにアラステアが必要としているものにほかならない。

「きみの母親はバートラムを愛していた。私も妻を愛していた。つまり、お互い間抜けだったということか？」

オリヴィアの眉間に一本の皺が刻まれた。「母は愚かではなかったわ。ただ……」

「混乱していた」

オリヴィアが目を開き、ふたりは見つめあった。クモの糸が紡がれたように、ふいに濃密な静けさがふたりを包み込む。混乱とはまさにこのことだ。毒だとわかっているものにどうしようもなく惹きつけられること。

アラステアはオリヴィアの額から前髪を払った。瞳の焦点がまだぼんやりしている。彼女は今、アラステアの庇護《ひご》のもとにある。何かあれば、彼の責任だ。「まだ吐きそうか？」

オリヴィアは小さく首を振った。

「よかった」アラステアは身を乗り出した。唇をオリヴィアの口に押し当てる。

オリヴィアが鋭く息をのんだ。しかし、逃げなかった。

アラステアはやさしくキスをし、自分の頬を彼女の頬につけた。オリヴィアの運命を決めるのは私だ。偶然でもなく、バートラムでもほかの男でもない。オリヴィアの背中を指先で撫でおろしながら、アラステアは彼女の耳元でささやいた。「きみの母親がバートラムに与えられた家を出たときの話に戻ろう。彼女はきみをどこに連れていった？」

「シェプウィッチよ」オリヴィアはささやいた。「そこに母の……実家があったの」アラステアは自分の手の下で、彼女が筋肉をこわばらせるのがわかった。背中のあちこちをやさしく圧迫したりさすったりして、筋肉をほぐしてやった。オリヴィアが耐えかねたようにため息をつく。

「シェプウィッチの実家はどうだった？」アラステアは猫のように頬をこすりつけ、ひげの剃り跡を感じさせようとした。

「それは……」オリヴィアは息を弾ませた。「すばらしい再会ではなかったわね」

「歓迎してもらえなかったのか？」

「追い出されたわ」

悲しいが、よくある話だ。アラステアはオリヴィアの耳たぶを歯で挟んで軽く嚙んだ。舌を這わせるとほのかに塩けが感じられた。「それから、きみの母親はどうした？」

「結局……アレンズ・エンドに戻ったの。ねえ、なぜそんなふうに触れるの？」

アラステアは動きを止めた。いつのまにか手をオリヴィアの背中の下へ伸ばしていて、指先がヒップのふくらみに届いていた。「どんなふうに触れてもらいたい？」

彼女がつばをのみ込むのがわかった。けれども、返事はない。

「私に触れてほしいか？」

オリヴィアが身を震わせた。「わたしの願いは……」

「願いなどどうでもいい。きみが今、何を求めているかを尋ねている」

オリヴィアは大きく息を吸って胸を波打たせた。それから、アラステアの肩にゆっくりと顔をうずめた。「何も求めていないと言えたらいいのに」

アラステアの胸を荒々しい勝利の喜びが突きあげた。彼女の腰に添えた手に力を込める。

「次の質問だ。それから何があった？　アレンズ・エンドに戻ってからは？」

「何もないわ」答えるオリヴィアの唇がアラステアの喉に触れ、その一点に彼の意識が集中した。「でも、バートラムと母の仲は二度ともとには戻らなかった。彼は……なかなか訪ねてこなくなったわ。来ても母と話が弾まなくて、不機嫌そうに黙っていた。わたしはわけがわからず……」

アラステアは目を閉じ、ささやきかけた。「きみの母親はなぜバートラムのもとに戻ったんだ？」

「戻ろうとして戻ったわけじゃないわ。ほかにどうしようもなかったのよ。それより、わたしには理解できなかった。なぜバートラムがそのあと何年もやってきたのかが。彼はとても……怒っていたわ。ほかに……どうしようもなかったという感じだった」

オリヴィアの話す速度がだんだん遅くなってきた。アラステアは彼女の背中をゆっくりと撫で続けた。「きみの母親は何かバートラムの弱みを握っていたのかもしれない。それが何か判明すれば利用できるんだが」

「わからないわ……」オリヴィアは口ごもった。「ひとつ……思い当たることがあるの。母が日記の最後のページに〝真実は故郷にある〟と書いていたのよ。なんのことかずっとわからないままだけど」

アラステアはすぐには答えなかった。ふたりで静かに座っているうちに、妙な気分になってきたのだ。

自分は父と同じではなかった。ずっと自らの中のよからぬ妄想やどす黒い衝動にあらがってきた。私はもうすぐ、この女性にわが身を押しつけるだろう。しかし、私は父とは違う。父はひとりの女に固執することはなかった。しかし、自分は違った。この女性でないとだめなのだ。

「アレンズ・エンドに行くべきだ。きみの母親の言葉の意味を突き止めよう」

オリヴィアは返事をしなかった。アラステアが身を離してのぞき込むと、オリヴィアは彼の肩に頭をもたせかけたまま眠りに落ちていた。

オリヴィアは暗がりの中で目覚めた。廊下で使用人たちのおしゃべりが聞こえるかと耳を澄ましてみたが、聞こえたのは通りの音だった。ここはどこだろう？

監獄。彼女は跳ね起きた。違う。アラステアが助けてくれたのだった！　彼はどこへ行ってしまったのだろう？

奥の部屋に通じる扉の下から、ぼんやりと明かりが漏れているのが見えた。それをじっと見つめながら記憶をたぐる。これほど深く眠ったのは数カ月ぶりだ。

最後に覚えているのは、アラステアの肌に顔をうずめて座っていたときのこと。あのまま眠ってしまったのだろうか？　彼はわたしを起こさなかった……。

胸の奥に甘酸っぱいものが広がった。それを断ちきるように深く息を吐く。そのとき、泥のにおいに気づいた。

洗面台の洗面器にまだ水が残っていた。オリヴィアは起きあがって静かに洗面台に近づいた。布を濡らして顔を拭く。しかし、ドレスの袖やペチコートの中に入り込んだ泥はどうすればいいだろう？　まだ監獄の汚泥が手足にこびりついている。

スカートを持ちあげて、ふくらはぎや膝を拭いた。けれども、まだじゅうぶんではない。

オリヴィアはうしろを振り向いた。隣の部屋からは物音もしない。扉の下から見える光にも変化はない。

彼女はすばやくボディスのボタンを外した。ミセス・プリムの屋根裏部屋に間借りしていたとき、手早く体を洗う方法を身につけた。コルセットは働く女性向けのデザインなので、前からゆるめることができた。それを洗面台の脇にもたせかけ、胸と腕を拭いた。

背中に痛みが走り、警官に殴られて仰向けに倒れたときのことを思い出した。もう何週間も何カ月も遠い昔のできごとに思える。

背中で特にきれいにしたい部分があった。肩甲骨のすぐ下だ。体をひねっても届かない。恐怖で汗をかくなどということが実際にあるとは、独房に入るまで知らなかった……。

手の上に手が重ねられた。「私がしよう」

オリヴィアは凍りついた。コルセットは洗面台に立てかけてある。上半身は何もつけていない状態だった。

なぜわたしはこんなに冷静なの？　あまりにも疲れすぎているから？　それとも、いずれこうなることがわかっていたから？

アラステアはわたしを脅した。それなのにわたしはアラステアの腕の中で眠りに落ち、彼は寝かせてくれた。どれほどぐっすり眠ったことか。ひとりで眠れたからというのもある。しかし男性がそばについていて、守ってくれると思うことができたからでもある。もしかしたら、頭がどうかしてしまったのかもしれない。自分ひとりでいたときよりも、アラステアといるほうが安心できるなんて。

オリヴィアは手を開いた。布が落ちる前に、彼が受け取った。

布で背中を拭かれたときは驚いた。誘惑する手の動きではなかった。患者の世話をする看護師か、花瓶を拭く使用人のように手際のいい動きだ。肩甲骨の下の部分に来たとき、オリヴィアは小さな悲鳴をあげた。アラステアがそれに気づいて手を止めた。

「洗面台につかまって」

「なぜ？」

次の瞬間、彼女は答えを知った。アラステアが親指で筋肉のこわばったところを探り当て、マッサージをはじめたのだ。

痛みのあまり、オリヴィアはうなだれ、うめきたいのをこらえた。こわばった筋肉が力強い手にもみほぐされていく。「どうしてこんなにしてくれるの？」彼女はささやいた。

「中国のことわざでこういうものがある」しばらく間を置いて、アラステアが言った。「人を助けたら、相手の人生に責任を持て」

「それで、責任を感じているのね」

アラステアは指の節で肩をもみほぐした。

「きみが私に責任を感じているほどではないけれどね」

オリヴィアはかすかに興奮を覚えた。そこには彼女が求めていた許しがあった。自分はアラステアの回復に役立ったのだ。「それなら、わたしはあなたの試験に合格したのね」

しばらく間が空いた。「きみに対する試験だったのかどうかわからない」

アラステアが両手でオリヴィアの肩を包み、そのまま撫でおろして肘の上をつかんだ。彼の指の節が乳房のすぐ横にある。ふたりはそのまま静かに立っていた。洗面器に残った水に、ふたりの影がゆらゆらと映し出されている。アラステアがすぐうしろに迫っているが、オリヴィアは怖くなかった。むしろ……守られている気がした。

「服を着せようか?」アラステアがひとり言のように静かに尋ねた。まるで自分自身に問いかけるように。

図書室では、彼は自分が悪人であることを証明しようとした。今の彼は迷っている。内面の葛藤がオリヴィアに伝わってきた。わたしはアラステアに悪い人になってもらいたいのかもしれない。「本当にバートラムを倒すのを手伝ってくれるの? 殺すという意味ではないわ。バートラムには子どもがいるから」そのことはなるべく考えまいとした。「でも、力になってもらえる?」

アラステアが答えるまでのあいだに、表のブルック・ストリートからの喧騒が聞こえた。今、何時だろう? 洗面台とアラステアの大きくてたくましい体に挟まれていながら、ふいに見知らぬ闇の中を流されていくような気がした。彼に離れてほしくない。

「そうすることになるだろう」

オリヴィアはアラステアに向き直った。この暗い部屋の隅からでは、相手の表情はよくわからない。しかし鎧戸から入ってくるわずかな明かりとアラステアの息づかいから、彼が何を見ているかがわかった。オリヴィアのむき出しの胸。そして肩。

「きみは美しい」息をのんだアラステアの声は、どこか怒っているようだった。

もし情熱的に言われたなら、オリヴィアは信じなかっただろう。怒ったように言われたせいで信じることができた。オリヴィアは手を伸ばしてアラステアの頬に触れ、親指で口の横をなぞった。アラステアが顎をこわばらせる。アラステアは決して認めようとしないけれど、わたしが彼に対して力を持っているのはわかっている――今のように。

解き放たれた快感がオリヴィアの体じゅうに広がった。アラステアは怒っている――彼女を求めているから。傷つけることができないから。本当は助けたいと思っているから。

彼はなぜ助けてくれたの？　なぜ司直の手にゆだねなかったの？　アラステアは今ではオリヴィアの過去を知っている。そこには、バートラムを破滅させられるようなことがなにもないのに。

「自分の試験に落ちたわね」

アラステアがオリヴィアの手をつかんで自分の頬に押し当てた。

「早々と決めるな。きみは私のことを知らない、オリヴィア」

「そうかしら？」今となっては、ほかに誰がアラステアを知っていると言えるだろう？　アラステアに関してこれまでオリヴィアただひとりが見たこと、知ったことは、彼にとって最も許しがたく忌まわしいものだ。オリヴィアにはそれがよくわかった。母と同じく、アラステアは自分自身に対して誰よりも厳しい。

しかし、オリヴィアはいつまでも暗い気分に浸っていることはできない性分だった。母についても、彼についても。彼女は身を乗り出し、アラステアにキスをした。

アラステアの口から熱い吐息が漏れた。唇を押しつけられたまま、彼は静かに立っている。こわばった体から緊張が伝わってきた。アラステアの両手がオリヴィアのウエストにまわされた。二度、力が込められる。

アラステアがオリヴィアを自分の胸に引き寄せて、唇をいっそう深く合わせた。それははじまりというより、途切れていたものを再開させるような熱く狂おしいキスだった。

〝わたしは急進派に賛成。純潔なんてどうでもいいもの〟かつてオリヴィアはタイピング学校の友人たちにそう言って、驚かせたことがある。〝だって、男性を拒否することなんて難しくもなんともないでしょう？　むしろ、本当にいい相手を選ぶこと——それこそが大切だと思うの〟

この男性が本当にいい相手かどうかはわからない。しかし、オリヴィアはアラステアをほかの誰よりもよく理解している自信があった。彼はもう以前とは違う。それはオリヴィアしか知らない。アラステアに両手で頬を挟まれ、覆いかぶさって舌を差し入れられると、何もかもがどうでもよくなった。彼女は夢中で熱いキスを返した。

図書室で、アラステアはオリヴィアに悦びを教えてくれた。自分しか知らない場所を彼によって刺激された。あのときと同じ感覚がふたたびよみがえる。下腹が重くなり、腿のあいだが甘くうずく。オリヴィアは自分の頬を挟んでいるアラステアの手に自分の手を重ね、その力強さを感じた。アラステアがため息にも似た小さな音を漏らす。

これはわたしのせいで彼が出している音だ。オリヴィアはキスをされながら微笑んだ。

アラステアがオリヴィアの両手をつかみ、その左右の手に臣下がするように頭をさげてキスをした。その仕草を目にしたとき、オリヴィアは一瞬、自分が彼よりも背が高く偉大になった錯覚にとらわれてめまいがした。アラステアはオリヴィアを勇敢で聡明《そうめい》で行動力があると認めている。自らの意思に反してオリヴィアを求めている。そう、彼にこうべを垂れさせよう。征服されたと認めさせよう。

そのとき手のひらに舌を這わされ、オリヴィアはわれに返った。たちまち無力な娘に戻り、ニューゲート監獄からあっというまに救い出してくれた男性のたくましい胸に抱きすくめられる。そのことも同様にめくるめく喜びだった。彼に守られたい。彼のすべてがほしい。

アラステアはそのままオリヴィアをベッドに向かって歩かせた。マットレスが腿に当たり、倒れそうになってアラステアの腰にしがみつく。彼は心得ていた。オリヴィアの頭を抱えてマットレスに横たわらせ、ゆっくりとキスをしながら少しずつ彼女に覆いかぶさった。重ねられた胸、腹部、腿に小さな衝撃が走る。アラステアはオリヴィアの膝を割って身を横たえた。彼の大きな体から力強い鼓動が響いてくる。熟練工が二つ折りの書字版をぴたりと合わせるように、アラステアはとても注意深くオリヴィアと体を重ねあわせた。

アラステアはオリヴィアの額に唇をつけ、息を乱しながら尋ねた。「いいのか?」

オリヴィアは目を開いた。アラステアの言葉をどうとらえるべきかはすでに心得ている。彼は自問しているのだ。片方の腕をついて体を支え、オリヴィアの真上で表情をこわばらせている。彼女はその頬に触れた。

マーウィック公爵アラステア・デ・グレイ。なんて冷静なのだろう。陰りを帯びていて、奥が深く、何を考えているのかわからない。まるで、光の当たる角度によってにわかに強い輝きを放つ原石だ。その光とは彼の隠れたやさしさだ。本人は躍起になって否定しようとするけれど。オリヴィアを見つめるアラステアの目にやさしさが見えた。顔つきがふっとやわらぐ。

「本当にいいのか?」

いわゆる良識というものにたいした価値はないことを、オリヴィアはすでに知っていた。良識が勇敢さを与えてくれることはない。そしてアラステアによれば、オリヴィアはすでにじゅうぶんすぎるほど勇敢だった。

彼女はアラステアの頬を撫でた。ひげの剃り残しがちくちくする。ヴィカーズはひどい従者だ。「ええ、いいわ」

アラステアは息を吐き、頭をさげてオリヴィアの耳たぶを歯に挟んで舌で愛撫しつつ、ウエストと胸の脇と喉にやさしく手を這わせていった。指先でオリヴィアの顎に触れ、顔の形を確かめるように頬をなぞった。

オリヴィアの手は好奇心に満ちていた。彼女はアラステアの背中に手をまわし、肩甲骨からウエストへとさげていった。かたく引きしまったヒップに爪を食い込ませる。

アラステアが鋭い声を漏らした。うめき声ともため息ともつかない音だった。彼は唇を離し、オリヴィアの首筋に顔をうずめた。アラステアの髪が彼女の顎をくすぐる。熱い息が鎖骨にかかった。「前から思っていた……あることを……」

オリヴィアは彼の髪を手で梳きながら抱きしめた。どこか遠くで、時計が午前零時を告げている。「どんなこと？」

アラステアが顔をあげた。「あのめがねは邪魔だった」低い声でつぶやく。「目が隠れてしまう」

オリヴィアは彼の手首にキスをした。一時間前も、ひと月前も、一年前も、アラステアは手の届かない存在だった。それが急に、どこでも好きに触れてよくなった。だからこそ、人生はすばらしい。

アラステアがウエストの下に手を差し入れて持ちあげた。「立つんだ」

オリヴィアは抱き起こされた。支えを失った乳房が重たく感じられる。アラステアがわずかに口を開けて彼女を見つめた。親指で右の胸の頂に軽く触れる。オリヴィアは思わず声を漏らした。

アラステアが唇を重ねてきた。両手でオリヴィアの体を撫でおろす。スカートをたくしあげて脱がせ、ペチコートも取った。

「なんてことだ」彼は一歩さがってオリヴィアをまじまじと見た。「きみが隠していたのは目だけではないんだな」

アラステアの驚いた声に、オリヴィアは赤くなった。オリヴィアがもう一度ベッドに腰をおろすと、アラステアが覆いかぶさってきて、彼女はふたたび仰向けになった。光の向きで、彼が黒い影のように見えた。夢から現れた幻のように。

しかし、その夢の恋人の手は幻ではなかった。オリヴィアの乳房を包み、重さを確かめた。指先で胸の頂をなぞられて、彼女は身を震わせた。体の中で悦びが目を覚まし、図書室で味わった快感をふたたび求めて膝を広げ、腰を浮かせる。

けれども、アラステアは別のことを考えていた。頭をさげて彼女の胸の頂を口に含んだのだ。オリヴィアの体に、電流のごとく刺激が走った。吸いつく音でさらに興奮が高まる。やわらかな唇、熱く濡れた舌……オリヴィアは大きく息を吐いた。彼女が気に入るかどうか試すように、アラステアがときおり胸の頂を歯でこすってくる……。

せっぱ詰まった衝動が突きあげた。オリヴィアは彼の頭をつかみ、荒々しく自分の胸に押しつけた。

「一〇〇〇年でもこうしていたい。かまわないか?」

「ええ」この言葉を言うのをずっと忘れていた。「もちろんかまわないわ」

だがアラステアがふたたび胸の頂に吸いついてきたとき、オリヴィアは自分のその言葉が嘘であることに気づいた。これだけでは満足できない。荒々しい欲望が全身を駆けめぐっている。これだけでは足りない、もっと愛してほしいと体じゅうが訴えている。口は彼の舌を求め、腿のあいだと下腹の奥は切なくうずき、早く満たしてもらいたがっている。闇の中で頂点を求めてさまよい歩く登山者のように、オリヴィアは夢中でアラステアを抱きしめた。たくましい二の腕から脇腹に手を這わせて――。

アラステアが体を起こして上着を脱ぎ捨てた。次にベストを脱ぎ、サスペンダーを外し、シャツを取り去る。アラステアのむき出しの胸は前にも見たことがあるが、今回オリヴィアはそこに手を這わせ、彼が鋭く息をのんだのに合わせて収縮する腹筋の動きを味わった。アラステアがオリヴィアの手を取って指先を軽く嚙み、続いて口に含んで強く吸った。そうしながら、じっと目を合わせる。指をさいなむ舌と唇の動きは、みだらな約束のようだ。アラステアがオリヴィアの手首に舌を這わせ、内側を軽く嚙んだ。「あわてるな」彼のその言葉を聞いたとき、オリヴィアは自分が知らないうちに〝お願い〟と言っていたことに気づいた。続いて、ズボンが脱ぎ捨てられる番になった。オリヴィアは自分が思う以上に大胆だった。起きあがって手伝おうとし、アラステアと指がもつれあった。アラステアが笑い声をたてた。その屈託のない明るさがうれしくて、オリヴィアも笑った。

彼は美しかった。脚はすらりと長く、ふくらはぎはかたく引きしまり、腿は筋肉が盛りあがっている。オリヴィアは感心してその部分に手を這わせ、かたい毛の感触を味わった。その手を腰骨のところで止めた。そのすぐ下にあるものは、じきにオリヴィアの関心の的になるだろう。

息を詰めて、オリヴィアはそれを手に取った。

アラステアが鋭い息を漏らす。オリヴィアは手を引っ込めようとしたが、アラステアは彼女の手をつかんでさらに強く握らせた。そして、愛撫の方法を示した。それはとても長く、かたかった。それでいて、表面の皮膚はやわらかい。

オリヴィアが愛撫を続けていると、アラステアが体のあいだに手を差し入れて、彼女の脚の付け根にある芯を探り当てた。そこをやさしく愛撫されるうちに、どうしようもないほど強烈な欲求が高まっていった。それに応えてくれるのは今、自分が握っているものだ。ふいにオリヴィアは理解した。

そのときアラステアがオリヴィアに覆いかぶさり、膝のあいだに身を置いて、彼女の中に指を差し入れた。一本、そして二本。オリヴィアがたまらず腰を浮かせると、やがてアラステアの指がより大きなかたいものに代わった。つかのまの痛みのあと、彼は完全にオリヴィアに身を沈めた。

オリヴィアは呆然とし、どうしていいかわからないまま闇の中でアラステアを見あげた。

アラステアはふたりの額をぴたりと合わせ、動きはじめた。

最初の動きから、それはオリヴィアの想像を大きく超えていた。彼女を包み込んでいるのは、彼の香りや体の重みだけではなかった。きつくまわされた腕や、力強い動きだけでもない。

今、オリヴィアを包み込んでいるのは、手では触れることのできない、彼女がずっと惹かれてやまなかった、彼にまつわるすべてだった——熱いまなざし、ずば抜けた直感力、頭の回転の速さ、深い知性、圧倒的な力。深く差し入れられてオリヴィアが顔をゆがめると、アラステアはすぐに気づいて動きを浅くした。ある角度がもたらす、えも言われぬ快感に耐えかねてオリヴィアが声を漏らすと、アラステアはその動きを繰り返した。オリヴィアはとうとうアラステアの背中に爪を立て、獣のように喉を鳴らした。アラステアはオリヴィアと愛を交わすことに、持てる才能をいかんなく発揮した。彼の持つ容赦のなささえも、オリヴィアを燃えあがらせた。執拗な動きによって、自分の体がなすすべもなく奪い尽くされていくのがわかる。

いつしかオリヴィアは、奇妙な酔いがまわったように笑い声をたてていた。〝これでもまだ私がきみのことをわかっていないというのか?〟頭の中で、アラステアの声がする。もう完全に奪われた——自分にしかわからない深い部分で、オリヴィアはそう感じていた。すべてをアラステアに見られ、知られた。そして、これはふたりの共同作業だ。彼と自分が一緒にしていること。

オリヴィアはついに完全に降伏した。アラステアが彼女のこめかみに頬を押しつけ、耳元で熱くみだらな言葉を語りかけた。ふたりのしていることも熱くみだらだった。オリヴィア自身も。彼の激しい動きにさらに刺激され、さらにかきたてられ、このまま永久に続けていたいと願った。一回鋭く貫かれるごとに、体の内側が熱くふくれあがり、よじれ、引き絞られていく。図書室のときよりも強く、さらに恐ろしくもあり、同時にずっとすばらしい感覚だった。アラステアはわたしの中の何かを破壊しようとしている。そうされるのはすてきなことだ。なぜなら、刻一刻と募っていくこの欲求は必ず満たされるべきだから。どうしても……。

ぎりぎりまで追いつめられて、あられもない声を漏らすオリヴィアの口を、神への供物をむさぼるようにアラステアが唇でふさいだ。そして、無我夢中で何も耳に入ってこない状態のオリヴィアに向かってささやきはじめた。「おいで」彼は繰り返した。「我慢しないで。おいで、オリヴィア」

激しい痙攣が襲いかかってきた。一気に突きあげたオリヴィアの欲望が彼をとらえ、さらなる悦びを求めて締めつける。そしてついに――狂おしい熱情からの解放のときが訪れた。四肢からすべての力が抜け、オリヴィアはぐったりと身を横たえた。すっかり満ち足りた状態で。

アラステアが低く長いうめき声を漏らし、オリヴィアをかき抱いた。オリヴィアが彼の肩にキスをすると、汗の味がした。アラステアが何かつぶやいている。「すばらしかった」暗闇の中で、アラステアが彼女の頬を撫でた。

置き時計が静かに午前零時半を告げた。

アラステアは何か言いたかった。しかし、言葉が出てこなかった。何か言えば、声が震えただろう。後悔することを口走ってしまうだろう。

彼はオリヴィアの腕を撫でた。女性ならこういうときこそ知りたいであろう男の気持ちを、この仕草から汲《く》み取ってもらえることを願いながら。特にさっきのような……。

さっきのような行為のあとで？　いや、行為という言葉はしっくりこない。ふたりで体験したことをなんと表現すればいいのだろう。性交では客観的すぎる。ふたつの体の生理機能を説明するだけだ。さっきのは自分の魂に関わることだった。今、体が軽く感じる。何か重圧から解放された気がする。

アラステアはオリヴィアの首筋に顔をうずめた。彼女のなめらかな背中が胸にぴたりとつく。オリヴィアがわずかに腰をずらし、やわらかなヒップが離れた。それを引き戻したいのを我慢する。深く息を吸い込んだとき、彼女の香りに刺激された。予想に反して、ふたたび準備が整いそうなのがわかる。

アラステアは顔をずらし、オリヴィアの髪が自分の額をくすぐるようにした。それを彼女の手だと想像する。

結婚したことのある男なら、自分の男としての能力くらい承知しているべきだ。だが、今回は今までと違う。この女性とマーガレットは比べられない。このふたりの女性、ふたつの体験はあまりにも違いすぎて、もはや同じ範疇《はんちゅう》に入るとすら思えなかった。そうでなければ、とうてい説明がつかない。なぜ今、自分はこれほど動揺しているのか。裸になっているということ以上に無防備な心持ちがするのはなぜなのか。

今の気分が好ましいかどうかは疑問だ。不安定な感情はもうたくさんだった。ああ、人があらゆることに驚かなくなる日は永遠に訪れないのだろうか？

しかし、今回のこの驚きは……甘美だ。自分で認められる以上に。

アラステアはオリヴィアのウエストに腕をまわした。その手にオリヴィアの手が重ねられ、彼は息をのんだ。

オリヴィアは暗闇の中で誰の手を握っているつもりだろうか？　かつて新聞の見出しをにぎわせた男、それとも拳銃をつかんで人を殺してやると予告した男か。しかし今、彼女が手を握っているのは、にわかに青二才に戻ってしまった境地にいるまったく別の男だ。

この戸惑いは、おそらくあらたなはじまりなのだろう。これからあたらしい自分を見つけていくのだ。そしてたった今、このベッドで最初に見つけたあたらしい自分は、これまでの自分とはあまりにも違いすぎて、単に〝よりよい〟などという言葉では表しきれない。

オリヴィアが寝返りを打ってアラステアと向きあった。衝動を抑えきれず、アラステアは彼女の額にかかる髪を指先で取り払った。同じことをオリヴィアにもしてもらいたい。だが自分がしてやることによって、不思議に気持ちが満たされる。

オリヴィアの瞳は陰りを帯び、表情はぼんやりしていた。

「わたしは……はじめてだったの」

「わかっている」

彼女がついた温かいため息がアラステアの胸にかかった。「はじめにお願いするべきだったけれど」ほとんど聞き取れないほどか細い声でオリヴィアが言った。「困るの……子どもができるのは……こんな形では」

アラステアには理解できた。昼間の話からも、オリヴィアが父親のいない子を産みたくないことはわかる。「私は中では自らを解き放たなかった。どういう意味かわかるか？」

オリヴィアが頭をぎこちなく動かして――うなずいた。「心配ないということね？」

ふいにアラステアの胸に、申し訳なさが込みあげた。

オリヴィアをベッドに連れ込むなど、いったい自分は何をしている？　こんなに勇気のあるたぐいまれな女性を……。

アラステアはオリヴィアから少しだけ体を離した。わずか指一本分――それでもアラステアからしてみれば離れすぎだった。貪欲な下腹部はすでにこわばっている。「心配ない」彼は静かに言った。「明日はアレンズ・エンドへ行こう」

オリヴィアがアラステアの腕の中に身を寄せてきた。肩のくぼみに彼女の頭がぴたりとおさまる。アラステアは落ち着かない気分で、じっとオリヴィアを抱きしめていた。彼女の体の重みがそのまま自分の罪の意識の重さになったかのようだ。オリヴィアがため息をつき、さらに身を寄せてくる。急にいっそう危険に感じられた。

彼女はアラステアを信頼しきっている。この腕の中に完璧におさまっている。

勘違いするな、とオリヴィアに警告したかった。私は自分の快楽を求めただけだ。きみに何も約束していない。昔と違い、私はいっさい約束をしない男になった。

しかしオリヴィアの体にまるで力が入っていないことから、アラステアは彼女がふたたび眠りに落ち、その警告がなんの意味もなさないと悟った。

15

アレンズ・エンドは、鉄道だとロンドンからわずか二時間少々だった。はじめてそれを知って驚いたときのことを、オリヴィアは今も覚えている。めったにやってこないバートラムを母が憂い顔で待ち続けるのを間近で見てきたからだ。それにバートラムは、来るたびに長旅の不平を並べ立てた。幼かったオリヴィアは、バートラムを絵本に出てくるマルコ・ポーロのような旅人と考えていた。アレンズ・エンドはシルクロードの終着点のように、数えきれない苦難の果てにようやくたどり着ける場所なのだと思っていた。

もう少し成長してからも、ロンドンとこの地を行き来するのは地図で想像するよりたいへんなのだと思っていた。一四、五歳の少女だったオリヴィアにとって、アレンズ・エンドはたしかに最果ての地だった。時間の流れから取り残された場所、ロンドンは中国ほども遠い彼方《かなた》にある気がしていた。

しかし七年前のある陰鬱な夕暮れ、彼女は六時半の汽車に乗った。そして八時四五分に、ロンドンのチャリング・クロス駅に着いたと車掌に告げられた。人生の決意と悲しみを胸に、はるかなる新天地を目指すつもりでいたオリヴィアは、あまりに早く目的地に着いたことに少しがっかりしたものだ。

今、同じ道を当時と逆向きにたどっている。アラステアが手配した一等客車で。そのほうが誰にも邪魔されなくていいと彼は言った。その言葉に心を乱され、アラステアがそう希望する理由についてあれこれ考えてしまった。ほとんどがよからぬ妄想だ。汽車の中で体を奪われるようなことがあるだろうか？　あるとしたらどんなふうに？

もう一度、確かめてみたかった。今朝ひとりで目を覚ましたときは、ひどく心もとない気がした。昨夜のできごとを物語るものは、シーツについたわずかな血の跡だけだった。夢も見ずにぐっすり眠ったので、目覚めの気分はよかった。昨日、起こったことのすべて――公園での待ち伏せ、その後の悪夢のような数時間、彼が覆いかぶさってきたこと、身も心も奪われたことが、消えゆく夢の中のできごとのようにぼんやりと霞《かす》んでいる。

シーツに残された血の跡だけを残して。

やっとアラステアが姿を見せたとき、オリヴィアは自分たちの関係がどこか変化していることをひそかに期待していた。しかし実際には、朝の挨拶もろくに交わさなかった。アラステアはつむじ風のように突然入ってきて、手にしていた包みをほどき、中からドレスを取り出した。オリヴィアが屋敷から逃げた日、洗濯係に渡ったままになっていた服だ。

「着替えろ」彼は命じた。「九時半発の汽車に乗る」そうして昨夜のできごとについてなんの確認もないまま――恥ずかしそうな言葉も、ふたたびの誘惑もなく――急き立てられて馬車に乗り込み、チャリング・クロス駅で汽車に乗ったのだった。

アラステアは向かいの座席に座り、プラットホームで買った新聞に目を通していた。この二時間、ずっとそんな調子だった。ただしいつもなら、ロンドンで起こっているできごとを把握するのに半分も時間がかからないはずだった。つまり、彼はオリヴィアを無視しているのだ。なぜ？　自分の置かれている状況がまったくわからない。

オリヴィアはアラステアの手をじっと見つめた。

彼の長い指に三つの指輪がきらめいていた。思ったとおり、数が増えていた。この手が昨夜、自分を愛撫したのだ。今はかたく引き結ばれているあの厚い唇が、自分の体を探り、情熱的な言葉をささやいた。〝一〇〇〇年でもこうしていたい〟

コルセットに締めつけられた乳房がかたくなり、深いため息が漏れた。

アラステアが顔をあげた。「なんだ？」

オリヴィアは無邪気に微笑んだ。「なんだって、何が？」

彼はすばやく新聞に視線を戻した。

オリヴィアは小さくため息をつき、窓の外を見た。今朝は天気が悪い。降りしきる雨のために、湿地が泡立って見える。アラステアがこちらを見ているのが肌で感じられた。しかしオリヴィアがアラステアに視線を向けたとき、彼はあいかわらず新聞に集中していた。

オリヴィアは身じろぎした。座席がかすかにきしむ。

記事から目を離さないまま、アラステアが新聞をテーブルに置いて彼女のほうにすべらせた。

オリヴィアもさっき読もうとしたのだが、まるで集中できなかった。今、あらためて見出しに目を走らせてみても、さっぱり興味がわかない。国家の危機、アフガニスタンの混乱、ロシアの脅威、エジプトの飢饉《ききん》——世間の若い女性たちと違い、これまで時事問題に無関心ではなかったはずなのに。

顔をしかめたい気分だ。アラステアは昨夜、いったいわたしに何をしたのだろう？　女性の美徳が純潔にあるなどと思ったことはないけれど、体ばかりか脳みそまで堕落させられたのかもしれない。彼のこと以外、何も考えられなくなっている。

アラステアは座席に深く身を沈め、新聞を引ったくって自分の顔の正面にかざした。オリヴィアは眉をひそめ、目に映る残りのものをつぶさに観察した。アラステアの上着の下に、平らな腹部とピンストライプのベストがのぞいている。ズボンに包まれた引きしまった腰、たくましい腿。そこに触れるととてもかたくて、筋肉が力強く動く……。

アラステアが指を新聞紙の表面にすべらせた。ゆっくりとしたその動きに、オリヴィアは目が吸い寄せられた。彼は昨夜、自分の中に身を沈めていたのだ。

それなのに今は、目も合わせようとしない！　急に腹が立ってきて、オリヴィアは口を開いた。「わたしはそれほどあなたを失望させたかしら？」

アラステアの指の動きが止まった。「なんだって？」

「ゆうべのこと。わたしはそこまでつまらなかったの？」

新聞がさがり、驚いた目がのぞいた。

「なんだって？」

どうやら彼の脳も堕落してしまったらしい。

「今朝はやけに語彙が乏しいわね」

アラステアが新聞を折りたたみ、顔全体を現した。屋敷に戻ったときにひげを剃ったのだろう。顎の線がすっきりとして、クラヴァットがよく映える。またひげが伸びてくる前に、あのなめらかな肌に触れてみたい。

「何をわけのわからないことを言っている」アラステアが冷ややかに言った。

「さっきから様子が変よ。本来ならわたしのほうが恥ずかしがるべきなのに。なんといってもわたしは女だから」

アラステアが顎をこわばらせ、新聞をテーブルに置いた。「おかしなことを言うな」

必要以上に強い口調だ。オリヴィアは彼をからかってやりたくなった。

「まさか、照れているんじゃないでしょうね」

オリヴィアが驚いたことに、そしてうれしいことに、アラステアは顔を赤くした。

「私が照れているだと――」

「わたしとまったく目を合わせようとしないもの。今朝はやけに急いであの家を出たわ。そのあとは、いっさい会話もない。わたしを失望させたかもしれないと不安なの？　それなら心配はいらないわ。そもそも――」

アラステアは喉が詰まったような声を出した。

「あら、たいへん」オリヴィアは飲み残しの紅茶のカップを差し出した。一時間ほど前に車掌がうやうやしく運んできたのだ。「紅茶をいかが？　それから、誤解しないでね。ゆうべはすてきだったわよ」

彼はカップを押し返した。「そんなもの……」そこで口を閉じ、オリヴィアをじっと見る。「わざと嫌がらせをしているだろう」

「まさか」いいえ、そうよ。「ただ、どうして――」

アラステアが髪に手を突っ込んだ拍子に、シルクハットが脱げた。

「まったく、きみはどこまでも恥知らずな……」

オリヴィアは身をかたくした。恥知らずですって？「まあ、ごめんなさい。ゆうべは何もなかったふりをすればよかったの？　それとも、あまりうれしくなかったふり？」

彼は頭に手を突っ込んだまましばらく動かなかったが、やがて別の感情が芽生えたのか、捕食動物のように危険な様子を漂わせて目を細めた。鼻孔が広がり、唇にうっすらと笑みが浮かぶ。

「いや、芝居などしなくていい。ゆうべのきみがどれほど悦んでいたかはよくわかっている」

急にあたりが暑くなった気がした。「それなら……」

「しかし、それだけだ」アラステアは背筋を伸ばし、ふたたび新聞を手に取って記事を熱心に見つめた。どうせ一字も目に入っていないのだろう。「われわれは協力してバートラムを陥れる。きみが私に期待していいのはそこまでだ。もちろんわかっているだろうが」

傷つく必要はどこにもないはずだった。それなのに、オリヴィアの心の中の愚かで子どもっぽい一面が——つまり今の彼女の心の大部分、いや、ほとんどすべてが、その冷ややかな言葉に血を流した。

それは一方で、恐怖を呼んだ。

わたしはいったい何を期待していたのだろう？　アラステアがわたしの純潔を奪ったことを恥じて、紳士らしくプロポーズをしてくれるとでも思ったの？　アラステアが再婚の意思を示したことはない。万一、そうする気があったとして、彼がわたしに与えてくれるものは何？　公爵領だ。オリヴィアは顔をしかめた。わたしが求めているのは、自分が安心できる場所。ここが自分の居場所だと心の底から思えるところだ。もしふたりが結婚したとしても、アラステアはいつの日か過去の暮らしを取り戻したいと望むだろう。そのとき、そんな世界にまったく縁のない婚外子の女と結婚したことを思い出して愕然とするに違いない。そんな夫はほしくない。

アラステアに望むことは何もない。「ほかに何も求めないわ」オリヴィアは涼しい顔で答えた。「あなたほど身分が高くて、数々の功績を残した男性はなかなかいないもの。一時間でも興味を抱いてもらえて幸運だわ」

彼は視線をあげ、眉根を寄せた。「そういう意味で言ったんじゃない」

「だったらどういう意味？」

アラステアは座席にもたれてオリヴィアを見つめた。「私は……」言いかけたものの、いらだたしげに口を閉じた。「私は愛人を囲う気はない」

オリヴィアはテーブルの下で拳を握りしめた。「ちょうどいいわ。わたしだってそこまで身を落としたつもりはないもの。それに、愛人というのは関係を続けてこそのものでしょう。わたしたちの場合は一度きりだから」

「そうなのか」アラステアが冷ややかに言った。

「そうよ。昨日はとにかくたいへんな一日だったもの。わたしはいつもの自分ではなくなっていた。もとの自分を取り戻した今では、もはや興味がなくなったの」

アラステアが目を細める。「だったら、もう一度興味をかきたてることにしよう」

いまいましいことに、オリヴィアの体を興奮が駆け抜けた。

「あいにく、もう目新しさがなくなったわ」

アラステアがテーブルに肘をついて身を乗り出した。

「オリヴィア、われわれの関係は、まだはじまってさえいない」

その言葉は秘密の約束のような危険をはらみ、オリヴィアの胸にまっすぐ飛び込んできた。

彼女はいぶかしげな顔で身を乗り出し、互いの鼻と鼻を突きあわせた。

「そうなの？　だったら、わたしも少し練習しないとだめね。ほかの誰かと」

「させるものか」アラステアがオリヴィアの腕をつかんで引き寄せ、キスをした――熱く舌をからめて。オリヴィアはまぶたを閉じた。いいわ、そういうことならこのままもう一度

――。

扉が勢いよく開き、オリヴィアははじかれたように体を引いた。「もうすぐ駅です」車掌が苦々しい表情で告げた。ふたりがキスを交わすのを見たのだろう。その声ににじむ批判がましい響きを耳にしたとき、オリヴィアは自分がまさしく故郷に戻ったことを実感した。

今朝、夜明けの光に照らされたオリヴィア・ホラデーの寝顔は、一六歳の少女も同然に見えた。アラステアはあることに気づいてベッドをおりた。自分はこの女性を破滅させたのだ。女性を待ち受けるありとあらゆる危険の犠牲になることなく、たったひとりでこの世を生き延びてきたオリヴィアの純潔を奪ってしまった。責任を取るつもりもないのに。

それがどうした？　アラステアは屋敷に向かって歩きながら考えた。これもまた自分の役どころだ。見境のない怒りに突き動かされて復讐するのだけが、非道な人間のすることではない。不公正と知りながら、相手を苦しめることもやってのける。悪人は苦しまない。苦しむのは被害者だけだ。

しかし目の前にいるこの被害者は、アラステアに罪の犠牲にされたことさえ知らないらしい。それればかりか、どこか生まれ変わったようにすら見える。とてもみずみずしく、さらに美しくなった。まるで秘密の研究室で、あらゆる自然の法則に反して発明された新素材で作り直されたかのように。ふたたびアパートメントに戻ったとき、オリヴィアは純潔を奪われた娘にしてはあまりにも明るく挨拶をした。顔を赤らめることもなく、まともに目を合わせてきた。しかも今は、アラステアが同じようにしないからといって嫌がらせを仕掛けてくる。昨夜、自分がしたことは、彼女の理性をなんら損なわなかった。婚外子で奉公人。まるで帽子のように名前をころころ変えるしたたかな女。

オリヴィアにどう接するべきなのか、アラステアにはわからなかった。汽車が地響きを立てながら停まった今ですら、彼女は挑戦的な目でにらみつけてくる。なぜそんなことができるんだ？　アラステアは自らの自信がどこから来ているのかを理解していた。自分の武器は権力だ。行きつけだった紳士クラブを久しぶりに訪れたとき、その威力のほどを上着のポケットに忍ばせたナイフに匹敵するほど強く感じた。だが、そうした武器を何も持っていないはずのオリヴィアが、アラステアに負けないくらい堂々と顔をあげ、何ひとつ恥じることなく歩いていく。そんなことがなぜ可能なんだ？

自分がここまでオリヴィアを求める理由が、アラステアにはわかっていた。エンジニアたちが見たことのないあたらしい器具をほしがるように、彼女を裸にし、解体し、細部を調べ、その秘密を自分のものにしたいのだ。

しかし、まさに昨日の夜、そうしたんじゃなかったのか？　なのに、オリヴィアを理解できた気がまるでしない。自分がどうしようもなく夢中になっていることを痛感させられただけだ。

その入れ込みようがわれながら不快だった。もはや自分には不要となったはずのさまざまな思いが呼び覚まされるからだ。道義、責任、理想……。

オリヴィアは嘘つきの裏切り者だ。なんの借りがあるものか。

そういうわけで、アラステアはオリヴィアをくつろがせるための心配りをするでもなく、ただ黙って座っていた。オリヴィアも何も要求しなかった。そもそも彼女が何を求める？金？せいぜいそのくらいのところだ。

駅を出たあと、アラステアはさしあたって交通手段に金を使うことにした。村までわずか三〇分なら、小ぶりな無蓋車《フライ》でじゅうぶんだろう。けれども空いていたのは古びた箱馬車《ブロアム》だけで、室内はニューゲート監獄のようにかびくさかった。しかも実際それに乗って出発してみると、内装だけでなくスプリングも交換する必要があることが判明した。馬車はシーソーのように大きく揺れた。

アラステアはなるべくオリヴィアに目を向けないよう気をつけていた。だが、もちろん見ずにはいられなかった。ちっぽけな川に大げさにかけられた重厚な古い石造りの橋を渡ったとき、それまで落ち着き払っていたオリヴィアの様子が変わっていることにアラステアは気づいた。唇がかたく結ばれ、顔色は青ざめている。

いったい何を見ているのだろう？　アラステアの目に映るのは、遠くの丘の風車と、橋を渡ってすぐのところに立つ、数世紀も潮風にさらされて崩れかけた石造りの教会だけだった。

やがて砂利道に入り、馬車が大きく揺れた。

「もうすぐだわ。薬局を過ぎて、ふたつ目の角を曲がったところよ」

予想どおり、アレンズ・エンドはのどかで美しい村だった。テューダー様式の店舗が立ち並び、杭垣《くいがき》の向こう側に白漆喰《しっくい》塗りの平屋が並んでいる。春には杭垣にバラが咲くのだろう。人は見当たらない。

オリヴィアはその景色を静かな表情で眺めていた。もちろん意識的にそうしているのだ。そうでなければ、ここまで無表情にはならない。「昔と変わっていないか？」アラステアは尋ねた。

「もちろん」オリヴィアが静かに言った。「こういう土地はずっと変わらないわ」

「帰ってきてもうれしくないみたいだな」

彼女はただ肩をすくめた。

アラステアは奇妙ないらだちを覚えた。オリヴィアは容赦なくアラステアをつつき、挑発し、知る権利のないことまで質問する。妻を愛していたの？　政界に復帰しないの？　そのくせ、自分の秘密となると何も明かさない。アラステアに闇の中を手探りさせ、答えを求めさせる。「きみはここで育ったんだろう」アラステアは言った。「昔の友人はひとりもいないのか？」

オリヴィアがあきれたまなざしを返してきた。「日陰者の娘に？」かすかに微笑む。「こういう狭い村はことのほか貞節を重んじるわ。停めて」彼女は身を乗り出した。「ここが実家よ」

ヒイラギが飾られたその小さな居間の雰囲気は、アラステアにはとてもなじみがあった。

それぞれの紹介がすんで紅茶が出されたあと、彼はなぜそう感じるのかを考えた。

女主人のミセス・ホチキスは、オリヴィアの母にこの家を貸した男の妻で、現在は未亡人だった。痩せて繊細そうな、品のいい白髪交じりの女性だ。アラステアへの正しい呼びかけ方を覚えられず、〝閣下《ユア・グレース》〟と〝旦那様《ユア・ロードシップ》〟を何度も行き来した。

ミセス・ホチキスの友人で、オリヴィアとアラステアの突然の訪問に邪魔されたミセス・デールは会話に消極的だった。服の袖のボタンをやたら気にして、何度も引っ張っている。まるで、常々くびにしたいと思っていたお針子の腕前を問題視するように。また彼女は、ミセス・ホチキスがアラステアへの呼びかけを間違えるたびに、さもあきれた様子で鼻を鳴らした。

ミセス・ホチキスはオリヴィアが知っていると思われる村人たちのその後について、あれこれ語った。この地域の住人はどうも早死にする傾向があるらしかった。原因は経済的な苦境、梯子や馬や井戸にからむ事故などだった。アラステアがそろそろしびれを切らしかけた頃、やっとミセス・ホチキスが言った。「まあ、いやだわ！　わたしときたらひとりでしゃべってばかり――あなたが元気かどうかも尋ねなかったわね、ミス・ホラデー」

「そうよ」ミセス・デールが一カ月前の粥《ポリッジ》のように乾いた声で言った。「ぜひ知りたいものだわ」

「ロンドンではいい暮らしをしているようね」ミセス・ホチキスが明るく続けた。「今では、こんな立派な方とご一緒しているなんて！」感心したようにアラステアに目を向ける。

「と、と、とっても興味深いこと」ミセス・デールが言った。

オリヴィアが毅然とした態度で顔を向けた。

「そうですか、ミセス・デール？　何がそれほど興味深いのでしょう？」

ミセス・デールが口をすぼめた。「それはわからないわ。想像しようにも、何も聞かされていないから。ただ、その顔はいったいどうしたのかと誰が見ても思うでしょうよ。もっとも、そちらの世界ではよくあることかもしれないけど」

オリヴィアが腫れた頬に手をやった。そのときアラステアは、この部屋と同じ雰囲気を以前どこで感じたのかをようやく思い出した。卓上に置かれた紙ナプキンの山。女性たちが着ている流行遅れの細身のスカート。額縁に飾られた女王陛下の複製画。やたらたくさんある時計。色あせたクリスマスリースの香り——それらに惑わされ、気づくのが遅れた。目に入るものこそ異なるが、まさにこれと同様の張りつめた空気をかつて議会で感じた。熾烈《しれつ》な採決の場で、仲間の裏切りに直面したときに。

「転んだのです」オリヴィアが落ち着いた声で答えた。「ちょっと怖いものを見て、それに気を取られてしまって——ロンドンではありませんが」彼女は椅子の中で座り直し、ミセス・デールに背を向けた。「おっしゃるとおり」ミセス・ホチキスに顔を向けて言った。「ロンドンでは不自由なく暮らしています。おかげさまで」

「向こうで何をしているの？」ミセス・ホチキスが尋ねた。

オリヴィアは涼しい顔で答えた。「タイピストになる訓練を受けて、それで——」

「それで閣下とお近づきになったの?」ミセス・デールがちらりとアラステアを見た。黒い瞳が狡猾そうに光っている。「それとも、閣下とは縁続きか何か?」

そのときミセス・ホチキスが唐突に動いて友人の注意を引き、またすぐに静かになった。なるほど――アラステアは気づいた。ミセス・デールは、オリヴィアが婚外子であることをアラステアは知るまいと踏んでいるのだ。それで、話をわざとそちらに持っていこうとしている。

アラステアはわずかに不思議そうな表情を作ってみせた。

「いや、そうではありません。ミス・ホラデーは私のおばの秘書でした」

「それが今では、閣下につき添われるまでになったのですね」ミセス・デールがかすかに笑った。「なんてすばらしいんでしょう」

ミセス・デールは明らかに、ふたりの関係を〝すばらしい〟とは正反対のものだと想像している。もし時代が中世なら、ミセス・デールは魔女を火あぶりにする薪の束に最初に火をつけるだろう。まったく恐れ入る。

アラステアは肩をすくめた。

「ミス・ホラデーの今後について、私が力になることがおばの最後の望みでした」

ミセス・デールが細い眉をあげた。「助けが必要だなんて驚きですわ。この人はいつだって、それはうまく立ちまわることができますよ。そのことをミセス・ホチキスはうっかり忘れているんでしょうけど」オリヴィアに向かって続けた。「そういえば、わたしに孫ができたの。息子がミス・クロッカーと結婚してくれたときは本当にうれしかったわ。まさに理想的な妻なのよ」

なるほどそういうことか。ミセス・デールの息子は、かつてオリヴィアに想いを寄せていたのだ。

「まあ、おばあ様になられたんですか!」オリヴィアがにこやかに言った。「てっきり、ひいおばあ様くらいかと思っていましたわ!」

ミセス・デールが唇を引き結んだ。

「ところで、ここへ来たのは何か用事があったからでしょう、ミス・ホラデー?」ミセス・ホチキスが急いで口を挟んだ。「閣下があなたの今後について助けてくださるということだし」

この件に関して、またミセス・デールから無数の横槍が入ると思われた。すべてオリヴィアを侮辱するものだ。それはすなわち、アラステアを侮辱するものでもある。架空のおばをでっちあげてまで、オリヴィアのためにひと肌脱ごうとしている自分を。

ミセス・デールのトカゲのような目を見据えながら、アラステアは言った。「さて、少し表を歩きませんか、ミセス・デール。アレンズ・エンドの歴史をお聞きしたいので」

一瞬、ミセス・デールは抵抗しようとしたが、やがておとなしく立ちあがった。「いいでしょう。では、ミス・ホラデー……」オリヴィアを見下すように見た。「アレンズ・エンドがすっかり様変わりしたことを今から閣下にお伝えしてくるわ。あなたが出ていってから、ずっといい場所になったことをね」

ミセス・デールは古めかしいタフタ織りのスカートをがさがさいわせながら部屋を出た。小道に出ていく彼女に腕を貸す気になれず、アラステアは少し遅れて席を立った。

「ごめんなさい」ミセス・ホチキスが小さな声で言った。アラステアではなくオリヴィアに対して。オリヴィアは肩をすくめた。

「いいんです。このくらいは覚悟していました」

アラステアが外に出てみると、気温はかなりさがり、空に灰色の雲が低く垂れ込めていた。スカートをひるがえして早足に小道を去っていくミセス・デールの姿が見えた。不思議だ。これまでの経験では、田舎の女性たちはアラステアと散歩したことをまわりに自慢したがるものなのに。

アラステアは門の脇に立ち、凍える両手をさすった。近くで馬が足踏みをし、御者がなだめるように声をかけている。右手には広々とした丘陵と羊の群れが見えた。左手にはここまでの曲がりくねった道と、店や小さな家が見える。絵に描いたように美しくのどかな風景だが、ここがオリヴィアにとって楽園からほど遠いことは想像できた。

扉の開く音がした。オリヴィアがひとりで階段をおりてきた。彼女は落ち着いていたが、顔が青ざめている。「何も出てこなかったわ」強い風に吹かれ、寒そうに両腕を抱えた。「ミセス・ホチキスはここに住んでもう二年になるそうよ。家の中でまだ見ていない場所はないんですって」

オリヴィアの失望したような声がアラステアは気になった。夕方の薄暗い光の中、彼女の顔は血の気がなく、頰の痣が目立っている。そういえば、今朝から一度も様子を尋ねてやっていない。「痛むか？」

オリヴィアが頰に触れた。「ただの痣よ」そして笑った。「これを不品行の証と思う人もいたみたいだけど。ついでに角でも生やしておけばよかったわ！」あたりを見まわした。「あの人は？」

「散歩もしないで帰ってしまった」

「残念そうね」オリヴィアは皮肉っぽい笑みを浮かべた。「どうせみんなに言いふらしに行ったのよ。ちょっと歩かない？　どんなふしだら女がやってきたか見せてやりましょうよ」

アラステアは眉をひそめた。なぜこんな最低の場所にとどまろうとするんだ？

「これ以上ここにいる意味がないなら——」

「ひとつ考えたの」オリヴィアは店のほうに向かって歩き出した。

アラステアは御者についてくるよう指を鳴らして合図し、オリヴィアの横に並んだ。隣の家の前を過ぎたとき、正面の窓のカーテンが揺れるのが見えた。誰かが中からのぞいていたのだ。

「〝真実は故郷にある〟」オリヴィアが言った。「その故郷というのは、この場所のことではないのね」彼女の横顔は穏やかだった。こっそり監視されていることに気づいていないようだ。左手の家だけでなく、向かいの家の正面の窓辺にも、黒っぽいカーテンの向こうに人影が見え隠れしている。「母はアレンズ・エンドのことを言っていたんじゃない。シェプウィッチよ！」

「そうかもしれない」アラステアはうわの空だった。どんどん落ち着かない気分になっていた。どんよりした空と、不快な風が吹き渡るがらんとした道のせいで、ここが打ち捨てられた場所のように感じられた。こんなところがオリヴィアのような女性を育んだとは信じられない。

木製の遊歩道を歩いていくと、店から数人の年配女性が話しながら出てきた。ペイズリー柄のショールをはおっているのはミセス・デールだ。

オリヴィアが足を速めた。アラステアの腕にすがりつくように身をすり寄せる。微笑みを浮かべてはいるものの青ざめたその顔を、アラステアはじっと見おろした。

「あんな愚かな連中を気にするのは時間の無駄だ」

風が吹き、オリヴィアの赤い髪がひと房、頬にかかった。「そうね。でも、わたしは今ではあの人たちより背が高いわ。しかも、こうして公爵と腕を組んで歩いている。だから見せつけてやるの」

アラステアの胸に苦々しさが込みあげた。

「私は痣をつけるよりもなお悪いことをきみにしたんだ。あの連中がどんな想像をするかわかるだろう」

「でも、その想像は当たりでしょう」オリヴィアはさらりと言った。「それでも、わたしはあの人たちをにらみ返してやるの。きっとせいせいするわ」

ミセス・デールがグループから離れて去っていった。ほかの女性たちはアラステアとオリヴィアが近づいてくるのを見ている。

アラステアの胸に怒りが込みあげた。「やめろ」吐き捨てるように言った。「なぜ自分を見世物にするんだ?」

「あなたも言っていたじゃない。わたしは恥知らずなの」

アラステアは息をのんだ。「私はそういう意味で言ったのでは――」

「違うの?」女性たちの靴音が響いてきた。「でも、大丈夫よ。あなたが怖がる必要はないわ。あの人たちはあなたには礼儀正しくお辞儀をするでしょうから。たとえあなたが公爵でなかったとしても、こういうことでは男性は非難されないの」

アラステアは必死に言葉を探した。しかし、出てきた返事は陳腐だった。「すまなかった」彼は静かに言った。「さっきの発言は不用意だった。考えが足りなかったよ」

「本当ね」オリヴィアはすばやく顔を正面に向けた。視線の先で、パン屋の誰かが鎧戸を閉めた。「あのパン屋――ご主人のミスター・ポーターは母にとても親切にしてくれた。でも、奥さんは違ったわ。道で母に会ってもそっぽを向いた」

「愚かな女だ」

「あら、むしろ教会通いに熱心な、立派な人だったわよ。母を集会から締め出そうと一致団結していたのが、ミセス・ポーターとミセス・デールだった。母は洗礼証明書を持っていなくて……そこをまんまとつかれたわ」

なんてことだ。どこまで卑劣で残酷で――そして見事なやり口なのか。こんな小さな共同体で誰かを孤立させるのに、これほどうまい方法はない。アラステアはオリヴィアの手をきつく握りしめた。

しかし、オリヴィアはその手を振り払った。

「わたしはうれしかったわよ。教区牧師の説教はとことん退屈だったもの!」

こちらをじろじろ見つめる女性たちの二〇歩手前で、アラステアはオリヴィアを立ち止まらせた。馬車の中で彼女に投げた問いかけが思い出された。〝昔の友人はひとりもいないのか?〟

自分はこれほど無神経ではなかったはずなのに。

「私も孤独だった。子どもの頃は。両親は世間から断罪され、軽蔑され、葬り去られた。しかし、それは私自身の問題ではない。きみの場合も同じだ」

オリヴィアの顔にとても傷つきやすい無防備な表情がよぎった。二度と目にしたくないと思うほど切ない表情だった。二度とそんな表情をさせないよう、私の力でなんとかしよう。それができなくてどうする?

「全員がひどい人たちだったわけではないわ」オリヴィアは小さな声で言った。「牧師は気にしなくていいと母に言ってくれた。でも、母は二度と教会に行かなかった。それどころか、そのあと外出もほとんどしなくなったの」

胸の中で何かがはじけ、アラステアは鋭く息を吸った。「家にこもるようになったのか」

オリヴィアは静かに言った。「引きこもるという解決策を思いついたのは自分が最初だとでも思っていたの？」

まるで壁に叩きつけられたような衝撃だった。「だが、きみは隠れなかった」なぜこれほど苦々しい声になってしまうのだろうか？　心底驚いた声になるのだろうか？

「隠れなければならないほどの相手ではないもの」オリヴィアがアラステアの肩越しに女性たちを見た。「あそこに婦人帽子店の人がいるわ。バートラムはロンドンから帽子を買ってこなければならなかったの。ミスター・アーデルが母に帽子を売ってくれなかったから。あの奥さんにだめだと言われて」

「きみにそこの店の帽子をぜんぶ買ってやる」

オリヴィアは鼻に皺を寄せ、舗道のいちばん端に立っている女性をにらみつけた。「ひとつもいらない」きっぱりと言う。「ひどい帽子ばかりだもの」

アラステアもオリヴィアと並んで女性たちを見た。そのうちのふたりはミセス・ホチキスと似通った年齢らしかったが、三人目はオリヴィアと同じくらい若かった。けれども、表情がきついために老けて見える。

「残念だな。こういった小さな町につまらない者たちが集まるのは」

年配のふたりの女性が向きを変えて木の階段をおりていった。やがて若い女性もスカートのあとに続いた。

「ああ」オリヴィアがつぶやいた。「本当にせいせいしたわ」

馬車が近づいてきて、馬が足踏みをしながら止まった。

「集中砲火を免れたな。こんなところは早く出よう」

オリヴィアはアラステアの手を借りて馬車に乗り込んだ。扉が閉まるなり口を開く。「集中砲火なんてたいしたことじゃないわ。言われて傷つくならともかく、わたしはあの人たちの意見そのものを信じていないもの」

「当然だ」

「本当よ。まったく気にしないわ」オリヴィアは奇妙な笑みを浮かべた。「わたしがあの人たちに昔のことを謝ってもらいたがっているなんて誤解しないで。わたしはただ、母の目線でしばらくあそこを歩いてみたかっただけ。今の自分がまさしく同じ立場になったから。でも、母のように生きるのは無理だと悟ったわ。母はいつも他人からどう思われるかを気にしていた。だから、わたしは大昔に決心したの。わたしを破滅させることができるのは、わたし自身以外に誰もいないと。今日までその誓いを守ってこられたとわかった。あの人たちにじろじろ見られても、なんとも思わなかったもの」

アラステアは黙ってオリヴィアを見つめた。強がりではなく、彼女は本心から言っている。

「それでもあなたから恥知らずとは言われたくなかった。あなたにどう思われているかは気になるから」そう言いながら、鼻に皺を寄せる。「たぶん、あらためるべきね」

「あれは侮辱ではないんだ」あの言葉をそんなつもりで使うつもりは二度とない。「むしろ、きみにはいくらでも恥知らずになってもらいたい」

オリヴィアは首を傾け、当惑した顔で微笑んだ。「本当に？　だけど、汽車の中ではずいぶんあなたを憤慨させてしまったわ。あなたの繊細な心を踏みつけにするべきじゃなかった──」

アラステアは向かいの席からオリヴィアのウエストを抱きあげて、自分の膝にのせた。彼女は驚いて声をあげ、アラステアの腕の中で笑いながら身をよじった。そしてバランスを崩し、アラステアにウエストを支えられ、彼の首に両腕をまわしてにっこりした。

「わたしが恥知らずなほうがいいのね」

アラステアはオリヴィアの髪に顔をうずめ、香りを胸いっぱいに吸い込んだ。鼻からだけでなく、肌全体で。オリヴィアはバラの香りがした。それが香料でないことはもうわかっている。アパートメントにあった石鹼は海狸香《カストリウム》だ。オリヴィアが漂わせる香りは石鹼やローズウォーターではなく、その体に備わる不思議な力から自然に生まれる。彼女の本質なのだ。世間の固定概念にとらわれない勇気と同じく。

ふたたびオリヴィアが言った。「わたしも恥知らずな自分のほうが好き」少し声がうわずっている。

アラステアは返事ができなかった。彼女の髪の感触に夢中になっていた。まぶたと頰を猫のようにすり寄せる。ただ賞賛しているのではない。焼けつくように激しく求めている。しかし、この荒々しい衝動はただの肉欲ではない。オリヴィアの希望を自分のものにしたいと思ったこともあるが、今はそれより、彼女の体に乗り移って一時間ほど歩いてみたかった。これほど強い心がこれほどやわらかでかぐわしい肌に優雅に包まれているのがどんなものか、自分でも感じてみたい。

アラステアがオリヴィアの耳たぶを歯で挟み、縁を舌でなぞると、彼女が小さくあえいだ。はたから見れば、まさしく肉欲そのものだ。この場でオリヴィアの中に押し入って、声をあげさせるつもりだった。だが、肉欲はただ身体的に満足させられるものにすぎない。肉欲は飢えのようなものだ。飢えなら、ふつうのパンでもフォアグラでも同じように満たされる。

これはただの肉欲ではない。体だけがオリヴィアを求めているのではない。オリヴィアの体だけがほしいわけでもない。

アラステアは彼女をのけぞらせ、頭を支えて唇を顎に這わせた。少し汗の味のする喉に口づける。オリヴィアが身を震わせた。彼女はアラステアが求めるとおりに動いた。アラステアは今度はオリヴィアを抱き起こして座席に座らせ、胸を包んで愛撫し、ふたたび震えさせた。オリヴィアの体が反応するのを感じるうちに、自分の体の奥でそれまでの歯止めが失われた。堰を切ったように欲望があふれ出す。

アラステアは歯を立てた――首筋をこすり、そのあと舌を這わせる。オリヴィアが小さく声をあげた。彼女の心をとらえることができないのであれば、体を誘惑し、何もかも差し出させよう。アラステアは座席からすべりおりて、オリヴィアを座席に横たわらせた。オリヴィアはおとなしく従った。見開かれた瞳は原野の空のように荒々しい青だ。荒々しさは、手なずけることができる。

アラステアはガタガタ揺れる冷たい床に膝をつき、オリヴィアに覆いかぶさってその唇を自分の唇でふさいだ。〝私だけに話せ〟狡猾な気持ちと——それからふいに、わけもなく嫉妬が芽生えた。これまでオリヴィアが、理解のない相手に無駄な言葉や才知を発したことに。あの田舎のたちの悪い《ハーピー》女どもに勇気を示したことさえ許せない。オリヴィアを堕落した女としか考えられない、あんな見る目のない連中に。

オリヴィアの唇が閉じていることが、急に不当に思えてきた。アラステアは彼女の唇を自分の唇でこじ開けた。オリヴィアの舌、歯、頬の内側にキスをする。すべてが自分のものだ。手のひらをドレスの胸元に這わせ、その内側のなめらかなふくらみを探り、とがった胸の頂を爪で軽くこする。オリヴィアがうめき声をあげた。

「馬車で……こんな……」彼女は呆然としている。正直、アラステアもどうしていいかわからなかった。しかし、駅に着くまでにあと三〇分ある。どうにかできるだろう。科学者のように、オリヴィアを隅々まで調べ尽くす方法を編み出してみせる。最後にはすべて自分のものにしてみせる。誰にも邪魔はさせない。

アラステアはドレスの胸元を少しずつ注意深く引きおろした。布を破いて、オリヴィアをみっともない姿にさせるわけにはいかない。二度とあの女たちが向けてきたような視線にさらすわけにはいかない。とはいえ、オリヴィアは連中の侮蔑を歯牙にもかけなかった。彼女の強い心にかかれば、そんなものは別世界のできごとなのだ。幸いコルセットはレースやクジラの骨ではなく革製だったので、アラステアは乳房をなんとか解放した。そしてオリヴィアの顔を見つめながら胸の頂を口に含んだ。

オリヴィアの口が開いた。彼女が手の甲で両目を隠そうとするのを、アラステアは振り払って顔の横で押さえつけた。どんな反応をするかこちらに見えるように。

オリヴィアの漏らす声は獣のようだった。そう、野性的で奔放な獣。彼女の激しく振り乱される髪はキツネの色だ。赤、銅、赤褐色、オレンジ、太陽の光、炎の色が混じりあっている。アラステアはオリヴィアの乳房を吸いながら片方の手でスカートをたくしあげ、なめらかな長い脚を撫であげた。オリヴィアが身を浮かせると、彼はさらに深いキスで押さえ込んだ。協力などいらない。〝動くな〟言葉にはしなかった。協力などほしくない。ほしいのは服従だ。それをこの手で勝ち取りたい。〝すべてを差し出せ〟

光に照らされたオリヴィアの両膝は丸くてくぼみがあり、アラステアのキスを心待ちにしているようだった。図書室の夜は、ここに長くとどまらなかった。その罪に罰を与えられたかのように、あのあとオリヴィアに裏切られたのだ。今から思えば、この魅力的な膝を無視した罰としては、そのあとの彼女の裏切りはむしろ手ぬるかったかもしれない。内腿に歯を立てたとき、オリヴィアが小さく声をあげた。それから馬車が速度を落としたのに気づき、あわてて膝を閉じた。「待って！」

しかし車輪のまわる速度が変わったのは、先ほどより路面状態のいい街道に入ったためだった。アラステアは腿のあいだに舌を這わせた。それでも膝が開かないので、彼は片方の手を脚のあいだに差し入れ、薄いローンの下着の上から親指を秘所に押し当てた。

「これを差し出せ」

オリヴィアが膝を割った。

アラステアは下着の隙間を指で探り、荒々しさを押し隠すようにやさしく慎重な手つきで熱く潤う秘所に分け入った。濡れた部分がたてる湿った音を聞くうちに、わが身の獣性が目覚め、凶暴な欲求がふくれあがっていく。アラステアはスカートをめくりあげ、そこに口を押し当てた。ああ、ふたたびこうするのを何百年も待ちわびていた気がする。夢中で彼が舌を這わせたり吸ったりするうちに、オリヴィアが〝お願い〟と訴えた。そこでアラステアは同じことを繰り返し、オリヴィアにもう一度同じことを言わせた。

オリヴィアを懇願させるためなら、どんなことでもしてやる！　アラステアはさらに、息も絶え絶えの声で彼女に同じ言葉を繰り返させた。背中に爪が食い込んでくる。しかし、許してやるにはまだ早い。どうやってこの時間を引き延ばしてやろうか？　耐えかねたオリヴィアが腰を強くくねらせた。アラステアはいったん舌を這わせるのをやめて呼吸を整え、彼女が戻ってくるのを待ってふたたび口をつけた。オリヴィアが叫び声をあげた。この程度でじゅうぶんなのか？　相手が自分を求めて叫ぶまで、快楽をいやおうなく学ぶまで奪ってやる。そう、自分は善人などではない。しかしオリヴィアの香りに包まれて、その悦びの声を耳にするうちに、自分の邪悪な部分をうまく利用する道が見つかった。それでオリヴィアを激しくもだえさせられるなら、悪なる部分も喜んで受け入れよう。

アラステアは座席に座り、オリヴィアを膝の上にのせた。オリヴィアはふらついて、彼の肩につかまった。息が切れ、頬は紅潮し、唇は濡れて開いている。舌が見え、アラステアはそれに吸いつきながらズボンの前を開いた。

オリヴィアに手で握られて、アラステアは息をのんだ。おそらくこれがはじめて発した音だった。オリヴィアが手で導きながらぎこちなく動いた。アラステアはオリヴィアのウエストをつかまえて位置を調節してから、迎え入れようとする彼女にゆっくりと押し入っていく。その部分がさらに熱く潤って締めつけてくるのがわかった。オリヴィアはアラステアの肩に額をつけている。その頭が動かないように、片方の手で押さえた。〝そこでじっとしておいで〟もう片方の手でヒップを抱えて動き方を教えながら、さらに奥に入った。

〝いつまでも〟その言葉が繰り返し頭に浮かんだ。いつまでも彼女の中にいよう。ふらつかないようこの腕で強く抱きしめてやることによって、オリヴィアが重りとなって自分をあるべき位置に安定させてくれる。この体を何度も自分のものにしよう。誰も自分たちのあいだに入ることはできない。ふたりは互いの体を所有している。アラステアはオリヴィアに取り込まれ、オリヴィアはアラステアに押さえ込まれ、貫かれている。わかっているのはそれだけだ。オリヴィアの熱く濡れた深みが、彼しか返せない答えを待っている。今から貪欲になるための秘訣《ひけつ》をオリヴィアに教え込もう。オリヴィアの体をほしいままにし、彼女がこのこと以外は何も考えられないようにしてやる。オリヴィアを完全に満たし、思考が入る余地などなくしてやる。

アラステアはふたりの体のあいだに手を差し入れて愛撫した。オリヴィアが頭を持ちあげて叫ぶ。彼はオリヴィアを動かないよう押さえつけて、めくるめく悦びを受け入れさせた。オリヴィアが絶頂に達して痙攣した。アラステア自身もこのまま一気にのぼりつめそうだった。身を解き放って彼女を完全に自分のものにし、また自分の一部を永遠に彼女のものにする瞬間が迫る――。

だめだ。

アラステアはオリヴィアを座席におろした。こんな形で裏切ってはいけない。頭を壁につけ、自分の手で始末をつける。たった二度刺激するだけで事足り、彼は床に向かって自らを解き放った。

アラステアが荒い息をつきながら振り向くと、オリヴィアはひどい姿になっていた。スカートは腿までめくれ、髪は乱れ、膝にヘアピンが落ちている。ふたりは見つめあった。自分の気持ちが顔に出てしまっているに違いない。どうしていいかわからない。オリヴィアがこんな扱いを受けるのは間違っている。もっと大切にされるべきなのに、彼女に本当にふさわしいものを自分は与えてやれない。

体は動かなかったが、オリヴィアをかき抱いて顔じゅうと喉にキスを降らせたいという強い衝動が込みあげた。今のふたりの行為を決して忘れぬよう、最後にもう一度念を押すために。彼女の体は自分のものだと思い知らせるために。しかし、代わりに自分は何をオリヴィアに与えることができる？

アラステアは動けなかった。自分のものにするというのは永続的な契約を意味する。刹那的な関係などあり得ない。しかし、その考えはばかげている。アラステアが与えることのできるものは何もない。オリヴィアに何を差し出せばいいのかすらよくわからない。

「まいったわ……」オリヴィアが震える声で言い、唇を舐《な》めた。

その姿に、アラステアは胸が甘く締めつけられた。言葉が見つからなかった。オリヴィアにはどんな言葉も役に立たない。どんな言葉も当てはまらない。嘘つき、ハウスキーパー、泥棒――どれも間違っている。なのに、それに代わる言葉が見つからない。アラステアにとって納得できる言葉もなかった。オリヴィアは妻ではない。愛人でもない。ましてや他人でもない――もう二度と。

16

過去にシェプウィッチを訪れたのは一度きり、しかもわずか一、二時間の滞在だったので、オリヴィアはそのときのことをほとんど思い出せなかった。いやに大きくてがらんとした家のことは覚えている。年老いた女性がオリヴィアを膝に抱きあげようとすると――母が奪い返した。それから激しい口論もあった。母は泣いていた。

そうした記憶は、母の実家を探し当てるのにたいした助けにはならなかった。しかし、シェプウィッチそのものがアレンズ・エンドより小さく、埃っぽい道沿いに一〇あまりの家がまばらに立っているだけだった。ものめずらしそうにオリヴィアに挨拶をした雑貨店の主人は、彼女の質問にすぐさま答えた。「ホラデー？ ああ、その家なら二・五キロほど先にある白い建物だ。うしろに古い石造りの納屋があるからすぐにわかる。あんたは親戚かね？そういえば、あの一族の顔立ちをしているな。目元と……ここが」主人は自分の鼻を指した。

「ええ」オリヴィアは言った。「親戚なんです」それから足早にアラステアの待つ馬車に戻った。こんな立派な同伴者がいると、かえって怪しまれる気がする。

彼女は御者に行き先を伝えた。御者は気のいい青年で、田舎道を丸一日走ることに辛抱強くつき合ってくれた。馬車の中では、アラステアがむっつりした顔で壁にもたれていた。体を重ねることの影響はさまざまなようだ。オリヴィアは生気がみなぎってくるが、彼のほうは頭でも殴られたかのように不機嫌になる。

「わたしの鼻をどう思う？」オリヴィアは尋ねた。

アラステアは壁から体を起こし、問題にされた箇所を見て眉をひそめた。「特になんとも」

「そうよね」オリヴィアは満足そうに言った。美しさの基準からすると若干大きめだが、鼻筋は通っている。どのみち、たいした特徴はない。「でも、あの店の主人はわたしを見て、ホラデーの鼻をしていると言ったの」

オリヴィアは何げなく言っただけなのに、アラステアは気になったらしい。彼は身を乗り出して、オリヴィアをまじまじと見つめた。オリヴィアはなんだかいたたまれなくなって、鼻を手で隠した。

「ふつうの鼻よ。変なことを言わないでね」

アラステアが唇の端に笑みを浮かべた。「言わないとも。すてきな鼻だ」

オリヴィアは手をさげ、うたぐり深そうに見つめ返した。「ただのお世辞でしょう！　言い直すわ。わたしの鼻は世界の七不思議にも負けない謎なの！」

アラステアが困った顔で座席に深く座り直した。「きみのことは以前も褒めたぞ」

「そう？」オリヴィアは肩をすくめた。「忘れたわ」

「本当だ」

何を言い争っているのかよくわからなくなってきた。窓の外に目を向けたとき、緊張で胃が痛いことに気づいた。ケントの東の端に近い、大地が塩と砂ばかりになる手前の肥沃なこの一帯が、オリヴィアの祖先の故郷だ。灰色の空の下、緑の丘陵がどこまでも続いている。もしホラデー家の人々に目の前でぴしゃりと扉を閉められても、決して泣いたりしない。もしさっきのようなこと——この馬車で起こったことがなかったら、おそらくわたしは彼らへの怒りをたぎらせていただろう。けれども今は、アラステアに前に出てもらい、彼らを震えあがらせてもらうつもりだった。

「きみは美しいと言っただろう」

オリヴィアははっとしてアラステアを見た。「ええ、そうだったわね。でも、あのときは……」顔が赤くなるのがわかった。行為の最中は恥ずかしくないのに、それについて話すのが恥ずかしいのはなぜだろう?

アラステアが明らかに思わせぶりに微笑んだ。「それでも嘘じゃない。しかし、信じてくれないなら、もう一度言おう。オリヴィア、きみは美しい」

なぜそんなことを言われるのかわからず、オリヴィアは眉をひそめた。

「わたしは別に美しくないわ」

アラステアも眉をひそめた。「いや、美しい」

いったいこれは何? 「美しいというのがどういうものか、あなたもわたしも知っているはずよ」少し剣のある声になった。ばかにされている気がする。「あなたの亡くなった奥様は美しかったわ。まさしく美の鑑《かがみ》よ」

　ここで彼の妻の話を出したのは、そうすればこの会話を終わらせられると思ったからだ。しかし、アラステアはただ肩をすくめただけだった。

「彼女はたしかに目の保養にはなった。だが、美しくはない」

　オリヴィアはつい笑顔になった。「おかしなこと。つまりあなたにかかると、こういう四角張った顎が美しいの？」そう言いながら、自分の顎に触れる。

　アラステアの視線がオリヴィアの手を追った。「決断力。目的意識。それらは美しい」

「わたしは顎の話をしているのよ」

「きみの顎にそういうものが見えるんだ」

　オリヴィアは戸惑った。こんなばかげたことを本気で言っているの？　しかし、アラステアはいたってまじめな顔でオリヴィアを見ている。

　オリヴィアは急にその視線を受け止められなくなってしまい、ふたたび窓の外に目を向けた。ただからかわれているだけかもしれない……。「あなたにはわたしが魅力的に映るのね。たしかにわたしは物怖じせずに、はっきりものを言うわ。でも、それと美しさは違うでしょう」

「落ち着き」アラステアが続けた。「威厳。包容力。まっすぐ伸びた背筋や身のこなしには、そういうものが見える」

　それほど姿勢がよかったかしら？　自分では気づかなかった。ふいに、これまで感じた経験のない喜びが込みあげた。久しぶりにうぬぼれが刺激された。

「ばかね」

「私は第五代マーウィック公爵だぞ。それ以外にベックデン伯爵でもあり、ウェルズリー男爵でもある。さまざまな肩書きがあるが、断じてばかではない」

オリヴィアはあきれたように雲を見あげた。

「立ち直りの早さ」アラステアが続けた。「顎の角度にそれが見える」そっけなくつけ足す。「もちろん、これは頑固さでもある。しかしなんにせよ、美点も過ぎれば欠点になる」

オリヴィアはすばやく軽蔑のまなざしを向けた。

「持ちあげるふりをしながら批判するわけ？」

アラステアが微笑んだ。オリヴィアは目をそらした。アラステアがもっと続けてくれないかと、息を詰めて待ちながら。なんて愚かなの！

しかし彼は本当に続けた。「鮮やかな色の髪には情熱が宿っている」甘くささやく。「見るたびに、あらたな色に気づかされる。今まで数えたところ、少なくとも九つあった」

髪の色を数えていたの？

「額には知性が見える。それに、私が嘘をついていないか確かめようと眉間に皺を寄せるときは、思慮深さが見える。ちなみに、私は本当のことしか言わないから信じるのが賢明だ。きみの顔はもうずいぶん長く研究させてもらった。何カ月も部屋にこもったあと、はじめて見たのがきみの顔だった。暗闇の彼方にその顔が見えたんだ。きみが自分の美しさを疑っているなら、どうやら私のほうがその顔に詳しいらしい」

オリヴィアはさっきからずっと息を詰めていたが、もう二度と息ができない気がした。アラステアに驚きの目を向けると、彼の表情はいたって真剣で、やさしげで、情熱的だった。屋敷の庭では、男の人がこれほど真剣に自分を見つめてくれることがこの先あるだろうかと思ったものだ。まさか同じ相手がそうしてくれるとは思っていなかった。

とはいえ、本当はアラステアにもう一度見つめてもらうことがひそかな願いだった。

「どうかしているわ」オリヴィアはつぶやいた。体に震えが走る。「めがねが必要なのはあなたのほうね」

アラステアがやさしく微笑む。「ユーモアと機知が曲げた唇に見える。そして瞳に……」笑みが薄れた。「希望が見える」

オリヴィアはつばをのみ込んだ。彼は以前も希望について言っていた。図書室で。これからもそんなふうにわたしを見てくれる？　尋ねたいのをぐっとこらえ、締めつけられる胸に手を当てた。答えはわたしのほうがよくわかっている。アラステアは自分がもとの暮らしを取り戻すことは二度とないと思っている。しかし、その日は来るだろう。彼が不在のまま国政が進められることを、世間がいつまでも認めるとは思えない。本人もいずれ傍観者でいるのに耐えられなくなるに違いない。

本来の役目を思い出したら、アラステアが今のような目でわたしを見てくれることはなくなる。

馬車が速度を落とした。オリヴィアは窓の外に目を向けた。家に見覚えはなかった。白い羽目板張りの平屋で、アレンズ・エンドで暮らした家よりわずかに大きい。風になびく草地の向こうに、石造りの納屋が立っていた。

「言うまでもなく」馬車が完全に停まったとき、アラステアが言った。「きみの最大の特徴は、特定の部分ではなくきみ全体からにじみ出ている。勇気だ」

オリヴィアは大きく息を吸った。

「きみに身内と再会する心の準備ができているのはわかっている、オリヴィア。しかし、無理をする必要はない。私が彼らと話をし、きみはここで待っていてもいい。彼らがきみに会いたいなら、向こうが馬車まで来ればいいんだ。きみのほうから行く必要はない」

オリヴィアは喉が締めつけられた。アラステアに備わっている性質だ。アラステアはやさしさは自分に欠け、アラステアに備わっている性質だ。いくら本人が必死に隠そうとしても、やさしさは彼の全身からにじみ出ている。それが見えるのは、世界で自分だけかもしれない。当の本人にすら見えていないようだから。「ありがとう。でも、今日は……自分から行きたい気がするの」自分に勇気があるとアラステアは思ってくれているけれど、彼が一緒でなければアレンズ・エンドの舗道であの女性たちに近づこうなどとは思わなかった。アラステアの隣にいたことで、鉄と甲冑に守られたあらたな自分を発見できた。今回も強い気持ちで乗りきるつもりだ。「一気にやってみせるわ」

アラステアが向かいの座席から隣に移った。「幸運を祈る」オリヴィアの手を取り、しびれるように熱いキスをひとつした。

小柄で白髪のミセス・ホラデーは頬がバラ色で、淡い色の目をしていた。おとぎ話に出てくる、子どもたちをオオカミから守る妖精のようだ。しかし寡婦であることを示す喪章をつけており、玄関でふたりを迎えたときの挨拶も緩慢で力がなく、明らかに疲れている様子だった。

皺だらけの首のあたりで髪を切りそろえ、黒衣に身を包んだ姿を目にし、オリヴィアは言葉を失った。アラステアが代わりに挨拶をした。ただし身分を伏せて名前だけ告げ、少々込み入った急ぎの用件で来たのだと説明した。

「詳しく話す前に、まずは座っていただきたい」

ミセス・ホラデーは紅茶の用意が整った小さな客間にふたりを案内した。それぞれにティーカップを渡すと、少し気後れした様子で微笑んだ。

「それで、いったいどんなお話でしょう?」

オリヴィアは大きく息を吸って口を開いた。「わたしのことを覚えていないんですね。あなたの子ども、ジーン・ホラデーの娘です」

ミセス・ホラデーはティーカップを落とした。絨毯に紅茶が飛び散ったが、それすら気づいていないらしい。彼女は唇をわななかせてオリヴィアを見つめた。「ああ、ああ……帰ってきてくれたのね!」口に手を当てる。「ロジャーが生きていたら……」

ミセス・ホラデーの夫ロジャーは二カ月前に亡くなっていた。ミセス・ホラデーは夫の写真を探そうと客間を出ていったが、途中で気が変わって外に飛び出した。まもなく近所の農場へメモを届けるよう御者に頼む彼女の声が聞こえ、そこからあちこちに情報が伝わったのか、一五分もしないうちに狭い客間に見知らぬ人々が大勢詰めかけた。

いとこ、おじ、甥、姪《めい》、母の幼なじみ——彼らは次から次へと自己紹介をした。熱烈な歓迎に少々面食らい、オリヴィアは用件を切り出しそびれてしまった。涙と笑いに包まれながらも、心が麻痺したように冷めた自分がいる。アラステアはソファから謎めいた表情でオリヴィアを見つめていたが、そのうち、ズボンに藁くずがついたままやってきたひとりの農夫に部屋の隅に引っ張っていかれてしまい、まるで助けにならなそうだった。しかしオリヴィアがどうにか人々の抱擁から解放されてソファに座ると、彼も隣にやってきて大丈夫かと小声で尋ねた。

もちろん大丈夫だ。この場をなんとかしなければ。「ミセス・ホラデー」アラステアは別の四人のミセス・ホラデー（うちふたりは乳飲み子を抱いていた）に向けて言ったのではないことがわかるよう、祖母に視線を据えた。「二人だけで話がしたいんです」

「いいですとも！」ミセス・ホラデーがみんなで夕食をとろうと提案すると、ほかの人たちは自宅から料理を持ってくると言って出ていった。

ふたたび三人になると、ミセス・ホラデー——〝おばあちゃんと呼んでちょうだい〟と彼女は言った——は向かいの椅子に腰をおろし、編み物を手にしてふたりに微笑みかけた。

オリヴィアはアラステアの手を握った。ミセス・ホラデーがそれを見て、潤んだ瞳を一瞬だけ伏せた。そのささやかな礼儀作法が呼び水となって、オリヴィアはようやく口を開くことができた。ただし、いったん言葉が出ると、怒りも同時に噴き出した。「なぜわたしにこれほどやさしくするんですか？　あなたたちは昔、困っている母を玄関先で追い返したじゃありませんか。なぜなんです？」

ミセス・ホラデーが編み棒を落とした。「なんてこと！　追い返す？　あの子がそう言ったの？　わたしたちは決してそんなことはしていませんよ！」

おかしなことに、自分よりアラステアのほうが驚いているのがオリヴィアにはわかった。彼が強い力でオリヴィアの手を握りしめたのだ。「いいえ、したわ。わたしは覚えています。あなたは母と口論して、そのあとわたしと母は暗い道を引き返しました。ここにはいられないからと母は言っていた」

「でも、それはあの子がわたしたちの言葉に耳を貸さなかったからよ」ミセス・ホラデーは青ざめた顔で前のめりになって訴えた。「あんな男のために我慢する必要はないとわたしたちは言ったの。バートラムを法廷に訴えるべきだと。でも、あの子は拒絶した。そんなひどい仕打ちはできないと言ってね。まるであの男に借りがあるみたいに！　そのことでたしかに口論になったわ。あなたのおじいちゃんは、あんなろくでなしのためにこれ以上娘をひどい目に遭わせてなるものかと言ったの。公正な裁きを受けさせるべきだと。娘が承知さえすれば、農地をすべて売ってでも裁判を起こすつもりでいたのよ」

ミセス・ホラデーの話はまるでわからない。しかし、オリヴィアは妙な胸騒ぎを覚えた。

「裁判？」

「そうですとも！　ほかにどうしろというの？」

そのときアラステアが口を開いた。「バートラムをなんの罪で訴えるんですか？」

ミセス・ホラデーは軽蔑しきったように鼻を鳴らした。「もちろん重婚ですよ！　うちの娘と夫婦でありながら、お金持ちのアメリカ娘と結婚したんだから！」


スイレンの葉が一面に浮かぶ池のほとりで、オリヴィアは朽ちた倒木に腰をおろした。黒い水面が遅い午後の日差しを受けてきらめく。まるで冬がこの一帯を忘れてしまったかのように、木の枝にはまだ葉が茂り、空気は暖かく、あたりは土と木のにおいがした。

アラステアが近づいてくる気配が遠くから感じられた。踏みしめられた小枝が折れる音がして、まもなく彼の投げた小石が池の水面を跳ねていった。

「うまいのね」オリヴィアは言った。

「もっとうまくできる」アラステアが彼女の隣に腰をおろした。しばらく地面を見つめたのち、ふたたび小石を拾い、その言葉を証明してみせた。

しかしオリヴィアは、水面を跳ねて最後に沈んでいく石の気持ちがわかる気がした。ふいに物事が制御不能になっていく驚き。

彼女はできるかぎり話を聞いた。しかし、親族たちが料理や酒を携えてにぎやかに戻ってきたとき、オリヴィアはついに気持ちを抑えられなくなった。彼女は客間を出て洗面所に行き、そのまま外に飛び出し、森の小道を歩いてこの池に来たのだった。

「どこへ行ったのか心配しているわね、きっと」

アラステアが肩をすくめた。

「きみが母親から事実を知らされていなかったことに驚いているだろう」

オリヴィアは頰の内側を嚙みしめた。そう、今、自分が感じているのは怒りの感情だ。怒りと……果てしない悲しみ。「きっと理由があったのよ」

アラステアは黙っていた。

「母はバートラムを愛していた」オリヴィアの口から笑いが漏れた。「そのことをこれ以上明白に証明できるものはないわね」自分の幸福を犠牲にしてまでも相手の非道をかばおうとするなんて。

「彼女はもっときみのことを考えるべきだった」アラステアが静かに言った。「つらい少女時代を送らせて——」

「やめて」オリヴィアは石を拾って投げた。石は一度も跳ねなかった代わりに、盛大な水しぶきをあげて池の底に沈んだ。「母はわたしを愛してくれたわ。あなたに何がわかるの？誰にわかるの？　母が黙って従わなければ、バートラムは殺し屋に母の首を絞めさせたかもしれないのよ」

「そうかもしれない」しばらくしてアラステアが言った。「バートラムがきみをつけ狙う理由がこれでわかった。ふたりの結婚の証拠をきみが持っていると考えているなら……」

オリヴィアの目に涙が込みあげた。なぜ今頃になって泣くの？　三〇分も平気な顔をしていたのに。「まさか。持っていないわ」

アラステアが彼女のほうを向いた。「オリヴィア、持っているじゃないか」

オリヴィアはあわてて涙を拭いた。「わたしが？」

アラステアはオリヴィアの頬に伝う涙を親指でぬぐい、まじめな顔で言った。「きみの母親が日記の最後のページに書いた言葉だ。隠された真実というのは教区簿冊のことだよ。きみの祖母がさっきすべて話しただろう。きみたちが来た夜、ホラデー夫妻は娘の結婚式を執り行った教区牧師に相談した。牧師は教区簿冊を隠すことを提案した。あとで教会に強盗が入ったことを考えれば、じつに賢明な判断だった。いくつかの銀器と一緒に教区簿冊が行方不明になった。牧師が別の場所に隠した一冊を残して」

「ああ」オリヴィアの口から思わず声が漏れた。彼女は地面に視線を落とした。

「だから、証明できる」

オリヴィアは大きくうなずいた。

アラステアが手を握った。「どうした？」

顔を見あげたとき、アラステアがけげんな表情をしているのに気づき、オリヴィアは彼をがっかりさせたことに不安を覚えた。手を振りほどき、ふたたび池のスイレンに目を向ける。

これまで母以外の誰かに感謝の念を抱いたことはない——正式な推薦状を持たない自分を

雇ってくれたエリザベス・チャダリーを除いて。それなのに、今、感じているこの妙な不安はなんだろう？　アラステアに恩を感じている、まぎれもない証拠では？　バートラムへの復讐に協力してもらえることになって感謝しているという単純な話ではない。わたしはアラステアの機嫌を気にしている。彼に……幸せになってもらいたいと思っている。

しかし、アラステアが本当に幸せになるのは政界に復帰できたときで、オリヴィアには無縁の世界だ。それでいい。自分は自分にふさわしい生き方をするだけ。

オリヴィアは咳払いをした。「本当に……なんて妙な午後だったのかしら」

「とはいえ、大きな収穫があった」アラステアの声には彼女を励ます響きがあった。「ここに『デブレット貴族名鑑』があれば書き換えるところだ」

今はそれについて考えたくなかった。バートラムの重婚を暴いたあとのことなど、考えるのも空恐ろしい。もうこれ以上気分の滅入《めい》ることは考えたくなかった。鬱々とするのは性に合わない。もっと単純な、楽しいことに気持ちを向けよう。わたしには家族がいる。帰る場所がある。かつて憧れていたものがすべて手に入ったのだ。

それなのに、なぜうれしくないのだろう？　なぜあの家に戻ってみんなと会い、歓迎を受け、愛情をほしいままにしたいと思えないのだろう？

あの人々は何も知らない。自分たちが愛した人が産んだ娘ということ以外、わたしについて何ひとつ知らない。しかし、隣にいる男性は知っている。わたしに必要なのは彼だけ。ほしいのは彼だけ。

ああ、神様。

アラステアがふたたび石を投げるのを見たあと、オリヴィアは彼の手を握ることを自分に許した。ただそれだけを。「わたしにはとてもできないわ」小石が水面を五回跳ねたのを見て、彼女は言った。

「要は練習だ。あとは池さえあればできる」

「それなら、しかたがないわ。アレンズ・エンドにある唯一の池は牛の水飲み場だったの。においがひどくて、近づく気にならなかったわ」

「女の子は贅沢《ぜいたく》だ」

オリヴィアはつい笑った。

「未来の公爵領の跡取りが、くさい水溜《みずた》めで石を飛ばす練習をしていたなんて！」

「水溜めじゃなく、小さな湖だったけれどね」アラステアはにっこりし、オリヴィアの指の関節に親指を這わせた。「これよりはるかに美しかった。庭師の助手がいて、その男の唯一の仕事が水草をきれいに取ることだった」

オリヴィアも同じくらい大きな笑みを浮かべた。今が人生でいちばん幸せじゃないかしら？　その幸せを彼が分かちあってくれている。自分のそばにいてくれる——今だけは。

「考えてしまうな」アラステアはそう言ったが、先を続けなかった。

彼を引き止めることでしか幸せになれないのはたまらない。「わたしも考えてしまうわ」

急に寒けがした。

アラステアがちらりとオリヴィアを見た。「何を？」

オリヴィアは首を振った。「あなたが先に言って」

彼はうっすらと微笑んだ。

「もし私たちふたりともがこういった場所で生まれ育ったら、どうなっていただろう？」

〝私たち〟。胸が甘く切なく締めつけられた。オリヴィアは手を離そうとしたが、アラステアに強く握りしめられ、途中であきらめた。

「みんなからどうしようもないほど甘やかされたでしょうね」

アラステアが乾いた声で笑った。「たしかに」

午後の日差しが傾いていく中、ふたりは手をつないだまま黙って座っていた。池が光を反射し、花粉や綿毛が木漏れ日の中をふわふわと漂う。池の水面に気泡が浮かんでは消える。魚が一匹、顔を出して口をぱくぱくさせた。遠くで小鳥がさえずっている。

「きみはここで幸せになっただろう。この地でいちばん賢い娘として、皆から愛され、称えられて。本来のきみにふさわしい人生だ」

オリヴィアは喉が締めつけられた。

「でも、それだとイタリア語を話せるようにはならなかったでしょうね」

「案外、なったんじゃないか？」

オリヴィアは肩をすくめた。たしかに。しかし、それにはイタリア語を学びたいという強い気持ちが必要だ。アレンズ・エンドでは、周囲からばかにされたり、悪意と疑惑のまなざしを向けられたりしたからこそ、イタリア語に没頭した。何もそんな勉強をしなくても、追いかけっこや宝探しをして午後を過ごしてもよかった。大声で叫んだり、喧嘩をしたり、縄跳びをしたり……人目を避けるのではなく、友だちを作ることを学んだり。

オリヴィアは咳払いをした。「あなたがここで育ったなら、わたしはチェスを覚えなければならなかったでしょうね。でないと、誰もあなたにブラックバーンのギャンビットを説明できないもの。あなたひとりではとうていわからないだろうし」彼女が横目でそっとうかがうと、アラステアは微笑んでいた。オリヴィアは気をよくして続けた。「それでも、あなたは政治の道に進んだでしょうね。いずれ立派な議員に――民衆にとって真の意味での英雄になったでしょう。わたしたちはあなたをこう称えるの……」そこで笑顔になった。「彼こそ地の塩――人々の模範だと」

アラステアが笑った。「たいしたものだ。しかし、そんなことが実現するだろうか。放牧場から国会までの道のりは険しい」

「どうにかしてなったわよ」オリヴィアはあえて微妙な部分に触れた。「父親からの影響を受けてではなく、あなた自身の理想を実現するために。政治を志す理由はこの土地でも見つかったはずよ」

アラステアが驚いた目でオリヴィアを見た。「たしかに」ゆっくりと口にする。「私自身の理想。それが自分をどんな状態に追いやったか、きみはよくわかっているだろう」

言葉そのものは皮肉めいていたが、彼の声は落ち着いていた。オリヴィアは励ますようにアラステアの手を強く握った。「その理想はまだあなたの中に残っているわ。今まで少し休んでいただけよ。あなたには休息が必要だったの。でも、また活動を開始するときが必ず来るわ。それも近いうちに」そこに自分の居場所はないだろう。

アラステアがじっとオリヴィアを見つめた。

「そうかもしれない。それが自分にとって大切だともう一度思う日が来れば」

「思っているはずよ」

「今は別のものが大切なんだ」アラステアは手をあげて、オリヴィアの頬をやさしく撫でた。

「アラステアと呼んでくれ」

オリヴィアはつばをのみ込んだ。何か言わなければならない気がした。「お互いここで生まれ育ったら、きっといい友だちになったでしょうね」無理につけ足す。「アラステア」

「そうだな、オリヴィア」アラステアがオリヴィアの頬を撫でた。「ふたりでこの場所に来て、こんなふうに並んで座って話をしただろう。友だちとして」

「しょっちゅうね。それに……」オリヴィアは微笑んだ。「おしゃべりだけじゃなく、あなたはここでわたしにはじめてキスをしたと思うわ。そうね……一六歳くらいのときに」

「一五歳だ。いや、一四歳か」

「おませね！」

「そうだな。思春期を迎えたばかりのせっかちな少年だ。そんな私がはじめてきみにするキスは……」アラステアが言いながら顔を近づけ、オリヴィアも身を乗り出した。「こんな感じだっただろう」彼がキスをしながら言った。

アラステアの唇は温かく、なんともいえずやさしかった。まるでオリヴィアの唇から何か、かけがえのないものを導き出そうとするようなキスだ。こちらも喜んで差し出したくなる。やがてアラステアは顔を離し、オリヴィアのこめかみにキスをした。「きみは肝をつぶしただろう」彼はささやいた。「しかし、私のほうが自分の無鉄砲さにあきれたはずだ」

オリヴィアはアラステアのほうに顔を伏せて笑いを噛み殺した。「そうなの？」

「ああ。しつけの悪い田舎小僧で、ろくに経験もない。呆然としたはずだ」

「わたしのほうはそうでもないかもしれないわ。田舎娘は怖いもの知らずなの。怖じ気づいたあなたを強引に引っ張って、もう一度キスをさせたでしょう」

「そうかい？」

彼が愉快そうに言うのがうれしかった。オリヴィアは顔をあげて笑顔を見せた。

「そうよ、こんなふうに」

アラステアのキスはゆっくりとしていた。しかし、田舎娘は辛抱できない。オリヴィアは彼の下唇に舌を這わせ、うめき声をあげさせた。アラステアの髪に手を差し入れて、乱暴に唇を押しつける。

一瞬のうちに情熱が燃えあがった。アラステアはオリヴィアの腰に手を当てながら、むさぼるようにキスをした。

しかし、しばらくするとふたりは同時に動きを止めた。「でも」オリヴィアは唇を触れあわせたまままつぶやいた。「わたしはどこまで大胆になれるのかしら。あなたは幼なじみだけど、その日まではただの友だちでしかなかった」

アラステアが短く息を吐いた。

「ただの友だちではない。いつかはそれ以上の関係になるとお互いに気づいていた」

「そうね」オリヴィアはアラステアの手のひらにキスをし、その手を自分の頬に当てた。

「わたしはどこまでも大胆になると思うわ。何も怖くないから。あなたといると安心できて……同時に不安にもなる。心の底からあなたを信頼できるわ」

「そして私には、きみを失望させない自信がある」アラステアがオリヴィアの髪に顔をうずめ、くぐもった声で言った。「なぜなら、私は空気を必要とするようにきみの信頼を求めているから。きみがどれだけ大胆になったとしても、私はそれを大胆だとは思わない。むしろ賢明な決断だと感じるだろう」

「そう？」オリヴィアはささやいた。

「ああ。もうこれできみがほかの誰かとキスすることを考えなくてもいいんだとわかるからだ」

オリヴィアはめまいと息苦しさを覚えた。「なぜそんなことがわかるの？」

「私がプロポーズするから」

ほとんど声にならなかった。「そうなの？」

「そうだ。次の収穫の時期までに」アラステアはそう言って体を引いた。池を眺める横顔は暗く沈んでいた。

オリヴィアは震えるため息をついた。これはただの空想だ。けれども、そんな遊びがどれほどつらいか、アラステアには理解できないのだろうか？　監獄から救い出してくれた相手なら誰とでもベッドをともにすると思っているの？　きみのことをわかっていると言うとき、それが何を意味するか承知しているの？

ずっと自分の居場所を求め続け、ようやくひとつ見つけることができた。決してどこでもよかったわけではない。

オリヴィアは顔をしかめ、冷静になろうとした。「でも、もちろんわたしは断るわよ」

アラステアが片頬で小さく笑った。

「それは誤りだな。きみは夫に愛され、幸せな家庭を育むにふさわしい女性だ」

オリヴィアは体を引いた。「そんな話はやめて」からかっているの？　なぜわざわざ夢を見させるようなことを言い出すの？　「よりによってあなたが！」

「よりによって、か」アラステアはつぶやき、やがて彼女に顔を向けた。「たしかにそうだな。だったら、いつかのきみの質問に答えよう。オリヴィア、私は自分の妻を愛したかった。愛していると思っていた。結婚して変わらぬ愛を捧げるにふさわしい相手だと思っていた」

ああ。オリヴィアは大きく深呼吸をした。やっぱり知りたくない。しかしアラステアはまっすぐこちらを見つめている。オリヴィアも目をそらすことができなかった。自分の顔から血の気が引き、今の彼の言葉に傷ついたことを隠せないでいるのがわかる。

「私は彼女の存在のあり方を愛していたんだ」アラステアが抑揚のない声で言った。「自分のような立場の者にとって、マーガレットは完璧な妻になると思っていた。家柄がよく、優雅で、母のようにいっときの感情に流されて道を誤ることもない」そこで言葉を切り、やがて続けた。「しかし、妻には心に決めた別の相手がいた。ロジャー・フェローズだ」

オリヴィアは口を押さえた。フェローズは公爵夫人が不貞を働いた相手のひとりだ！

「そう、手紙の中にも出てくる男だ。妻が私への復讐として、最初にベッドをともにしたのがフェローズだった。しかしふたりがはじめて知りあったのは何年も前、彼女の社交界デビューの年だ。フェローズは財産がないため、マーガレットの父に認めてもらえなかった。だが、当人同士は結婚を誓いあっていた。私はそのことを知っていた。まわりも知っていた。それでも、私はマーガレットと結婚したかった」

オリヴィアは急に怖くなってきた。「なぜそんな話をするの？」よりによってこの状況で。淡々とした話し方ながら、過去を語る彼の声は暗くなっていく一方だ。

「なぜなら、きみには知る必要があるからだ」アラステアは無表情に言った。「きみが同じ質問を三日前にしていたら、私は他人を信用できないからだと答えただろう。しかし今は、私が自分自身を――自分の感覚や信条を信じられないのが問題だと思っている。きみはその理由を知る必要がある」

オリヴィアは心が沈んだ。この告白は、アラステアがふたりの距離を縮めるために本当の自分を見せようとしているのではない。むしろ、これ以上親密にならないよう警告するためのものだ。

「マーガレットが私を求めていないのはわかっていた。しかし、いずれ彼女を勝ち取れると考えた」アラステアはまた小石を拾い、手の中で転がした。「マーガレットはフェローズにはもったいない。対する私は公爵領の跡取りで、ケンブリッジ・ユニオン・ソサエティの会長だった。名声を得られることは明らかだった。すでに議会で華々しく活動していて、いずれ首相になると口々に言われていた」そこで自虐的に口を曲げてみせた。「要するに、私はまさにマーガレットにふさわしい男だった。マーガレットも私にふさわしい女性だった。高い教育を受け、人脈があり、礼儀作法を身につけている。そんな彼女がどうして私のプロポーズをはねつけるだろう？」

アラステアはそのまま考えにふけるように長いあいだ黙り込んだ。

「マーガレットの父親が訪ねてきた」しばらくして、ふたたび口を開いた。「私が娘に興味を持っているらしいことに気づいていたんだ。そのとおりだとほのめかせば、彼がフェローズを排除するよう手を打つことはわかっていた。しかし、私は単刀直入に告げた。マーガレットと結婚したいと」

オリヴィアにも話の方向が見えた。アラステアの妻のことがようやく理解できてきた。

アラステアがため息をついた。「きみがあの手紙を読んでどう感じたかは想像するしかない。妻は頭がどうかしたのだと思ったか？　そうじゃない。彼女には私を憎む理由があった。マーガレットの父親はフェローズに、ヨーロッパ大陸へ渡るための資金をたっぷり握らせた。

フェローズが船を予約したその日のうちに、父親自身が私にそう告げたんだ。私はその陰謀をフェローズに知らせることもできたが、そうしなかった。結局、フェローズは愛する女性を金のために手放したんだ。そんな男に義理立てする理由がどこにある？　私は捨てられて打ちのめされたマーガレットの前に姿を見せ、ぼろぼろに傷ついた自尊心を回復させる役目を果たした。彼女はなぜフェローズに捨てられたのかわかっていなかったし、私もひと言も言わなかった。しかし結婚してから一年後、フェローズがイタリアから戻った。そして、あの男の側から見た真実をマーガレットに告げた。金を握らされて去ったのではなく、追い払われたのだと」

「あなたの奥様はそれをあなたのせいにしたのね」オリヴィアはささやいた。

アラステアは肩をすくめた。「もちろんだ。きみでもそうするだろう？」

オリヴィアは体を引いた。「わたしを彼女と重ねないで」

アラステアは心の奥まで見透かすような深いまなざしをオリヴィアに向けた。「わかった」静かに言う。「二度としない」

オリヴィアは息を吐いた。彼はしばらく黙り込み、周囲で小鳥たちがさえずりはじめた。

「マーガレットは、私が彼女の父と結託したことを責めた」やがてアラステアが言った。「彼女をだまし、幸せになるための唯一の機会を奪ったと。それが私には……」ため息をつく。「腹に据えかねた。フェローズは実際にマーガレットを捨てたんだ。そして、彼女と私は幸せにやってきた――そうじゃないのか？　これが……愛ではないのか？　お互いに分をわなかった。

それが愛だとはオリヴィアには思えなかった。ただ礼儀正しいだけだ。けれども、何も言わなかった。

「まるで理解できなかった。なぜ私よりあの男がいいのか。しかしそのうち、妻も納得したかと……」声が小さくなっていった。「和解できたと思っていた。そうではなかったと、あとになって知ったわけだが」

「自分を責めているのね」アラステアが自分に同情しないわけがこれでわかった。怒りの矛先をバートラムやほかの男たちに向けるまでにこれほど長くかかったわけが。「奥様のしたことを、自分のせいにしている」

「そうする理由はいくつもある。まず何よりも、誤った思い込みだ。自分では完璧な結婚だと信じていた。愛情はあとから自然に育まれると思っていた。自分は父とまるで異なる男になった、この結婚こそが両親の罪深い結婚に対する答えになると思っていた」アラステアは肩をすくめた。「今思えば、本当に何も見えていなかった。私は傲慢で、無知で――」

「それは違うわ」これでアラステアのことがすべて理解できた。彼はまだ何も見えていない。「問題はあなたじゃない」オリヴィアの喉から笑いが込みあげた。「バートラムにしても、わたしの母に愛される価値などない男よ。それでも母はバートラムを愛した。まだわからない？　愛は何かの対価として与えられるものじゃない。完璧なものでもない。それは――」

「きみはそれを愛と呼ぶのか？」アラステアが鋭く言った。「きみの母親と……きみ自身の不幸のもとになったものだぞ。それは愛じゃなくて、ただの愚かさだ。身勝手で、浅はかで――」

オリヴィアは立ちあがった。「どうしてあなたが母を責めるの？」

アラステアは顎をこわばらせた。「当然だ」同じように立ちあがる。「きみはもっといい人生を送れたはずだ、オリヴィア。きみの母親はきみのために闘うこともできたかもしれない。それなのに、ろくでもない男のために娘を犠牲にした」

オリヴィアは唇を怒りで震わせながら開いたが、出てきたのは嗚咽だった。

彼女は驚いて手で口を押さえた。しかし、アラステアは暗殺者のごとく鮮やかにオリヴィアの心を刺していた。彼はわずかな時間のうちに、オリヴィアに対する自分自身の気持ちを信じることができない理由と、オリヴィアが母の気持ちを信じるべきではなかった理由を示したのだ。

アラステアが小さく毒づくのが聞こえた。彼はオリヴィアに腕をまわし、彼女が抵抗するのもかまわず顔を自分の肩に伏せさせた。アラステアが謝ったが、オリヴィアはそんなものは聞きたくなかった。抱きしめられても、鉄のように身をこわばらせて無視しようとした。

「きみは何よりも大切にされるべきだった」アラステアがオリヴィアの髪に向かってささやいた。

彼は慰めるつもりで言ったに違いなかった。しかし実際には、それほど残酷な言葉はない。

「だったら、誰がそうしてくれるの？」オリヴィアは声を詰まらせた。「あなた？」

アラステアがオリヴィアを抱きしめる腕に力を込めた。しかし、返事はしなかった。当然だ。これまでどんな罪を犯したとしても、彼は嘘だけはつかない。

オリヴィアは身を離し、乱暴に涙を拭いた。「ロンドンへ行くわ。これからすぐに」

アラステアがまじまじと彼女を見つめた。「オリヴィア……」

「弁護士に会えるよう手配してもらえるかしら。うんと冷酷な人がいいわ」

「私に引き受けさせてくれ」アラステアが手を差し伸べたが、オリヴィアは避けるように体を引いた。アラステアは手をおろし、拳を握った。「ここに残れ。彼らはきみの家族だ。誰がきみを大切にしてくれるのか、さっき尋ねただろう？　彼らだよ。彼らはきみのことをもっとよく知りたいと――」

「あの人たちは他人よ！」オリヴィアは自分の体に腕をまわしながら叫んだ。アラステアのことがなぜか無性に憎く思えた。「ロンドンへ行くわ」荒い息をつき、顎をあげた。「わたしを大切にするのはわたし自身よ。バートラムを破滅させてやる。あの男が自分の運命を悟ったときの顔をこの目で見てやるわ」

17

「ぼくが先だぞ！」

オリヴィアはオークの木のうしろに身をひそめた。心臓が喉までせりあがってきそうだ。道路の向こう側にあるタウンハウスの正面玄関が開き、荷物を抱えた三人の従僕と、そのあとから乳母とふたりの少年が出てきたところだった。子どもたちは一〇歳に満たないように見えた。階段の下で待つ馬車を目指して、顔を輝かせて先を争うように駆けおりる。

以前は彼らのことを考えまいとしてきた。しかし法律事務所の弁護士が確認のために『デブレット貴族名鑑』を調べたとき、オリヴィアはバートラム家の項目の下に小さな文字で三つの名前が載っているのを目にした。自分の中で何かが音をたてて崩れた気がした。また同時に冷たい怒りが込みあげ、口を利くことすらできないほどだった。

なぜそんなふうに感じてしまうのか、自分でもうまく説明できなかった。そのあとオリヴィアはしばらく体を休めるために、アラステアに頼んでブルック・ストリートの別邸に送ってもらった。それなのに、年が明けて最初の午前を、目を開けたまま横になって過ごした。頭の中に三つの名前が浮かんでは消えた。ピーター、ジェームズ、シャーロット。

正面玄関の扉に乳母が現れ、大儀そうに階段をおりてきた。そのうしろから四、五歳くらいの、オリヴィアとまったく同じ赤い髪の女の子が出てきた。女の子は危なっかしげに階段を一段おり、振り向いて声をあげた。「ママ、抱っこして」

オリヴィアは木の幹に指を食い込ませた。あの女の子と自分は血がつながっている。母親違いの妹だ。

上品な黒髪の女性が午後の曇り空の下に姿を見せた。つややかな巻き毛を彩る羽根飾りとレースのついた帽子をしゃれた角度に直している。そのたたずまいは、一八年にわたる結婚生活をまったく感じさせなかった。どうかすると三〇歳くらいにしか見えない。

帽子が満足できる角度になると、彼女は身をかがめて顔を娘と同じ高さにした。何か言葉を交わしている。女の子がうなずき、両腕を伸ばして母親の首にしがみつく。笑いながら母親に抱きあげられた。

レディ・バートラムは娘を抱いたまま、馬車に向かって階段をおりた。

オリヴィアは息を吐いた。怒りと悲しみで胃がおかしくなりそうだった。ひとりで建物から出てはいけないというアラステアの言葉に従うべきだった。言われたとおりにしていれば、今日の午後にもこの煉瓦造りの立派な屋敷をふたりそろって訪ねていただろう。子どもたちに会うこともなかっただろう。荷物が馬車の屋根の上にくくりつけられているところをみると、彼らは遠方に出かけるらしい。父親が犯した罪の代償を払うことになる異母きょうだいの顔を一度も見ずにすんだだろうに。

鞄《かばん》をくりつけ終えた従僕が馬車から飛びおり、車体がわずかに揺れた。いよいよ出発が近づいてはしゃぐ子どもたちの歓声がかすかに聞こえてくる。

レディ・バートラムが馬車を降り、従僕につき添われて屋敷に入った。

オリヴィアは目をそらした。木々のあいだを抜けてここまで来た道が続いている。アラステアの別邸までほんの一〇分だ。戻って彼が来るのを待つこともできる。ひとりでここを訪ねたことは黙っておけばいい。

でも、もうあの女の子を忘れることはできない。父親ばかりか母親まで同じかと思えるほど自分とそっくりの女の子。そして、あの無邪気そのものの男の子たち……。

言葉にならない叫びに胸が詰まった。叫び声を吐き出すことも、のみ込むこともできない。ふたたび暗い正面玄関に目を向けた。あたかもそこに答えが現れ、胸に渦巻く疑念を打ち砕いてくれるのを期待するように。

オリヴィアにはあの幼い女の子の未来が見えた。バートラムの過去の不正を暴くために弁護士が着々と準備を進めている今、それは明確な形を取りつつある。チャンスリー・レーンのとある事務室で、赤毛の小さな女の子は婚外子にされるのだ。その先の未来がどんなものになるか、オリヴィアほどよく知っている者はいない。遠まわしな嫌み、ひそかな嘲笑、一方的な陰口――しかも父親は首相の補佐たる閣僚だ。バートラムの不名誉な過去は国じゅうの注目を集めるだろう。あの小さな女の子は、ただ汽車に飛び乗ったぐらいでは逃げられない。不名誉は行く先々でついてまわる。コーンウォールからスコットランドまで新聞に書き立てられるのだ。

これはバートラムが悪いのだ。自分のせいではない！　しかるべき裁きが下されるべきだと、怒りが訴える。

とはいえ、オリヴィアはこの騒動を巻き起こす側になる。彼女のこれからの行動によって、今後あの子たちは誰かに自己紹介するたびに、なるほどこれがかのバートラムの子どもかと思われるようになる。どこでばかにされ、どこで憐れまれ、どこで守ってもらえるか身をもって学んでいくことになる。

婚外子という消せない烙印《らくいん》を、オリヴィアは格別に苦痛だと感じることなく耐えてきた。しかし、彼らはどうだろう？　あの幼い女の子は顔をあげ、胸を張って世間の冷ややかな目を跳ね返せるだろうか？

わたしが沈黙を守れば、バートラムから与えられた以上の愛をあの子どもたちに与えることができる。しかし、それでは公正な裁きにならない——何より、自分の身の安全を守れない。

オリヴィアは口に手の甲を当て、関節を強く嚙んだ。身の安全をはかることがそもそもの目的だったのに！　アラステアのせいで忘れていた。彼はそうとは知らずにオリヴィアの頭を空虚な夢で満たした。永続的な何かを申し出たわけではない。ただ刹那的な悦びを与えてくれただけ。それなのに、オリヴィアは勝手に砂の上に城を築いていた。まだ安全ではない。アラステアはこの先もずっとそばにいてくれるわけではない。

けれども何もこの秘密を公にする必要はないのだと、オリヴィアは突然気づいた。身を守るために必要なのは、彼女を傷つけるのは不可能だとバートラムに思い知らせることだけだ。バートラムが母との結婚を秘密にしておきたいのなら、そうするしかない。真実は弁護士事務所の保管庫に残しておく。そして万一オリヴィアの身に何かあればただちに公表され、そうでないかぎり秘密は厳重に守られるようにする。バートラムはそのことさえ知っていればいい。

男爵夫人がふたたび屋敷から姿を見せた。最後の用をすませたらしく、少し急ぎ足になっている。彼女が自分の子どもたちを愛しているのは明らかだった。わが子の幸せが夫の行動にかかっているということを、当然知りたいはずだ。男爵夫人の自信に満ちた態度、取り澄ました帽子を見るうちに、彼女なら夫に正しい振る舞いを求めるだけの深い思慮を備えているという確信が芽生えた。自分の子どもたちを守るため、夫の手綱を引くはずだ。

男爵夫人の力を借りれば、問題に今この場で決着をつけることができるだろう。

大きく息を吸うと、オリヴィアは芝生を横切った。「奥様」馬車に近づく男爵夫人に声をかける。「お話があります」

男爵夫人ははっとして、不快な虫でも見るような目でオリヴィアを見た。「話ですって?」おそらく物乞いかと思ったのだろう。オリヴィアのドレスは長旅で汚れていた。

「わたしのことはご存じないでしょうが、わたしは――」

「あら、知っているわよ」男爵夫人が馬車の扉をすばやくノックすると、扉は勢いよく開いた。その奥に向かって、彼女は次の言葉を放った。「ムーア、この女のことをお願いするわ」

アラステアは扉を乱暴に開けた。「彼女はどこだ?」

火の前で肘掛け椅子に座っていたバートラムが驚いた目で見あげた。「なんなんだ!」

階段を駆けあがってくる足音がした。従僕がアラステアの肘をつかむ。

「閣下、この方が強引に――」

バートラムが椅子から勢いよく立ちあがった。

「無理やり押し入るとは、頭がどうかしたのか?」

頭がどうかしただと? アラステアは苦い笑いを押し殺した。誰もいない別邸で二時間ものあいだ、今にもオリヴィアの足音がするかと扉をにらみながら待ち続けた。そう、そのじりじりする時間の中で、アラステアは理性を失いかけていた。彼女の姿が見えない世界で正気を保つ理由が見いだせない。まさか逃げられたのではないだろう。逃げられるようなことを自分はしていないはずだ。

それとも、したのか?

シェプウィッチの池のほとりで話したとき以来、オリヴィアはいつもと様子が違った。なぜそのわけを問いただささなかったのだろう? 怖かったからだ。オリヴィアが何に悩んでいるのか知るのが怖かった。彼女が明らかに聞きたがっている言葉を否定するように仕向けられるのを恐れていた。自分にはオリヴィアを愛せない。そばに置いておくことができない。

自分のかつての生き方の中に彼女の居場所はない。あたらしい生き方をするにしても——何かを約束してやれるほど自分の判断力を信用できない。

しかしあたらしい人生において刻一刻と時間が過ぎる中、心臓が喉元にせりあがるような不安が、やがて怒りへと変わっていった。これはいったいなんの地獄だ？　手元に置いておけないはずの女性がいないことに強い不安を感じ、オリヴィアを守るためなら人をも殺せる気がするとは？

アラステアは上着から拳銃を出した。

「頭がどうかしたのかだと？　実の娘を殺そうとする男がよく言えたものだ」

「いったい何を……」バートラムが声を詰まらせ、横にどいた。「子どもたちの前ではよせ！」

アラステアはそのときはじめて、幼い少年ふたりが窓辺の席に脚を交差させて座っているのに気づいた。あいだに置かれたチェス盤のことも忘れて、目を大きく見開いている。

恐怖に怯えるふたりの白い顔を見て、アラステアは一瞬だけ怒りを忘れたが、やがてさらに熱い怒りが燃えあがるのを感じた。

「その気づかいはすべての子どもに注がれるわけではないのか？　オリヴィアに何をした？」

バートラムがアラステアの背後に目をやった。「子どもたちを連れていけ」従僕に声をかける。

とっさに、アラステアはそれを止めようとした。子どもたちの安全とオリヴィアの安全を引き換えにしようと思ったのだ。

「おまえの本当の姿を知ることは、あの子たちのためにもなる」

バートラムが震える息を吐いた。「頼む」両手を胸に当て、祈るような姿勢になった。「彼女には何もしていない。お願いだから子どもたちを行かせてくれ」

子どものひとりはすすり泣いている。

アラステアは脇にどいて道を空けた。「出ていかせろ」

年上の子どもが椅子からはじかれたように立ちあがり、部屋を出ていった。しかし弟のほうは、オリヴィアを思わせる強情そうなまなざしをしたまま椅子から動かなかった。「ぼくは出ていかない！」少年はけなげにも父に忠誠心を見せた。

そんなものを受ける資格がないことはバートラム自身もわかっているらしく、怒ったように言った。「行けといったら行け！」少年を椅子から引っ張りおろし、扉に向かって押しやった。

「あの女のことだろう！」少年がアラステアのほうに顔を突き出した。目に茶色の前髪がかかっている。「あいつのせいで、旅行が取りやめになったんだ！」

「あの女とは？」アラステアは詰問した。

バートラムが鋭くにらみつけた。「子どもを巻き込むな」

アラステアはむっつりと言った。「誰を見たのか尋ねろ」

バートラムは強い怒りと不満に全身をこわばらせていたが、やがてアラステアと息子のあいだに入ってひざまずいた。「どんな女だ？　いつ見た？」

少年はふたりに交互に目をやった。「ママがあの女のせいでホートンに行けなくなったって言ったんだ。でも、ムーアが片をつけると言ってたよ」小声でつけ足した。「ママがパパには言うなって」

バートラムは男の子の頭をやさしく撫でた。「心配しなくていい」しかし、扉を閉めると、しばらく扉に額をつけ、それから振り向いた。「わけがわからない――」

アラステアは続きをさえぎった。「私はずっとおまえを殺したいと思ってきた。クラブで会ったとき、その思いの強さに気づいたんだ。そのあと、おまえがオリヴィアに刺客を差し向けたことを知った」

バートラムが扉から体を起こした。「なんてことを言うんだ！　私はこれまでオリヴィアに手をあげたこともない！　ただの一度も――」

「そう、自分の手下に命令したんだ。どうやら今日もそうしたみたいだな」アラステアは拳銃を見た。視界がゆがみ、目に映るのは嘘を並べ立てるバートラムの血走った目だけだ。「おまえを撃てないのは残念だ」そっとささやく。「もっとも、彼女の居場所を教えればだが」

「ムーア！　ムーアは私の使用人ではない！」バートラムが叫びながら両手を髪に突っ込んだ。「あの男は私に雇われているわけじゃない。あれは妻の……」両手をだらりとおろした。部屋に焦点の合わない目を向ける。「妻の……」彼は繰り返し、アラステアを見つめた。「オリヴィアの居場所がわかった。ついてきてくれ!」

オリヴィアは目を開けた。部屋がぐるぐるまわっている。椅子は左右に跳ね、天地が逆さまになって、絨毯が天井に落ちていく。彼女は目を閉じた。頭がずきずき痛む。心臓が胸の中を怯えたウサギのように跳ねまわっている。

だが、なぜか怖くはなかった。

ふたたび目を開く。大きく息を吸うと、空気が炎のように熱く感じられた。ムーアはつくづく首を絞めるのが好きだ。意識が戻るたびに驚かされるが、これはムーアの才能とも欠点とも言える。オリヴィアの首を絞めて気絶させることをすでに四度繰り返しながら、いまだに殺さないでいる。

それでも、オリヴィアは求められている答えを言っていなかった。

「教区簿冊はどこにある?」ムーアが尋ねた。

オリヴィアは部屋の闇に目を凝らした。闇だと思いたい。目をつぶされた記憶はなかった。頭がひどく痛む。なぜなのかはわからない。記憶が切れ切れになっている。いったいどのくらいの時間、この椅子に手首をうしろで縛られて座っているのだろう? 手を広げると痛みが走り、指のあいだを血が伝うのがわかった。

「どこにある?」椅子が床を引きずり、乱暴に置かれる音がした。ムーアが目の前にやってくる。この男は必要に迫られて悪を演じているわけではないだろう。生まれつきの悪人なのだ。背が低く筋肉質で、四角い頭に白髪交じりの短髪。瞳は色あせた灰色だ。

オリヴィアは愚かではなかった。相手をまっすぐ見つめたまま、返事をしなかった。

ムーアはオリヴィアの正面にしゃがみ、言うことを聞かない犬を懲らしめるように顎をつかんだ。ムーアの顔をこんな間近に見るのはいやな気分だった。男の顔はなめらかでほとんど皺がなく、白髪と妙に対照的だった。オリヴィアは目を閉じた。

ムーアが顎をつかむ手に力を込めた。痛みのあまり、オリヴィアは喉の奥から小さな音を漏らした。だが、彼女は折れなかった。心が麻痺していた。ここまでされても、まったく恐怖を感じないのが不思議でならない。

「ばかなまねはよせ」

男の声の響きに戸惑いが感じられた。ムーアは獣だ。相手の恐怖のにおいを感じ取れるし、またそのにおいがしないことにも気づく。オリヴィアと同様、今この状況で恐怖の気配がないことが彼にも理解できないらしい。

「死にたいのか？」

オリヴィアは何も言わなかった。表の通りで鈴の音が聞こえた。家畜を市場へ引いていくので、通行人に注意を呼びかけているのだ。ということは、ここはメイフェアではない。

ムーアがオリヴィアの顎を放した。「父親似だな」蔑むように言う。「とんでもないばかだ」

そう言われたことで、オリヴィアはなぜか急に耐えられなくなって言い返した。「まるで似ていないわ」

「ばかめ！」ムーアが吐き捨てた。「あのくず野郎。彼女はあいつと結婚すべきじゃなかった」

オリヴィアは微笑みそうになった。「そこは同感だわ」

ムーアの平手打ちが飛んだ。

椅子が飛び跳ね、目の前に星が散った。ムーアはオリヴィアの両腕をつかんで乱暴に立たせた。椅子がひっくり返る。再びふたりはにらみあった。

「こんなばかなことを続けるな」ムーアがゆっくりと言った。「教区簿冊のありかを教えてそいつをよこしたら、自由になれるんだぞ」

ムーアは本気でこちらをばかだと思っているようだ。

「彼女はおまえが今後どうしようと気にしない」

オリヴィアはつばをのみ込もうとした。しかし、口は乾ききっていた。

ムーアが体を引き、立ちあがって部屋を横切り、自分のためにブリキのカップに水を注《つ》いだ。体は小さく、歩き方がきびきびしている。見たかぎり、年齢不詳だ。本当に悪魔の化身なのかもしれない。

ムーアが水のしたたる口を手の甲でぬぐいながら振り向いた。美味だとばかりにごくりと喉を鳴らす。オリヴィアをいたぶっているのだ。オリヴィアは舌で前歯を舐め、大きく息をした。喉が痛い。

「奥様はおまえになんの恨みもない」ムーアが言った。「わかるか？　教区簿冊の場所さえ教えたら、もう二度とおれに会わずにすむんだ」

奥様？「あなたは……」ふいに謎が解けた。つまりムーアは、バートラムではなくレディ・バートラムに雇われているのだ。オリヴィアが今日の午後、とても注意深く危険を避けたつもりで接近した女性に。

オリヴィアの喉からかすれた笑い声が漏れた。しかし、それが間違いだった。ムーアが表情をこわばらせ、ブリキのカップを脇に投げた。カップは壁に当たった。彼は床の上をすばやく近づいてきた。「次におまえが出す声は」手をあげながら言う。「告白か、断末魔の叫びだ」

オリヴィアは目を閉じた。わたしはきっと死ぬのだろう。そうでなければ、これほど心穏やかでいられるはずがない。

大きな音がした。ムーアが振り向く。扉が勢いよく開いた。

そのときオリヴィアは、自分が恐怖を感じなかった理由に気づいた。アラステアが来てくれるとなぜかわかっていたからだ。

アラステアはムーアに跳びかかった。人を殺さないよう暗い部屋に閉じこもっていたときと同じ顔をしている。アラステアは怒りもあらわにムーアの顔を思いきり殴りつけた。勢いよく倒れこみ、見あげているムーアの表情は不思議そうだった。まるで、雨だと思っていたのに日が出ているのを見て驚いている人のようだ。

「アラステア」オリヴィアは静かに言った。

もう一度殴りかかろうとしたアラステアが動きを止めた。あたりが静まり返る。

彼は振り向いた。アラステアは血走った青い瞳でオリヴィアをじっと見つめた。

「ロープをほどいて」

アラステアがぎこちなく立ちあがった。オリヴィアのうしろにまわり、熱い指で縛られた手首のロープをほどきにかかる。そのときムーアがうめき声をあげ、アラステアがはっとした。

「彼は起きないわ」オリヴィアは言った。ムーアの目は閉じたままだった。彼はぐったりと横たわり、鼻は無残につぶされている。

ロープがゆるめられ、オリヴィアは手を膝に置いてさすった。両手が震えはじめた。氷のように冷たい。両手だけでなく体じゅうが冷たかった。

アラステアが正面にまわった。両手をオリヴィアの肩に置き、喉を見つめる。おそらく痣になっているのだろう。「オリヴィア」アラステアは視線をあげて彼女の目を見つめた。オリヴィアも彼の目を見つめ返した。奇妙な衝撃を覚え、全身が震え出す。

アラステアがオリヴィアを抱き寄せた。彼はとても温かかった。オリヴィアはふいに泣き出した。アラステアのこの胸こそ、自分が安心できる場所なのだ。こういう結末になるとわかっていたから怖くなかった。彼が助けに来てくれると心のどこかで信じていた。ここが安心できる場所。心から安らげる場所だ。でも……。

「あなたはわたしをそばに置いてくれない」オリヴィアはつぶやいた。わたしはアラステアのものではない。彼の世界にわたしの居場所はない。この先どうやって安らぎを見つけられるの？　そんな日はきっともう二度と来ない。

アラステアの手が彼女の背中と頬をやさしく撫でるのがわかった。まるでオリヴィアを手放すのを恐れるように。「なんだ？　今なんと言った？」

そのとき、耳をつんざく音がした。アラステアがとっさにオリヴィアを自分の体のうしろに隠して振り向く。

ムーアの胸から煙があがっていた。

「やつが動いたんだ」あまりにも聞き覚えのある声がした。オリヴィアは信じられない思いでアラステアの背後から顔を出した。ムーアに銃口を向けたまま、部屋の入口に立つバートラムが見えた。

「動いていなかったわ」オリヴィアはささやいた。

バートラムが暗い表情で彼女を見た。「そうだな。だが、いずれは動いたかもしれない」

「ああ」アラステアが言った。「そのとおりだ」

18

サヴォイ・ホテルの最上階のスイートルームは、オリヴィアがこれまで目にした中で最も豪華な空間だった。めまいとわずかな滑稽さを覚えつつ、彼女はたくさんの枕にうずもれてベッドに横たわっていた。ホテル専属の医師が舌打ちをしながら言った。「なんともひどい痣です。この界隈《かいわい》に追いはぎが出たとは驚きだ！　閣下、この件は警察に届けるべきではありませんか」

アラステアは扉近くに立っていた。今にも調度品のうしろから次なる危険が飛び出してくるかのように、ずっと室内を行き来している。「今、いとこに必要なのは休息だ」彼はにべもなく言った。「下っ端の警官に無駄な尋問をさせている場合ではない。それより、この件は他言無用に願えるのだろうな？」

医師はすばやく立ちあがって聴診器を耳から外した。精いっぱいの抗議の意を込め、ことさら大きな音をたてて鞄を閉じる。

「当然です。今後ミセス・ルイスのお名前を私が口にすることはありません」

扉が閉まると、オリヴィアは微笑んだ。

「また偽名ができたわね。いったいあといくつ増えるかしら？」

アラステアがベッドの足元に腰かけ、彼女をじっと見つめた。

「願わくはこれ以上増えないでほしい」

オリヴィアはアラステアを見つめ返し、温かな喜びが体内を駆けめぐりそうになるのをこらえた。なぜか自分が大切に守られているような気がするのは、たぶん医師が喉の痛みを抑えるために処方したチンキ剤のせいだろう。眠気がして手足に力が入らず、細かいことはどうでもよくなっている。こんな状態だと、アラステアが今だけ心配してくれているのを本物の愛情と誤解してしまいそうだ。現にこの瞬間でさえ、彼にもう偽名など使わなくてもすむよう、ずっと大切にすると言われたかのように錯覚している。

「なぜわざわざここに来たの？」オリヴィアは尋ねた。話し合いの末、バートラムがムーアの死体とともに現場に残った。妻の使用人が自宅アパートメントに自分を呼び出して脅し、さらに襲いかかってきたので殺したと警察に説明するために。

「きみを医者に診せる必要があったからだ」アラステアがそっけなく言った。「休息も必要だった。ブルック・ストリートの狭い家は用をなさない」

「でも、屋敷に連れていくこともできたでしょう」かつて自分がいることを許され、さらにアラステアのそばにいることを許された、魔法のような場所。間違ったことだとはわかっている。でも、今は頭がくらくらして、まともにものが考えられない。

「そうだが……」アラステアがためらいがちに言った。「そうすると使用人たちが……早合点してしまう」

たしかにそうだ。使用人たち全員がオリヴィアを泥棒と考えているだろう。アラステアが屋敷に彼女を連れ帰って寝室に閉じ込めたら、主人が何かおぞましい方法で罰を下すのだと思うに違いない。

別にかまわない——オリヴィアは思った。「そんなことはどうでもいいじゃない」

「私にはどうでもよくない。彼らにきみのことを間違った目で見てほしくないんだ」

オリヴィアはぽかんとした。頭がうまくまわらない。「間違った目？」

「アレンズ・エンドの連中のように」アラステアが顎をこわばらせた。「これからは誰も二度とあんな目できみを見ることはなくなる」

つい口から乾いた笑い声がこぼれ、オリヴィアはあわてて口を押さえた。

「アラステア、いくらあなたでもそれは止められないわ」

「そうか？」彼はじっとオリヴィアを見つめた。「私はできると思っている」

オリヴィアは息をのんだ。この頭がなんとか正常に働いてくれたらいいのに。こんな質問をしなくても、彼の言っている意味がわかるように……。「どうやって？」

扉にノックの音がした。アラステアがいらだたしげに口を引き結んで立ちあがる。

「きっとバートラムだ」

彼は続き部屋の客間に入っていった。男性同士のくぐもった話し声がして、オリヴィアは耳を澄ました。やがてアラステアが声を荒らげるのが聞こえた。「だめだ、彼女には会わせられない」

オリヴィアは体を起こした。「いいのよ、入れて」

扉のところにアラステアが姿を見せた。ずいぶん険しい表情をしている。

「そんな状態で？　もってのほか――」

「大丈夫よ」今こそバートラムと話す絶好の機会だ。何もかも輪郭がぼやけて見える今がちょうどいい。バートラムのようなろくでなしに情けをかける瞬間を、あまりくっきりと記憶しておきたくはない。「彼をここに通して。お願い、アラステア……わたしは真剣よ」

アラステアが唇を引き結び、背を向けた。「五分だけだぞ」

なんて独裁者なの！　オリヴィアはつい微笑みそうになったが、現れた父親の姿にその気が失《う》せた。バートラムは目の下にくまを作り、疲れきって見えた。秘密が明るみに出ることから逃げられない人のように。

当然よ。オリヴィアは近づいてくるバートラムを冷ややかに見つめた。

「なんとも……」バートラムは手にした帽子を裏返した。「おまえにかける言葉が見つからない」

「意外だわ」

バートラムが顔をゆがめた。「今回の件で私が報いを受けたのは当然だ。しかし……」

「まだ足りないわ」医師の薬もオリヴィアの感情のすべてを抑えたわけではなかった。熱い怒りがふつふつと込みあげる。おそらくこの怒りが燃え尽きることはないだろう。「この程度ではとても足りないわ。いったい母にどれだけ借りがあると思っているの？　母はあなたを破滅させることもできたのよ。そうしないほどあなたを愛していたことが、わたしにはとても理解できない」

バートラムは帽子をつばが折れるほど握りしめた。「ジーンと結婚したとき、私は二二歳だった。何もわかっちゃいなかったんだ。若く愚かで無鉄砲で――」

「母も同じよ。でも、母の愛は揺るぎなかった。それは誰よりあなた自身がわかっているでしょう」

バートラムはうなだれた。振り絞るような吐息が聞こえる。「ああ、彼女は私には過ぎた女性だった」ふたたび顔をあげたバートラムは苦悩の表情を浮かべていた。オリヴィアはいっそう怒りを覚えた。自分に苦悩する資格があるとでも思っているの？「このことはわかってほしい」バートラムが言った。「ムーアのしたことに、私は手を下していない。あの男は妻の護衛だ――娘時代からの。そしておそらく、以前から頭がどうかしていたに違いない。妻があいったことに手を下すとはとても――」

アラステアが軽蔑したように鼻を鳴らした。「別に考えられなくはない」

バートラムはアラステアに向き直った。

「きみは妻のことを知らない。彼女は人を殺すような人間ではないんだ」

「おまえの妻について知るつもりなどない」アラステアはにべもなく言った。「間違っても私がおまえの妻について知るなんてことにならないよう、きちんと手を打つんだな。施設に入れるか、アメリカに送り返すか――なんでもいいが、イングランドからは出ていってもらう」

「彼女は私の子どもたちの母親だぞ！」

「子どもたちのうち三人の、でしょう」オリヴィアは苦々しげにつぶやいた。

その言葉にバートラムが振り向き、悲壮な表情で訴えた。

「オリヴィア、私はおまえに約束しよう――」

オリヴィアは鼻を鳴らしてアラステアを見た。彼はあきれた顔で首を振っている。

「あなたから何か約束してもらうほど、わたしはせっぱ詰まっていないわ」

「それに」アラステアがつけ加えた。「重婚を隠していたことを公表されて子どもたちが婚外子になれば、おまえの妻がこの国に残りたがるとも思えないが」

そのとき、オリヴィアの頭に解決策が浮かんだ。

「なんだと」バートラムが一歩さがり、自分の身をかばうように帽子を胸の前で握りしめた。

「なんの罪もない三人の子どもの将来を奪うというのか――」

「黙っておくわ」オリヴィアは口を挟んだ。バートラムが口を開けたまま凍りつく。

「オリヴィア」アラステアが信じられないという顔で言いかけたのを、彼女は手をあげて制した。

「あなたの妻をアメリカに行かせて」オリヴィアはバートラムに言った。「そして、あなたも一緒に行くのよ。議員を辞職したあとに」これでアラステアも復讐を果たせる。「そうすれば、あなたがわたしの母と結婚していたことは誰にも知られない」

バートラムが異を唱えようと口を開いた。「私は……そんな簡単に行くことなどできない！　辞職だと？　私は内閣の一員で――」

「今日の午後、あなたの妻の顔を見たの」オリヴィアは言った。「ムーアが何をするつもりか、彼女はわかっていたはずよ。あなたの妻が子どもたちを愛しているのでなければ――子どもたちを守りたいあまりに犯罪に加担したのでなければ、わたしはムーアの家に残って警察にすべてを話すこともできたわ。でも、話さないでおくと言ってあげているの。あなたたちがこの国を出ていく条件で。それに彼女が子どもたちを愛していようといまいと、暗殺者を差し向けるような母親ひとりにわが子を任せておけないでしょう。だからあなたも喜んでついていくべきだわ。わたしのときと違って、本当の父親になるいい機会よ」

バートラムはオリヴィアをじっと見つめた。「おまえは母親そっくりだ」彼はつぶやいた。「彼女ばかりが犠牲者と思っているのだろう――しかし、私だって傷ついたのだ」

「そのことに同情しろというの？」枕でも投げつけてやりたかった。いや、もっと重いものを。そう、たとえば瓶を。オリヴィアは期待を込めてアラステアを見た。

アラステアは鬼のような形相になっていた。オリヴィアと同じく、怒り心頭に発しているに違いない。しかし、アラステアはバートラムだけを見つめていた。「彼女の条件を聞いただろう」彼はすごむように言った。「私が考えていたよりはるかに寛大な申し出だ。しかし、それでもいいだろう。さっさと出ていけ。いいか、私が次に耳にするのは、おまえがソールズベリー内閣を辞職したという知らせだ」

バートラムは首を振り、くしゃくしゃになった帽子をかぶった。「承服しかねる。まだ終わりではないぞ」顔をゆがめて言うと、きびすを返して出ていった。

部屋が静まり返った。アラステアが立ったままオリヴィアを見つめた。彼女は深い息をついた。「貴族なんてあの程度なのね。彼の子どもたちまで罰したくなかったし、あなたの復讐の機会を横取りしたくもなかったわ。でも、結局あなたは復讐を果たすことになりそうね。どこまで愚かな男なのかしら！」

「まったくだ。わかっていたことだが」アラステアの声はどこかうわの空だった。「オリヴィア、きみは嫡子として認められる機会を失ったかもしれない」

彼女はまばたきをした。「それがなんなの？」

「バートラムは金を持っている。もちろん多くはない。ほとんどが妻の財産だ。しかし、きみにも相続する権利がある。その機会を失ったかもしれないことをわかっているのか？」

その言葉にあきれながらも、オリヴィアは眠気を抑えられなかった。

「それが大切だと本気で思っているの？」顎が外れそうなほど大きなあくびが出るのを手で隠す。「お金のことは気にしないわ。自分でなんとかやっていけるもの。わたしは……とても優秀な秘書よ」

アラステアがかすかに微笑んだ。しかし微笑みが消えたとき、彼はいやに真剣な表情になっていた。アラステアはベッドに近づいてオリヴィアの隣に腰かけ、彼女の目にかかった髪を取り除いた。

「誰かを店まで使いにやるべきだった。ホテルのローブよりましなものを買わせに」

アラステアの手はやさしかった。オリヴィアはまぶたを閉じた。「贅沢ね」小声で言う。

「このローブでも、秘書には豪華すぎるほどよ……ハウスキーパーにも」

アラステアは手を止め、彼女の頰を包んだ。「公爵夫人にも？」

オリヴィアは目を開いた。彼は真剣なまなざしで見つめている。怯えたような表情だ。今、彼女が耳にしたはずの言葉を口にした男性の顔とも思えない。きっとわたしは夢を見たのだ。

「眠くなってきたわ。屋敷に戻るの？　それともここにいてくれるの？」

アラステアが大きくため息をついた。

「オリヴィア、きみは今のような境遇にいるべきじゃない」

彼女はまばたきをし、少しだけ体を起こした。さっきはよく聞いていなかった。アラステアは何を言おうとしているの？　疲労困憊《こんぱい》していたのが、一瞬のうちに意識が研ぎ澄まされ、心臓が口のところまでせりあがってきた気がした。今にも胸が張り裂けそうだ。「どういう意味かしら？」彼女は慎重に言った。「今のような境遇って？」

アラステアはオリヴィアの頰を撫で、それから手をおろして彼女の手を強く握った。

「誰かに使われること。秘書や使用人でいることだ」

オリヴィアは顔をしかめた。「あなたってとことん紳士気取りなのね」

「使用人のように見られること」アラステアは続けた。「見くびられること。見下されること」

胸の中に失望が広がった。どうやらロマンティックな話ではないらしい。「そこまで悪くないわ」彼女は首を振り、たくさんの枕に埋もれながら精いっぱい顎を突き出した。「わたしには高い技能があるわ。仕事では有能よ。誰にもできることじゃない。忘れたの？わたしはもともとハウスキーパーではないわ。四カ国語を話せるのよ。速記もできるし――」

続きの言葉をアラステアがキスでさえぎった。彼女はわけがわからないままそれを受け入れた。次第に混乱がかき消え、彼の甘くやさしい唇しか感じられなくなった。キスが徐々に熱を帯びて――。

アラステアが身を離した。「オリヴィア、私は結婚を申し込んでいるんだ。こんな言い方をするのも妙だが、外国語や速記に堪能な妻が必要なわけじゃない。それには別に秘書を雇う」

オリヴィアはぽかんと口を開けて彼を見つめた。

「まずい言い方をしたな」アラステアが苦笑いを浮かべた。「やはり私には秘書の技能を持つ妻が必要なのだろう。それとイタリア語を話せて……きみはほかに何語を話すんだ？」

「フランス語よ」彼女はつぶやいた。「ドイツ語も」

「なら、フランス語だ。それからドイツ語も。ドイツ語を話せない妻はいらない」彼は重々しく言った。「これで説得力が増したかな？」

「いいえ」気持ちが一気に沈んだ。顔をしかめるアラステアを押しのけて、オリヴィアは体を起こした。「あなたは同じ間違いを繰り返しているわ」痛む顔に手をやり、目頭を強く押さえた。まぶたの裏に星がちらつく。ばかね、イエスと言うのよ。

しかし、言えなかった。アラステアに尋ねられ、自分の気持ちを認めた。彼のことは愛しているる。イエスと答えられるほどに。

けれど、愛しているから——自分でも愚かだと思ってしまうくらい好きだからこそ、イエスと言うわけにはいかない。

「アラステア、あなたはマーガレットと結婚するという考えそのものを気に入ったのよ。でも、彼女のことを本気で愛してはいなかった。それと同じことをまた繰り返そうとしている。今度は何が気に入ったの？　わたしを周囲の冷ややかな目から守ること？　英雄を演じること？　でも、あなたはわたしを愛しているわけじゃ——」

アラステアがオリヴィアの唇に指を当てた。「黙って」彼は静かに言った。

ふたりは凍りついたように互いを見つめた。

オリヴィアはふたたび深い息をついた。寒い。急に凍えそうな気がした。「わたしは居場所がほしいの」弱々しくつぶやく。「あなたはそれを差し出してくれているつもりだけど、それはわたしが求めているものじゃない。わからない？　あなたは国にとって大切な人なのよ。以前もそうだったし、これからもそうでしょう。いったんもとの生活に戻ってしまえば——」

「戻らない」アラステアが顎をこわばらせた。「まだわかっていないいな？」乾いた笑い声を漏らし、ベッドから立ちあがって髪に手を突っ込む。やがて、オリヴィアに向き直った。「私は変わったんだ！」

「そう思っているだけよ」オリヴィアは疲れきっていた。まぶたがどうしようもなく重い。彼との貴重な時間が失われていく不安さえも、襲いかかる眠気を止めることができない。「わたし……」彼女は腕をつねった。「わたしだって愚か者じゃないのよ。国会議員の日常に、わたしの居場所はないわ」

アラステアがゆっくり首を振った。「きみは自分が何を言っているかわかっていない」

オリヴィアは涙を流しながら目を閉じた。「わかっているわ」低くつぶやく。「わたしは……」

何層もの光の中をくぐっていくように、彼女はゆっくりと覚醒した。閉じたまぶたの向こうで世界が輝いているのがわかるにつれ、体じゅうの痛みが増していく。レディ・バートラム。トーマス・ムーアの最期。交換条件を拒んだバートラム。

アラステアのプロポーズ……。

とたんに目が覚めた。天井の帯模様を、身も凍る思いで見つめる。自分はプロポーズを断ってしまった。彼のプロポーズを。なんてこと！

オリヴィアは体を起こして――ぎょっとした。アラステアがベッドの足元に引っ張ってきた椅子に腰かけている。その向こうのテーブルには、食べ残した卵料理の皿がトレイにのっていた。

「おはよう」アラステアが無表情に言った。

オリヴィアは上掛けを首まで引っ張りあげて——顔をしかめた。おそるおそる首筋に手をやる。

「痛みもあるだろうが、見た目のほうがひどいと思うぞ」なぜか楽しげに言いながらも、アラステアはオリヴィアから一度も目を離さなかった。「しかし、少なくともよく休めただろう。きみは一六時間も眠り続けた」

「一六時間……」オリヴィアはストランド街を見おろす窓に目を向けた。カーテンはすべて開けられ、通りを隔てた高い建物の向こうに雲ひとつない青空が広がっているのが見える。

「そんなに」彼女は咳払いをし、用心深くアラステアに視線を戻した。あのプロポーズは夢の中のできごと？　それとも実際にプロポーズされて、それを断る夢を見たの？

頭がすっきりと冴《さ》え渡っている今は、かなり打算的になっていた。昨日の夜、プロポーズを断ったときの自分の言葉はすべて覚えているし、それらは正しいと今も思う。でも、そんなことはどうでもいい。わたしと結婚したことをアラステアが後悔する日が来てもいい。そのときまで彼はわたしのものだ。「アラステア」オリヴィアは慎重に口を開いた。「わたし……」

アラステアがベッドに新聞を放った。「見出しを見てごらん」

オリヴィアはおずおずと、それを手に取った。さして興味を引く見出しはない。ヨークでの小さな鉄道事故。あたらしい蒸気機関でエジプト旅行の時間が短縮されるという朗報。

「これがどうかしたの?」

「楽しみに読むといい。退屈で代わり映えのしない、無害そのものの記事ばかりだ。だが、一週間で様変わりするだろう」

オリヴィアは新聞を握りしめた。「何をしたの?」

アラステアが立ちあがった。まぶしい光を浴びて、金色に輝いて見える。端整な顔は光を放ち、瞳は突き抜けるように青い。「例のマーガレットの手紙をばらまいた」

オリヴィアはまじまじと見つめた。「なんですって?」

「複写したんだ。マイケルが持って出ていった。最初の行き先はクラブだから――」彼は部屋の隅の振り子時計に目をやった。「今頃はスコットランドの半分まで噂が広まっているだろう」

オリヴィアは言葉を探しあぐねた。「でも……なぜ?」

アラステアは肩をすくめた。「よく考えてみれば、これがいちばん効果的な復讐だ。マーガレットのどの愛人たちも無事ではすまない。世間から糾弾されて身を滅ぼすだろう。ネルソンは破産する。まもなく爵位を授けられることを売りに女相続人との結婚をもくろんでいたが、おそらく一日も経たないうちに破談になるだろう。フェローズもいい条件での結婚は絶望的だ。バークリーも政治家としての力を大きく損なうだろう。他人の妻と共謀して権力を得ようとするような汚い男と手を組む者などいない。そしてバートラムだが……」かすかに微笑んだ。「昨日提示された条件を喜んでのむだろう。もっとも、きみの気が変わっていなければの話だが。彼は間違いなく閣僚の席を追われる。二週間以内にアメリカに発ったとしても驚かないね」

オリヴィアは口をぽかんと開けてアラステアを見た。よどみない話し方から察するに、彼はこの説明を事前に練習したのだろう。アラステア自身も犠牲を払うことになったはずなのに、表情からは何も読み取れない。「でも、アラステア、あなただって……」

「こうすることが必要だったんだ」彼は肩をすくめた。「まだどこかに別の手紙が眠っていて、いつか表沙汰にならないともかぎらない。それなら、ほかの手紙は早く知られたほうがいい。こちらに覚悟ができているうちに。スキャンダルもいつかは忘れ去られる」

オリヴィアはふいにアラステアにそばに来てもらいたくなった。触れてもらいたかった。しかし昨夜の会話がふたりを隔て、彼の表情や仕草を読み解きにくくしている。それでも、プロポーズと手紙を世間に公開したことは無関係ではないはずだ。

オリヴィアはベッドからすべりおりた。彼が近づいてくれないなら、自分から勇気を出して近づこう。裸足で絨毯を踏みしめ、わずかにふらつきつつ一歩一歩前に進む。アラステアは近づいてくるオリヴィアを迎えに立つこともなく、ただ黙って見つめていた。おとなしくオリヴィアに手を握られ、彼女の胸に押し当てられる。なんて愛《いと》おしい手だろう。オリヴィアは大きく息を吸った。ふたりの視線がからみあう。「なぜ今なの？」彼女はささやいた。「だから、証

「きみは私の意志を信じていなかった」アラステアがとても低い声で言った。

明してみせたんだ。オリヴィア、私はもう二度と昔の暮らしには戻らない」

オリヴィアはごくりとつばをのみ込んだ。聞きたかった言葉はそれではない。

「でも、あなたほど才能のある人が……」

「政界にはいつか復帰するかもしれない」アラステアはそこでしばらく間を置いた。「バートラムがいなくなれば、空席ができる」

オリヴィアは戸惑った。「だったら……」

「私は二度とかつての自分には戻らない」彼はオリヴィアの前髪を額からやさしく取り除いた。「私は生まれ変わった。よりよい人間になったと思いたい。ただし、賢くなったわけではない。昔の私は、何が正しく何が間違っているか理解しているつもりだった。自分の判断は間違いないと思っていた。でも、今はそうではないとわかっている。誰か正しい判断のできる人が必要なんだ。そして、ミス・ホラデー、きみは曇りのない目で物事を見ることができる」弱々しく微笑んだ。「それに、恥知らずの正反対だ。きみはあまりにもやさしい。きみのことを知りもしない子どもたちを守るために、正当な相続権も名前も放棄してしまったんだから。きみならぼくを正しい方向に導いてくれると思う。政治家にはそういう伴侶が必要だ」

オリヴィアは深い驚きを覚えた。

「あなたは……あまりにも自分を卑下しすぎているわ、アラステア」

アラステアは長い息をついた。「まったく」祈りのように小さな声でつぶやく。彼はしばらく頭を垂れていた。そしてふたたび顔をあげたとき、その表情がひどく不安そうにこわばっていることに、オリヴィアは衝撃を受けた。アラステアのこれほど怯えた顔を見るのははじめてだ。「それなら、私を愛してくれるかい、オリヴィア？　かつての私ではなく、今の私を」

これが夢なら永遠に目覚めたくない。「かつてのあなたはわたしを知らないわ」オリヴィアはささやいた。「今のあなただけがわたしを知っている。もちろん、わたしが愛しているのも今のあなただけよ」

アラステアはオリヴィアの顔を両手で挟んでキスをした。彼女の足がふらついた。アラステアが支えてくれなければ倒れていただろう。しかし、彼の手は安心して頼ることができた。オリヴィアはアラステアの手に自分の手を重ね、キスを返した。

やがて空気を求めてふたりが顔を離したとき、オリヴィアは言った。「まだ同じ言葉を返してくれていないわよ。はじめて会ったとき、あなたはわたしに酒瓶を投げつけて、壁を叩いた――だから念のために言ってとお願いしても責めないで」

アラステアがいたずらっぽく笑って言い返した。「言っておくが、あのときのきみは私の指示にことごとく逆らうハウスキーパーだった。私のいらだちも少しは正当化されると思うが」

オリヴィアは彼の手にキスをした。「こんな愛は危うくないかしら？」

「逆《オ・コントレ》だよ。きみはまったく怖がっていなかった」

「あなたがわたしを傷つけることはないとわかっていたわ」

「私は完全に悪人だったのに」

「嘘よ。あなたは悪人なんかじゃない」

アラステアは首を傾けてオリヴィアを見つめ、静かに言った。「私はきみの勇気がほしい」

「わたしはあなたの才能がほしいわ」後世に残るであろう珠玉の原稿の数々が頭に浮かんだ。「あなたの洞察力」少し迷って続けた。「それから、わたしを見るときのまなざし。アラステア、あなたはわたしのすべてを見ている」

「そうだ」アラステアがささやいた。「オリヴィア、私はありのままのきみを見ている。勝手に理想を重ねているわけじゃない。私が愛しているのはきみそのものだ。それだけはわかる」

オリヴィアは口が顔からはみ出しそうなほど大きな笑みを浮かべた。「そろそろ屋敷に戻れるかしら？　あなたの使用人たちは衝撃を受けるでしょうけど、いつかは立ち直ってくれるわ」

アラステアは笑った。「そうならなければ、大勢くびにしてもいいぞ」

「そんなことはしないわよ」そう言ったあと、オリヴィアは少し考えてつけ加えた。「くびにするとしたら、ヴィカーズだけね」

一週間後、ふたりはマイケル卿とレディ・エリザベス・デ・グレイのふたりだけにつき添われて、内々に結婚した。彼らを招待するというアラステアの考えを聞かされたとき、オリヴィアは一瞬だけ反対したい思いに駆られた。こんな奇妙な〝和解の贈り物〟もない。何しろ元雇い主で、窃盗の被害者で、今後は姉妹になる女性を結婚式に招待するというのだから。

「おまけに身分も逆転するし」アラステアがおどけて言った。

しかし、エリザベスはいつも自由で広い心の持ち主だった。結婚式当日の朝、彼女はなんの前触れもなくいきなりオリヴィアの居間の扉を開け、侍女のハンソンを連れて入ってきた。ハンソンは見たこともないほど戸惑った表情を浮かべながら、ソファに美しいドレスを広げた。エリザベスが大げさに手で示す。「結婚式のドレスよ、こしゃくな花嫁さん。これで正式に装いなさいな。運がよければ、二度と結婚できないんだから」

思わず立ちあがったオリヴィアは、自分がポリーやミュリエルほど驚いた顔をしていないことを願った。ふたりのメイドは顎が外れたかのように口をぽかんと開けている。無理もない。エリザベスは世間でも評判の美人だが、今日はいつにもまして妖艶だった。結婚三カ月にしてはお腹《なか》が大きく突き出ている。「あの……お祝いを申しあげるべきですか?」

「ええ、そうね」エリザベスは微笑みながら豊満な腰を叩いた。「さあ、メイドを追い出してちょうだい。ハンソンの髪結いの腕は知っているでしょう。それに、今から洗いざらい話してもらうから」

オリヴィアはあっけに取られたまま椅子に座り直した。ハンソンが巻き毛を作る焼きごての準備をはじめ、エリザベスは狩りをする猫のように部屋を歩きまわった。

「最初から話して」

オリヴィアは深く息を吸った。「それではまず、お詫びをさせてください。わたし――」

「だめだめ！」エリザベスが手で払いのける仕草をした。「そこは飛ばして、もっと面白い部分から話して。どういうわけでこの屋敷に暮らすことになったの？」大きく目を見開いて部屋を眺める。「たしかに立派だわ――でも、マーウィックの屋敷よ？　マイケルから少しは聞いているけど、又聞きだと話が飛び飛びでよくわからないの。だから、何もかも話して。それから、あなたは正直さが取り柄だってことを忘れないでね」

こうして、ハンソンがドレスを着せ、髪を結ってくれているあいだ、オリヴィアはエリザベスにすべてを――いや、ほぼすべてを語った。酒瓶や、本や、拳銃や、図書室のことには触れなかった。最後に、エリザベスが鏡の中からうたぐり深そうに見つめた。

「それをちょうだい」エリザベスがハンソンから髪飾りを取りあげ、部屋を出ていかせた。そしてオリヴィアの頭の上にオレンジの花輪をのせ、ピンを二本斜めに差しただけのおざなりな仕事ぶりで固定すると、近くのスツールに腰かけた。「今なら本当の話ができるわよね？　まずは、なぜわたしから手紙を盗んだのか。バートラムの重婚罪の件は、マイケルがマーウィックから聞いたわ。でも、なぜひと言も相談せずに出ていってしまったの？」

エリザベスのほうを振り向くのに時間がかかった。この瞬間を恐れていたからというだけでなく、クリーム色の豪華なブロケード織りのシルクドレスが重すぎたのだ。「本当に申し訳ありませんでした」オリヴィアは小さな声で言った。「わたしは……」顔が赤くなるのがわかった。「気が動転していました。とても許していただけるとは思いませんが、わたしは――」

エリザベスがやさしくオリヴィアの手首に触れた。「マザー。いえ、ホラデー」そこで笑う。「オリヴィアと呼ぶべきね。これからは姉妹だもの」彼女は微笑んだまま眉をあげた。「あの手紙を持ち出したのはよほどの理由があってのことだとずっと思っていたわ。でも、あなたはわたしをよく知っていたはず。わたしに相談してくれたら、きっと助けていたのに。そうは思わない？」

オリヴィアは涙をのみ込んだ。「思います。あのときもそう思うべきでした。でも、バートラムが……」震えるように息を吐く。「奥様を面倒なことに巻き込みたくありませんでした」

エリザベスが顔をしかめた。「だめだめ、姉妹は奥様なんて呼びあったりしないわ」唇をいたずらっぽく曲げる。「少なくとも、マーウィックを面倒なことに巻き込む気はあるんでしょうね？　結婚するのに楽な相手とはとても思えないけれど」ちゃかすように肩をすくめる。「でも悪党を二、三人、打ちのめす力はたしかにあるようね。だけど……本当に気が変わっていない？　なんならふたりでこっそりウォータールー駅へ行ってもいいのよ。今ならまだ自由になれるわ！」

オリヴィアは微笑んだ。「彼はとても怖い人でしょう？　少なくとも最初の印象では。でも、それも魅力の一部に思えるの」

「そう」エリザベスがオリヴィアをしげしげと見つめた。「いいわ、だったら残りましょう。でもひとつきくけど……今朝の新聞は見たわよね？」

オリヴィアはうなずいた。バートラムの閣僚辞任の見出しが一面を飾り、同じページにニューヨーク行きの蒸気船に乗り込む彼の姿が目撃されたという情報も載っていた。

「ええ、特に驚かなかったけど」

エリザベスが言いにくそうに口を開いた。「少なくともあと一週間は、この話題で持ちきりでしょう。でも……残りの手紙についても記事にされるのは時間の問題だということを、あなたは承知しておかなければならないわ。わいせつ法に触れずにあの手紙を掲載できるよう、新聞社は知恵を絞っているわよ」

オリヴィアは椅子に座った。「覚悟はできているわ」彼女は静かに言った。

「でも、不安はない？」エリザベスがやさしく言った。「騒ぎの影響は免れないわよ。あなたたちふたりとも」

オリヴィアは肩をすくめた。アラステアは昨日、あえてクラブを訪れた。本人によれば、誰もまともに目を合わせようとしなかったらしい。「彼を寝取られ男と揶揄《やゆ》する手紙をばらまくような人は、何をするかわからない。関わらないのがいちばんだわ」

エリザベスが顔をしかめてうなずく。「そうね。マーウィックは自分のやり方で難なく政界に復帰するでしょう。でも、社交上の影響となると……あなたは無数の人々から好奇の視線を浴びるわ！　少なくともしばらくのあいだは。もちろんあなたがなるべく居心地よく過ごせるようわたしが手を尽くすけど、今は結婚を発表するのにいちばんいい時期とは……」

オリヴィアは笑った。「人々が噂するというんでしょう。驚いたり、こそこそ陰口を言い合ったり。でも、それは避けられない。世間の目からすれば、わたしは婚外子で奉公人だった女ですもの。わたしたちの結婚は身分違いだと言われる。どのみち、好奇の視線を浴びるわ」

「あなたは耐えられるの？」エリザベスがためらいがちに尋ねた。「わたしも同じ目に遭ったわ。他人の視線に耐えるのは並大抵のことではないわよ……」

オリヴィアは微笑みを浮かべながら、アラステアに最近言われた言葉を繰り返した。「大切なことは、わたしたちがお互いをどう見るかよ。わたしが彼をどう見るか」彼女は頬を赤らめ、手元に視線を落とした。アラステアがくれた真珠のブレスレットが輝いている。彼の言ったとおりだ。わたしの肌には真珠がとてもよく似合う。

「そう」エリザベスが感心した顔で椅子の背にもたれた。「あなたに世間を騒がせる趣味があるとは知らなかった」にっこりする。「でも、正式に装ったあなたがどれほどすてきに見えるかを思い出したわ」彼女はオリヴィアを立たせ、肩を抱いて鏡に向きあわせた。鏡に映る姿をふたりでのぞき込む。

まるで自分ではないようだった。鏡の中のオリヴィアは光り輝いていた。つややかなクリーム色のドレスは白い肌をほんのりバラ色に染め、真っ赤な髪を際立たせている。

オリヴィアは美しく見えるのがどんな気分であるかを味わっていた。アラステアに見つめられたときと同じだ。ようやく彼の瞳に映っている自分と鏡に映る自分の姿が一致した。

「行きましょうか？」オリヴィアは静かに尋ねた。ふいに、もうこれ以上待てなくなった。

腕と腕をからめ、オリヴィアとエリザベスは階段をおりていった。使用人たちが一列に並んで控えていて、オリヴィアはつい顔をうつむけてしまいそうになった。誰かの心ない視線で、すべてが台なしになるのが怖かった。彼女が仲間としてではなく未来の女主人として屋敷に戻ってきたことで、使用人たちはひどく動揺し、困惑もしていた。

しかし、オリヴィアは心を強く持った。エリザベスは正しい。騒ぎが下火になるまで、この先待ち受ける日々を乗りきるには勇気が必要だ。そして、わたしにはじゅうぶん勇気がある。神様はそうなるようにわたしをお創りになった。今日は練習だ。

けれども顔をあげたオリヴィアが目にしたのは、人々の笑顔と励ますようなうなずきだった。ヴィカーズだけが渋い顔をしていたが、彼はオリヴィアと目が合うとあわててうつむいた。オリヴィアがヴィカーズの前を通り過ぎると、クックが満面に笑みを浮かべ、手にしたバスケットを傾けて中を見せた……。

オリヴィアはぎょっとして足を止めた。なぜクックは泥のかたまりなど見せるのだろう？

クックが驚いたように眉をあげた。「トリュフですよ、奥様。結婚式の朝食用の」

そのとき、オリヴィアは思い出した。以前、厨房の隅にこれと同じものが入ったバケツを見つけ、掃除の後始末ができていないのだと思って捨ててしまったのだ。

「どうしたの？」エリザベスが尋ねた。「今になって気が変わった？　やっぱりウォータールー駅に行きましょうか?」

一瞬エリザベスのことがうっとうしくなったが、義理の妹なのだからかまわない。オリヴィアは笑った。「アラステアを捨てるつもりはないわ」

「あら残念。いいわ、もうお行儀よくするわね」

ふたりはふたたび歩きだし、最も格式の高い応接間にまっすぐ入っていった。そこではマイケルにつき添われて、アラステアが立っていた。

かつてこの男性は明るい場所にいられない日々を送っていた。しかし今、窓から日差しが降り注ぎ、彼を黄金色に染めている。そのサファイアブルーの瞳に吸い寄せられるように、オリヴィアは近づいていった。アラステアが両手でオリヴィアの両手を包み込む。たくましく揺るぎなく、生涯最後の日まで彼女を受け止めてくれる手で。

牧師が話しはじめたが、オリヴィアはほとんど聞いていなかった。光の中にいるのは自分たちふたりだけだった。キスを交わすとき、彼女は顔を傾けてアラステアの耳元でささやいた。「ひとつ言わなくちゃならないの」

アラステアが眉間に皺を寄せて体を引いた。「なんだい?」

「誰がトリュフを盗んだかわかったわ」

彼の眉間の皺がますます深くなった。「なんだって? どうやってわかった?」

「犯人はわたしなの。わたしが捨てたのよ、ごみと間違えて」

アラステアは笑い、オリヴィアの顔を手で包んだ。「それなら、きみをハウスキーパー失格でくびにしなければならない。別の役目が見つかってよかったじゃないか」

エリザベスとマイケル卿がふたりを祝福し、使用人たちがいっせいに歓声をあげる中、アラステアはオリヴィアにキスをした。オリヴィアもキスを返したが、意識がふたたびトリュフのことに戻った。ドリスは正しい。あんな見た目のものを、いったい誰が食べたがるの？

「ぼんやりするな」アラステアがささやいて、ふたたびキスをした。今度は情熱的に。オリヴィアの意識からドリスやトリュフのことはきれいに消え、あとにはただアラステアだけが残った。

訳者あとがき

実力派ロマンス作家として評価され、世界中の読者から高い支持を得ているメレディス・デュランの新作『愛の扉を解き放つ日に』をお届けします。本作は六月に発売された『誓いは夏の木陰で』で、脇役として登場した男女が主役になっています。デビュー第九作となる本作は、ベストセラー作家リズ・カーライルから〝究極のロマンス〟と評価され、二〇一五年度ＲＩＴＡ賞ヒストリカルロマンス長編部門でグランプリを獲得しました。

本書のヒロインは、前作ヒロインのエリザベス・チャダリーからマーウィック公爵夫人の手紙を盗んで失踪した元秘書オリヴィアです。生い立ちに事情を抱えるオリヴィアは、大物政治家バートラムに命を狙われ、長年にわたって逃亡生活を送っていました。彼女が向かった先は、第五代マーウィック公爵アラステア・デ・グレイの屋敷です。

オリヴィアが盗んだ手紙には、亡き公爵夫人がバートラムと通じていたこと、バートラムが関わっている犯罪行為を立証する書類をマーウィック公爵が持っていることが書かれていました。素性をごまかして逃げ続ける生活に疲れきったオリヴィアは、その証拠書類を手に入れてバートラムを脅そうと思ったのです。首尾よくハウスキーパーに雇われたオリヴィアは、かつてイングランドの希望と称えられたマーウィック公爵の館がたいへんな混乱状態に陥っているのを目の当たりにします。

前作で医師の弟マイケルとエリザベスの結婚を阻もうとした無慈悲な公爵アラステアは、次期首相候補とまでささやかれた政界の実力者でした。ところが、亡き妻が多くの政敵と関係を結んで自分を陥れようとしていた事実を知ってからというもの、公の場から姿を消し、弟との交流すら絶って長らく自室に引きこもっていました。正気を失ってしまったような主人を恐れ、使用人はひとりも部屋に近づきません。そんな中、ただひとり彼と接触を試みたのがオリヴィアでした。

信頼していた妻の裏切りに打ちのめされ、他人ばかりか自分自身も信じられず廃人同然になっていたアラステアにとって、ある日突然若く美しいハウスキーパーが現れたことなど最初は何の意味もないことでした。しかしオリヴィアに何度も働きかけられ、まっすぐな言葉を投げかけられるうち、彼の心はさまざまな葛藤を繰り返しながらも少しずつ人間らしい感情を取り戻していきます。そしてオリヴィアのほうも、公爵の心の闇とその向こうにある美しい人間性に触れていくうちに、生き延びることに精いっぱいでふり返ることもなかった自分の心の傷を見つめ、自分が本当に求めているものに気付いていきます。

さまざまな苦しみを抱えたふたりの心が変化していくさまは、徐々に水が満ちてあふれだすような深い感動をもたらします。

実力派メレディス・デュランの受賞作、極上のロマンスを存分にご堪能ください。

二〇一六年九月

ライムブックス

愛《あい》の扉《とびら》を解《と》き放《はな》つ日《ひ》に

著　者　メレディス・デュラン
訳　者　島原里香《しまはらりか》

2016年10月20日　初版第一刷発行

発行人　成瀬雅人
発行所　株式会社原書房
〒160-0022東京都新宿区新宿1-25-13
電話・代表03-3354-0685　http://www.harashobo.co.jp
振替・00150-6-151594
カバーデザイン　松山はるみ
印刷所　図書印刷株式会社

落丁・乱丁本はお取替えいたします。
定価は、カバーに表示してあります。
 ISBN978-4-562-04489-4 Printed in Japan